Im falschen Film

For Ivonne

Vanessa Mansini

Im falschen Film

Verlag:
Michael Meisheit, Kreuzbergstraße 76, 10965 Berlin
michaelmeisheit.de

Herstellung: Amazon Distribution GmbH, Leipzig

Covergestaltung: Henk Wyniger, Düsseldorf

ISBN: 978-3-00-045153-9

Inhalt

1

Als ich aufwachte, sah ich ihn. Den Mann, den ich liebte, immer geliebt hatte, für den Rest meines Lebens lieben würde. Ich wusste nicht, wo ich mich befand. Ich wusste nicht, wie ich hieß. Und ich wusste auch nicht, wie er hieß. Aber es war klar: Das ist mein Mann. Und die zwei unfassbar süßen Kinder auf seinem Arm und an seiner Hand, das waren meine Kinder. Ganz sicher.

„Das darf doch nicht wahr sein! Was 'n das für 'n Vollidiot?!"

Neben der Liebe meines Lebens draußen auf dem Flur stand ein ungesund wirkender, älterer Mann mit Handy am Ohr – direkt neben einem Schild, das ein durchgestrichenes Handy zeigte. Handläufe führten an den weißen Wänden des Flurs entlang. Ich befand mich offensichtlich in einem Krankenhaus, lag in einem Krankenzimmer. Warum?

„Dann fahr verdammt noch mal hin und prügle ihn aus dem Bett. Steht seit gestern im Drehplan, dass er heute dran ist. Schauspieler sind echt die größte Enttäuschung meines Lebens!"

Ich wünschte, der Alte würde endlich den Mund halten. Ich wollte, dass mein Mann mich sah. Sah, dass ich ihn sah. Aber er war mit unseren Kindern beschäftigt, spielte mit ihnen, kitzelte unsere Tochter, ein Kinderlachen wie aus dem Paradies.

„Frau Kwiatkowski? … Hah! Sie sind ja wach!"

Das war die Krankenschwester. Die professionell lächelnde Frau mit dem weißen Kittel stand offensichtlich schon länger neben mir. Fummelte an einer Infusion herum. An meiner Infusion. Sie schaute mich direkt an. Frau Kwiatkowski?

„Wie geht's Ihnen?", fragte sie mich.

„Mh, gut, ja … Danke."
„Haben Sie Schmerzen?"
Ich schüttelte den Kopf. Frau Kwiatkowski? Sagte mir überhaupt nichts.
„Ich hole die Frau Doktor."
„Können Sie meinen Mann reinschicken?"
Ich sah ihn nicht mehr. Er war hinter unserem Sohn hergelaufen, aus dem kleinen Blickfeld verschwunden, das die geöffnete Tür zum Flur preisgegeben hatte.
„Natürlich!"
Sie lächelte und eilte nach draußen. Zum ersten Mal sah ich mich in dem Krankenzimmer um. Neben mir schlief eine Frau in einem weiteren Bett. Daneben gab es auch noch Platz für ein drittes. Ein karges Zimmer, mit einem Fernseher, der von der Decke hing. Durch das große Fenster fluteten Strahlen der tiefstehenden Sonne den Raum. Draußen konnte ich von meiner liegenden Position aus nur den blattlosen Ast eines Baumes und die Spitze eines Baukrans erkennen. Nichts war mir hier vertraut. Gar nichts.
„Ihr Mann kommt. Haben Sie Hunger?"
Das war wieder die Krankenschwester. Sie schaute noch einmal kurz zur Tür herein. Ich horchte in meinen Magen. Kein Hunger. Nein. Dabei sah ich auf meine Hände. Ich glaube, das war der Moment, der mich am meisten erschreckte. Ich kannte diese Hände nicht. Feine Hände, junge Hände, gepflegt. Mit einem Ehering am linken Ringfinger. Sie waren mir fremd. Aber es waren meine Hände. Daran zwei Arme, die aus einem dieser unschönen Krankenhausleibchen herausragten. Diese Arme führten zu Schultern, zu einem Hals, zu einem Kopf, vor allem zu einem Gesicht, das … das ich mir nicht vorstellen konnte. Ich wusste nicht, wie ich aussah.
„Okay, und sag ihm, er ist ein Arschloch. … Tschüss!"
Der Alte räusperte sich draußen. Seine Schritte kamen näher. Während er sein Handy wegsteckte, betrat er das Krankenzimmer. Mit einer Selbstverständlichkeit, die mir Angst machte. Er sah mich. Und lächelte. Erleichtert. Ein Lächeln, das ich ihm nach seinem bisherigen Verhalten nicht zugetraut hätte. Die Krankenschwester lächelte ebenfalls.

„Du bist wach! Wow! Super!"

Er eilte zu mir. Seine welligen grauen Haare hüpften auf seinem Kopf auf und ab. Mir fiel auf, dass seine Jeans und seine Sneakers überhaupt nicht zu dem Hemd und dem grauen Sakko passten. Er beugte sich auf mein Bett und drückte mir einen Kuss auf den Mund. Vielmehr wollte er es tun. Ich schreckte zurück wie vor einem angreifenden Reptil. Der Alte schaute mich erstaunt an.

„Was ist los?"

„Wer sind Sie?"

Die Schwester wollte eigentlich gerade gehen, blieb aber nun doch. Sie musste seinen irritierten Blick gesehen haben. Und vor allem meinen Blick, geprägt von Panik und Überforderung.

„Das ist Ihr Mann!"

„Nein, mein Mann, das … Da war doch eben noch ein anderer Mann. Mit … mit den Kindern."

Die Krankenschwester schaute nach draußen, war sichtbar irritiert.

„Was redest du für einen Quatsch? Ich bin dein Mann, Trixi!"

Trixi?

„Das muss eine Verwechslung sein! Ich heiße nicht Trixi! Ich … Das ist nicht mein Mann. Der andere … der … Da war doch eben einer."

Hilflos zeigte ich immer wieder in Richtung Flur.

„Sie meinen Herrn Richter?", fragte die Krankenschwester. „Den Ehemann der anderen Unfallbeteiligten? Er hat sich erkundigt, wie es Ihnen geht."

„Trixi, mach mal keinen Scheiß! Du verarschst uns, oder?"

Der Mann, der sich als mein Mann ausgab, war ziemlich fassungslos. Konnte er wirklich mein Mann sein? Er war unfassbar alt und so unsympathisch und …

„Wissen Sie, welcher Tag heute ist?", fragte die Krankenschwester. „Welches Jahr?"

Ich dachte nach. Tag? Jahr? Ich suchte. In meinem Kopf. In dem es leer war. Sehr, sehr leer. Es war, wie wenn man auf diesen einen bestimmten Namen eines Prominenten nicht kommt, nur dass ich auf gar nichts kam.

„Es ist Dezember 2013. Der 13. Dezember 2013“, sagte der Alte.

„Doch, 2013, ja … Doch. Winter.“

Das passte. Das stimmte. Gott sei Dank! Ich erinnerte mich an etwas.

„Wissen Sie, wer Bundeskanzler ist?“

„Angela Merkel.“

Der Alte strahlte. Dabei wirkte er eigentlich gar nicht so, als ob er sich über Merkel als Kanzlerin freuen würde.

„Doch noch alles da! Hey, Mann, du hast mir voll den Schreck eingejagt! Pass auf, ganz kurz eine Frage, echt wichtig …“

Er schaute auch die Krankenschwester an, unterstrich mit einer Geste die enorme Bedeutung dessen, was er nun fragen würde. Ich schaute ihn an – hatte aber immer noch keinen blassen Schimmer, wer er war. Und war in Gedanken noch bei dem anderen Mann. Was für eine Unfallbeteiligte? Wieso war das ihr Mann?

„Also … Hörst du mir zu?“

Er hatte gesehen, dass ich abgedriftet war. Ich nickte. Er fixierte mich mit seinem Blick und fragte dann mit tiefem Ernst:

„Versuch dich bitte zu erinnern: Wo hast du das Auto geparkt?“

„Was?“

„Das Auto. Ich hab's gestern den ganzen Abend gesucht! Und, ey, ich brauche es echt. Ich bin mitten im Dreh!“

Ich schaute ihn ungläubig an.

„Es ist echt wichtig!“

„Hören Sie, ich weiß nicht, wo ‚das Auto‘ steht. Ich weiß nicht mal, von was für einem Auto wir hier reden. Ich weiß nicht, wer Sie sind. Und ich weiß auch nicht, wer ich bin. Ich …“

Ich war plötzlich sehr aufgewühlt. Mir war das alles zu viel. Flehend schaute ich die Krankenschwester an.

„Machen Sie doch was!“

Das hatte ich fast geschrien. Die Frau wurde nun professionell ruhig.

„Okay, passen Sie auf! Sie hatten einen Autounfall … mit Schädel-Hirn-Trauma. Eigentlich nichts Schlimmes, aber natürlich kann dies zu Gedächtnisverlust führen. Das erleben wir immer wieder. Kein Grund zur Panik. In den nächsten Tagen wird alles zurückkommen."

Sie lächelte mich verbindlich an. Das Lächeln beruhigte mich.

„Also das mit dem Auto? Keine Chance?", fragte der Alte die Krankenschwester. „Ich brauche es echt dringend."

„Gönnen Sie Ihrer Frau ein bisschen Ruhe! Ich hole jetzt die Frau Doktor."

Mit diesen Worten und einem sanften Druck meiner Hand eilte sie aus dem Zimmer. Der Alte sah mich unglücklich an.

„Du erinnerst dich an gar nichts?"

Ich schüttelte kaum sichtbar den Kopf.

„Fuck! Das ist ja krass!"

Bedauerte er mich? Oder bedauerte er, dass ich ihm bei der Autofrage nicht helfen konnte? In den nächsten Tagen sollte alles zurückkommen, hatte sie gesagt. Okay. Ein paar Tage. Mehr nicht. Dann würde dieser Alptraum ein Ende haben.

2

„Du weißt nicht mal mehr, wie du aussiehst?"

Der Alte stand direkt hinter mir, während ich mich in dem kleinen Bad des Krankenzimmers im Spiegel betrachtete. Es war mir unangenehm, dass er mir so nah war. Er hatte die Infusion hinter mir hergeschoben, wich nicht von meiner Seite. Ich trug nur dieses unsägliche Leibchen, darunter nichts. Wobei ich nicht einmal wusste, wie es unter dem Leibchen aussah. Ich kannte diesen Körper genauso wenig wie das Gesicht im Spiegel. Es war, als ob ich in ein Schaufenster blickte. Wie konnte das sein?

„Das ist so abgefahren! Krassestens!"

Ich wünschte, er würde endlich aufhören zu reden. Vor allem in dieser merkwürdigen Jugendsprache, die überhaupt nicht zu ihm passte. Genauso wenig wie ich zu ihm passte.

„Wie alt bin ich?", fragte ich ihn.

„Gerade dreißig geworden. Wir haben im Grill Royal gefeiert. Super Abend. Bestes Filet. … Alles weg?"

„Und wie alt sind Sie … bist du?"

Er war mein Mann. Es machte also durchaus Sinn, dass ich ihn duzte.

„48."

„Und wir sind verheiratet?"

Er lachte. Nicht unsympathisch. Selbstbewusst. Stark.

„Du stehst auf ältere Männer!"

Er grinste frech. Ich schaute ihn unsicher an. Dann wieder die Frau im Spiegel. Sie war nicht auf der Höhe, das sah man ihr an – mit dem Druckpflaster auf der Stirn, ihren dunklen Wischmopp-Haaren und ohne Make-up. Weiche Züge, scharfe, dunkle Augen, eine ansehnliche Figur – das war trotz des Leibchens erkennbar. Ein wenig zu geduckt wirkte der Körper. Ich streckte den Rücken durch. Es kostete Mühen, die Muskeln schmerzten, aber es sah besser aus. Doch, so übel war die Frau nicht. War sie nicht in der Lage, etwas Besseres zu finden als diesen merkwürdigen Kerl, der sein Auto suchte?

„Wie heißt du?"

„Christian. Freut mich, dich kennenzulernen."

Er verbeugte sich galant. Ich musste kurz schmunzeln. Hatte ich ihn vielleicht wegen seines Humors geheiratet? Ich mochte Humor. Da war ich mir sicher. Wenigstens etwas, bei dem ich mir sicher war. Plötzlich fühlte ich mich unfassbar erschöpft. Ich schlich zurück zu meinem Bett. Christian folgte mit meinem Tropf. Während ich mich hinlegte, fragte ich: „Was ist passiert?"

„Du meinst … der Unfall?"

Ich nickte. Er half mir beim Zudecken, berührte mich am Arm. Ich zuckte zusammen. Es war mir definitiv zu nah.

„Du bist über die Bergmannstraße gelaufen, hast ein Auto nicht gesehen oder die Fahrerin hat dich nicht gesehen. Keiner weiß es so genau. Auf jeden Fall: Bang! Sie hat dich umgesäbelt, Kopf auf die Motorhaube. Hast verdammtes Glück gehabt, dass du nur ein paar Kratzer abbekommen hast."

Ich schaute ihn ungläubig an. Verdammtes Glück?

„Was ist mit der Fahrerin passiert?"

Er wurde etwas ernster, wiegte den Kopf hin und her.

„Ist in den Gegenverkehr gefahren. Müllwagen. Der hat sie überhaupt nicht gesehen! Ihr kleiner Flitzer hat ordentlich was abbekommen."

„Was ist mit ihr?"

„Mh, weiß nicht genau. Sie liegt oben auf 'nem Einzelzimmer. Privatpatientin."

Es klang verächtlich, wie er das sagte. Dabei hätte ich nichts gegen ein Einzelzimmer gehabt. Ein Einzelzimmer nur mit mir, meinem Mann und meinen Kindern.

„Und … und ihr Mann?"

Endlich konnte ich nach ihm fragen. Mir war mittlerweile klar, dass die Frage komisch klingen musste, aber das Bild von ihm und den Kindern hatte mich keine Sekunde losgelassen.

„Was soll mit dem sein? Der war vorhin hier und wollte hören, wie's dir geht."

„Kennen wir ihn? Also kennen wir die Leute?"

Christian schüttelte den Kopf.

„Hab' die noch nie gesehen. Irgendwelche Neureichen. Keine Ahnung."

Er zuckte die Schultern und fügte hinzu:

„Wohnen aber auch hier."

„Hier?"

„In Kreuzberg. Berlin! Du weißt nicht mal, dass wir in Berlin sind? Fuck!"

Er schüttelte wieder den Kopf. Berlin. Ich kannte Berlin. Ich wusste, wie Berlin aussieht. Ich wusste sogar, wie die Bergmannstraße aussieht, von der er geredet hatte. Aber ich sah mich nicht in dieser Straße. Wie passte das alles zusammen?

„Das ist nicht ungewöhnlich", erklärte mir wenig später die junge Ärztin, nachdem sie mich untersucht und mir einige Fragen gestellt hatte. „Wir haben unterschiedliche Bereiche für Erinnerungen in unserem Gehirn. Es gibt ein Basisgedächtnis, mit dem Sie zum Beispiel Eis Kälte zuordnen können. Es gibt das prozedurale Gedächtnis, durch das Sie Zähne putzen und Fahrrad fahren können. Dann gibt es das semantische Gedächtnis, durch das Sie sich an unsere Bundeskanzlerin und auch den Stadtplan von Berlin erinnern. Und … es gibt das autobiografische Gedächtnis, das tatsächlich mehr im vorderen Bereich Ihres Gehirns sitzt."

Sie deutete auf das Pflaster auf meiner Stirn.

„Dort liegen Ihre persönlichen Erinnerungen."

„Aber die sind jetzt nicht weg?"

„Nein, davon gehe ich nicht aus. In der Regel kommt die Erinnerung nach und nach zurück."

„Und wenn nicht?"

„Das passiert nur SEHR selten!"

Sie lächelte verbindlich.

„Kann man da nicht was mit Hypnose machen oder so?", fragte Christian.

Er hörte zwar die ganze Zeit zu, hatte dabei aber sein Handy in der Hand, auf dem er immer wieder irgendwelche Nachrichten beantworten musste.

„Das wäre zumindest nicht meine erste Wahl."

Die Ärztin lächelte ihm reserviert zu.

„Erzählen Sie ihr von Ihrem Leben, zeigen Sie ihr Fotos. Das wird helfen!"

Er nickte verstehend.

Das erste Foto, das er mir auf seinem Handy zeigte, war das eines Autos. Kaum war die Ärztin draußen, hielt er es mir unter die Nase. Ein alter, halb verrosteter Volvo Kombi. Ich kannte die Automarke, ich erinnerte mich an diese Art von Autos. Aber ich erinnerte mich beim besten Willen nicht an das gezeigte Auto selbst.

„Das ist unser Auto?"

„Sagt dir gar nichts? Da kommt nichts hoch?"

Ich schüttelte den Kopf.

„Du warst gestern damit unterwegs. Ich war zu 'ner Besprechung in München. Aber … ich kann die Karre nicht finden. Ich bin zwei Stunden unseren ganzen Kiez abgelaufen. Hoch und runter. Nichts! Ich musste heute Nacht mit dem Taxi fahren. Wir drehen doch draußen in Tegel."

Und so ging das weiter. Er klagte minutenlang, wie dumm es sei, dass er das Auto nicht finden konnte. Dabei erfuhr ich, dass er Produktionsleiter für Filmproduktionen war. Und dass gerade Dreharbeiten stattfanden, zu denen er eben ab und zu fahren musste. Mit dem Auto. Und es war offensichtlich doof, dass er nun mit dem Taxi fahren musste, weil weder wir noch die Filmproduktion so wahnsinnig viel Geld hatten.

„Eigentlich macht's auch null Sinn, dass du mit dem Auto gefahren bist. Als der Unfall war, kamst du von der Arbeit. Das ist nicht weit von uns. Warst du noch irgendwie unterwegs gestern?"

Er stoppte endlich seinen Redefluss, schaute mich fragend an.

„Ernsthaft?", fragte ich ihn.

„Okay, sorry, ich komme irgendwie nicht damit klar, dass du … dass du gar nichts mehr weißt!"

‚Frag mich mal!', dachte ich.

„Was meinst du mit: Ich kam von der Arbeit?", fragte ich ihn, während sich zum wiederholten Male sein Handy mit einer Nachricht meldete. Während er es herausholte und draufschaute, sagte er: „Na, in der Videothek."

„Ich arbeite in einer Videothek? Als was?"

„Als … keine Ahnung … Wie heißen die denn, die da stehen und die Filme rausgeben? Videothekar?"

Er grinste schief, schaute auf das Handy. Ich war ‚Videothekarin'?

„Du, sorry, ich muss jetzt los!"

Er stand plötzlich auf und zog den abgetragenen Mantel über, der die ganze Zeit auf einem Stuhl neben mir gelegen hatte. Sein plötzlicher Aufbruch überraschte mich nicht nur. Er zog mir den Boden unter den Füßen weg. Ich hatte noch eine Million Fragen. Und wie es aussah, war Christian der einzige Mensch, der sie mir beantworten konnte. Das sagte ich ihm auch.

„Ich weiß, aber … die Erinnerung kommt doch eh wieder! Und ich … Morgen bin ich ja auch wieder da."

„Morgen?"

„Du, wir sind mitten im Dreh. Da geht alles drunter und drüber. Die Deppen haben jetzt auch noch 'ne 12KW geschrottet."

Er gab mir einen Kuss auf die Stirn und lächelte mich noch einmal souverän an.

„Morgen, okay?"

Dann eilte er zur Tür.

„Christian? Habe ich auch ein Handy?"

„Ist beim Unfall zu Schrott gegangen."

Er zuckte mit den Schultern, murmelte „Boah, jetzt muss ich mit der Bahn fahren!" und verschwand. Ich blieb alleine zurück in dem Krankenzimmer mit einer leise schnarchenden Bettnachbarin und der Erkenntnis, dass mein Leben ein Desaster war. Ich hatte einen unsensiblen, viel zu alten Ehemann und einen langweiligen Hilfsjob in einer aussterbenden Branche. Ich wusste zwar nicht, wie ich mir mein Leben früher einmal vorgestellt hatte, aber ich hatte das Gefühl: So nicht!

3

Ich musste eingeschlafen sein. Als ich wieder aufwachte, hatte man die Infusion an meinem Arm entfernt. Es war dunkel draußen. Ich hatte kein Zeitgefühl. Die Uhr an der Wand zeigte kurz nach fünf. Es konnte mitten in der Nacht oder am Nachmittag sein. Meine Bettnachbarin war samt Bett verschwunden. Draußen hörte ich Stimmen und Schritte. Dann wohl eher Nachmittag. Ich vermisste meine Bettnachbarin. Okay, ich kannte sie nicht, aber ich hatte so viele Fragen. Ich brauchte Menschen. Ich sehnte mich nach ihnen.

Als ich aufstand, stellte ich fest, dass ich nicht einmal wusste, welcher der Schränke der meinige war. Ich hatte zwei zur Auswahl, beide mit Frauenkleidern. Der eine Schrank war überfüllt mit knallig bunten Klamotten, die eher körperbetont wirkten und leicht ins Exzentrische gingen. Der andere Schrank beinhaltete mehrfach das gleiche Outfit, Jeans, unauffällige, meist schwarze Oberteile, ein abgetragener weißer Bademantel aus dem „Nürnberger Hof". Was war meins? Was passte besser zu mir? Es war für einen Moment so, als ob ich darüber zu entscheiden hatte, was für eine Frau ich sein wollte. Doch dummerweise fühlte ich mich mit beiden Angeboten nicht hundertprozentig wohl. Am Ende zog ich mir dann aber doch den feuerroten Bademantel aus kuscheligem Frottee über, dazu die passenden Hausschuhe, die aussahen wie Leopardenfüße.

Ich hatte ein klares Ziel, als ich auf den Flur trat. Ich wollte nach „oben zu den Einzelzimmern". Natürlich hoffte ich, ihn dort zu treffen. Ich hoffte aber auch auf Antworten.

Es war kein Problem, die Station der Privatpatienten zu finden. Es war die, wo keine Betten mit schlafenden Patienten auf dem Flur standen, wo es nach Schokoladenkuchen duftete, wo frische Blumen den Wartebereich schmückten. Und wo er im Wartebereich saß. Mit seinen Kindern. Die kleine Tochter musste so um die zwei Jahre alt sein, konnte noch nicht richtig sprechen. Dennoch schaute sie begeistert plappernd mit ihrem Vater ein Bilderbuch an, während der ungefähr vierjährige Sohn gelangweilt den Kaffeeautomaten belagerte und einen Knopf nach dem anderen drückte. Beide Kinder waren wunderschön, gleichzeitig erfrischend lebendig und trugen perfekt ausgewählte, coole Klamotten. Genau wie ihr Vater, der mit großer Lässigkeit seinen anthrazitfarbenen Anzug trug. Das Einzige, was nicht perfekt wirkte, waren seine widerspenstigen, dunkelblonden Haare, deren wunderbares Chaos ihn aber nur noch attraktiver machte. Mit seiner Ruhe und Gelassenheit war er das offensichtliche Zentrum seiner Familie. Als ich die drei sah, wurde ich schlagartig traurig. Das Gefühl von früher am Tag, dieses unfassbar nahe Gefühl, stellte sich nicht wieder ein. Denn mir war nun klar, dass dies nicht meine Familie war. Die Erkenntnis tat weh. Ich konnte es kaum ertragen, die drei anzuschauen.

„Papa, ich möchte einen Kakao“, rief der Junge.

„Figa!“, sagte das Mädchen und zeigte auf einen Tiger in ihrem Buch.

„Gib mir bitte ein Geld“, bettelte der Junge. „Ich will das selber machen!“

Er zeigte auf den Automaten.

„Ich kann das selber!“

Der Mann lächelte, kramte dann ein Geldstück aus seiner Hosentasche.

„Aber Vorsicht, Aiden, das ist heiß!“, sagte er, während er seinem Sohn das Geld reichte. „Weißt du, wo man für Kakao drückt?“

Ich beobachtete das alles, wie man einen Film schaut. Ich hatte nicht das Gefühl, dass man mich sehen konnte. Dabei stand ich mitten im Gang. Als der Mann dem Jungen das Geld gegeben hatte, fiel sein Blick auf mich. Er war überrascht, lächelte aber sofort ein warmes Lächeln. Er schien mich zu erkennen.

„Hallo!“

Ich wurde nervös. Besonders, weil er nun durchaus beeindruckt meinen Bademantel und meine Leopardenfüße begutachtete. Danach schaute er mich mit seinen klaren blauen

Augen fragend an, denn ich hatte immer noch nichts gesagt. Was wollte ich eigentlich hier? Ach ja.

„Entschuldigen Sie, ich … Mh, ich wollte nur mal hören, wie's Ihrer Frau geht."

Er stand mit seiner Tochter auf dem Arm auf, während der Junge sich mit dem eroberten Geld an dem Kaffeeautomaten zu schaffen machte. Er zögerte mit seiner Antwort.

„Mh, ja, ihr geht es … ganz okay. Die Ärzte sind gerade bei ihr."

Er lächelte unsicher. Es klang nicht so, als ob es ihr wirklich gut gehen würde.

„Ich muss da jetzt ganz blöd fragen, weil … Ich erinnere mich leider an gar nichts mehr. Was hat sie denn?"

Das machte ihn noch unsicherer. Es tat mir leid, der Grund für dieses Unbehagen zu sein. In die kurze Stille hinein hörte man den Jubel des Jungen, der es geschafft hatte, den Kaffeeautomaten richtig zu bedienen. Ein Becher füllte sich mit Kakao.

„Mh, sie … sie hat mehrere Brüche … Also, sie ist bei Bewusstsein. Aber … man weiß noch nicht genau, wie das alles werden wird."

„Das tut mir wahnsinnig leid", sagte ich und meinte vor allem, dass er litt.

„Es war ein Unfall."

Er zuckte mit den Schultern. Ich hätte ihn am liebsten umarmt. Er stand wenige Meter vor mir mit seiner Tochter auf dem Arm, die interessiert meine Schlappen musterte.

„Sie können sich nicht an den Unfall erinnern?"

„Ich kann mich an überhaupt nichts erinnern. Den Unfall nicht. Und auch sonst nichts. Ich wusste bis vorhin nicht einmal, wo wir hier sind."

Ich lächelte schief. Es klang absurd.

„Wirklich?"

Er konnte es nicht glauben. Doch bevor ich etwas antworten konnte, hörte man plötzlich den Jungen schreien. Er hatte sich offensichtlich bei dem Versuch, die Funktionsweise des Kaffeeautomaten zu erkunden, den kompletten heißen Kakao über die Hose gekippt. Die Hose dampfte, der Junge schrie.

„Sofort ausziehen!“

Das war sein Vater, der plötzlich beeindruckend schnell handelte. Er drückte mir seine Tochter in den Arm, war mit zwei Schritten bei dem Jungen und riss ihm die Hose runter, nur um ihn dann rennend zur nächsten Toilette zu tragen. Ich spielte kurz mit dem Gedanken, heißes Wasser über mich selbst zu kippen, um derart von ihm gerettet zu werden. Aber ich hatte ja nun erst einmal das kleine Mädchen auf dem Arm, das erschrocken wimmerte.

„Psssch“, machte ich und streichelte ihre feinen, blonden Haare. „Der Papa kommt gleich wieder.“

Das Mädchen schaute mich unsicher an, hatte eine Träne im Auge und ein bebendes Kinn. Es brach mir das Herz. Und löste so ziemlich jeden Mutterinstinkt in mir aus, den man sich vorstellen konnte. Dabei wusste ich nicht einmal, ob ich selbst Kinder hatte.

„Wie heißt du?“, fragte ich das Mädchen.

Sie sagte nichts. Verstand sie mich nicht?

„Ich bin die Trixi, zumindest sagt man mir das … Und du bist die … Mh? Wie heißt du? Mh?“

Ich piekste sie ein wenig in ihren Bauch.

„Ava“, sagte sie schließlich lachend und war nun abgelenkt genug, um nicht mehr weinen zu müssen. Auch das Heulen aus Richtung Toilette hatte nachgelassen.

„Ava? Das ist aber ein schöner Name! Viel schöner als Trixi! Keine Ahnung, wie man auf Trixi kommt …“, murmelte ich und versank plötzlich in einem neuen Schwall an Fragen: Was haben sich meine Eltern bei dem Namen eigentlich gedacht? Wer sind überhaupt meine Eltern? Vor allem: Wo sind meine Eltern? Ich hatte einen Unfall, war stundenlang nicht bei Bewusstsein und sie sitzen nicht an meinem Bett? Sind sie tot? Ich wusste nicht einmal, ob ich Eltern oder Kinder hatte! Was für ein Mist!

Da kam Avas Vater aber auch schon zurück, mit einem deutlichen ruhigeren Jungen, dessen Oberschenkel allenfalls noch leicht gerötet war. Dafür sah sein Vater aus, als ob er in seinem Anzug geduscht hätte.

„Alles okay?“, fragte ich.

„Ja, ist nicht weiter schlimm. Sorry, dass ich so einen Stress gemacht habe, aber Brandwunden müssen so schnell wie möglich gekühlt werden. Gott sei Dank gab's da eine Dusche."

Er deutet zu dem Bad. Okay, also hatte er wirklich mit seinem Anzug geduscht.

„Dürfte ich Sie noch um einen Gefallen bitten?", fragte er.

„Natürlich."

Alles. Ich hätte alles für ihn gemacht.

„Ich habe Wechselsachen im Auto. Können Sie kurz auf Ava aufpassen, während ich sie hole? Ich glaube, Sie kommen ganz gut mit ihr zurecht."

Er lächelte schief. Aber in der Tat hatte die Kleine es sich auf meinem Arm gemütlich gemacht.

„Okay, klar. Gerne. Ich warte hier."

„Danke!"

Er lächelte mich noch einmal an, schaute dann zu dem Kind.

„Ava, du Süße, bleibst du ein bisschen bei der Frau, ja? Papa ist gleich wieder da!"

Er deutete auf mich. Ava nickte und sagte: „Fixi!"

Im ersten Moment hörte ich „Fick sie!" und schaute das Kind entsprechend entsetzt an.

„Trixi!", korrigierte ich sofort. „Ich heiße Trixi!"

„Fixi!", insistierte das Kind.

„Die Frau heißt Trixi, meine Süße. Ja?"

Die Kleine nickte eifrig und sagte: „Fixi!"

Er schaute mich bedauernd, aber auch ein klein wenig belustigt an.

„Es tut mir leid. Sie hört nicht so gut auf einem Ohr."

„Nicht schlimm. Ich hab ja auch noch Probleme mit dem Namen."

Er stutzte.

„Sie wussten nicht einmal mehr, wie Sie heißen?"

Ich schüttelte den Kopf.

„Das tut mir echt leid", sagte er und ich konnte sehen, dass ihm das ernst war.

„Es war ein Unfall", sagte ich schulterzuckend.

Er lächelte, ich lächelte. Es fühlte sich sehr verbunden an.

„Ich bin gleich wieder da."

Er wollte mit seinem Jungen davon, blieb dann aber noch einmal kurz stehen und sagte: „Ich heiße übrigens Tom."

„Tom, freut mich."

Er lächelte wieder dieses unverschämt souveräne Lächeln. Und ging davon. Ich schaute die kleine Ava an, die mich freundlich anstrahlte.

„Fixi!"

Nach meinen schnellen Erfolgen mit der kleinen Ava war ich mir sicher, dass ich gut mit Kindern konnte. Vielleicht doch selbst welche hatte – auch wenn ich mich fragte, wieso sie bisher kein Thema gewesen waren. Während ich noch über diese Frage grübelte, stellte sich heraus, dass ich doch nicht so gut mit Kindern konnte. Oder zumindest konnte ich nicht einschätzen, wie gut eine Zweijährige klettern kann. Denn bereits nach wenigen Minuten fiel Ava von einer Stuhllehne und knallte auf ihren Kopf. Bei dem daraufhin einsetzenden markerschütternden Schreien fürchtete ich schon, dass nun auch das Kind eine Amnesie hatte. Der Sturz führte erst einmal aber nur zu einer beachtlichen Beule, zu einem durch nichts zu stoppenden Heulanfall und dazu, dass ich völlig überfordert war, als endlich Tom mit Aiden zurückkam.

Der Vater trug nun einen Trainingsanzug, in dem er allerdings kein bisschen weniger attraktiv aussah. Er ertrug auch die nächste Kinderkrise mit stoischer Ruhe. Er nahm die jammernde Ava, begutachtete ihre Beule, beruhigte mich, versorgte Aiden mit einem neuen Kakao und war dabei auch noch charmant.

„Nicht weiter schlimm. Sie ist einfach müde. Sie hatte keinen Mittagsschlaf."

Tatsächlich beruhigte sich das Mädchen, sobald er sich mit ihr in den Wartebereich gesetzt hatte, sie an sich drückte und ihr den Rücken streichelte. Während er dies tat, unterhielt er sich leise mit mir.

„Was sagen denn die Ärzte? Kommt die Erinnerung wieder zurück?"

Ich wusste nicht, warum er immer im Plural von Ärzten sprach, muss eine Privatpatientensache sein. Ich hatte bisher nur eine Ärztin gesehen. Andererseits hätte ich mich an weitere Ärzte sowieso nicht erinnern können.

„Sie hoffen es“, sagte ich schulterzuckend. „Bisher hat sich aber noch überhaupt nichts getan.“

„Macht Ihnen das Angst?“

„Ein bisschen, ja.“

„Meine Frau erinnert sich nicht mehr an den Unfall selbst. Die letzte Stunde davor scheint ihr zu fehlen. Das fanden wir bereits sehr beunruhigend. Aber gar nichts? Wie kommen Sie denn klar?“

Ja! Genau so war es richtig! Mitfühlen, Sorge zeigen. Und nicht fünf Mal fragen, wo ich irgendein Auto geparkt habe, und ständig „krass“ sagen. Dieser Mann war mir so viel näher als mein eigener Ehemann, dass ich mir nichts mehr wünschte, als dass mein erster Gedanke an diesem Tag Realität gewesen wäre: Dass er mein Mann sein würde! Oder dass er mich zumindest so streicheln würde wie seine Tochter, die binnen Minuten unter seinen wunderschönen Händen auf seiner Brust eingeschlafen war.

„Im Moment komme ich überhaupt nicht klar. Oder … Ich kann es noch nicht ganz ernst nehmen. Es ist so … Ich weiß nicht einmal, ob ich Kinder habe … oder Eltern.“

Er staunte mich an.

„War Ihr Mann nicht eben bei Ihnen?“

„Doch, aber …“

Weiter kam ich nicht, denn in dem Moment erschien hinter uns ein älterer Arzt, der von seinem Auftreten her mindestens der Chefarzt sein musste.

„Herr Richter? Sie können jetzt wieder zu Ihrer Frau!“

Alles in mir schrie „Nein“. Aber was konnte ich dagegen tun? Zumal es der Frau noch deutlich schlechter ging als mir. Das sah man auch am betretenen Gesichtsausdruck des Arztes, der Tom nun abholte.

„Entschuldigen Sie mich, Trixi.“

„Kein Problem!“

„Wir sehen uns! … Komm, Aiden!“

Mit der schlafenden Ava auf dem Arm und Aiden an der Hand ging Tom zu einem der Krankenzimmer, während ich mit meinen Leopardenfüßen im Wartebereich sitzen blieb. Ich wünschte mir so sehr, dass er wenigstens noch einmal zurückschauen würde, aber natürlich lag sein Leben in dem Krankenzimmer vor ihm. Ich war nur eine Kuriosität am Rande.

4

Zurück in meinem Krankenzimmer musste ich mich erst einmal von meiner Bettnachbarin beschimpfen lassen, weil ich mit ihrem Bademantel und ihren Schlappen abgehauen war. Mir gehörte also die definitiv langweiligere Ausstattung in dem anderen Schrank. Warum die Frau sich insbesondere über das Fehlen der Hausschuhe so bitter beklagte, war mir ein Rätsel. Sie wurde wegen eines gebrochenen Beines behandelt und konnte sowieso nirgendwo hingehen. Als ich die entwendeten Sachen mit einem „Entschuldigung, ich bin ein wenig durcheinander" ausgehändigt hatte, wurde sie sanfter und berichtete, dass sie aus Kiel kam und zu Besuch in Berlin war.

„Gestern nach der Party bin ich betrunken so blöd gestürzt, das glaubt mir kein Mensch!", erzählte mir die Frau, der ich nun endlich weitere Fragen stellen wollte. Aber ich kam erst einmal nicht dazwischen.

„Zehn Zentimeter Absatz, eineinhalb Zentimeter Plateau! Muss ich mehr sagen? Vielleicht noch: Berliner Gehwege und Schlaglöcher so tief wie ein U-Bahn-Schacht."

Sie lachte, war mir sympathisch. Sie musste so um die vierzig sein und stellte sich als Susanne Pohl vor.

„Trixi Kwiatkowski", sagte ich unsicher.

Bisher waren sich alle einig gewesen, dass dies mein Name war, also wollte ich ihn erst einmal weiter benutzen. Als ich Frau Pohl dann erläuterte, dass ich seit meinem Aufwachen keinerlei Erinnerung an irgendetwas hatte, schaute sie mich überrascht an.

„Sie erinnern sich an gar nichts? Das kann ich mir nicht vorstellen!"

„Es ist aber so!"

„Nie und nimmer!"

„Doch. Wirklich!"

„Nee!"

Es wurde ein wenig absurd. Ich wusste doch, was ich nicht wusste.

„Meinen Sie, ich täusche das vor?"

„Hat es schon gegeben", sagte sie schulterzuckend.

Sie war mir doch nicht so sympathisch.

„Und was sollte mir das bringen?"

„Ja, ich weiß auch nicht. Gibt's das nicht nur in Filmen?"

Sie schaute mich unsicher an. Mir erschien es in dem Moment sehr ungerecht, dass ich mit diesem überaus ernstzunehmendem Problem nicht ernst genommen wurde. Aber es sollte nicht das letzte Mal sein, dass mir das passierte. Man sah mir halt nicht an, dass mir etwas fehlte.

„Ich weiß nicht einmal, ob ich Kinder habe. Waren hier welche zu Besuch?"

Frau Pohl schaute mich nun noch skeptischer an.

„Sie wissen nicht, ob Sie Kinder haben? Aber jetzt mal wirklich: Das kann doch nicht sein."

„Es ist aber so!"

„Ich kann mir nicht vorstellen, dass man das vergisst. So eine Geburt, das ist doch …"

Sie schüttelte den Kopf. Ich wurde wieder sehr müde.

„Sieht man das nicht auch?", fuhr sie vorsichtig fort. „Unten rum?"

Gut, mit Frau Pohl kam ich nicht weiter. Also versuchte ich mir anhand der Klamotten in meinem Schrank selbst einen Reim darauf zu machen, was für ein Mensch ich war. Da es aber nicht einmal eine Handtasche gab oder irgendetwas Persönlicheres als einen Stapel frischer (langweiliger) Unterwäsche, lernte ich allenfalls, dass ich einen wirklich miesen Modegeschmack hatte. Und ja, ich guckte im Bad auch „unten rum" bei mir, was allerdings nicht zu hilfreichen Erkenntnissen führte. Wie soll es denn da aussehen nach einer Geburt? Vor allem wenn man keinen Vergleich dazu hat, wie es vorher aussah? Mein Gefühl sagte mir nach wie vor, dass ich Kinder haben musste. Zumindest war ich mir sicher, dass ich welche wollte. Aber wenn ja, wo waren sie? Und was sagte das über mich als Mutter aus, dass ich mich nicht an sie erinnern konnte?

Ich war in der nun folgenden schlaflosen Nacht irgendwann so verzweifelt, dass ich mir inständig wünschte, auf keinen Fall Kinder zu haben, wenn ich mich nicht an sie erinnern konnte. Gleichzeitig verbrachte ich Stunden damit, in meinem Kopf nach einem Fetzen, einem Lichtblick, einem Gedanken, nach irgendetwas zu suchen, das mit mir persönlich und der Zeit zu tun hatte, bevor ich an diesem Tag die Augen geöffnet hatte. Ich dachte so stark nach, dass ich Kopfschmerzen bekam und irgendwann in einen traumlosen Schlaf fiel – nicht einmal in meinen Träumen konnte ich Trost finden.

5

Keine Kinder. Es war natürlich die erste Frage, die ich Christian gestellt hatte, als er am nächsten Morgen endlich ins Krankenhaus gekommen war – das Handy noch am Ohr.

„Warum?", fragte ich ihn.

„Wir wollen keine."

„Ich wollte keine?", hakte ich ungläubig nach.

„Ja, und ich auch nicht. … Also, genau genommen: Ich hab' ja 'ne Tochter. Von früher."

Ich staunte ihn an.

„Paula. Sechzehn. Lebt bei meiner Ex-Frau. Also … Du kannst dich noch immer nicht erinnern? An gar nix? Krass!"

Er seufzte missmutig.

„Wie lange dauert das denn noch?", wollte er wissen.

„Ich weiß es nicht", sagte ich ziemlich gereizt.

Es begann die große Reise in die Vergangenheit. In meine Vergangenheit. Christian hatte zwar nicht allzu viel Zeit, denn er musste ja drehen und nachher wieder mit dem Bus zum Drehort, der Arme. Aber er beantwortete mir eine Menge Fragen. Immer mit einem halben Blick auf sein Handy. Bekam er wirklich so viele wichtige Nachrichten?

Ich erfuhr also, dass ich keine Kinder hatte oder wollte. Dafür lebten aber meine Eltern noch. Meine Mutter lebte in Lüneburg, wo ich übrigens geboren wurde. Sie war allerdings zur Zeit auf einer Kreuzfahrt, was mich zwar für sie freute, aber das Gefühl, verlassen zu sein, nicht gerade reduzierte. Mein Vater spielte wohl keine besondere Rolle in meinem Leben, zumindest konnte mir Christian nicht viel zu ihm sagen. Nach einer Ausbildung als Fotografin war ich vor ein paar Jahren nach Berlin gekommen. Ich hatte dann Fotografie studiert, bei irgendeinem Filmdreh als Statistin mitgewirkt und dort Christian kennengelernt. Er hatte mich bei späteren Drehs als Continuity-Frau eingestellt – das sind die Leute, die bei Dreharbeiten aufpassen, dass die Anschlüsse stimmen.

Also zum Beispiel darauf achten, dass ein Darsteller nicht in der einen Kameraeinstellung seine Aktentasche in der linken Hand hat und dann in der nächsten in der rechten. Ich war wohl richtig gut darin gewesen.

„… weil du echt ein verdammt gutes Gedächtnis hast."

Christian merkte erst im Nachhinein, was er da gesagt hatte. Er musste lachen.

„Nee, echt. Ist das nicht witzig? Du warst immer die Frau, die sich am besten an alles erinnern konnte! Jeden Namen, jede Telefonnummer. Ey, du wusstest immer, wo das Auto stand. Ich hab's ab und zu vergessen. Ich mein, wenn man jeden Tag woanders parkt. Aber du …"

Das Thema ließ ihn offensichtlich nicht los.

„Du kanntest Hunderte Filme und Serien. Die Schauspieler und … all so etwas. Du konntest sogar Filmdialoge auswendig. ‚Wenn ich jetzt sterben würde, was würdest du machen?'"

„‚Ich würd' dich nicht sterben lassen.'", führte ich den Filmdialog fort.

Christian riss die Augen auf.

„Du erinnerst dich! Wow! Das … das … Es kommt zurück?"

Er war plötzlich ganz aufgeregt. Ich nicht. Ich schüttelte den Kopf.

„Nein, die Filme waren die ganze Zeit noch da. Ich bin heute Nacht fast verrückt geworden, weil … Immer wenn ich dachte, dass ich mich an irgendetwas erinnere – aus meinem Leben – dann war's doch nur aus einem Film."

„Du erinnerst dich an ‚Lola rennt', aber nicht an meine Tochter Paula?"

Ich schüttelte hilflos den Kopf, seufzte aus tiefem Herzen und sagte: „Und ich hab nicht das Gefühl, dass sich daran irgendwas ändert!"

Er schaute mich ernst an. Sah, dass ich den Tränen nah war. Irgendetwas machte „Klick" bei ihm. Als ob er bisher alles nicht so ernst genommen hatte und nun zum ersten Mal kapierte, was wirklich los war.

„Wir müssen noch mal mit der Ärztin reden!"

Das taten wir dann auch. Und nicht nur mit ihr. Christian war offensichtlich gut im Organisieren. Produktionsleiter eben. Er schaffte es zwar nicht, mich einmal tröstend in den Arm zu nehmen, aber er fand heraus, dass es in der Charité die deutsche Koryphäe im Bereich Gedächtnisforschung gab, und stellte es irgendwie auf die Beine, dass ich kurzfristig einen Termin bei dem Mann bekam – bei Professor Bosch.

„Sie leiden unter einer Mnestischen Blockade", erläuterte mir der Professor fast mit Freude in der Stimme, nachdem ich mich den merkwürdigsten Untersuchungen unterzogen hatte. Wir saßen in seinem schmucklosen Büro, an dessen Wänden beeindruckend viele Diplome und Auszeichnungen hingen, und das, obwohl der Mann nicht viel älter als fünfzig sein konnte. Anders als mein Mann wirkte er aber auch altersgemäß – mit seinem gepflegten Vollbart und dem bequemen Anzug mit Ellenbogen-Patches.

Mehrere Stunden hatte ich an diesem Tag mit dem Kopf in einem Kernspintomografen verbracht, während mir zahllose Sätze über mich und mein Leben vor meine Augen projiziert worden waren. Wahre Sätze, für die Christian Input geliefert hatte. Aber auch kompletter Unsinn. Meine Hirnströme reagierten auf beides gleich.

„Wir konnten so nachweisen, dass Sie tatsächlich den Zugang zu Ihrer persönlichen Erinnerung verloren haben …"

Das würde Frau Pohl nicht gerne hören.

„Und ich fürchte, dass die Erinnerung auch nicht so schnell wiederkommen wird."

Das hörte wiederum ich nicht gerne.

„Aber ich dachte, es legt sich in den meisten Fällen wieder."

„In den meisten Fällen, ja. Aber in den meisten Fällen gibt es tatsächlich eine physische Verletzung im Gehirn, die der Auslöser ist. Diese Verletzungen können verheilen, die Erinnerung kehrt zurück."

„Bei mir ist das nicht so?"

„Nein, physisch ist es ein Klacks, was bei Ihnen passiert ist. Aber sehen Sie …"

Er hielt mir einen Scan meines Gehirns vor die Nase. Ich wusste nicht einmal, wo oben und wo unten war.

„Dieser Bereich hier ist der Hippocamus. Sehen Sie, das kleine Seepferdchen! Es ist bei Ihnen verkümmert."

„Verkümmert?"

Was wollte er mir erzählen? Was für ein Seepferdchen?

„Ja, wissen Sie, manchmal haben Amnesien mit Stress oder traumatischen Erlebnissen zu tun. Das ist ein noch sehr wenig erforschter Bereich der Medizin, aber ich gehe davon aus, dass es gute Gründe gibt, warum Sie Ihre Vergangenheit vergessen wollten."

Ich staunte den Professor an.

„Sie meinen den Unfall?"

„Nicht unbedingt. Das können auch länger zurückliegende Ereignisse gewesen sein. Ich hatte mal einen Patienten, der beim Anblick eines vergleichsweise harmlosen Feuers in einem Schuppen seine gesamten Erinnerungen verloren hat – weil er als Kind jemanden hat verbrennen sehen. Es kann auch einfach eine Summe von Umständen sein, an die Sie sich einfach nicht erinnern möchten – Menschen im Krieg passiert dies manchmal."

„Sie meinen also, ich bin traumatisiert?"

„Hat Ihr Mann irgendetwas Derartiges erwähnt?"

Das einzige Trauma, von dem mein Mann bisher geredet hatte, war, dass er unser Auto nicht finden konnte. Ansonsten klang mein Leben so unfassbar langweilig, dass ich mir das mit dem Trauma kaum vorstellen konnte. Ich schüttelte den Kopf. Professor Bosch zuckte mit den Schultern. Sagte sonst nichts.

„Und es gibt keine Chance, dass die Erinnerung zurückkommt?"

„Doch, doch. Theoretisch schon. Nur ist bei Ihnen die Trennung zwischen fehlender persönlicher Erinnerung und intakter sonstiger Erinnerung so extrem, dass ich … So einen Fall hatte ich noch nicht. Von daher traue ich mir keine Prognosen zu."

Er wirkte nach wie vor fast fröhlich, was mir allmählich auf die Nerven ging. Er sah mir das an.

„Frau Kwiatkowski, ich weiß, solch ein Trost ist immer schwach. Aber es hätte Sie weit schlimmer treffen können.

Die meisten Amnesiepatienten sind so gut wie lebensunfähig. Verstehen nicht einmal Emotionen! Sie erkennen keine Gerüche, kennen kein Mitgefühl, verstehen keinen Humor oder Ironie."

Nee, mit Ironie hatte ich kein Problem. Ich empfand es zum Beispiel als sehr ironisch, dass mir die ganze Zeit alle erzählten, ich hätte Glück gehabt. Glück sieht für mich anders aus.

„Manche verlieren auch die Fähigkeit, sich etwas Neues zu merken", fuhr der Professor fort. „Aber bei Ihnen ist dies alles intakt. Ihnen fehlen tatsächlich nur die Erinnerungen an das, was sie bisher erlebt haben."

Wenn es sonst nichts war.

„Daher können wir Ihnen im Moment auch nicht konkret helfen. … Sie sind so etwas wie ein kleines medizinisches Rätsel. Wir wüssten tatsächlich selbst gerne, wieso Sie problemlos das richtige soziale Verhalten an den Tag legen, ohne dass dies aus Ihren persönlichen Erfahrungen gespeist wird. Wir würden Sie deswegen gerne intensiver studieren."

Ich wollte aber nicht studiert werden. Ich wollte mich erinnern. Jetzt noch mehr als je zuvor. Denn dass da etwas in meiner Vergangenheit liegen könnte, das mein Gehirn so tief verstört hatte, dass es „dicht machte", fand ich schwer zu ertragen. Frau Pohl im Bett neben mir hatte sich inzwischen mehrfach entschuldigt, dass sie mir nicht geglaubt hatte. Ich durfte mittlerweile sogar ihre Leopardenschlappen tragen. Als sie von den Hinweisen auf mögliche Traumata in meinem Leben erfuhr, war sie nun der Meinung: „Ich kann mir das zwar immer noch nicht so richtig vorstellen, aber … wenn Ihr Leben so furchtbar war, dann seien Sie doch froh, dass Sie das alles vergessen haben!"

Das war ich nicht. Das wollte ich nicht sein. Ich konnte schwer damit leben. Ich wollte alles wissen. Offensichtlich war ich ein ausgesprochen neugieriger Mensch.

Christian schwor, nichts von traumatischen Ereignissen in meinem Leben zu wissen. Die letzte große Aufregung meinerseits wäre gewesen, dass ich das Erscheinen der vierten

Staffel von „Game of Thrones“ nicht hatte erwarten können und ihm damit wahnsinnig auf die Nerven gegangen war. Aber das konnte man ja wohl kaum als Trauma bezeichnen.

Ich war froh, dass weitere Untersuchungen und Therapieansätze durch die anstehenden Feiertage erst einmal aufgeschoben wurden. Denn ich hatte sowieso meine eigene Theorie: Ich musste zurück in mein altes Leben. Vielleicht würde ich dort meine Erinnerung wiederfinden. Oder zumindest eins der zahlreichen Traumata, die der Professor mir nachgesagt hatte. Ich wollte nach Hause! Auch wenn ich keine Vorstellung hatte, was „zu Hause“ eigentlich war.

6

Natürlich hatte ich während der Tage im Krankenhaus auch versucht, noch einmal Kontakt zu Tom aufzunehmen. Aber jedes Mal, wenn ich wie zufällig auf der Station für Privatversicherte herumschlich, war er dort nicht zu finden. Oder vielleicht war er im Zimmer seiner Frau, auf die angesprochen das Krankenhauspersonal in einen kollektiven Seufzer verfiel? Niemals hätte ich mich getraut, auch nur an ihre Tür zu klopfen. Da man mich irgendwann auf der Station schräg anschaute und wahrscheinlich befürchtete, ich würde mir private Leistungen erschleichen wollen, stellte ich die Besuche dort ein.

Bis zum Tag meiner Entlassung. An diesem würde ich die Geburtsstätte meines neuen Ichs hinter mir lassen. Ich hatte Angst, damit auch Tom zurückzulassen.

Das gab mir genügend Kraft, um an die Tür von Zimmer 137 klopfen zu können. Von Viktorias Zimmer. So hieß Toms Frau. Als ich sie das erste Mal sah, musste ich schlucken. Es waren mittlerweile fünf Tage vergangen seit dem Unfall, man konnte noch diverse Verletzungen an ihrem Körper sehen. Aber das war nicht das, was mir die Sprache verschlug. Nein, es war ihre Schönheit. Ein makelloses, gepflegtes Gesicht mit großen, smaragdgrünen Augen, in die man versinken konnte. Lange, blonde Haare, die auch hier im Krankenhaus perfekt geglättet waren – oder fielen sie etwa von Natur aus so? Ich wusste natürlich nicht, ob ich jemals Empfindungen für mein eigenes Geschlecht gehabt hatte, aber bei dieser Frau konnte ich mir das vorstellen. Gleichzeitig schmerzte es, ihre Schönheit zu sehen, denn sie machte Tom nur noch unerreichbarer. Dieses Paar, diese Familie war nicht von dieser Welt.

„Kann ich Ihnen helfen?“

Sie schaute mich fragend an. Wahrscheinlich weil ich erst einmal eine Minute sprachlos in ihrem Zimmer gestanden hatte.

„Mh, ja, entschuldigen Sie. Ich bin Trixi Kwiatkowski. Ich …“

„Oh“, sagte sie und wurde sofort ganz weich und zugewandt.

„Kommen Sie herein. Es tut mir so leid, dass ich Sie bisher nicht besuchen konnte. Mein Mann hat mir erzählt, dass er Sie getroffen hat …“

Sie drückte sich sehr gewählt aus und sprach mit einer wunderbar klaren Stimme. Wie sie da so vor mir lag, trotz diverser Bandagen mit einem stilvollen Kaschmir-Cardigan über ihrem Seidenpyjama und den stilistisch passenden Socken, fühlte ich mich wie in einer Folge von „Downton Abbey“.

„Um Gottes willen. Sie müssen doch nicht zu mir kommen!“, sagte ich und fügte in Gedanken ein „Milady“ an den Satz an.

„Ich hatte aber das Bedürfnis. Ich habe Sie schließlich übersehen. Auf der Straße.“

„Wissen Sie doch gar nicht. Genauso wenig wie ich.“

Ich lächelte schief. Sie blieb sehr ernst.

„Der Fußgänger ist immer der Schwächere. Ich hätte besser aufpassen müssen. Es tut mir unendlich leid.“

Was sollte ich dazu sagen? Sie war eine Schönheit und eine Heilige noch dazu.

„Wie geht es Ihnen denn?“, fragte sie.

Eigentlich hätte ich das fragen sollen.

„Gut. Ich werde heute entlassen.“

„Oh, wie schön. Das freut mich für Sie.“

Tat es wirklich. Das wirkte kein bisschen gespielt. Sie begann, mir Komplexe zu machen.

„Und wie geht es Ihnen?“, fragte ich schließlich.

„Besser. Sehr viel besser. Ich kann nächste Woche in eine Rehabilitationseinrichtung gehen.“

„Oh, wie schön.“

Mehr fiel mir dazu nicht ein. Aber ich musste irgendetwas sagen.

„Und was machen Sie dann dort?“

„Wieder laufen lernen. Hoffentlich.“

Sie lächelte tapfer. Bisher hatte es keiner ausgesprochen. Jetzt lag es auf dem Tisch: Viktoria drohte der Rollstuhl.

„Trotzdem möchte ich nicht mit Ihnen tauschen", sagte sie plötzlich. „Meine Erinnerungen zu verlieren ... Das ist ja wie mich selbst verlieren."

Einmal mehr machte sie mich sprachlos. War sie auch noch empathisch und brillant? Irgendetwas tief in mir drinnen begann, negative Gefühle dieser Frau gegenüber zu entwickeln. Sie war einfach zu viel des Guten.

Bevor ich auf diese geradezu gemeine Einfühlsamkeit antworten konnte, hörte ich hinter mir: „Fick sie!"

Nein, es war natürlich eher „Fixi", denn es kam aus dem unschuldigen Mund der liebreizenden Ava, die soeben mit ihrem Vater ins Krankenzimmer gekommen war. Erst hatte sie nur mich gesehen und lächelte darüber erfreut. Aber wenn ich die Freude als Kompliment empfand, dann mutierte sie im Vergleich zur Beleidigung, als das Kind seine Mutter sah.

„Mami!", rief Ava noch drei Oktaven höher, während in ihrem Gesicht die Sonne aufging. Sie stürzte sich von Toms Arm in die Tiefe und rannte zu ihrer Mutter. Verzweifelt versuchte das Kind, auf das viel zu hohe Krankenbett zu klettern, sodass Tom schnell helfen musste, damit die arme halb gelähmte Frau sich nicht den nächsten Knochen brechen würde. Kaum war Ava oben, umarmte sie ihre Mami, als ob das Kind die letzten drei Wochen in einem usbekischen Gefängnis verbracht hätte. Dabei war sie garantiert erst am Vortag zu Besuch im Krankenhaus gewesen.

Während Mutter und Tochter sich umarmten, nickte Tom mir freundlich zu.

„Ich wollte nur ‚Auf Wiedersehen' sagen", erklärte ich leise.

„Sie werden entlassen?"

„Na ja, ich hab' ja nichts."

Ich schaute auf Viktoria, die nun vollends von ihrer Tochter in Beschlag genommen wurde. Es war rührend zu sehen: Das Kind konnte noch nicht besonders viel reden, aber haute nun alles heraus, was ging. Immer mit dem Finger darauf zeigend plapperte sie los: „Mami Auaaua. Arm Auaaua. Hand Auaaua. Bauf Auaaua. Fixi! Ava. Nasi! Mund! Auga!"

Und so weiter. Derweil kam Tom etwas näher zu mir.
„Die Erinnerung? Gar nichts?“
Ich schüttelte den Kopf.
„Zumindest weiß ich jetzt, dass es auch permanent sein kann.“
Er seufzte mitfühlend.
„Na ja, ich versuch's positiv zu sehen. Ich feiere bald zum ersten Mal Weihnachten. Mein erstes Silvester. Alles sehr aufregend!“
Tom lächelte traurig. Wir schwiegen kurz, hörten nur das Geplapper der Kleinen.
„Bluuume! Ente Quak!“
„Ich wünsche Ihnen alles Gute“, sagte ich zu beiden und beeilte mich, zur Tür zu kommen. Plötzlich wollte ich einfach nur noch weg.
„Trixi?“
Das war Tom. Ich blieb noch einmal in der Tür stehen. Irgendetwas in mir hoffte, dass er mich nach meiner Telefonnummer fragen würde. Auch wenn ich die nicht wusste.
„Ihnen auch alles Gute!“
Er sagte dies sehr warm. Es ging durch den ganzen Körper.
„Und passen Sie auf sich auf!“, schickte Viktoria lieb lächelnd hinterher.
Jetzt war es mir endgültig zu viel. Ich ging. Ich ging aus dem Zimmer. Ich ging aus dem Krankenhaus. Ich ging nach Hause. Beziehungsweise dorthin, wo laut Christian mein Zuhause sein sollte.

7

Mein „Zuhause“ befand sich in einem klassischen Berliner Altbau im „coolen Teil“ von Kreuzberg – wie Christian die Gegend rund um den Marheinekeplatz nannte. Das Erste, was mir in dem über hundert Jahre alten Haus auffiel, war ein großes, selbstgemaltes Schild im Hausflur, das mit einem kräftigen Ausrufezeichen dazu aufforderte, die Haustür zu schließen: „Tür zu!“ Berliner Freundlichkeit. Die dann auch noch durch einen Computerausdruck über den Briefkästen ergänzt wurde: „Achtung Diebe! Haustür IMMER geschlossen halten. Nachts abschließen!!!“ Diesmal drei Ausrufezeichen, das Wort „Bitte“ schien in dieser Hausgemeinschaft ein Fremdwort zu sein. Als wir dann in dem kleinen Aufzug, der nachträglich im Hof von draußen an das Haus angebaut worden war, einen weiteren Zettel mit Ausrufezeichen und ohne „Bitte“ fanden, musste ich lachend den Kopf schütteln.

„Okay, wir haben's kapiert!“

Christian, der die Tasche mit meinen wenigen Sachen trug, schaute mich erstaunt an.

„Was?“, fragte ich ihn. „Unfreundlicher geht's ja wohl kaum! Das ist schon der dritte Zettel!“

„Und weißt du auch, wer die Zettel aufgehängt hat?“, fragte er mich mit einem Unterton in der Stimme, der wie eine Rasierklinge durch die Haut schnitt. Denn ich verstand ihn sofort.

„Echt?“, fragte ich kleinlaut. „Warum mache ich so etwas?“

„Man hat dir zwei Mal dein Fahrrad aus dem Hof geklaut.“

„Ah, na das … das ist aber auch gemein.“

„Danach hatte jeder Hausbewohner so einen Zettel im Briefkasten und als Frau Öztürk aus dem Fünften mal abends die Haustür festgestellt hat und dann Einkäufe aus dem Auto holen gegangen ist, hast du sie ihr vor der Nase zugehauen.“

Wir verließen im dritten Stock den Aufzug und gingen zu unserer Wohnungstür. Eine ältere Dame kam von oben die Treppe hinab. Christian grüßte sie. Ich nickte ihr eingeschüchtert zu – nicht weil ich sie nicht kannte, sondern weil sie mich mit einem Blick bedachte, der sehr nach „Mist, jetzt ist die auch wieder da!“ aussah. Als wir die Wohnungstür hinter uns geschlossen hatten, fragte ich Christian: „Ich bin nicht besonders beliebt im Haus?“

Er dachte kurz gespielt nach, grinste dann und sagte: „Ich mag dich. Was willst du mehr?“

Er ging mit meinen Sachen weiter in die Wohnung, eine typische Altbauwohnung. Zwei recht geräumige Zimmer mit hohen Decken zur Straße, ein kleineres zum Hof. In einem der großen Zimmer war offensichtlich unser Wohnzimmer, dessen wichtigstes Merkmal ein überdimensionaler Fernseher war. Allerdings keiner von diesen modernen Plasmabildschirmen, die flacher sind als ein Buch, sondern eine Kiste, in der man zur Not auch ein Kalb begraben konnte. Das Ding musste mehr als zehn Jahre alt sein. Später erklärte mir Christian, dass er es zur Fußball-WM 2002 gekauft hatte. Damals war dieser Fernseher das Beste, was es auf dem Markt gab. Und Christian hatte noch gut genug verdient, um ihn sich leisten zu können.

Das zweite große Zimmer war eine Mischung aus Arbeitszimmer und Esszimmer. In einer Ecke stand ein zweigeteilter Schreibtisch – auf der einen Seite ein heilloses Chaos an Papieren, DVDs, Büromaterial, Taschentüchern, Chipsverpackungen und irgendwo darin ein Computer. Der ganze Müll quoll bereits auf die andere Seite des Tischs, auf der nur ein einsamer, alter Computer mit einer ergonomischen Tastatur stand. Welche Seite wem gehörte, war unübersehbar.

Auch generell wirkte in der Wohnung alles so, als ob es seine beste Zeit schon hinter sich hatte. Was mich aber am meisten schockierte: Es sah so wenig nach mir aus. Gut, ich wusste nicht, wie eine Wohnung aussehen musste, in der ich gelebt hatte. Aber bis auf wenige Kleinigkeiten ergab sich für mich eher das Bild einer Jungs-WG, als das eines Ehepaars. Alles war nüchtern und funktional, von den Wänden gähnte bis auf zwei Filmplakate nur weiße Raufaserleere, die wenigen Pflanzen verkümmerten, IKEA grüßte aus jeder Ecke, am Fenster Jalousien, keine Vorhänge. Wo war der weibliche Einfluss? Schon nach drei Minuten in der Wohnung hatte ich das Bedürfnis, weiträumige Veränderungen vorzunehmen. Wie war es mir da gegangen, als ich früher hier gelebt hatte?

„Wie lange wohnen wir schon hier?"

„Du vier Jahre. Ich schon seit … weiß nicht … zwölf Jahren."

Er grübelte noch ein wenig über die genaue Länge seines Aufenthalts, während ich darüber den Kopf schüttelte, dass ich zu ihm gezogen war und dann vier Jahre nichts verändert hatte.

„Und hier ist das Schlafzimmer. Komm!"

Christian stand an der Tür und winkte mich zu dem kleinen Raum, den ich mir nun als Letztes anschauen sollte. Ich spürte ein Unbehagen, das durch den ganzen Körper ging. Ich wollte das Schlafzimmer dieses Mannes nicht sehen. Und ich wollte vor allem nicht wahrhaben, dass ich es mit ihm geteilt hatte. Widerwillig schleppte ich mich zur Zimmertür und schaute hinein. Allmählich hatte ich das Gefühl, dass Christian sich einen Scherz mit mir erlaubte. Das konnte im Leben nicht meine Wohnung sein. Ich hatte vier Jahre in einem überdimensionalen Bett mit gusseisernem Rahmen geschlafen? Der Raum war zwar der einzige, der keine weißen Wände hatte, aber war dieses undefinierbare Lila wirklich ein Gewinn? Und schwarze Bettwäsche? Als ich dann auch noch die eisernen Kerzenhalter an der Wand entdeckte, schaute ich Christian ungläubig an. Und sah ein merkwürdiges Grinsen in seinem Gesicht. Auch wenn ich in den letzten Tagen relativ viel Zeit mit ihm verbracht hatte, war er für mich immer noch ein Fremder. Deswegen konnte ich nicht sofort einordnen, dass das Grinsen lüstern war. Nichts anderes.

„Du erinnerst dich wirklich an gar nichts?", fragte er mit einer Betonung, die ich überhaupt nicht mochte.

„Was genau meinst du?"

Er grinste wieder und ging zu dem Kleiderschrank, der – wie sich nun herausstellte – nur zum Teil ein Kleiderschrank war. Denn nachdem Christian ihn mit der feierlichen Geste eines Zirkusdirektors geöffnet hatte, kam ein buntes Sammelsurium von Stricken, Handschellen, Reitgerten, Klammern und allerlei weiterem „Werkzeug" zum Vorschein. Entweder arbeitete einer von uns heimlich in einem Folterkeller oder …

„Das sind unsere Sachen?"

Christian nickte bedeutungsvoll grinsend.

„Bin ich S oder M?"

Ich glaube, man konnte bereits einen sarkastischen Unterton in meiner Stimme vernehmen. So unangenehm mir das Betreten des Schlafzimmers eben noch gewesen war, jetzt fand ich das alles einfach nur noch albern. Christian antwortete nicht. Er nahm eine Gerte aus dem Schrank und ließ sie mit einer herrischen Geste direkt vor mir durch die Luft sausen. Dann wieder dieses lüsterne Grinsen. Als ob damit alles gesagt wäre.

„Ich schlaf' im Wohnzimmer!", sagte ich und ließ meinen Herrn allein mit seinen Spielzeugen in „unserem" Schlafzimmer stehen.

8

Christian musste am nächsten Tag wieder arbeiten. Überhaupt forderten ihn die Dreharbeiten so sehr, dass er kaum Zeit für mich hatte. Abends versuchte er, mir so viele Frage zu beantworten wie möglich, aber auch dann meldete sich immer wieder sein Handy. Mehrfach fluchte er über seine notorisch überforderte Assistentin. Ich war mir sicher: Sie konnte nicht halb so überfordert sein wie ich.

Ich erlebte zwei unfassbar deprimierende Tage und schlaflose Nächte, während derer ich versuchte, mit mir klarzukommen. Genauer gesagt mit meinem Leben vor der Amnesie. Es hatte offensichtlich nicht allzu viel mit dem zu tun, was ich wirklich dachte. Denn ich hatte ja nicht meine Persönlichkeit verändert – zumindest hatte Professor Bosch das ausgeschlossen. Und auch Christian sagte, dass ich immer noch denselben trockenen Humor hatte, den er „an mir so liebte". Also lag auf der Hand: Ich hatte ein Leben gelebt, das ich gehasst haben musste. Ich hatte nicht nur den falschen Ehemann und keinen vernünftigen Job, ich hatte auch noch eine furchtbare Wohnung, offensichtlich keine Freunde, war denkbar unbeliebt bei den Nachbarn und ging einer sexuellen Leidenschaft nach, die mir keinerlei Befriedigung brachte. Denn der Gedanke, nackt gefesselt und geknebelt mit heißem Wachs übergossen zu werden, führte bei mir nicht zu ekstatischen Hochgefühlen, sondern einfach nur zu einem großen „Aua!". Hatte ich wirklich all den Kram mitgemacht, den Christian andeutete? Alleine im Bad begutachtete ich meine Brustwarzen und auch mal wieder alles „unten rum", denn eigentlich hätte ich dort ernsthafte Wunden finden müssen. Dass das nicht der Fall war und sich auch keine Striemen auf meinem Rücken fanden, erklärte Christian mit einem lapidaren „Ist schon eine Weile her, dass wir richtig zur Sache gegangen sind". Mehr wollte ich dann auch gar nicht wissen.

Richtig traurig wurde es, als ich die Mails auf meinem Computer durchging. Ich hatte wirklich keine Freunde. Zu meinem dreißigsten Geburtstag hatten mir meine Bank, ein paar Kollegen von Christian, seine Tochter Paula (unfreundlich) und ein Internetforum namens „Filmfunfacts“ gratuliert. Christian behauptete zwar, es hätten auch noch ein paar Leute angerufen, aber auf die Frage, wer meine beste Freundin war, druckste er eine Weile herum und kam dann wieder mit einem seiner üblichen Sprüche: „Ich bin deine beste Freundin!“

Ich konnte es nicht mehr hören.

„Nein, im Ernst“, sagte er, als er meine Reaktion sah. „Du hattest nicht viele Freunde. Du hast dich eher zurückgezogen. Filme und Serien, Bücher – das war deine Welt!“

In der Tat hatten wir eine beachtliche Auswahl an DVDs und Büchern. Und auf meinem Computer fand ich zahllose heruntergeladene Dateien mit weiteren Filmen und Serienfolgen. An die ich mich allesamt erinnerte. Nicht an die Dateien, aber an das, was in ihnen zu sehen war. Doch die fiktiven Welten interessierten mich in dem Moment nicht. Ich wollte mehr über mich erfahren. Über mein Leben!

Also grub ich mich tiefer in meine alten Mails, die aber leider auch nicht länger als ein halbes Jahr zurückgingen, weil ich offensichtlich kein Genie im Umgang mit Computern war und irgendwann alles aus Versehen gelöscht hatte. So ähnlich wie meine Erinnerung.

„Vielleicht hat die NSA die Mails ja noch. Oder die CIA!“, witzelte Christian.

Einen Facebook-Account hatte ich auch nicht. Wahrscheinlich aus Angst davor, dass andernfalls alle sehen konnten, dass ich keine Freunde hatte. Einen kleinen Hoffnungsschimmer gab es dann aber doch noch: Ich entdeckte bei meinen Mails die Mitteilung, dass ich vor einiger Zeit einen weiteren Mail-Account mit dem Namen „Olenska83“ eingerichtet hatte. Dummerweise war dafür aber das Passwort nirgends verzeichnet. Ich probierte allen möglichen und unmöglichen Krempel durch, den ich in den letzten Tagen über mich gelernt hatte. Von „Christian“ über „Game of Thrones“ bis hin zu „Mayday“ – dem Safeword, das wir laut Christian für unsere Sexspielchen vereinbart hatten, falls ich mal nicht mehr gepeitscht werden wollte. Das richtige Passwort war nicht dabei.

Unnötig zu erwähnen, dass all das auch keinerlei Erinnerungen bei mir weckte. Ich hatte mittlerweile die Hoffnung aufgeben, dass sie von alleine wiederkommen würden. Also musste ich weitersuchen. Fotos mit oder von mir? Es fanden sich erstaunlich wenige, dafür, dass ich Fotografin war. Es gab zwar ein paar durchaus schöne Mappen mit Bildern, die ich selbst gemacht hatte – aber es waren keine Menschen darauf. Oder wenn, dann nur Passanten, Fremde, zufällige Begegnungen. Die Bilder gefielen mir, es waren gut beobachtete alltägliche Situationen, interessante Perspektiven, fast intime Momente. Andererseits drückten sie meist Einsamkeit aus. Sie machten mich traurig. War ich so traurig gewesen?

Letztlich fand ich wenigstens noch ein paar Bilder, auf denen meine Mutter zu sehen war – für mich eine fremde Frau. Ein merkwürdiges Gefühl. Außer ihr gab es von meinen Verwandten nur noch eine Großtante zu sehen, die immerhin sehr sympathisch wirkte. Christian wusste nicht viel über die alte Dame, außer dass sie wohl unter Demenz litt. Ich musste bitter lachen. Das Gedächtnis schien also ein gängiger Schwachpunkt in meiner Familie zu sein. Auf die Frage, ob ich denn in der jüngeren Zeit keine Fotos gemacht hätte, zuckte Christian nur mit den Schultern. Und er war ebenso erstaunt wie ich, dass sich nicht einmal mehr mein Fotoapparat finden ließ, für den ich irgendwann einmal viel Geld ausgegeben hatte.

„Vielleicht ist er ja im Auto?“, fragte sich Christian, womit wir dann wieder bei seinem Lieblingsthema waren.

Am Ende wagte ich mich sogar noch einmal ins Schlafzimmer, um meine Garderobe zu inspizieren. Die aber auch dort nicht deutlich mehr hergab als im Krankenhaus. Denn ich besaß tatsächlich nichts außer Jeans und diversen nichtssagenden Oberteilen. Kein einziges Kleid und kein Paar Schuhe, dessen Absätze höher als zwei Zentimeter waren. Nicht mal eine schöne Bluse!

„Deine Lieblingsbluse hattest du beim Unfall an“, erläuterte mir Christian. „Die war leider hinüber.“

„Wie kann ich eine Lieblingsbluse haben, wenn ich eh nur eine habe?“, fragte ich leicht gereizt.

Er zuckte mit den Schultern. Wie so oft. Verschwieg er mir etwas? Oder gab es wirklich nicht mehr über mich zu erfahren? Waren die von Professor Bosch vermuteten geheimen Traumata der Grund dafür, dass ich so eine langweilige Dumpfbacke war? Oder war der Umstand, dass ich eine langweilige Dumpfbacke war, das einzige Trauma, das es gab?

Nachdem ich in unserer Wohnung nicht weiterkam, war für mich der logische nächste Schritt: Ich wollte arbeiten. Von mir aus in der Videothek. Immerhin spürte ich deutlich, dass ich mich für Filme und Serien begeistern konnte. Vielleicht würde ich mich dort wohler fühlen. Körperlich fit war ich, worauf wartete ich? Christian gefiel es nicht, dass ich meinen Chef anrief. Mein Chef dagegen war erleichtert. Auch er glaubte mir zwar zunächst nicht, dass ich wirklich keinerlei Erinnerung hatte. Aber da er selbst meine Schichten hatte übernehmen müssen, war ihm letztlich wurscht, was ich erzählte. Hauptsache, ich wollte wiederkommen. Ich stimmte zu, gleich am nächsten Tag vormittags zu arbeiten. Auch wenn Christian mir zehn Mal sagte, dass es „wegen der Versicherung“ besser gewesen wäre, wenn ich für eine Weile auf arbeitsunfähig gemacht hätte. Offensichtlich erhoffte er sich riesige Schmerzensgeldsummen von Viktorias Versicherung. Ich empfand mich aber nicht als arbeitsunfähig. Sondern eher als zuhauserumsitzunfähig. Mir fehlte so viel von meinem bisherigen Leben, dass ich das Bedürfnis hatte, möglichst schnell alles nachzuholen.

9

Genau eine Woche nach dem Unfall kehrte ich also zurück in die Arbeitswelt. Und auf dem morgendlichen Weg in die Videothek mit dem schönen Namen Video 2000 kehrte ich auch zum ersten Mal an den Ort des Unfalls zurück. Christian wollte mich eigentlich zur Arbeit bringen, aber erstens musste er zum Dreh, was ohne Auto bekanntlich länger dauerte. Und zweitens hatte ich das Gefühl, dass ich da alleine durchmusste. Allerdings wusste ich nun nicht einmal, wo genau der Unfall stattgefunden hatte.

„Irgendwo da auf der Höhe von dem Weinladen“, war alles, was Christian dazu wusste.

Also stand ich an diesem kühlen Wintermorgen im gleißenden Licht der aufgehenden Sonne rätselnd an der Bergmannstraße, umgeben von zahllosen Mamis mit Kinderwägen, leicht verkaterten Austauschstudenten aus aller Welt, früh fleißigen türkischen Gastronomen und mürrischen Berliner Omis mit trockenen Sprüchen. Und stellte ohne allzu große Überraschung fest, dass ich mich auch hier an überhaupt nichts erinnerte. Nicht an den Unfall, nicht an mich in dieser Straße. Dafür merkte ich, dass mir die Gegend gefiel. Der Mix der Leute, die entspannte Stimmung, die kleinen Läden. Ich ertappte mich bei dem Gedanken, dass ich hier gerne wohnen würde. Bis ich realisierte, dass ich dies längst tat.

„Wenigstens ein Fakt, von dem ich begeistert bin“, würde Peter Fox sagen. Ich hatte mittlerweile festgestellt, dass ich all seine Lieder auswendig kannte und seine Liebe zu Berlin teilte. Wenn mein Leben sonst auch ein Desaster war, lebte ich immerhin in der richtigen Stadt, im richtigen Stadtteil. Der Tag fing also nicht schlecht an.

Die Videothek war durch einen Mangel an Fenstern bei gleichzeitiger Ausnutzung jedes Zentimeters Wand für ein Regal mit DVD-Hüllen gekennzeichnet. Sie war viel zu hell beleuchtet, und viel zu schlecht belüftet. Ich hatte nach wenigen Minuten Kopfschmerzen. Zunächst gab es dort eine Einführung durch meine mir völlig unbekannte gute alte Kollegin Luna, die alle zwei Minuten sagte, wie abgefahren es sei, dass sie mir alles zeigen musste. Denn sonst hatte immer ich ihr alles gezeigt – hatte auswendig gewusst, wo jeder Film stand. Luna war eine laute, aber irgendwie ganz witzige Frau. Nicht viel älter als ich, dafür aber einen Kopf kleiner. Und ich bin auch schon kein Riese. Man durfte sie aber auf keinen Fall „kleinwüchsig“ nennen, dann wurde sie grantig. Denn „offiziell“ waren Frauen dies nur unter 1,40 Meter und so klein war sie nun wirklich nicht. Ihre geringe körperliche Größe stand allerdings im direkten Gegensatz zu der Größe ihrer Klappe – wie sie selbst sagte. Dazu kam ein ausgesprochen körperbetonter Kleidungsstil, mit dem sie „von ihrer Größe“ ablenken wollte. Das gelang, aber vielleicht nicht so, wie sie sich das vorgestellt hatte. So oder so: Ich war froh, von ihr den Laden gezeigt zu bekommen und nicht von meinem Chef, der am Telefon unfassbar langweilig geklungen hatte.

„Nerd“, sagte Luna.

Damit war für sie alles gesagt, was man über unseren Chef wissen musste.

Dann geschah es. Während sie mir gerade die „Deutsche Filme mit Anspruch“-Ecke erklärte, ging die Tür auf und Tom kam herein.

Er war nicht halb so überrascht, mich zu sehen, wie ich ihn. Als er mich mit offenem Mund in meinem aus vielerlei Gründen unpassenden Video-2000-T-Shirt vor ihm stehen sah, lächelte er:

„Jetzt weiß ich, wo wir uns schon einmal gesehen haben! Das hatte ich komplett vergessen.“

„Ich auch“, sagte ich und grinste unsicher.

Er lachte. Ein schönes Lachen. Ein Lachen, das ich mir stundenlang hätte anschauen können.

„Wie geht's?“, fragte er mich, während Luna interessiert daneben stand.

„Mh, na ja, eigentlich ganz gut.“

Es war eine Lüge, denn ich war todunglücklich. Aber irgendwie war es auch wieder keine Lüge, denn in diesem Moment ging es mir wirklich gut.

„Und Ihrer Frau?"

Er wurde sichtbar ernster. Ich bereute, gefragt zu haben. Aber die Konventionen verlangten diese Gegenfrage, da war ich mir sicher.

„Na ja. Sie ist jetzt in der Reha. Sie ist sehr tapfer."

Kurzes Schweigen. Luna stand immer noch distanzlos und sehr interessiert neben uns, was die Unterhaltung etwas schwieriger machte. Tom bekam als Erster die Kurve.

„Deswegen brauche ich jetzt etwas für die einsamen Abende …"

Er lächelte schief. Alles in mir rief ‚Nimm mich! Nimm mich!'. Aber er deutete natürlich auf die Filmregale um uns herum.

„Jetzt check ich's!", rief Luna plötzlich mitten hinein. „Sie sind der Mann von der Frau, die Trixi über den Haufen gefahren hat."

Sie sagte es nicht böse. Es war mir dennoch sehr unangenehm.

„Es war ein Unfall", sagte ich schnell.

„Ja, nee, klar. Hatte die nicht so 'n Möchtegern-Ferrari? Wie heißen die? Die kleinen Flitzer … Die hat doch ab und zu hier geparkt."

Sie deutete auf den Parkplatz im Hof hinter der Videothek. Mir war es mittlerweile extrem unangenehm, dass sie so respektlos über Viktoria redete.

„Ein Mazda MX 5", sagte Tom höflich.

„Ach, genau, find' ich ja furchtbar, die Dinger. Dann schon lieber was Ordentliches, oder?"

Sie schaute uns beide um Bestätigung suchend an. Ich fand wieder zu mir.

„Du, Luna, ich glaube, die Frau da möchte etwas ausleihen."

Gott sei Dank näherte sich tatsächlich eine Kundin dem Ausleihschalter. Luna machte sich sofort auf den Weg. Aber nicht ohne uns noch ein kopfschüttelndes „Mazda!" dazulassen.

„Entschuldigung“, sagte ich verlegen zu Tom.

Er zuckte mit den Schultern.

„Sie hat ja recht. Ich mochte die Karre auch nie.“

Situation gerettet. Als Retter war Tom offensichtlich sehr gut.

„Mh, können Sie mir denn einen Film empfehlen? Ach Quatsch, sorry, … Mensch, ich Depp!“

„Nein, nein“, sagte ich schnell. „Ich kann Ihnen Filme empfehlen. Ich erinnere mich an jeden einzelnen. Ich weiß zwar nicht mehr, wo sie stehen, aber …“

„Wow.“

„Ja, total bescheuert. Ich weiß lauter nutzloses Zeug: Dass Markus Lanz seit Monaten ‚Wetten dass‘ versaut, dass wir bei der Fußball-WM gegen Klinsis Amerikaner spielen und wer die Hauptrollen in der Verfilmung von ‚Shades of Grey’ übernehmen wird.“

„Ach ja?“

Er schaute mich interessiert an. Ich kam immer mehr in Plapperlaune.

„Ja, ihn kenne ich nicht. Jamie Dornan!? Aber sie ist die Tochter von Don Johnson und Melanie Griffith. Dakota Johnson. Klingt nicht schlecht. Obwohl ich mit dem Buch jetzt nicht besonders viel anfangen konnte.“

„Ich auch nicht. Vik fand’s toll, aber mein Ding war’s nicht.“

„Nee, SM ist ja sowieso nicht mein Ding“, betonte ich plötzlich aus Gründen, die höchstens mein Unterbewusstsein kannte.

„Meins auch nicht“, sagte Tom lapidar.

„Ah, cool“, entfuhr es mir erfreut. „Also, nix gegen SM und so, aber … Also, ich steh jetzt auch nicht nur auf Blümchensex, es kann auch schon mal … Also … Wobei ich ehrlich gesagt gar nicht weiß, mh, also mich nicht erinnere, auf was ich … Wie sind wir denn jetzt auf das Thema gekommen?“

Ich hyperventilierte plötzlich. Das lag nicht nur an dem Unsinn, den ich in immer größerem Tempo von mir gab, sondern vor allem an dem überaus interessierten Blick von Tom, mit dem er sich meine Sexbeichte anhörte.

„Ich weiß nicht“, sagte er und lächelte cool. Eine Schweißperle lief mir von der Stirn ins Auge. Wie kam ich bloß aus der Nummer wieder raus?

„Sorry, was für einen Film wollten Sie jetzt haben?“

„Sollen wir uns nicht eigentlich duzen?“, fragte er. „Wir sind in Kreuzberg, hier duzt sich doch jeder.“

Ich nickte erfreut. Auch weil ihn mein nervöses Gequatsche offensichtlich nicht in die Flucht geschlagen hatte. Duzen fand ich angebracht. Immerhin hatten wir schon unsere sexuellen Präferenzen ausgetauscht.

„Klar, ich bin die Trixi.“

Er grinste.

„Ich bin der Tom. Freut mich, Trixi.“

„Also … was soll's denn sein? Hier haben wir zum Beispiel deutsche Filme mit Anspruch …“

„Eher amerikanisch und ohne Anspruch.“

Ich musste lachen.

„Dann gehen wir die mal suchen“, sagte ich und machte mich mit ihm auf eine Odyssee durch die Videothek, die ungelogen das Schönste war, was ich seit meinem Erwachen erlebt hatte.

Wir plauderten nicht nur über Filme, sondern über Gott und die Welt. Und über ihn, denn ich hatte ja nicht so wahnsinnig viel zu erzählen außer meiner Abneigung gegen Sado-Maso-Sex. So erfuhr ich, dass Tom mit einem Freund ein „kleines“ Internet-Startup besaß, das offensichtlich ziemlich erfolgreich war. Er spielte das zwar herunter, aber die Insignien des Gutverdieners waren nicht zu übersehen. Er trug wieder einen lässigen Anzug, der maßgeschneidert sein musste. Und wenn seine Frau einen „kleinen Flitzer“ besessen hatte, gab es bestimmt auch noch das große Familienauto. Es hörte sich alles so verdammt perfekt an. Aber je genauer ich mir Tom ansah, desto mehr glaubte ich, unter dieser perfekten Oberfläche eine tiefe Traurigkeit zu entdecken.

„Bist du glücklich mit deinem Leben?“, fragte ich plötzlich in der Abteilung mit den Hollywood-Komödien.

Er schaute mich überrascht an. Ich wunderte mich selbst, dass ich das laut ausgesprochen hatte. Dieser Mann brachte mich dazu, Sachen zu sagen, die ich normalerweise nie sagen würde. Zumindest glaubte ich, dass ich all dies normalerweise nicht sagen würde.

„Vergiss es, blöde Frage!", murmelte ich.

„Nein, gar nicht. … Also doch! … Ich meine: Nein, die Frage ist nicht blöd, und ja, ich bin glücklich."

Er lächelte unsicher. Ich hatte ihn nun endlich auch einmal aus dem Konzept gebracht.

„Wieso fragst du?", wollte er wissen.

„Ach, das Thema beschäftigt mich. Alles, was ich in den letzten Tagen über mich erfahren habe, das klingt … echt nicht so toll. Aber wenn ich's so doof finde, dann muss ich doch vor dem Unfall ziemlich unglücklich gewesen sein."

Er schaute mich nachdenklich an, nickte sogar ein klein wenig.

„Wenn ich so unglücklich war, warum habe ich dann nichts geändert?"

„Fragen sich das nicht wahnsinnig viele Menschen? Gibt es nicht tausend und einen Grund, warum man manche Sachen einfach nicht ändern kann?"

„‚Sachen' vielleicht, aber ich rede hier von meinem ganzen Leben."

„So schlimm?"

„Ich hab' mich vorgestern bei Facebook angemeldet und bisher nicht mehr als drei Freunde zusammenbekommen!"

Ich grinste. Er grinste ebenfalls und sagte: „Ich bin nicht bei Facebook."

„Auch das noch."

Jetzt lachte er. Doch bald wurde er wieder ernster.

„Wenn dir dein Leben nicht gefällt und du nicht mal mehr weißt, warum du es bisher nicht geändert hast, dann kannst du es doch jetzt ändern."

„Das stimmt."

Ich nickte. Sehr lange.

„Das werde ich!"

Das wollte ich wirklich. Ich wusste zwar noch nicht wie, aber es war der einzige logische Schritt. Und auch wenn mir bewusst war, dass es nicht so einfach werden würde, wie es in diesem Moment klang, schaffte Tom es, mich mit dieser banalen Weisheit aus dem Tief der letzten Tage zu holen. Ich strahlte ihn an.

„Danke!"

„Wofür?"

Ich zuckte mit den Schultern. Wir standen stumm da. Schauten uns einfach nur an. Ich fühlte mich ihm plötzlich wieder unglaublich nah. Wie im Krankenhaus nach dem Aufwachen. Er schaute ablenkend auf den Film, den er in der Hand hielt.

„Also … Den kannst du mir empfehlen? Zum Lachen und um mal alles um sich herum zu vergessen?"

„Lachen auf jeden Fall. Für's Vergessen wüsste ich eine bessere Methode. Die ich aber nur ausgewählten Kunden empfehle."

Er lächelte.

„Gut, dann nehme ich den."

Er ging mit „50 erste Dates" zum Tresen, hinter dem Luna gerade ihr sowieso viel zu dominant aufgetragenes Make-up auffrischte.

Als Tom sich wenig später von mir verabschiedete, schaute er mich einen Moment länger an, als dies ein verheirateter Mann bei einer fremden Frau tun sollte. Gut, ich war nicht komplett fremd, schließlich hatte seine Frau mich „über den Haufen gefahren". Doch spätestens seine nächste Frage bestärkte mein Gefühl.

„Sag mal, hast du vielleicht Lust, morgen früh einen Kaffee zu trinken … Oder so …"

Er wirkte etwas unsicher bei der Frage. Machte ich ihn unsicher? Fand er mich in irgendeiner Form interessant? Oder war er einfach nur einsam, jetzt, wo seine Frau nicht da war? Oder war es gar Mitleid, weil sie mich übersehen hatte? Es war mir vollkommen egal, warum er mich fragte. Ich hoffte, dass ich nicht zu bedürftig rüberkam, als ich heftig nickte und mit einem: „Wow, total gerne!" antwortete. Er schlug ein Café ganz in der Nähe vor und verschwand mit einem selbstbewussten Lächeln.

„Was für ein Leckerchen!“

Ich erschrak, weil Luna plötzlich hinter mir stand, kaum dass Tom rausgegangen war. Hatte sie unsere Verabredung mitbekommen?

„Also, den würde ich echt nicht von der Bettkante stoßen. Aber du musst seine Frau mal sehen! Holla, die Waldfee!“

„Hab’ ich. Im Krankenhaus.“

„Ach ja, klar. Na ja, dann weißte: Der spielt in ’ner anderen Liga als wir.“

Sie seufzte. Okay, sie hatte nicht mitbekommen, dass wir uns verabredet hatten.

„So, komm, jetzt zeig ich dir die Schweinkramecke“, sagte Luna und ging vor in die untere Etage.

„Sag mal, Luna …“

Sie schaute mich fragend an, während wir in die Pornoabteilung gingen.

„Wie gut kennen wir uns eigentlich? Sind wir Freundinnen oder so?“

„Na ja, wir haben hier schon ’ne Menge sturzlangweilige Schichten zusammen abgenudelt, aber …“

Sie stockte, musterte mich kurz.

„Willst du ’ne ehrliche Antwort?“

Oh je! Luna schien mir nicht die Person zu sein, die in normalen Situationen vor ehrlichen Antworten warnte. Ich nickte ein wenig unsicher.

„Ich glaub’, du hieltst mich für eine schreckliche Nervensäge. Und ich hielt dich eigentlich immer für einen lebendig gewordenen Stock im Arsch.“

Sie schaute mich mit einem Da-hast-du-es-Blick an. Ich seufzte und nickte verstehend.

„Aber der Hau vor’n Kopf hat dich irgendwie lockerer gemacht. Wenn du dir jetzt noch ein paar vernünftige Klamotten besorgst, wirste vielleicht ein richtiger Mensch.“

Ich musste lachen. Okay, es war also nicht nur mir aufgefallen, dass ich eine verklemmte Katastrophe gewesen war. Es wurde wirklich Zeit, das zu ändern. Schon allein, weil ich am nächsten Morgen ein Date mit meinem Traummann hatte.

Und – selten konnte eine Frau dies mit mehr Fug und Recht sagen – ich hatte nichts anzuziehen!

„Magst du vielleicht mit mir shoppen gehen?“, fragte ich Luna, die ich zum ersten Mal an diesem Tag wirklich überrascht sah …

10

In einem hatte ich allerdings nicht falsch gelegen in meinem früheren Leben: Luna war eine schreckliche Nervensäge. Wenn auch auf sehr unterhaltsame Art, konnte sie jeden Menschen in wenigen Minuten in den Wahnsinn treiben. Geschehen in einem hippen Klamottenladen in Mitte, in dem sie mich trotz Weihnachtsshoppingüberfüllung am späten Nachmittag Millionen Sachen anprobieren ließ, bei allem an der Qualität der Klamotten rummäkelte, dann der Verkäuferin die Schamröte ins Gesicht trieb, weil diese bei der Frage nach etwas mehr „Sex" einen Rock angeschleppt hatte, der in Lunas Augen „kitzlerkurz" war. Was sie unmöglich fand, denn es war schließlich Winter!

„Junge Frau, muss man Klamottenverkäuferin eigentlich lernen oder kann das jeder machen?", fragte Luna die nicht mehr ganz so junge Frau, die sich nun auch noch als Besitzerin des Ladens entpuppte und wahrscheinlich zum ersten Mal in ihrem Leben jemanden aus dem Geschäft warf.

Ich fand derweil noch ein paar Überreste des Arschstocks, für den Luna mich früher gehalten hatte, und war vor peinlicher Berührung schweißgebadet, als wir wieder draußen in der kalten Winternacht standen. Luna sah es und lachte herzlich.

„Mensch, Trixi, das war doch nur zum Aufwärmen. Im Leben hätte ich dich da nix kaufen lassen. Aber ich weiß jetzt, was dir steht. Komm!"

Und was soll ich sagen? Luna wusste es wirklich. Sie schleppte mich gezielt in eine Handvoll Läden, die ich ganz sicher nicht kannte – auch wenn ich meine Erinnerung noch gehabt hätte. Und stellte mir ein richtig cooles, gar nicht so teures Ensemble zusammen. Ihr eigener Kleidungsstil mochte eigen bis exzentrisch sein, aber das war nun einmal ihr Stil. Meinen Stil erfand sie neu und er gefiel mir. Wir fanden extrem schöne wadenhohe Stiefel, die ich mit einem lässigen, kurzen Wollkleid kombinierte, einer blickdichten

Strumpfhose und einem Flechtgürtel, der meine Hüften zur Geltung brachte. Ich war zufrieden. Mehr als das. Ich nahm Luna nach dem letzten Geschäft beladen mit fünf Tüten mitten auf der Straße in den Arm und sagte aus vollem Herzen: „Danke!“

Sie schien plötzlich gerührt.

„Was ist?“, fragte ich sie.

„Das passiert mir nicht oft“, sagte sie seufzend und wirkte für einen Moment tieftraurig. Mir fiel auf, dass ich nicht besonders viel über sie wusste. Wahrscheinlich auch früher nicht viel über sie gewusst hatte. Aber dass hier ein Mensch mindestens genauso einsam war wie ich, erschien nun offensichtlich.

„Dann lassen wir das doch in Zukunft öfter passieren“, sagte ich gut gelaunt. „Du bist ab sofort meine beste Freundin!“

„Ich bin deine einzige Freundin!“

Wir lachten.

„Komm, wir gehen Prosecco trinken“, sagte sie und hakte sich bei mir ein. „Und du erzählst mir endlich mal, wieso dieser Kreuzberger Brad Pitt dich zum Kaffeetrinken einlädt.“

Okay, sie hatte es also doch mitbekommen. Und offensichtlich genau gewusst, was das Ziel unserer Mission war.

„Ich weiß es nicht! Mitleid?“

Sie schaute mich amüsiert an.

„Nein, ehrlich“, insistierte ich. „Ich kann mir echt nicht vorstellen, dass er irgendwas anderes von mir will als … einen Kaffee trinken.“

„Aber einen frischen Schlüpfer ziehst du trotzdem an, ja!?“

„Luna!“

Sie schaute mich mit einem Was-denn?-Blick an.

„Ich bin verheiratet! Er ist verheiratet!“

„Okay, sie ist ein Problem. Aber dein Mann? Den hab ich ein paar Mal im Laden gesehen. Ganz ehrlich? Keinen blassen Schimmer, was du an dem findest.“

„Ebenfalls ganz ehrlich? Ich auch nicht!“

Lachend zogen wir weiter und machten unsere private After-Work-Party mit Sushi und Prosecco. Es war wunderbar.

„Seit wann isst du Sushi?“

Christian wirkte sichtlich irritiert, als ich ihm am Abend von dem Ausflug mit meiner neuen Freundin berichtete. Er war gerade damit beschäftigt „Suchanzeigen“ auszudrucken: „Haben Sie dieses Auto gesehen?“ stand neben einem Foto von unserem Auto in großen Buchstaben. Darunter diverse Male unsere Kontaktdaten zum Abreißen.

„Wieso nicht?“, fragte ich keck und etwas angeheitert.

„Du magst keinen rohen Fisch!“

„Echt?“

Einmal mehr war ich enttäuscht von mir selbst.

„Dann sollte ich es aber mal probieren. Ist saulecker!“

„Bist du betrunken?“

Er schaute mich kritisch an. Überhaupt schaute er mich in den letzten Tagen sehr oft kritisch an. Es gefiel ihm offensichtlich nicht, dass ich mich mehr oder weniger komplett ins Wohnzimmer zurückgezogen hatte. Wobei mir noch nicht ganz klar war, ob er mich im Schlafzimmer vermisste oder es doof fand, dass er nicht die halbe Nacht mit der Xbox spielen konnte, die an den überdimensionalen Fernseher angeschlossen war.

„Was haste denn da eingekauft?“

Er deutete auf die zahllosen hübschen Tüten, die ich mit mir herumschleppte und die mir einen Hauch von Carrie aus „Sex and the City“ verliehen. Eine Serie, die wir nach Christians Aussage beide albern fanden. Nur komisch, dass ich mich an jede Folge davon erinnerte.

„Mh, du, ich … Ich brauchte einfach ein paar Sachen.“

„Und wer bezahlt die?“

„Ich geh’ doch arbeiten.“

Er lachte verächtlich. Ich schluckte. Natürlich hatte ich noch überhaupt keinen Überblick über meine oder unsere Finanzen. Ich hatte eine Kreditkarte in meinem Portemonnaie gefunden und sie einfach benutzt. Dabei war meine Hauptsorge gewesen, ob ich die Unterschrift richtig hinbekommen würde – aber das ging erstaunlicherweise gut. Wahrscheinlich war es wirklich doof von mir gewesen, das Geld auszugeben.

„Dafür musst du mir nichts zu Weihnachten schenken“, sagte ich versöhnlich.

Er sagte nichts. Ich deutete auf die immer weiter aus dem Drucker quellenden Zettel mit dem Bild unseres Autos.

„Noch kein Glück bei der Suche?“

Ich lächelte ihn süß an.

„Nein“, sagte er leicht genervt.

„Ich kann ja auch ein paar aufhängen.“

„Das wäre nett.“

„Du, es tut mir echt leid, dass ich nicht mehr weiß, wo das Auto steht.“

„Schon okay.“

Er war schon fast wieder freundlich. Ich nahm ein paar von den Zetteln und verzog mich mit der Beute des Tages ins Wohnzimmer. Nach einem ausgiebigen Bad und einigen notwendigen Arbeiten an meinem Körper schlief ich an diesem Abend zum ersten Mal seit meinem Erwachen schnell ein – ohne endloses Grübeln darüber, wie mein Leben früher ausgesehen hatte und wie es nun weitergehen könnte. Es waren nicht nur der Prosecco und das warme Wasser, die mir einen tiefen Schlaf schenkten, es war eine neue Erfahrung: Glücklichsein.

11

Am nächsten Morgen war ich eine halbe Stunde zu früh im Barcomi's – dem mit Kaffeeduft durchzogenen Café, in dem ich mit Tom verabredet war. Ich war schon seit halb sieben wach. Ausgeschlafen und aufgeregt. Und obwohl ich schon am Vorabend ein persönliches Wellnessprogramm durchlaufen hatte, war es auch am Morgen wieder mehr als eine Stunde, die ich im Bad zugebracht hatte. Endlich hatte ich auch das Pflaster an der Stirn entfernen können. Bei der verbliebenen kleinen Wunde unter meinem Scheitel musste ich zunächst an Harry Potter denken. Ich fand aber letztlich, dass es mir stand und mir einen etwas verwegenen Look verlieh. Vor allem hatte ich endlich einmal eine richtige Frisur. Als Christian mich in meinem neuen Outfit sah und tatsächlich beeindruckt war, hatte ich doch ein wenig Sorge, dass mein Vorhaben zu offensichtlich war. Aber Christian schien nicht so weit zu denken und wurde Gott sei Dank auch schnell durch einen Anruf seiner Assistentin abgelenkt, die ihn – mit dem Bus – zum heutigen Drehort rief. Es gab wieder einmal irgendeine Krise.

Brav hatte ich unterwegs einige Autosuchmeldungen an Laternenpfähle geklebt und wartete nun nervös im gut besuchten Café auf meinen Retter.

Als er kam, machte er mir ein wunderschönes Kompliment. Es bestand nicht aus Worten, sondern aus seinem Gesichtsausdruck, der wirklich und ehrlich nach „Wow" aussah, als ich aufstand, um ihn zu begrüßen. Gut, bisher hatte er mich vor allem mit dem Bademantel von Frau Pohl und in dem Video-2000-T-Shirt gesehen. Trotzdem reagierte er mehr als erstaunt auf mein heutiges Erscheinen.

„Guten Morgen", sagte er mit seiner warmen Stimme.

„Guten Morgen", sagte ich und lächelte verlegen.

Er initiierte eine Begrüßung mit Küsschen links und Küsschen rechts, die mich so nah an ihn heranbrachte, wie ich es noch nie gewesen war. Er roch unfassbar gut. Und ich vermutete, dass es nicht einmal ein Herrenduft war. Der Mann roch einfach von Natur aus gut. Ich kostete den Moment so lange aus, wie es ging, ohne dass ich wie ein Groupie rüberkam. Obwohl ich das natürlich längst war. Nervös setzte ich mich zurück an den Tisch am Fenster, den ich ausgewählt hatte. Und freute mich, dass Tom auch nervös wirkte. Er konnte sein Blick gar nicht von meinem Kleid nehmen, versank sogar kurz in meinem Ausschnitt. Es erregte mich. Er sah, dass ich gesehen hatte, wo er hingeschaut hatte. Er lächelte verschmitzt. Ich grinste keck. Wir waren mitten in einem heißen Flirt. Dabei hatten wir noch nicht mehr als „Guten Morgen" gesagt. Konnte das überhaupt sein? Die Kellnerin zerbrach den zauberhaften Moment mit einem müden: „Was bestellen?"

Ich hatte bereits zwei Milchkaffee hinter mir, aber bestellte mit ihm zusammen den dritten, obwohl mein Herzrasen eigentlich schon mehr als bedenklich war. Aus vielerlei Gründen.

„Der Film hat mir gefallen", sagte er schließlich.

„Was?"

Ich war gedanklich noch in einem ganz anderen Film.

„Den du mir empfohlen hattest. ‚50 erste Dates'."

„Ah. Cool. Ja. Das freut mich."

„Ich muss ihn nachher noch abgeben."

„Kannst ihn mir mitgeben. Ich hab' ab halb zwei Dienst."

„Nicht nötig. Ich gehe gerne in die Videothek. … Neuerdings."

Er grinste. Doch. Er flirtete ziemlich offensiv mit mir. Ich verstand es nicht. Ich verstand es überhaupt nicht, aber gleichzeitig fühlte es sich so gut an, dass ich darüber keine Sekunde lang ernsthaft nachdachte.

„Aber das ist nicht dein …"

Er stockte, lachte über sich selbst.

„Was?"

„Ich hab's schon wieder fast vergessen. Ich wollte dich fragen, ob das mit der Videothek immer dein Traumjob war und was du eigentlich machen willst und … Aber …"

Er zuckte mit den Schultern.

„Doch, frag mich. Das ist definitiv nicht mein Traum. Und ich will garantiert was anderes machen. Ich hab' nur noch nicht raus, warum was anderes nicht geklappt hat. Man sagt, ich könnte gut fotografieren. Hätte das sogar gelernt. Aber … ich … Ich werde das mal ausprobieren."

„Du bist also Fotografin?"

Ich nickte.

„Aber ich hatte offensichtlich nie irgendwelche ernsthaften Jobs. Mein Mann hat versucht, mich beim Film unterzubringen, als Standfotografin. Aber … Ich weiß nicht, was da los war. Ich weiß es einfach nicht."

Ich merkte, dass mich die Erzählung aufwühlte. Flirten war gar nicht so einfach, wenn man so viele Päckchen mit Ungewissheit zu tragen hatte. Ich seufzte. Tom nahm beruhigend meine Hand. Für einen Moment. Ich schaute ihn überrascht an. Es kam ihm plötzlich auch komisch vor, also tätschelte er meine Hand und ließ sie wieder los.

„Vielleicht kannst du es nochmal versuchen. Als Fotografin."

„Das werde ich!"

Ich bestärkte mich selbst mit einem Nicken und fügte an:

„Erzähl du etwas! Was … Bist du aus Berlin?"

Er nickte. Und erzählte von sich. Darüber, wie er in Charlottenburg als Spross einer durchaus wohlhabenden Familie groß geworden war mit einer liebenden Mutter und einem die meiste Zeit abwesenden Vater, dessen Affären von der ganzen Familie ertragen werden mussten, um den Schein der heilen Welt zu wahren. Tom war erstaunlich offen. Ich stellte viele Fragen und tauchte ganz in sein Leben ab. Stellte mir vor, dass ich dazugehören würde.

Wir schafften es, uns zwei Stunden intensiv zu unterhalten, ohne ein einziges Mal seine Frau zu erwähnen. Und auch ohne uns mit der Frage zu beschäftigen, warum wir uns eigentlich trafen. Es war irreal. Es war wunderschön. Ich wollte, dass es nie aufhörte. Irgendwann schaute er jedoch auf die Uhr und verzog sein Gesicht.

„Ich muss leider gleich die Kleine aus der Kita holen."

„Oh. Okay. So früh?"

Es war gerade mal zwölf Uhr. Ich war enttäuscht. Aber ich konnte ihn natürlich unmöglich dazu bringen, seine Tochter zu vernachlässigen.

„Ja, sie fängt gerade erst in der Kita an, hier direkt um die Ecke. Das sind ihre ersten Tage ohne Eltern. Ich bin sozusagen auf Abruf, falls sie es nicht schafft. Aber … es läuft gut."

Hatte er mich nur getroffen, um die Wartezeit wegen seiner Tochter zu überbrücken?

„Aber bitte jetzt nicht falsch verstehen", fügte er schnell hinzu. „Ich hab dich hier nicht nur getroffen, um die Wartezeit wegen Ava zu überbrücken!"

Er konnte also auch noch Gedanken lesen. Ich traute mich trotzdem nicht „Warum denn dann?" zu fragen.

„Ich … Ich fand's sehr schön. Das … Vielleicht können wir uns wieder treffen?"

Das unsichere Fragen kam nicht von mir, sondern von ihm. Ich nickte sofort wie wild.

„Natürlich."

„Gibst du mir deine Handynummer?"

„Oh, äh, das ist leider kaputt. Und … aber Festnetz? Mein Mann ist tagsüber meistens eh nicht da."

Ich wusste nicht, warum ich das gesagt hatte. Beziehungsweise ich wusste es eigentlich genau, aber so etwas kann man doch nicht aussprechen! Tom ging mit keinem Wort drauf ein, zückte nur mit einem „Okay" sein Handy, um sich die Nummer zu notieren. Das Dumme war nur:

„Äh, ich weiß sie nicht. … Warte!"

Mir war etwas eingefallen. Ich kramte die letzten Zettel mit der Suchanzeige für unser Auto heraus. Dort stand außer Christians Handynummer und seiner E-Mail-Adresse auch unsere Festnetznummer – das Auffinden des Wagens sollte nicht daran scheitern, dass man uns nicht erreichen konnte. Während ich Tom die Nummer vorlas, schaute er irritiert auf den Zettel. Ich musste lachen.

„Ich habe auch vergessen, wo ich unser Auto geparkt habe. Mein Mann sucht jetzt schon seit zwei Wochen danach."

Ich zuckte mit den Schultern. Tom seufzte.

„Es tut mir echt so leid, was dir passiert ist."

„Wer weiß, wofür es gut war? …“

Traute ich mich? Sollte ich es sagen? Ich musste es sagen.

„Ohne Unfall hätte ich dich wahrscheinlich nie kennengelernt.“

Er lächelte. Es war okay gewesen, es zu sagen.

„Das stimmt“, sagte er sehr warm. Wir sahen uns sehr lange in die Augen.

„Weißt du, ich …“, begann ich und suchte nach Worten. „Es tut so wahnsinnig gut, jemanden zu haben, der mal ausnahmsweise nicht mehr über mich weiß als ich selbst. Das … das alleine ist schon … wunderschön!“

Er schaute mich mit einem Lächeln voller Wärme und Tiefe und Traurigkeit und Sehnsucht an. Ich hätte mich ihm sofort komplett hingegeben, wenn er es verlangt hätte. Dort auf dem Tisch im Barcomi's.

„Ich muss jetzt los!“, sagte er nach einer gefühlten Minute Stille.

Er war wirklich kurz davor, seine Tochter wegen mir zu vernachlässigen. Nun stand er eilig auf.

„Ich rufe dich an!“, sagte er, lächelte noch einmal und eilte dann nach draußen.

„Und? Hat er dir in den Ausschnitt geguckt?“, war das Erste, das Luna fragte, als ich einige Zeit später zum Dienst in der Videothek auftauchte und mein geliebtes Video-2000-T-Shirt mühevoll über mein Wollkleid zerrte.

„Wie? Du hast das Kleid wegen des Ausschnitts ausgesucht? Du hast das geplant!?“, fragte ich mit gespielter Empörung.

„Er hat! Ich wusste es! Und er wollte dich nicht gleich mit nach Hause nehmen?“

„Was denkst du denn? Ich bin nicht so eine Frau!“

Sie schaute mich bohrend an.

„Er musste seine Tochter aus dem Kindergarten holen.“

„Ja, okay, mit der Kleinen dabei würde ich auch nicht mit ihm vögeln.“

„Luna!“

Dieses empörte „Luna!“ gehörte mehr und mehr zu meinem Standardrepertoire, wenn ich mit Luna zusammen war.

„Ich hab’ überhaupt keine Ahnung, wohin das alles führen soll“, sagte ich ernster, während wir uns auf den Weg machten, um die kleinen Schildchen der zurückgegebenen Filme wieder an ihren Platz zu stellen.

„Wir haben geflirtet. Total offensichtlich. Und … er wollte meine Nummer. Und wir werden uns wiedersehen. Aber … ey, er hat Frau und Kinder und sie ist eine Heilige.“

„Das ist alles nicht dein Problem.“

„Ich bin auch verheiratet!“

Sie zuckte mit den Schultern.

„Du hast bisher in deinem Leben den Spaß nicht mit dem großen Löffel verspeist, also kannst du jetzt auch mal zulangen.“

„Wie kannst du so locker sein?“

Sie zuckte wieder mit den Schultern und sagte: „Vielleicht bin ich einfach nur wahnsinnig scharf. Weißt du, wann ich das letzte Mal Sex hatte?“

Ich grinste.

„Nee, ich weiß ja nicht mal, wann ich das letzte Mal Sex hatte. Was meine Erinnerung angeht, bin ich noch Jungfrau!“

Sie lachte.

„‚Man of Steel‘ steht übrigens in der Achtzehn“, fügte ich an, denn Luna suchte vergeblich nach dem richtigen Platz für ein Schildchen. Sie schüttelte den Kopf.

„Wow, du bist grad mal zwei Tage hier und kennst den Laden schon wieder besser als ich. Du bist ein Genie, Süße! Willst du nicht vielleicht mit mir was anfangen?“

Ich lachte.

„Vielleicht kommt er nachher“, sagte ich gut gelaunt. „Er muss den Film von gestern noch zurückbringen. Und er kommt gerne in die Videothek. Sagt er.“

„Da bin ich aber gespannt!“

12

Das war ich auch. Wahnsinnig gespannt. Aufgeregt, voller Bauchschmetterlinge und einfach nur glücklich. Aber Tom kam nicht. Er kam nicht an diesem Tag in die Videothek und auch nicht am nächsten. Er rief mich auch nicht an. Nach drei Tagen des Wartens schaute ich in den Computer der Videothek und sah, dass er „50 erste Dates" längst zurückgebracht hatte. Irgendwann spätabends, während ich nicht da gewesen war. Einen neuen Film hatte er sich nicht geliehen.

Es standen die Feiertage an. Ich hatte mich freiwillig über Weihnachten für so viele Dienste wie möglich gemeldet, weil die Vorstellung, mit Christian zu Hause zu sitzen, ein Horror für mich war. Überhaupt versuchte ich, möglichst wenig zu Hause zu sein, wenn er da war. Er war Gott sei Dank kein Mensch, der Konflikte austrug. Ich merkte, dass ihn mein Verhalten irritierte, aber er sagte nichts, machte allenfalls mehr oder weniger lustige Bemerkungen und war froh, wenn er abends an den Fernseher oder seine Xbox konnte.

Seine Vorstellung von Heiligabend war, dass er etwas für uns kochte – was offensichtlich ein weltbewegendes Ereignis war – und dass wir danach „endlich mal wieder" zusammen eine Serie gucken oder „Grand Theft Auto V" spielen würden, denn das hatte ich ihm angesichts diverser winkender Zaunpfähle zu Weihnachten geschenkt. Er behauptete, dass ich früher auch total auf solche Spiele gestanden hätte. Als es dann lief, erinnerte ich mich tatsächlich an erstaunlich viele Passagen des Vorgängers „Grand Theft Auto IV", aber ich wurde das Gefühl nicht los, dass ich auch damals nur daneben gesessen hatte, während Christian wie ein Teenager Niko Bellic Liberty City hatte kurz- und kleinschießen lassen. Denn mir gab das nichts. Vielleicht lag es aber auch daran, dass ich die ganze Zeit mit den Gedanken woanders war, während mein Mann an diesem Heiligen Abend Los Santos unsicher machte. Wieso meldete Tom sich nicht? Hatte ich etwas Falsches gesagt? War seine Frau wieder da? Oder hatte ich einfach alles komplett falsch interpretiert und er fand mich gar nicht so interessant?

Am späteren Abend kam sogar Christians Tochter Paula kurz vorbei, um sich ihr Geschenk abzuholen. Bis dahin hatte ich sie noch nicht kennengelernt. Man schien kein sehr inniges Verhältnis zueinander zu haben. Mit seiner Ex-Frau, einer Schauspielerin, kommunizierte Christian nur per SMS und Paula musterte mich so verachtend, dass ich mir bald sicher war, dass sie mich schon seit langem aus tiefem Herzen hasste. Sie war eigentlich ein hübsches Mädchen, das dies aber unter tief hängenden Hosen und einem Kapuzenpulli verbarg. Und ihr Gesicht mit einem unpassenden Nasenpiercing verschandelte. Fehlte eigentlich nur noch ein Skateboard. Dabei hatte Christian mir von ihr vorgeschwärmt, dass sie eine absolut begeisternde Musikerin sei – mit einem Talent für die Gitarre und toller Stimme. Alles, was ich von der Stimme zu hören bekam, war: „Wenn du echt so alles vergessen hast, dann willste mir jetzt wahrscheinlich auch erzählen, dass du von den fünfzig Euro nix mehr weißt."

„Fünfzig Euro?", fragte ich sie freundlich.

„Die ich dir geliehen habe, vorletzte Woche."

„Paula, red' doch keinen Quatsch!", mischte sich Christian ein. „Warum solltest du ihr Geld leihen?"

„Ey, seit wann bist du denn auf ihrer Seite?", fragte Paula ihren Vater, was ihn tatsächlich kurz verunsicherte.

„Paula! Was soll denn das?"

„Ey, ich hab ihr echt fünfzig Euro geliehen!"

„Das ist durchschaubar!"

„Das war aber so! Vor zwei Wochen. Als ich mich mit Mama gefetzt habe. Und hier gepennt hab'."

Mir wurde es zu blöd. Ich ging wortlos zu meiner Jacke und suchte nach dem Geld.

„Trixi, lass! Sie erzählt Quatsch."

„Ich weiß nicht, ob sie Quatsch erzählt, Christian. Ich kann mich nicht erinnern."

„Warum hast du mir dann nie davon erzählt?", fragte er mich.

Nur mit Mühe bekam ich fünfzig Euro in meinem Portemonnaie zusammengekratzt.

„Vielleicht wollte ich dich mit irgendwas überraschen!"

Er schüttelte stöhnend den Kopf. Ich ging mit dem Geld zu Paula und reichte es ihr. Dabei war ich mir hundertprozentig sicher, dass sie mich reinlegte. Trotzdem lächelte ich sie freundlich an. Sie nahm das Geld mit einem kaum sichtbaren Grinsen. Bevor ich es losließ, sagte ich mit Honig in der Stimme: „Wenn eines Tages die Erinnerung zurückkommt und ich rausfinde, dass du mich verarscht hast, hänge ich dich an deinem hässlichen Piercing an die nächste Laterne."

Huch. Wo kam denn das her? Paula bekam große Augen. Damit hatte sie nicht gerechnet. So einen Spruch hatte die alte Trixi offensichtlich nicht auf Lager gehabt. Und auch wenn Paula das Geld trotzdem annahm, schaute sie mich danach sehr viel respektvoller an als zuvor. Bei ihrer Verabschiedung war sie ungefähr zehnmal so freundlich zu mir wie bei der Begrüßung. Und ich rätselte einmal mehr, wie ich in Christians Welt geraten war.

Natürlich hatte ich mir längst Toms Kontaktdaten aus dem Computer in der Videothek abgeschrieben. Dort stand leider keine Handynummer, weswegen ich Tom an diesem Abend googelte und ihm eine unverfängliche Merry-Christmas-Mail an seine Firmenadresse schickte. Als darauf keine Reaktion kam, probierte ich es in meiner Verzweiflung einen Tag nach einem unfassbar trostlosen und einsamen Weihnachtsfest sogar auf seinem Festnetz. Es ging nur der Anrufbeantworter dran. Eine wirklich süße Ansage von Aiden und Ava. Ein Traum. Für mich ein Alptraum.

War er verreist? Klar, das konnte sein. Die Reha seiner Frau war nicht in Berlin, vielleicht besuchten sie Viktoria dort.

Luna war mir auch keine Hilfe. Sie fuhr wie jedes Jahr ihre „bescheuerte" Familie im Rheinland besuchen, verbrachte dort Weihnachten und Silvester.

„Was bist du für eine beste Freundin?", meckerte ich am Telefon, als sie mir von den schrägen Abenden in Köln erzählte. „Ich denke ernsthaft drüber nach, mir jemand anderen zu suchen.“

„Och, Süße, das tut mir leid. Im neuen Jahr wird alles anders. Mach bloß keinen Blödsinn!“

Das hätte ich wahrscheinlich auch nicht getan, wenn sie da gewesen wäre. Oder irgendjemand, mit dem ich hätte reden können. Aber ich hatte niemanden. Und wollte nicht mehr warten. Ich wollte das alte Jahr – das Jahr Nummer Eins meines neuen Lebens – nicht hinter mir lassen, ohne zu wissen, was mit Tom war. Ich brachte es tatsächlich zustande und ging an einem trüben Winterabend „zwischen den Jahren“ an dem Haus vorbei, in dem er wohnte. Der Name seiner Familie stand bei den Klingeln im fünften Stock des schicken Neubaus, den die Nachbarschaft mit zahlreichen Farbbomben begrüßt hatte. Für einige mehr oder weniger alteingesessene Kreuzberger lief das Haus wohl unter „Gentrifizierung“. Ich fand es eigentlich ganz schön mit den großen Fenstern und den warmen Farben. Eins sah man bereits von außen: In der Wohnung im fünften Stock brannte Licht. Jemand war zu Hause.

Als ich fast nicht mehr meine Finger vor Kälte spüren konnte, weil ich schon so lange um das Haus herumgeschlichen war, sah ich Tom. Nur kurz war seine Silhouette mit einem Kind auf dem Arm am Fenster zu sehen, aber ich erkannte ihn sofort. Er schloss die Vorhänge – es war wohl Schlafenszeit für die Kinder. Sie waren also nicht verreist.

Er ging aber auch an diesem Abend nicht ans Telefon. Meine Verzweiflung nahm absurde Ausmaße an. Ich ging in der schlaflosen Nacht alle möglichen und unmöglichen Pläne durch, wie ich Kontakt zu ihm aufnehmen konnte. Sie immer wieder verwerfend, weil es doch so offensichtlich war, dass er keinen Kontakt mehr zu mir wollte. Doch irgendwann siegte die Unvernunft.

13

Am nächsten Morgen fing ich an, sein Haus zu belagern. Ich hockte mich in eine kleine Espressobar auf der anderen Straßenseite und beobachtete das Haus genau. Der Plan war simpel: Sobald er rauskam, wollte ich ihm zufällig über den Weg laufen. Warum sollte ich nicht in der Gegend unterwegs sein? Das wirkte dann nicht so psychopathisch. Aber der Plan scheiterte. Doch, Tom verließ das Haus an diesem Tag. Sogar zweimal. Aber mit dem Auto. Die große moderne Familienkutsche kam aus der Tiefgarage unter dem Haus hervor und verschwand nach der jeweiligen Rückkehr auch dort wieder – das Gittertor hinter sich schließend, um mir deutlich zu machen, dass ich auf diesem Weg ganz sicher keine Chance hatte, an ihn heranzukommen. Die Bedienung in der Espressobar wechselte schon zum zweiten Mal an diesem Tag und man beäugte mich äußerst skeptisch, weswegen ich viel zu viele Espressos bestellte.

Entsprechend aufgeputscht war ich, als es längst dunkel war und ich wieder zusehen musste, dass Tom die Kinder ins Bett brachte. Ich war sauer. Ich hatte das Gefühl, dass er ein Spiel mit mir spielte. Dabei konnte er natürlich gar nicht wissen, dass ich dort unten saß.

Als dann auch noch die Espressobar schloss, fand ich mich vor seiner Haustür wieder. Ich sah seinen Namen, die Klingel, daneben das kühle Auge einer Videogegensprechanlage. Das gefiel mir nicht: Hilflos vor dem Haus zu stehen und um ein Wort von ihm zu betteln, während er da oben in Sicherheit war und mein Gesicht lesen konnte. Ich wollte schon aufgeben, um am nächsten Tag – Silvester – einen neuen Versuch zu starten, da sah ich ein Fahrzeug aus der Tiefgarage kommen. Es fuhr davon. Das Gittertor stand offen. Es war nur wenige Meter von mir entfernt. Ich starrte es an. Felsenfest davon überzeugt, dass es eine ganz schlechte Idee wäre, einfach vor seiner Wohnungstür aufzutauchen. Doch in den

Moment, als das Tor mit einem Rattern begann, nach unten zu fahren, huschte ich hindurch und eilte in die Tiefgarage.

Mein Herz schlug wie wild. Espresso plus Aufregung. Eine gefährliche Mischung. Es fühlte sich nicht gut an, was ich tat. Aber ich konnte nun auch nicht mehr stoppen, da das Garagentor hinter mir mit einem satten Geräusch schloss und ich keine Ahnung hatte, wie ich es wieder aufbekommen könnte. Ich ging weiter, sah die durchweg hochwertigen Fahrzeuge in der Tiefgarage, aber auch den Weg zum Aufzug. Ich atmete tief durch, öffnete eine Tür und wollte gerade die Tiefgarage verlassen, als mein Blick auf eins der geparkten Autos fiel. Es passte nicht, wirkte sehr viel älter, schmuddeliger als die anderen Fahrzeuge und es kam mir irgendwie bekannt vor. Ein alter Volvo Kombi. Oh. War das … unser Auto? Das Auto, das Christian seit fast drei Wochen händeringend suchte? Mir wurde schummrig, als ich das Kennzeichen wiedererkannte. In meinem Gehirn überschlugen sich die Fragen. Was hatte das zu bedeuten? Wie konnte das sein? Niemand kam in diese Garage außer Hausbewohner! Oder ihre Gäste.

Ich erschrak fürchterlich, als sich das Garagentor erneut öffnete – weil jemand von draußen hereinfuhr. Noch mehr muss die alte Dame am Steuer des Wagens sich erschreckt haben, als ich plötzlich in ihr Scheinwerferlicht rannte und an ihr vorbei aus der Garage hinausstürmte. Die Straßen entlang. Ohne zurückzuschauen. Ohne anzuhalten. Einfach nur durch die kalte, dunkle Bergmannstraße. Bis zu mir nach Hause.

Christian war Gott sei Dank nicht in der Wohnung. So konnte ich schnurstracks an meinen Computer gehen. Ich zog nicht einmal meine schmutzigen Stiefel oder meine Mütze aus. Nach wie vor war es mir nicht gelungen, das Passwort für meinen merkwürdigen E-Mail-Account Olenska83 zu finden. Diesmal brauchte ich nur zwei Versuche. Es war nicht Tomrichter, dafür aber Tom-Richter.

Mit weichen Knien saß ich vor dem Computer, der mir nun gleich drei Dutzend Mails präsentierte: Von Tom. Und auch wenn viele davon knapp gehalten waren, ließen sie keinen Zweifel daran, dass Tom und ich längst eine Affäre hatten.

Seit mehr als drei Monaten. Eine sehr sexy Affäre, wie ich den vielen Verabredungen zu heimlichen Treffen entnahm, zu denen ich „nichts drunter“ getragen haben wollte.

Die letzte Mail, die ich von ihm erhalten hatte, datierte auf den 12.12.2013. Der Tag des Unfalls. Es war eine kurze Mail, geschrieben am frühen Nachmittag.

„Sei vorsichtig, wenn du nachher das Auto holst. Meine Frau hat es unten gesehen und komische Fragen gestellt. Ich weiß nicht, ob sie etwas ahnt. Es tut mir so leid. Aber ich bereue nichts. Es war wunderschön! Dein Tom!“

Zwei Stunden nachdem seine Frau mein Auto in ihrer Tiefgarage gesehen hatte, hat sie mich auf dem Weg von der Arbeit nach Hause überfahren. Ich hatte nicht nur bereits seit Monaten eine Affäre mit Tom. Die Affäre hatte sogar dazu geführt, dass seine Frau versucht hatte, mich umzubringen. Die Einzige, die von alldem nichts wusste, war ich. Es ist wirklich zum Kotzen, wenn man seine Erinnerungen verloren hat …

1

Stell dir vor, du gehst auf eine Party, wo du niemanden kennst, aber alle kennen dich. So muss es Angelina Jolie ständig ergehen. Und so erging es auch mir mit der Silversterparty. Dummerweise lag es bei mir nicht an meinem Weltruhm, sondern daran, dass ich die Menschen aus meinem früheren Leben vergessen hatte. Alle.

Deswegen wollte ich ursprünglich auch nicht zu der Party. Aber nach den Ereignissen am Tag vor Silvester war ich ganz froh, dass Christian darauf bestanden hatte, mich mitzunehmen. Alleine zu Hause wäre ich nach dem, was in der Tiefgarage passiert war, irgendwann die Wände hochgegangen.

Es war nicht nur eine Silvesterparty, sondern auch die Abschlussparty für den Filmdreh, bei dem Christian Produktionsleiter war. Auf dem Weg dorthin machte mir am meisten Sorgen, dass mich ständig alle auf meinen Unfall und die Amnesie ansprechen würden.

„Och nö, glaub' ich nicht“, sagte Christian, als wir vor dem Häuserkomplex gegenüber dem Zoo aus dem Taxi stiegen. „Die meisten wissen doch gar nicht, was passiert ist.“

Ich schaute ihn erstaunt an. Er wirkte mit seinem Anzug und seinen dezent gegelten Haaren erstmals nicht wie ein Berufsjugendlicher, sondern einfach nur wie ein Mann um die fünfzig. Dennoch trieb er mich mal wieder auf die Palme.

„Wie? Die wissen das nicht?“

„Woher denn?“

„Von dir!?!“

„Ich hab's kaum jemandem erzählt. Meinen Leuten halt. Also meiner Assistentin und dem Aufnahmeleiter. Ich glaub', Andy weiß es auch.“

Er grübelte, ob er es Andy gesagt hatte. Ich wusste nicht einmal, wer Andy war.

„Der Regisseur", erklärte er mir.

„Das heißt, ich gehe auf eine Party, bei der einige Leute mich von früheren Drehs kennen, aber nicht wissen, dass ich meine Erinnerungen verloren habe? Meine Erinnerungen an sie?"

Während wir in die große Eingangshalle des Hochhauses gingen und von zwei Hostessen an einer improvisierten Garderobe empfangen wurden, zuckte Christian mit den Schultern.

„Du kennst höchstens vier oder fünf Leute von früher. Du warst schon lange nicht mehr bei 'nem Dreh."

„Christian, ich kenne niemanden dieser Leute! Sie kennen mich. Aber ich sie nicht!"

Nachdem wir unsere Mäntel abgegeben hatten, fuhren wir mit dem Aufzug zehn Stockwerke zum Penthouse hinauf. Ich sagte kein Wort. Ich war angefressen.

Das war jedoch erst einmal vergessen, als wir oben ankamen. Ich war sofort beeindruckt von der Location. Die PanAm-Lounge wirkte wie eine riesige Wohnung aus den 60er Jahren. Stilecht eingerichtet, wärmendes Licht, ausdrucksstarke Farben – man kam sich vor wie in einer Folge von „Mad Men". Neben einer kleinen Teakholzbar und einem wohlig knisternden Kamin gab es eine Dachterrasse, die uns einen wundervollen Blick über den Berliner Westen bescherte. Eine perfekte Partylocation, besonders für Silvester.

„Wow", entfuhr es mir, als ich den großen Raum mit lauter gut gekleideten Menschen und dahinter das Panorama von Berlin sah.

Kurz befürchtete ich, dass ich underdressed sein könnte. Ich trug das einzige Outfit, das ich in meinem Kleiderschrank akzeptabel fand: Das Wollkleid, das ich zusammen mit Luna gekauft hatte. Die alte Trixi hatte nicht einmal eine vernünftige Handtasche besessen – nur eine klobige Umhängetasche von der Berlinale 2011. Daher hatte ich mir extra für die Party eine goldene Clutch geleistet, eine kleine, stilvolle Handtasche. Wenigstens die verlieh mir nun einen Hauch von Hollywood. Ich hielt sie wie eine Eintrittskarte vor mich, als wir Neuankömmlinge von den anderen Partygästen gemustert wurden. Ein Jungschauspieler schaute besonders lange zu mir herüber. Ein smarter Typ mit einem schwarzen Slim-Fit-Anzug und passender Strickkrawatte, vor Selbstbewusstsein strotzend und ein echter Hingucker. „Max" war sein Name. Das wusste ich von Christian, der sich schon oft genug über den „arroganten Schnösel" aufgeregt hatte. Max war noch nicht sonderlich berühmt, der gerade gedrehte Film auch eher ein Independent-Film. Das änderte nichts daran, dass der Kerl das Gefühl vermittelte, er wäre hier der gefeierte Star. Ich musste zugeben, dass diese Pose etwas hatte. Entsprechend nervös wurde ich, als er mich nun selbstbewusst angrinste. Kannten wir uns etwa?

Ich eilte hinter Christian her, der mich erst einmal mit Sekt versorgte. Dann kam es, wie es kommen musste: Christian war als Verantwortlicher für die Party ziemlich schnell mit allen möglichen Sachen beschäftigt, nur nicht mehr mit mir. Am Anfang hatte er mir noch seine Assistentin Anna zur Seite gestellt – eine schräge 23-jährige, die sich in ihrem hautengen Mini-Lederkleid sichtlich unwohl fühlte und es mit den Zwölf-Zentimeter-Heels etwas übertrieben hatte. Aber sie verstauchte sich schon bald den Knöchel, so dass ich schließlich auf mich allein gestellt war. Nur um festzustellen, dass ich definitiv mehr als „vier oder fünf" Leute von früher kannte. Beziehungsweise sie mich.

Am Anfang erwiderte ich jedes „Mensch, Trixi, schön, dich mal wiederzusehen" mit einem freundlichen Kopfnicken und einer kurzen Erklärung, warum das mit dem „Wiedersehen" so eine Sache ist. Aber wer schon einmal eine Amnesie hatte, weiß, dass man so etwas nicht „kurz" erklären kann. Wenn man sich durch die Ungläubigkeit gekämpft hat, kommen die Fragen:

„Wie war denn das, als du erfahren hast, dass ein Schwarzer Präsident in Amerika ist?"

„Das Internet hat dich umgehauen, stimmt's!? Du weißt doch, was das Internet ist, oder?"

„Und wie kannst du sicher sein, dass du nicht ein Ex-CIA-Agent bist, dem man das Gehirn gelöscht hat?"

Als ein älterer Beleuchter mich dann auch noch fragte, ob es nicht ein Schock war, dass die Mauer weg ist, beschloss ich, dass ich fortan niemandem mehr meine Geschichte erzählen würde. Ich grüßte einfach jeden zurück, der mich grüßte, und stieß bei Bedarf auch schon mal „auf damals" oder „auf die So-und-so-Dreharbeiten" an. Es war ja auch irgendwie ganz schön, dass sich Menschen an mich erinnerten. Andererseits merkte ich schnell, dass ohne die spektakuläre Amnesiegeschichte kaum einer ein längeres Gespräch mit mir suchte. Wirkliche Freunde hatte ich mir also auch hier nicht gemacht.

Irgendwann stand der smarte Max wieder vor mir. Er grinste mich mit einem coolen „Na!" an. Diesmal wurde ich nicht so nervös wie am Anfang des Abends. Ich hatte mittlerweile genügend Übung darin, meine Amnesie zu überspielen. Ich grüßte ihn einfach mit einem kessen „Na, Max!" zurück.

„Schade, dass du nicht mal beim Dreh vorbeigeschaut hast", sagte er.

„Hatte viel zu tun."

„Machst gar kein Continuity mehr?"

Aha. Wir hatten also mal gemeinsam gedreht. Und ich hatte bei dem Dreh offensichtlich dafür gesorgt, dass er und die anderen Schauspieler stets „auf Anschluss" waren.

„Nee, auf die Dauer war das nix für mich."

Ich wunderte mich selbst, wie überzeugend ich rüberkam.

„Kommste mal mit?", fragte Max mich und deutete in den hinteren Bereich der Lounge.

„Wohin denn?"

Schon ging er los. Ich folgte ihm irritiert.

„Wegen der Überraschung. Du weißt schon …"

Das war der Zeitpunkt, an dem ich besser „Nein, ich weiß nicht" gesagt hätte. Aber ich fand es cool, dass der hübscheste Typ auf der Party so vertraut mit mir war. Das wollte ich nicht zerstören. Was für eine Überraschung? Aus irgendwelchen Gründen nahm ich an, dass man Christian ein Geschenk machen wollte. Was sollte es sonst sein? Ich ahnte auch noch nichts, als Max die Tür des kleinen Raums hinter uns schloss. Wir standen mitten in einem Getränkelager. Erst als er übergangslos anfing, sein Jackett auszuziehen und sein

Hemd aufzuknöpfen, realisierte ich, dass es nicht um eine Überraschung für Christian ging.

„Ich hab dich so vermisst, Trixi! Zieh dich aus, du geile Sau!"

Max' Blick verriet, dass er es ernst meinte. Mir zog es einmal mehr den Boden unter den Füßen weg. Ich hatte keine Angst. Es war vielmehr wieder dieses Gefühl, nichts, aber auch gar nichts über mich selbst zu wissen, das mich wie am Abend zuvor mit voller Wucht erwischte. Ich fühlte mich mindestens genauso hilflos wie in der Tiefgarage.

Max war definitiv gut gebaut. Er stand nun mit freiem Oberköper da, zog seine Anzughose herunter, schaute mich ungeduldig und voller Begehren an.

„Was ist, Trixi!? Ich nehm' dich von hinten. Da stehst du doch drauf. Komm!"

Dummerweise stand er direkt an der Tür. Der einzige Weg nach draußen führte an ihm vorbei. Aber auch wenn ich ihn ganz attraktiv fand und ich früher mal seine „geile Sau" gewesen war, hatte ich nicht im Entferntesten vor, mir den Weg nach draußen mit irgendwelchen amourösen Handlungen zu erobern. Zu gerne hätte ich ihn mit einem coolen Spruch abschmettern lassen. Doch auf coole Sprüche kommt man nicht, wenn man am ganzen Körper zittert, weil man in seinem Kopf in einer anderen Welt lebt als in der realen.

„Lass mich raus", sagte ich leise und ohne ihn anzuschauen.

„Och, Trixi, nur ein Quickie, komm! Es ist so geil mit dir."

„Lass mich raus!"

Die Verzweiflung in meiner Stimme erschreckte ihn sichtlich. Er wollte gerade seinen Slip herunterziehen, hielt aber nun inne. Plötzlich lachte er. Ein wenig unsicher. Nein!

„Ey, nimm's mal locker! Das war doch nur 'n Witz."

Cool zog er seine Hose wieder hoch.

„Was?", fragte ich ihn ungläubig.

„Ey, wir kennen uns überhaupt nicht! Andy sagte, du hast dein Gedächtnis verloren und ich dachte … Also, jetzt echt nur als Witz! … Es sei denn, du hast wirklich Lust!"

Er grinste sein cooles Grinsen, während er sich wieder anzog.

„Du Arschloch!"

Ich schubste ihn mit aller Kraft zur Seite und stürmte aus der Abstellkammer, während er laut lachte.

„Es war ein Witz!"

Aber ich hörte nicht mehr auf ihn, schaute niemanden um mich herum an, sondern wühlte mich durch das Partyvolk, um Christian zu finden. Er war gerade damit beschäftigt, seine Assistentin Anna einen Kopf kleiner zu machen, die mal wieder irgendetwas verbockt hatte.

„Ich gehe!", sagte ich zu ihm und hatte Mühe, meine Wut zu bändigen. „Gibst du mir die Marke für meinen Mantel?"

„Was 'n los?", fragte er mich erstaunt.

„Ich will nach Hause!"

„Jetzt? Es ist gleich Mitternacht!"

Das störte mich nicht. Im Gegenteil: Es schien mir nun doch passend, dass ich dieses neue Jahr alleine begrüßen würde. Denn wenn ich eins in den Wochen seit meinem Erwachen gelernt hatte, dann war es, dass ich alleine war. Verdammt alleine.

„Gibst du mir jetzt die Marke oder soll ich ohne Mantel raus?"

„Trixi, was ist los?"

„Ich will darüber nicht reden."

„Es war doch nur ein Witz!", hörte ich es hinter mir tönen.

Christian schaute rüber zu Max, der sich – jetzt wieder bekleidet – ein Glas Sekt von dem Tablett einer Hostess nahm. Nicht ohne sie anzublinzeln. Dann gesellte er sich zu seinen Kumpels. Mein Bedürfnis zu gehen wuchs ins Unermessliche. Ich wollte nicht warten, bis die Geschichte die Runde machte. Also drehte ich mich um und ging Richtung Ausgang. Christian hielt mich entschlossen fest.

„Was hat er gemacht?"

Er fragte mich ungewohnt ernst. War da so etwas wie Sorge in seiner Stimme?

„Nichts."

Meine Stimme überschlug sich.

„Er hat sich nur einen kleinen Witz erlaubt mit der dummen Trulla, die sich an nichts erinnert."

Christian schaute wieder rüber zu Max, der die Geschichte bei seinen Schauspielerkollegen tatsächlich gerade zum Besten gab. Soeben war die Hose-runter-Geste zu sehen.

„Warte!", befahl Christian und machte sich auf den Weg zu Max.

„Christian, lass! Bitte!"

Aber er hörte mich nicht. Das hatte mir noch gefehlt. Ich wollte die Diskussion darüber, ob Max' Aktion witzig war oder nicht, auf keinen Fall miterleben und ging weiter zum Ausgang. Deswegen sah ich nur aus dem Augenwinkel, was nun geschah: Als Max sich mit einem selbstgefälligen „Was denn?" umdrehte, schlug Christian ihm ansatzlos mit der bloßen Faust so fest mitten ins Gesicht, dass Max die Lippe platzte. Der junge Star sank sofort zu Boden. Der Schlag machte nicht so ein spektakuläres Geräusch, wie man das aus Actionfilmen kennt. Es wirkte trotzdem brutaler. Damit hatte nicht nur Max nicht gerechnet. Die Umstehenden waren mindestens genauso erstaunt wie ich.

„Du weißt schon wofür!"

Mehr sagte Christian nicht zu Max, der sprachlos und die blutende Lippe haltend auf dem Boden lag.

„Komm, wir hauen ab!"

Christian nahm mich am Arm, erklärte der überrumpelten Anna, dass sie sich um weitere organisatorische Fragen zu kümmern hatte, und ging mit mir unter den durchaus beeindruckten Blicken seiner Kollegen zum Aufzug. Dass niemand die Seite von Max einnahm, sprach nicht gerade für den jungen Mann. Als sich die Aufzugtür geschlossen hatte, verlor Christian dann doch sein Clint-Eastwood-Gesicht und rieb sich jammernd die Hand.

„Fuck, tut das weh!", sagte er. „Hätte ich nicht gedacht."

Ich musste lachen. Er grinste. Ich glaube, das war das erste Mal seit meinem Erwachen, dass ich mich meinem Mann verbunden fühlte.

2

Bei meinem überhasteten Aufbruch hatte ich keine Vorstellung gehabt, was es bedeutete, Silvester um Mitternacht auf den Straßen von Berlin unterwegs zu sein. Kaum war das Jahr 2014 eingeläutet, kam ich mir vor wie im Häuserkampf eines Bürgerkriegs. Ein paar betrunkene Kids versuchten, uns aus einem Fenster mit Böllern abzuschießen, während es Reste von Raketen regnete. Sektflaschen flogen durch die Luft. Überall schrien Menschen gegen den Lärm des Feuerwerks an. Oder schrien sie aus Angst? Bilder von Kampfgefechten zuckten plötzlich durch meinen Kopf. Ich war überfordert. Und hatte das Gefühl, dass es auch in meinem Leben knallte und zischte, so dass ich mich ducken musste und nicht mehr wusste, wo ich eigentlich stand. Was Max getan hatte, war ja nur die dreckige Parodie dessen, was wohl seit mehreren Monaten mit Tom lief. Natürlich ohne dass Christian es wusste.

Der sammelte an diesem Abend gewaltig Punkte. Weniger weil er sich als Alphamännchen bewiesen hatte, als weil er tatsächlich wegen mir den Jahreswechsel unter Beschuss auf der Straße verbrachte und nicht auf seiner Party. Er stand zu mir. Warum? Er begründete dies so lapidar, wie er vieles sagte: „Du bist meine Frau."

In dem Fall war das Lapidare aber auch das Besondere an der Aussage. Oder lag es nur daran, dass ich endlich einmal versuchte, seine Perspektive einzunehmen? Für ihn war es die ganze Zeit selbstverständlich gewesen, dass ich seine Frau war. Dass wir zusammen in dieser merkwürdigen Wohnung lebten und nicht gerade vor Aufregung nicht schlafen konnten. Er lebte das seit Jahren so. Ich war diejenige, die alles auf den Kopf gestellt hatte.

Während uns die Böller und Raketen um die Ohren schossen, entschuldigte Christian sich dann auch noch bei mir. Dafür, dass er das ganze Problem am Anfang nicht ernst genommen hatte. Dafür, dass er so wenig Zeit für mich gehabt hatte. „Ich hab' gedreht. Weißt du, normalerweise würde ich jetzt sagen: Du weißt ja, wie ich dann bin. Aber natürlich weißt du genau das nicht."

Er lächelte schief. Ich wusste nicht, was ich sagen sollte.

Akut hatte ich vor allem Angst, dass gleich ein Panzer um die Ecke kommen würde, um uns abzuschießen. Plötzlich packte Christian meine Hand und riss mich von dem nächsten Böller weg, der direkt neben uns detonierte. Von da an ließ er meine Hand den ganzen Weg bis nach Hause nicht mehr los. Ich hatte nichts dagegen. Und war heilfroh, dass ich ihn in dieser Nacht bei mir hatte.

Nachdem ich zu Hause mit Christian auf das neue Jahr angestoßen hatte und er ins Bett gegangen war, setzte ich mich leise an den Computer und rief die verborgenen Mails von Tom auf. Als ich sie am Tag zuvor das erste Mal gelesen hatte, war ich fix und fertig gewesen. Ich hatte die Nacht kaum geschlafen, den Tag nur wie ferngesteuert verbracht. Ich war nicht in der Lage gewesen zu reagieren. Tom und ich hatten eine Affäre gehabt und er hatte die einmalige Gelegenheit genutzt, sie ungeschehen zu machen. Gleichzeitig war seine Frau zu allem bereit gewesen, um die Affäre ihrerseits zu beenden. Tom hatte mit dem Mordversuch von Viktoria offensichtlich kein Problem. Er hatte alles schön unter den Teppich gekehrt. Hatte auf Familienvater gemacht und sich „mich aus dem Herzen gerissen." Oder wie sollte ich sein Schweigen interpretieren? Keine Ahnung, warum er dann doch wieder mit mir Kaffee trinken gegangen war. Aber auch das hatte er schnell bereut, sonst hätte ich ihn längst wiedergesehen.

„Frohes neues Jahr, Du Feigling!"

Das war der vollständige Text meiner Mail, die ich ihm in dieser Nacht von meinem geheimen Mail-Account schickte. Mehr gab es nicht zu sagen.

3

Am nächsten Morgen um halb neun weckte mich das Klingeln meines Handys. Ja, ich hatte ein neues Handy. Seit dem Vortag. Eigentlich hatte Christian es mir zu Weihnachten geschenkt – im Geschenkpapier war aber nur eine Tafel Schokolade und eine Bestellbestätigung der Telekom gewesen. So sehr ich mir auch ein Handy gewünscht hatte, ich war trotzdem nicht allzu sehr von dem Geschenk begeistert. Denn schließlich würde es sowieso die Versicherung von Viktoria bezahlen. Was war daran ein Geschenk? An diesem Neujahrsmorgen wollte ich mich aber nicht an Christians Geiz erinnern. Ich hatte mir für das Jahr 2014 vorgenommen, positiver über ihn zu denken.

Außerdem hatte ich ein anderes Problem: Wer rief so früh am Neujahrsmorgen an? In meiner Vorstellung konnte das nur ein Mensch sein, der wegen seiner Kinder sowieso früh wach sein würde. Und der ein wahnsinnig dringendes Bedürfnis hatte, mit mir zu reden, weil er zum Beispiel in der Nacht eine Mail von mir bekommen hatte. Ich schaute auf das Display. Es war nicht weiter erstaunlich, dass ich die Nummer nicht kannte. Aber mein Handy kannte sie auch nicht – und das hatte ich längst mit allen mir bekannten Kontaktdaten aus meinem Computer gefüttert. Es musste also Tom sein.

Ich zögerte. Christian schlief noch. Das Gespräch würde unbemerkt bleiben. Aber wollte ich wirklich mit Tom reden? Auf der einen Seite wollte ich natürlich, weil ich Millionen Fragen an ihn hatte. Auf der anderen Seite wollte ich ihn eigentlich nie wiedersehen oder -sprechen nach dem, was er sich geleistet hatte. Doch letztlich überwog die Neugier.

„Hallo?“, sagte ich mit hörbarer Anspannung in der Stimme.

„Ich wünsche ein frohes, neues Jahr!“, hörte ich eine ältere Frauenstimme sagen, die mir gänzlich unbekannt war.

„Äh … Danke! Ja … frohes neues …“

Weiter kam ich nicht.

„Ich wollte schon früher anrufen, aber ich weiß ja, dass du immer so lange schläfst. Ich würde nichts getan bekommen, wenn ich den Tag so vertrödeln würde. Aber ich komme ja auch mit fünf Stunden Schlaf hin. Ganz anders als du …“

Endlich eine kurze Pause. Ich kannte die Anruferin nicht, aber in meinen Augen konnte es nur eine Art von Menschen geben, die auf Neujahr um halb neun anruft und es schafft, daraus einen Vorwurf an den Angerufenen zu machen.

„Mutter?“, fragte ich zaghaft.

„‚Mutter‘? Seit wann nennst du mich ‚Mutter‘“?, kam es belustigt zurück.

„Wie nenne ich … dich denn sonst?“

Ich brauchte tatsächlich einen kleinen Moment, um diese fremde Person zu duzen.

„Mami!“

„Oh, okay!“

Mami? Ernsthaft? Sie klang überhaupt nicht nach einer „Mami“. Christian hatte mir nicht viel über sie erzählen können, weil auch er sie nur sehr selten getroffen hatte. Selbst bei unserer Hochzeit war sie offensichtlich nicht dabei gewesen. Aber die war sowieso nicht gerade die klassische Hochzeit mit Brautjungfern und Hochzeitstanz gewesen. Ich wusste also nur, dass meine Mutter und ich wenig Kontakt hatten und dass sie laut Christian „speziell“ sei. Was genau das Problem zwischen ihr und mir gewesen war, hatte ich ihm nie erzählt. Dumm von mir.

„Jetzt sag aber nicht, dass du das auch vergessen hast!“

Sie sagte das ein wenig so, als ob ich vergessen hätte, Brot einzukaufen.

„Ich habe alles vergessen, … Mami.“

Kurze Pause.

„Alles?“

„Na ja, nicht alles alles. Aber alle meine Erinnerungen. Ich kann mich zum Beispiel überhaupt nicht an dich erinnern.“

Sie seufzte.

„Das ist ja furchtbar! Als ich Christians Nachricht auf der Mailbox … Du weißt aber, wer Christian ist?“

„Mittlerweile schon.“

„Na ja, auf jeden Fall, als ich das gehört habe – wir waren gerade auf den Niederländischen Antillen angekommen – das hat mir den ganzen Abend versaut. Ich konnte das überhaupt nicht genießen. Dabei haben die da Buchten mit wunderbar klarem Wasser und einem feinen, weißen Sand. Wie Schnee! So etwas hast du noch nicht gesehen, Kind!“

Und selbst wenn ich es gesehen hätte, würde ich mich nicht dran erinnern.

„Wie auch immer … Wann kommt denn die Erinnerung zurück?“

„Es weiß keiner, ob sie überhaupt zurückkommt.“

„Natürlich kommt sie zurück. Das sieht man doch immer wieder im Fernsehen! Du musst nur Geduld haben.“

Es klang schon wieder wie ein Vorwurf. Allmählich begann ich zu erahnen, warum ich den Kontakt mit dieser Frau minimiert hatte.

„Es würde vielleicht helfen, wenn … wenn wir uns einmal sehen würden.“

„Helfen?“

„Mich zu erinnern.“

Wieder eine Pause. Dann: „Du kannst jederzeit nach Lüneburg kommen. Ich habe zwar wahnsinnig viel zu tun, gerade jetzt, nach der langen Kreuzfahrt. Aber für dich würde ich natürlich immer Zeit schaffen, Kind. Das … Irgendwie wird das gehen!“

Es klang aufopferungsvoll.

„Aber du möchtest nicht nach Berlin kommen?“, fragte ich sie vorsichtig.

„In dieses Kreuzberg?“

Der Tonfall war genauso gut wie ein „Nein“. Was stellte sie sich vor, wo ich wohnte?

„Hast du mich noch nie hier besucht?“

„Nein, das weißt du doch.“

Ich atmete ganz tief durch. Es würde schwer werden, mit dieser Frau auf eine Reise in die Vergangenheit zu gehen.

Aber tatsächlich war sie eine der letzten Hoffnungen, Erinnerungen zu reaktivieren. Oder zumindest könnten die Orte meiner Kindheit in Lüneburg dabei helfen.

„Gut, dann … Ich gucke mal, dass ich zu dir komme“, sagte ich ein wenig unsicher.

„Ja, aber sag bitte rechtzeitig Bescheid! Und du müsstest dann natürlich in einer Pension wohnen. Die Heinrichs haben jetzt so ein Bed-and-Breakfast bei sich in dem alten Fachwerkhaus. Weißt du, die Heinrichs, die früher unten gewohnt haben?“

„Ich erinnere mich an gar nichts. Überhaupt nichts!“

„Na ja, auf jeden Fall kann ich die mal fragen. Die machen dir sicher einen guten Preis. Oder kommst du mit deinem Mann?“

„Das weiß ich noch nicht. Ich muss erst einmal mit ihm reden.“

„Gut, aber sag Bescheid. Hörst du? Willst du dir das vielleicht aufschreiben, damit du es nicht vergisst?“

„Ich vergesse nichts Neues. Nur die alten Sachen sind weg.“

Wieder kurz Stille am anderen Ende des Apparats.

„Gut, ruf an! Auf Wiederhören.“

Klick. Sie wartete nicht einmal, bis ich mich verabschiedet hatte.

Ich saß ratlos mit dem Handy in der Hand da und machte einen derart komischen Gesichtsausdruck, dass Christian lachen musste, als er mich so auf meinem improvisierten Nachtlager sitzen sah. Das Telefonat hatte ihn offensichtlich geweckt. Er lugte in seinen Boxershorts bei mir zur Tür herein.

„Deine Mutter?“

Ich nickte.

„Ich sag ja, die ist speziell. Kaffee?“

Ich nickte wieder.

Es folgte ein wirklich schönes, ausgedehntes Frühstück, für das Christian sogar einige besondere Sachen eingekauft hatte – als er noch davon ausgegangen war, dass es eher ein verkatertes Mittagessen werden würde. So stopften wir uns mit

Lachs und Rollmöpsen voll, während wir zum ersten Mal einigermaßen entspannt über uns quatschten. Er erzählte mir von den wenigen Telefonaten mit meiner Mutter, von seinen schon verstorbenen Eltern, aber auch von gemeinsam erlebten Dreharbeiten und anderen kleinen, aber schönen Episoden aus unserem gemeinsamen Leben. Mir wurde klar, dass er in den letzten Jahren beruflich ziemlich zu kämpfen gehabt hatte. Als Produktionsleiter hangelt man sich von Job zu Job und wenn es der Branche schlechter geht, dann geht es auch allen Freiberuflern schlechter. Besonders wenn sie sich den Luxus leisten, nicht für jeden zu arbeiten. Irgendeine „hingerotzte" Fernsehproduktion wollte Christian genauso wenig übernehmen wie eine „übertrieben große Produktion von irgendwelchen Ami-Firmen". Das waren aber dummerweise genau die Jobs, bei denen man Geld verdienen konnte. So kam es, dass er in den letzten Jahren viel zu viel für viel zu wenig Geld gearbeitet hatte und es trotzdem oft nicht reichte. Mehr und mehr schien mir meine Rolle darin zu bestehen, dass ich für Christian die Konstante in seinem Leben war. Er sagte wörtlich: „Manchmal warst du der einzige Grund, morgens aufzustehen."

Das bedrückte mich, aber es gab mir auch eine Ahnung, warum ich es bei ihm ausgehalten hatte – selbst wenn ich unglücklich gewesen war. Denn auch in diesem Moment sprang ich sofort darauf an und fühlte mich noch schlechter als ohnehin schon. Irgendwann meldete sich dann aber doch sein an diesem Morgen erstaunlich stummes Handy. Anna. Er musste zur PanAm-Lounge, um dort die obligatorischen Schäden zu begutachten und mit dem Vermieter alle offenen Fragen zu klären. Bevor er ging, gab er mir einen Kuss auf die Stirn.

4

Für den Nachmittag wollte ich meinerseits Christian mit ein paar Leckereien überraschen. Luna hatte mir eine Tortenbäckerei namens Mr. Minsch wärmstens empfohlen. Wahrscheinlich kannte ich den Laden sogar. Dummerweise hatte ich kein Fahrrad – das letzte hatte man mir ja erst vor ein paar Wochen geklaut. Also machte ich mich zu Fuß auf den Weg. Ich kam nicht besonders weit. Denn kaum war die Haustür hinter mir zugefallen, hörte ich eine zarte Kinderstimme rufen: „Fixi!"

Offensichtlich hatte Tom zusammen mit der kleinen Ava schon den halben Tag im Auto vor unserem Haus gelauert. Er kam zu mir, mit Ava auf dem Arm, die sich sehr freute, mich zu sehen. Tom wirkte zerknirscht. Aber auch sehr zielstrebig und klar. Er wusste, was er getan hatte. Er wusste aber auch, was er nun tun musste.

„Es tut mir leid!", sagte er in einem sehr ernsten Tonfall.

„Fixi! Fixi!"

„Sie kannte mich auch schon, oder?"

Den vorwurfsvollen Unterton konnte ich nicht unterdrücken.

„Sie hat dich ein paar Mal bei uns zu Hause gesehen, ja."

Ich lachte spöttisch.

„Sie war im Nebenzimmer, während wir gevögelt haben?"

Ich wollte verletzend sein, aber Tom zuckte nicht zusammen, sondern nickte einfach nur.

„Pass auf, ich … Lass mich in Ruhe!"

Ich ging davon. Natürlich schrie alles in mir: Nein, hör ihn dir an. Aber ich konnte nicht einfach so mit ihm quatschen, wo er mich doch gleich auf verschiedene Arten verletzt hatte. Er ließ mich ein paar Meter gehen, dann sagte er: „Ich kann dir eine Menge Frage beantworten."

Ich blieb stehen. Er wusste exakt, womit er mich kriegen konnte, und bemühte sich nicht einmal, es zunächst mit Betteln oder Robben in den Sektflaschenscherben der letzten Nacht zu versuchen.

„Ich weiß, dass ich das nicht wiedergutmachen kann!“, erklärte er. „Aber ich kann dir wenigstens helfen, dich zu erinnern.“

Ich hasste ihn. Dafür, was er getan hatte. Dafür, dass er nun auch noch recht hatte. Vor allem aber dafür, dass er so wahnsinnig selbstbewusst war. Wenn mir in diesem neuen Leben eins fehlte, dann war das Selbstbewusstsein. Im wahrsten Sinne des Wortes. Und dieser Kerl hatte sich als echter Feigling erwiesen, wusste dies und trotzdem nahm es ihm irgendwie keinen Zentimeter von seiner Attraktivität – falls man die in Zentimetern messen kann.

„Lass uns ins Barcomi's gehen!“

Seine Stimme klang nun deutlich weicher. Dabei lächelte er sogar ein wenig. Denn er wusste, dass er mich in der Tasche hatte. Und dafür hasste ich nun wiederum mich.

Wenig später saßen wir an demselben Tisch, an dem ich vor nicht einmal zwei Wochen zu ihm gesagt hatte, dass es so toll sei, mal mit jemandem zu reden, der nicht mehr über mich weiß als ich selbst. Ava wurde mit einem Stück Käsekuchen ruhiggestellt, ich wartete, bis auch unser bestellter Kaffee serviert worden war, und wehrte bis dahin alle Smalltalk-Versuche ab. Ich wollte, dass er mir wirklich nur meine Fragen beantwortete. Und zwar die Fragen zu mir und meinem Leben. Ich wollte ihm auf keinen Fall die Chance geben, sich zu erklären. Ich wollte kein „Ich find dich toll, aber …“ hören.

Meine erste Frage war: „Okay, ich nehme an, wir haben uns in der Videothek kennengelernt …?“

„Nein.“

Ich schaute ihn erstaunt an.

„Wir können zu Hause alle möglichen Filme online gucken. Warum sollte ich mich in einer Videothek anmelden? Das hab' ich nur deinetwegen gemacht. Um dich ab und zu unauffällig sehen zu können.“

Er lächelte. Charmant, ja. Aber nicht mit mir! Ich war Frau Eis.

„Okay, wo haben wir uns dann kennengelernt?"

„In der Sauna. … Im Fitnessstudio."

Jetzt war ich eher Frau Softeis. Damit hatte ich nicht gerechnet. Meine coole Fassade wurde zu einem Fragezeichen. Ich hasste es, wenn das passierte. Wenn ich wieder etwas über mich selbst erfuhr, das so gar nicht mit dem übereinstimmte, was ich wusste, dachte oder fühlte. Tom nickte. Es war sein Ernst.

„In welchem …? Ich bin nicht im Fitness … Nackt?"

Er nickte wieder.

„Wir waren beide nackt. Und alleine in der Sauna."

„Und dann?"

Er zögerte kurz.

„Das ist keine Story! Das ist wirklich so gewesen."

Was würde jetzt kommen? Wollte ich das hören? Ich machte wieder auf Frau Eis, probierte den unemotionalsten Gesichtsausdruck, der mir zur Verfügung stand. Und bedeutete ihm mit gnädiger Geste, dass er weiterreden sollte.

„Ich fand dich toll. Ich fand dich unglaublich! Und … na ja, ich bin wohl ein wenig zu sehr in Gedanken versunken und … Ich hatte eine Erektion."

Er wurde tatsächlich ein wenig verlegen, schaute kurz zu Ava. Die war aber mit ihrem Kuchen beschäftigt und auch viel zu klein, um zu verstehen, was er mir erzählte. Er sprach trotzdem gedämpft, was alles nur noch aufregender klingen ließ. Ich blieb cool. Eis, Eis, Baby!

„Es war mir unangenehm. Aber … Du hast es gesehen. Ich hab gesehen, dass du es gesehen hast. Und ich wollte einfach nur raus da. Aber dann habe ich dein Lächeln gesehen. Es war … Du hast meine Erregung offensichtlich als das genommen, was sie ja auch war: ein Kompliment. Es schien dich zu freuen. Ohne dass das jetzt irgendwie billig war oder so. Auf jeden Fall, als ich aus der Sauna raus war, habe ich … Ich war fix und fertig. Ich habe dich den ganzen Tag nicht mehr aus dem Kopf bekommen, auch abends nur an dich gedacht und … bin dann am nächsten Tag zur selben Zeit wieder hin."

„In das Fitnessstudio?"

„In die Sauna“, sagte er nickend. „Im Fitnessstudio selbst hatte ich dich vorher noch nie gesehen.“

„Ich bin auch nicht in einem Fitnessstudio.“

„Doch. Im Holmes Place. Am Hermannplatz. Du bist immer schwimmen gegangen. Deswegen waren wir uns nie begegnet.“

„Tom, ich kann nicht im Holmes Place angemeldet sein. Auch nicht zum Schwimmen. Das hätte mein Mann mir doch gesagt.“

Ich wurde wütend. Warum erzählte er mir so einen Quatsch, der offensichtlich nicht stimmen konnte. War das irgendeine blöde Sexphantasie?

„Christian weiß nicht, dass du dich dort angemeldet hast.“

Wieder das Fragezeichen. Noch größer. Erstens weil er Christians Namen so vertraut sagte, dass ich mir einmal mehr wie ein Fremder in meinem Leben vorkam. Und zweitens weil das alles überhaupt keinen Sinn ergab: Warum ging ich heimlich schwimmen?

„Ich glaub’ dir nicht!“, sagte ich. Dabei glaubte ich ihm eigentlich schon, aber ich wollte klare Antworten. Keine neuen Rätsel.

„Okay, du wirst vielleicht noch mehr nicht glauben. Aber lass mich doch einfach die ganze Geschichte erzählen. Dann kannst du überprüfen, was zu überprüfen ist.“

Komm schon, Frau Eis, zeig’s ihm! Bleib kalt. Ich bedeutete ihm weiterzureden.

„Also, ich bin da wieder hin. Zur selben Uhrzeit. Und du warst auch da. In der Sauna. Du hast mich sofort angesehen. Und gegrinst. Da war für mich klar: Du hattest auf mich gewartet … Diesmal waren wir nicht alleine in der Sauna, also haben wir nicht geredet. Uns nur angeschaut. Mit den Blicken den Körper entlang und … Das war …“

Er atmete tief durch. Es hatte ihm wohl gefallen.

„Dann ist der andere Typ raus. Wir waren alleine, aber draußen wuselten noch Leute herum. Wir saßen uns so schräg gegenüber. Du hast mich angeschaut, auf mein Handtuch … mit dem hatte ich bis dahin alles verdeckt. Aber jetzt … du wolltest mehr sehen. Ich hab’s weggezogen. Ich war so unfassbar erregt. Und … Du hast dir meinen Schwanz angeguckt. Mit einem Blick – ich hatte das Gefühl, du berührst ihn!"

„Fixi!?"

Das war natürlich mal wieder Ava, die in dem Moment gar nicht mal so falsch lag mit dem, was sie sagte. Aber sie wollte mir eigentlich nur ein angesabbertes Stück von ihrem Käsekuchen anbieten. Ich lehnte dankend ab und musste erst einmal tief durchatmen. Denn Frau Eis war geschmolzen. Große Teile meines Körpers hätten Tom am liebsten sofort angesprungen. Er hatte sich bei der Erinnerung an unsere Saunabegegnung auch reingesteigert, das sah ich ihm an. Er wurde nun etwas nervöser.

„Mh, wie detailliert willst du das eigentlich alles wissen?", fragte er mich.

‚Ich will jedes verdammte Detail! Können wir es nicht nachspielen!?', schrie es in mir. Aber ich sagte als Frau Eispfütze: „Du, äh, vielleicht jetzt nicht jedes Detail. So viel Zeit habe ich auch überhaupt nicht. Wir hatten dann in der Sauna Sex, oder was?"

Ich formulierte die Frage, als ob wir über einen Autokauf sprechen würden.

„Nein", sagte er. „Also, es sei denn, Blicke fallen für dich unter Sex."

Er grinste. Ich erinnerte mich an unser erstes Treffen in diesem Café, von dem ich wusste, dass Blicke mit ihm auszutauschen wirklich wie Sex sein konnte.

„Okay, wie dann? Wann dann? Wo?"

Ich wurde ungeduldig. Wollte das hinter mich bringen. Wieder nur wütend sein können.

„In einem Hotel."

„In einem Hotel?"

„Du hast mir einen Zettel mit deiner Handynummer gegeben und ich hab' dir eine SMS geschickt. ‚Ich bin morgen um vierzehn Uhr im Ritz am Potsdamer Platz. Zimmer 911.'"

Ich schaute ihn ungläubig an. Ich war doch früher ein Stock im Arsch. Da hatte ich wirklich so etwas gebracht?

„Moment! Wie? Was für ein Zettel? In der Sauna?"

Er nickte erneut.

„Du hattest ihn die ganze Zeit in der Hand. Und ich dachte: Wer mit einem Zettel mit seiner Telefonnummer in die Sauna geht, der kommt auch in ein Hotelzimmer. Du warst pünktlich. Aber du bist immer pünktlich."

„Und dann haben wir …"

Mein Mund war trocken. Ich konnte den Satz nicht zu Ende bringen, ohne komisch zu klingen.

„Dann haben wir! Ja! Den ganzen Nachmittag. Vor dem ersten Mal hatten wir noch kein Wort miteinander geredet. Ich wusste nicht einmal, wie du heißt."

Ich schaute mich in dem Café um. Hörte uns jemand zu? Nein, das machte mir kein Sorgen. Es war mir nicht peinlich. Es war eher: ‚Ey, Leute, hört ihr, was ich gemacht habe? Was für 'ne coole Sau ich war? Von wegen Stock im Arsch!'

„Okay, erzähl weiter!"

„Über den Sex?"

„Nein, … wie's danach weiterging."

„Na ja, also erst einmal hatten wir wochenlang nur Sex. Wir haben dann zwar auch geredet, aber nicht wirklich über uns. Ich glaube, wir haben uns fünf Mal getroffen, ohne dass wir über unsere Partner geredet haben."

„Aber wir wussten beide, dass der jeweils andere …"

„Ja, klar. Von Anfang an. Und es war auch von Anfang an klar, dass das nur eine Affäre war."

Das sagte er mit Nachdruck. Unangenehm viel Nachdruck.

„Aber?", fragte ich.

„Wieso aber?"

„Es blieb ja nicht dabei, dass wir uns im Hotel getroffen haben."

„Nein, wir haben uns auch so getroffen. Und ich habe mich in der Videothek angemeldet."

Er lächelte. Und erzählte mir, wie wir uns immer weiter getroffen hatten. Einige Male auch bei ihm zu Hause während Avas Mittagsschlaf. Es ging dabei immer um Sex. Aber das Funkeln in seinen Augen war nicht mehr so prickelnd wie bei seinen Erzählungen aus der Sauna oder dem Hotel.

„Und was war an dem Tag des Unfalls?", fragte ich schließlich.

„Eigentlich wollten wir uns an dem Tag nicht sehen. Du hattest keine Zeit, musstest noch irgendwas erledigen. Aber dann hast du mich aus dem Auto angerufen. Und hattest doch noch zwanzig Minuten. Und …"

„Was?"

„Na ja, du wolltest …"

Du meine Güte, ich war unersättlich gewesen.

„Ich hab' dich angerufen und gesagt: Jetzt gleich! Du und ich!"

„So in der Art. Aber du hast befürchtet, dass du keinen Parkplatz finden könntest – das ist bei uns echt nicht leicht. Der Sex sollte jetzt nicht an einem Parkplatz scheitern, also hab' ich dich in die Tiefgarage gelassen. Unsere Nachbarn sind über den Winter in Dubai – ihr Platz war frei."

„Okay."

„Und hinterher hattest du es eilig. Deswegen wolltest du den Wagen nach deiner Arbeit abholen."

„Aber dann hat deine Frau ihn gesehen."

Ich wurde unruhig. Bisher war die ganze Geschichte sexy und ich kam gar nicht so schlecht darin weg. Ich hatte vielmehr zum ersten Mal etwas von der „alten Trixi" erfahren, was ich richtig cool fand. Aber nun kam der unangenehme Teil.

„Na ja, Vik kam nach Hause und fragte, was das für ein komisches Auto auf dem Platz der Familie Richmond ist."

„Und da ist dir klar geworden, dass sie längst von unserer Affäre wusste."

„Ich glaub nicht, dass sie von unserer Affäre wusste."

„Aber dann hat sie es in dem Moment kapiert."

„Nein. Ich bin sicher, sie weiß bis heute nicht, was zwischen uns passiert ist."

„Ist das dein Ernst?"

Meine Stimme zitterte schlagartig. Denn hier ging es nicht mehr um Saunen oder Hotelzimmer, sondern um etwas viel Größeres. War er wirklich so naiv? Oder machte er jetzt auf dumm? Er atmete tief durch. Sprach sehr ruhig mit mir.

„Ich weiß, was du sagen willst, Trixi. Und glaub mir, ich habe viel Zeit damit verbracht, immer und immer wieder den Tag durchzugehen. Alles, was passiert ist. Alles, was sie gesagt hat. Alles, was sie jemals gesagt hat. Und ich bin mir sicher: Vik weiß nichts. Sie hat das nicht mit Absicht gemacht."

„Deine Frau sieht mein Auto bei euch in der Garage und dann fährt sie mich zufällig ein paar Stunden später über den Haufen!"

„Warum nicht?"

„Weil so etwas nicht zufällig passiert, Tom!"

„Sie könnte das niemals tun. Sie ist … sie ist ein viel zu guter Mensch, um so etwas zu machen."

„Deswegen warst du dann auch froh, mich los zu sein, mh?"

Das wollte ich eigentlich nicht sagen. Ich hatte mir doch vorgenommen, ihm keine Möglichkeit zu geben, sich zu erklären. Aber ich war so aufgebracht, dass es mit aller Wucht aus mir herausbrach.

„Nein!"

„Doch! Trixi erinnert sich nicht. Super! Ein paar Wochen schön gevögelt, aber jetzt habe ich meine Ruhe."

Ich bereute bereits, dass ich mich so reinsteigerte. Ich wirkte sicherlich alles andere als souverän. Aber es gab kein Halten. Ich redete einfach weiter: „Wahrscheinlich ist noch nie ein Mann seine nervige Affäre so einfach losgeworden. Die eigene Ehefrau knallt ihr den Kopf auf die Motorhaube, alles weg! Super. Das solltest du patentieren lassen. Davon träumen doch alle. Damit ein Startup, das wird größer als Facebook!"

Ich war laut geworden. Jetzt guckten die Leute plötzlich zu uns rüber, nicht als ich noch eine Sexgöttin gewesen war. Mir war es in dem Moment egal. Tom schien es zu verwirren. Er nahm nicht einmal wahr, dass Ava mittlerweile ihren Käsekuchen an die Fensterscheibe schmierte.

„Ich habe mir die Entscheidung nicht leicht gemacht", sagte Tom tonlos.

Das tat weh. Aus irgendwelchen Gründen tat es mehr weh als alles andere, was er gesagt hatte. Denn er versuchte nicht einmal, meine Vermutung zu bestreiten. Ja, er hatte mir nichts über unsere Affäre gesagt, weil er mich loswerden wollte. Ich war wütend. Er wich meinem Blick aus. Ich hatte es ja gewusst: Er war ein Feigling! Ich griff mir meine Tasche und war schneller aus dem Laden, als Ava erstaunt „Fixi?“ sagen konnte. Von draußen auf der Straße sah ich, wie sie mir traurig hinterherschaute – neben einem großen Klecks Käsekuchen an der Scheibe und neben Tom, der offensichtlich überfordert war.

5

Für Christian gab es an diesem Nachmittag leider keinen Kuchen. Und seine Frau war auch nicht mehr so zugewandt wie noch am Morgen. Denn ich dachte den ganzen Rest des Tages über jeden Satz, jedes Wort von Tom nach. Weniger weil er mich verletzt hatte. Ich redete mir ein, dass er mich gar nicht so sehr verletzen konnte. Schließlich war er aus meiner Sicht nur ein Mann, den ich mal ganz schick gefunden hatte und mit dem ich einmal Kaffee trinken war. Und dann ist nichts draus geworden. Na und? Das mit der heißen Affäre war ein anderes Leben.

Nein, was mich viel mehr beschäftigte, war all das, was Tom nicht gesagt hatte. Ich bereute fast, einfach so davongestürmt zu sein. Denn er hatte mir nicht einmal annähernd die Fragen beantwortet, die er wahrscheinlich beantworten konnte. Schließlich hatten wir laut seiner Aussage zwischen dem Sex auch mal geredet. Und irgendwann sogar über Christian. Zumindest hatte Tom seinen Namen selbstverständlich verwendet. Also wusste er wahrscheinlich auch, warum ich mit diesem Mann verheiratet war. Wie es mir in der Ehe gegangen war. Was ich für Pläne hatte. Was ich wirklich wollte!

„Sag mal, Christian … War ich irgendwann mal in einem Fitnessstudio?“, fragte ich ihn recht unvermittelt, als wir es uns am Abend zusammen vor dem Fernseher gemütlich machten, um ein paar Folgen „Big Bang Theory“ zu schauen – seine aktuelle Lieblingsserie.

„Nee“, sagte er kopfschüttelnd.

„Nie? Also … gar kein Sport? Ich war auch nie … zum Beispiel schwimmen?“

Ich sah in sein Gesicht und fand die absolute Ahnungslosigkeit. Doch schließlich: „Im Urlaub bist du gerne geschwommen. Auf Sizilien.“

Na immerhin.

„Aber hier in Berlin?“

Er schüttelte den Kopf.
„Wieso?", fragte er.
„Mh, na ja … Ich bin eigentlich ganz gut in Form."
Ja, okay, das war nicht bescheiden, aber es war die Wahrheit, und irgendwie musste ich ja erklären, wieso ich so etwas fragte. Ich hatte zwar einen Bikini gefunden, aber der schien mir tatsächlich eher für den Strand geeignet als für Powerschwimmen in einem Berliner Fitnessstudio.
„Das stimmt", sagte Christian lächelnd. „Du hast einen tollen Körper!"
Mir stellten sich die Nackenhaare hoch. Mit ihm wollte ich dieses Thema nicht weiter vertiefen. Bei Tom hatte es gut geklungen. Schmeichelnd. Sexy. Aber bei Christian ließ es mich nur an das Zeug im Schlafzimmerschrank denken, mit dem wir angeblich abgefahrene Sachen gemacht hatten. Ich ärgerte mich, dass ich Tom nicht zumindest gefragt hatte, ob SM bei unseren geheimen Treffen je eine Rolle gespielt hatte.
„Ich glaube, ich würde gerne ins Fitnessstudio gehen", sagte ich, vor allem um abzulenken.
„Das ist aber ziemlich teuer", sagte Christian vorsichtig.
Stimmt. Das war die nächste Frage: Wenn ich heimlich ins Fitnessstudio gegangen war: Wie hatte ich das bezahlt? Wie konnte Christian nichts davon wissen? Er regelte unsere Finanzen. Und er schaute sehr genau auf jede Ausgabe – das war mir inzwischen klar.
„Na ja. Ich muss ja nicht", sagte ich, um das Thema zu beenden.

6

Aber das Thema Fitnessstudio war noch nicht beendet. Zumindest nicht für mich. Am nächsten Tag ging ich noch vor der Arbeit zu besagtem Holmes Place, der tatsächlich nicht allzu weit von unserem Haus entfernt war. Natürlich wollte ich mich nicht anmelden, sondern einfach nur herausfinden, ob irgendetwas von dem, was Tom erzählt hatte, der Wahrheit entsprechen konnte. Denn der Verdacht, dass er wieder nur ein merkwürdiges Spiel mit mir spielte, ließ mich nicht los. Er hatte zwar mittlerweile schon drei E-Mails an meine geheime Mail-Adresse geschickt, in denen er um Entschuldigung und um ein weiteres Gespräch bat. Aber selbst wenn ich ihm früher oder später wiederbegegnen würde, wollte ich nicht noch einmal komplett ahnungslos sein.

„Hallo Trixi!", trällerte die sommersprossige Blondine am Empfang des modernen Fitnessstudios. „Lange nicht mehr gesehen!"

Okay. Das war eindeutig. Ich hatte noch kein Wort gesagt und wurde schon begrüßt, als ob ich hier wohnen würde. Dennoch erkannte ich den Ort nicht wieder. Ich sah den riesigen Hauptraum, in dem vereinzelt Leute auf zahlreichen modernen Maschinen um Fitness kämpften. Auch die Schwimmhalle konnte man im Hintergrund durch eine große Glaswand sehen. All das war neu für mich.

„Hi Sarah!", sagte ich leicht unsicher zu der Blondine.

Zum Glück trugen hier alle Mitarbeiter auffallend große Namensschilder. Ich hatte lange darüber nachgedacht, was ich in dem nun eingetretenen Fall sagen würde. Mir schien die Wahrheit nicht nur ziemlich unglaubwürdig, sie hatte vor allem den Schönheitsfehler, dass ich meine Mitgliedschaft schon damals vertuschen wollte. Und bevor ich nicht wusste, warum ich sie vertuscht hatte, schien es mir besser, erst einmal zu gucken, wie weit ich ohne die Amnesie-Geschichte kam.

„Wo warst du denn so lange?", fragte Sarah.

„Ich hatte einen Unfall."

Eins wusste ich aus diversen Agentenfilmen: Die Legende musste immer so nah an der Wahrheit sein wie möglich. Das machte es einfacher zu lügen. Sarah schaute mich erschrocken an.

„Nein! Ist dir was passiert?"

„Na ja, hatte ein paar Kratzer. Und Probleme mit dem Bein, eine Quetschung – deswegen konnte ich nicht kommen."

„Du, wenn du uns ein Attest vom Arzt gibst, setzen wir deine Mitgliedschaft für die Zeit aus."

„Kein Problem. Ich wollte eigentlich nur fragen …"

„Frohes neues Jahr, Trixi!"

Nun erschien auch noch ein junger, schlanker Trainer mit blonden Haaren und einem T-Shirt, auf dem groß „Gleis 8" stand. Er rollte das R so schön bayerisch und lächelte mich von hinter seiner schwarzen Halbrandbrille freundlich an.

„Frohes neues Jahr, Florian", sagte ich zu ihm.

„Flo", korrigierte er geduldig.

Auf seinem Namensschild stand „Florian Maier", aber okay.

„Trixi hatte einen Unfall", erklärte Sarah ihm sofort.

„Oh! Schlimm?"

„Nee", sagte ich. „Ein bisschen Probleme mit dem Bein."

„Eine Quetschung", ergänzte Sarah.

„Mit dem rechten?", fragte mich Flo besorgt. „Wo du auch die Probleme mit den Adduktoren hattest?"

Jetzt wurde es kompliziert.

„Äh, nee, das linke. Ist aber alles auch nicht so schlimm. Ich bin eigentlich nur hier …"

„Hey Trixi!"

Nun kam auch noch Katja Hennig dazu, wie das Namensschild auf der schlanken, dunkelhaarigen Frau in meinem Alter verriet. Mir fiel auf, dass eins ihrer Ohren deutlich kleiner als das andere war. Sie lächelte mich an wie eine beste Freundin. Offensichtlich hatte ich in diesem Fitnessstudio mehr Freunde gehabt als in der ganzen restlichen Welt.

„Katja! Hallo!", rang ich mir ab.

„Sollen wir gleich mal ins Wasser?", fragte Flo. „Gucken, ob dich das mit dem Bein beeinträchtigt?"

„Was ist denn mit dem Bein?“, fragte Katja.

„Trixi hatte einen Unfall“, sagte Sarah in genau demselben mitleidenden Tonfall wie zuvor. Ich wurde müde. Vor meinem inneren Auge sah ich bereits, dass meine Unfallgeschichte jedem Fitnesstreibenden erzählt werden musste, bevor ich zu meiner eigentlichen Frage kam. Vor allem wurde es zunehmend schwerer, doch noch die Wahrheit zu sagen, wo sich nun bereits alle sehr um mein völlig unbeschadetes Bein sorgten. Ich musste definitiv gucken, dass ich dort wegkam.

„Leute, sorry, ich hab's leider ein bisschen eilig – das Auto steht blöd!“

Ich deutete nach draußen, wo natürlich kein Auto stand, denn das stand ja immer noch in der Tiefgarage von Tom. Ein weiteres Problem, das ich durch meinen überhasteten Abgang am Vortag nicht hatte lösen können.

„Ich wollte nur wissen … Gab's irgendwie Probleme mit meinem Mitgliedsbeitrag? Der wurde letzten Monat nicht abgebucht.“

„Du weißt, dass wir deine Mitgliedschaft aussetzen können, wenn du uns ein Attest bringst“, erklärte mir Katja.

„Das weiß ich, Katja. Danke. Aber darum geht's mir nicht. Ich wollte nur … das mit dem Konto. Könnt ihr mal gucken?“

Ich deutete vehement auf den Computer, denn Sarah machte keine Anstalten, irgendetwas zu tun.

„Oh okay. Wie war nochmal dein Nachname?“

„Kwiatkowski.“

Sie fing an, im Computer zu suchen. Und ich erlebte die längsten drei Minuten meines kurzen neuen Lebens, denn Katja und Flo wollten nun mehr über meine Verletzung wissen.

„Streck mal! Leg mal hoch! Tut das weh?“

Tatsächlich fummelten nun beide an mir herum, während ich das Bein auf eine Stuhllehne legen musste.

„Also, ich seh hier kein Problem“, sagte Sarah. „Der Beitrag ist abgebucht worden.“

„Ach ja?“, fragte ich mit gespielter Überraschung, während Flo mein Bein überstreckte. „Von welchem Konto bucht ihr das denn ab?“

„Ähm, das bei der DAB."

„Ach so, dann habe ich falsch geguckt. Wir haben mehrere."

So viel war nun klar. Wir hatten offensichtlich zwei Konten. Unser Konto als Ehepaar war bei der Berliner Bank – das wusste ich mittlerweile. Und dort waren nie irgendwelche Gebühren für ein Fitnessstudio abgegangen. Weil ich offensichtlich noch ein zweites Konto hatte. Ein geheimes?

„Kannst du nochmal kurz die Kontonummer sagen?"

„Äh, 43113950", las Sarah etwas überrascht vor.

Gott sei Dank fragte sie nicht nach, warum ich die wissen wollte.

„Stimmt!", sagte ich und wiederholte die Nummer zahllose Male in meinem Kopf.

„Ich denke, das ist kein Problem", sagte Flo.

„Was?", fragte ich irritiert.

„Das mit deinem Bein. Du, in zehn Minuten ist Aqua Fit. Mach doch mit! Wird dem Bein gut tun."

„Du, heute leider nicht. Ich muss jetzt los. Danke euch."

„Alles klar, ciao!", sagte Flo. Auch Katja und Sarah verabschiedeten sich.

Leicht mit dem linken Bein humpelnd ging ich davon …

7

So sehr ich auch alle meine Unterlagen zu Hause durchforstete, ich konnte nichts von der DAB-Bank finden. Nichts. Es war also ein geheimes Konto. Es gab nur einen Hinweis darauf, dass es wirklich existierte und auch eine Rolle in meinem Leben spielte: Die Internetseite der Bank fand sich mehrfach im Verlauf meines Browsers. Ich hatte die Seite also besucht. Natürlich waren meine Zugangsdaten nicht gespeichert. Da nützte es mir auch nichts, dass ich mir die Kontonummer gemerkt hatte. Es war übrigens kein Problem, mir die Zahl zu merken. Ich stellte überhaupt mehr und mehr fest, dass ich ein außergewöhnlich gutes Gedächtnis hatte. Welch Ironie. Lag das jetzt daran, dass dort haufenweise Platz war? Ich stellte mir die entsprechenden Gehirnregionen als riesige leere Lagerhallen vor, die nur darauf warteten, gefüllt zu werden. Auch wenn Professor Bosch mir versichert hatte, dass die Erinnerungen an mein Leben sich noch irgendwo in meinem Kopf befinden würden. Ich selbst glaubte nicht mehr so recht daran, dass etwas zurückkommen würde. Umso wichtiger war es mir, alles herauszufinden, was ich über mich herausfinden konnte. Also faxte ich ein Formular an die DAB-Bank, in dem ich freimütig zugab, alle meine Zugangsdaten zu meinem Konto vergessen zu haben. Innerhalb von wenigen Tagen würde man mir neue Daten mit der Post zuschicken – ich musste nur gucken, dass ich vor Christian an den entsprechenden Brief kam. Warum war es nicht auch in anderen Lebensbereichen so einfach? Ein Formular ausfüllen und dann bekommt man seine Erinnerungen zurück …

Während ich nun auf den Brief warten musste, widmete ich mich dem nächsten Problem: Unser Auto! Ich wollte es wiederhaben. Nicht nur um meinem Ehemann eine Freude zu machen, sondern auch um komplizierte Diskussionen zu vermeiden, wenn die wahren Besitzer des Stellplatzes in Toms Tiefgarage aus Dubai zurückkehrten. Ich wollte dafür allerdings nicht Tom um Hilfe bitten. Ich fühlte mich erstens noch nicht gewappnet genug für ein weiteres Gespräch mit ihm. Und zweitens wollte ich ihn nicht um etwas bitten müssen. Gott sei Dank kehrte am nächsten Tag Luna aus Köln zurück.

„Ihr habt gemoppert, bevor ihr auch nur einmal gequatscht habt?“, fragte Luna mit großen Augen, nachdem ich ihr die Geschichte von Tom und mir erzählt hatte. „Das ist ja Porno!“

Ich bedeutete ihr, etwas leiser zu sprechen, denn wir waren nicht alleine in der Videothek.

„Und wie war er? Also ich mein … Ach, das weißt du ja nicht mehr. Mist. Hat er gesagt, wie ihr's getrieben habt?“

„Luna!“

„Was denn?“

„Selbst wenn er es gesagt hätte, geht dich das nichts an.“

„Du wüsstest es auch gerne, mh?“

Sie schaute mich mitleidig an. Ich seufzte. Sie hatte natürlich recht.

„Boah, das hört sich wirklich höllegeil an. Was bist du für eine coole, abgefahrene Braut!“

Sie war begeistert. Auch wenn es mich ein klitzekleines bisschen mit Stolz erfüllte, dass ich nun eine „coole, abgefahrene Braut“ war, wollte ich etwas anderes von ihr. Dies war auch der Hauptgrund, warum ich ihr die ganze delikate Geschichte anvertraut hatte. Instinktiv glaubte ich zwar, dass sie das wirklich für sich behalten würde, andererseits lernte ich mehr und mehr, dass ich nichts und niemandem trauen konnte. Aber ich brauchte wirklich ihre Hilfe.

„Kannst du mir helfen, das Auto wiederzubekommen?“

„Wie? Das steht da noch?“

Ich nickte.

„Okay, und wie soll das gehen?“

Am späten Nachmittag – es war bereits dunkel – fanden wir uns gemeinsam in der Espressobar ein, in der ich schon einmal einen ganzen Tag verbracht hatte, um auf Toms Haus zu starren. In seiner Wohnung brannte kein Licht, aber diesmal ging es mir auch nicht um ihn. Ich wollte nur in die Garage und das Auto zurückholen. Ich hatte Luna mittlerweile alle Details meiner Geschichte erzählt und sie war nach und nach stiller geworden. Eigentlich wollte ich nun, dass wir uns vor der Tiefgarage postierten, aber sie sagte plötzlich: „Ist das wirklich so eine gute Idee?"

„Was?"

„Du vernichtest Beweise."

„Genau das will ich. Ich hab' keine Lust, Christian zu erklären, was hier abgegangen ist."

„Nein, ich meine … Ist das Auto da unten nicht auch das Motiv für Toms Frau, diese Viktoria."

„Ja und?"

„Du denkst überhaupt nicht darüber nach, die Trulla anzuzeigen?"

Ich seufzte. Blieb jetzt doch erst einmal mit Luna in der Bar sitzen. Natürlich hatte ich darüber nachgedacht. Besonders wenn ich mich daran erinnerte, wie scheißfreundlich Viktoria im Krankenhaus zu mir gewesen war. Wahrscheinlich existierte sogar eine Chance, dass sie überführt wurde – das Motiv war schließlich eindeutig und der zeitliche Ablauf ja sowieso. Aber abgesehen davon, dass sie selbst körperlich am meisten Schaden davongetragen hatte, hinderte mich vor allem eins: Die Aussicht darauf, dass öffentlich über mich diskutiert werden würde. Und ich die letzte sein würde, die etwas dazu beisteuern könnte. Ich hasste dieses ohnmächtige Gefühl mittlerweile so sehr, dass ich Viktoria lieber straffrei davonkommen lassen wollte, als am Ende noch mit meiner Geschichte in der Zeitung zu landen.

Nachdem ich Luna das erklärt hatte, nahm sie mich herzlich in die Arme. Sie hatte verstanden, was ich nebenbei noch die ganze Zeit durchmachte. Sie fühlte mit mir. Sie war definitiv eine Gute.

„Okay, dann lass uns jetzt die Mission Impossible starten!", sagte sie schließlich mit einem Augenzwinkern.

Die Mission schien mir gar nicht so impossible. Der Plan war, dass wir darauf warten würden, bis jemand aus der Garage fuhr. Luna sollte dann die Lichtschranke des Tors blockieren, bis ich mit dem Wagen rausgefahren war – denn das öffnete sich leider nicht automatisch von innen. Danach würde ich das Auto irgendwo weit entfernt von zu Hause parken und es „zufällig“ beim Spazierengehen entdecken. Ich hatte Gott sei Dank noch meinen Autoschlüssel. Er war zusammen mit den Schlüsseln für Haus, Wohnung, Briefkasten und Keller an dem Schlüsselbund, den man mir im Krankenhaus ausgehändigt hatte.

Luna und ich kamen uns schon ein bisschen merkwürdig vor, wie wir da auf dem Gehweg vor dem Haus bibberten und gegen die Kälte antänzelten. Wir „unterhielten“ uns wie alte Freundinnen, die sich zufällig getroffen hatten und zu blöd waren, um sich ein wärmeres Plätzchen zu suchen. Aber schon bald wurden wir erlöst. Das Garagentor öffnete sich. Jemand fuhr heraus. Kaum war der Wagen auf die Straße eingebogen, huschte ich in die Garage und Luna stellte sich unauffällig in die Lichtschranke.

Unser Auto hatte ich schnell gefunden. Wo der rostige Volvo stand, hatte sich nachhaltig in mein Gehirn eingebrannt an jenem Tag. Ich weiß nicht, ob es die Kälte war oder die Aufregung, die meine Finger mehr zittern ließ. Es dauerte endlos, bis ich den Schlüssel im Schloss hatte. Er passte. Als ich die Wagentür öffnete, schlug mir erst einmal ein fauliger Geruch entgegen. Der Grund war schnell gefunden: Christian hatte eine Bananenschale in einem Türfach des ansonsten tadellos aufgeräumten Wagens liegen lassen. Und es war natürlich seit einigen Wochen nicht mehr gelüftet worden. Ich hielt die Luft an und setzte mich hinters Steuer. Tür zu, der Motor sprang ohne Mucken an. Sehr gut. Und ja, ich hatte nicht vergessen, wie man Auto fährt. Während ich die Ausfahrt ansteuerte, schaute ich mich in dem Wagen um. Hatte ich gehofft, dass sich hier noch ein paar meiner persönlichen Gegenstände – wie zum Beispiel der nach wie vor fehlende Fotoapparat – finden würden, so wurde ich enttäuscht. Außer der Bananenschale lag nichts herum. Ich fuhr die Ausfahrt hoch, Luna stand noch an dem geöffneten Tor, grinste breit im Licht meiner Scheinwerfer. Ich hielt kurz auf dem Gehweg, als ich das Tor passiert hatte. Luna sprang die Mission-Impossible-Melodie summend auf den Beifahrersitz. Ich musste lachen. Wir hatten es geschafft.

„Boah, hast du hier noch 'ne Leiche drin?", fragte sie ein wenig angewidert.

„Das würde passen", sagte ich und lachte.

Doch das Lachen blieb mir im Hals stecken, als ich auf die Straße vor mir schaute. Denn von dort bog soeben ein anderes Auto in die ein paar Meter lange Einfahrt ein. Es wollte in die Tiefgarage. Ich erkannte den geräumigen BMW sofort. Es war Tom.

„Mist!"

„Oh-oh", sagte Luna, während sich meine Gesichtszüge deutlich verhärteten.

Tom war natürlich höflich genug, dem aus der Garage kommenden Fahrzeug Platz zu machen. Wahrscheinlich hatte er noch gar nicht gesehen, dass ich darin saß. Denn er sah vor allem meine Scheinwerfer. Als ich langsam an ihm vorbei fuhr und wir für einen Moment Fahrerseite an Fahrerseite standen, weil ich vorbeifahrende Autos abwarten musste, sah ich seinen überraschten Blick. Durch die geschlossenen Scheiben konnte ich von seinen Lippen „Trixi" ablesen. Ich gab ihm meinen kühlsten Blick und trat aufs Gas.

‚Hah! Du kannst mich mal!', dachte ich triumphierend, während ich auf die Straße einbog und das nächste vorbeifahrende Auto in uns hineinraste.

8

„Was ich echt nicht raffe“, sagte Christian, als er mich spät am Abend aus der Notaufnahme im Krankenhaus abholte. „Was hast du überhaupt da gemacht? Und … Wo hast du unser Auto gefunden?“

„Können wir erst einmal nach Hause gehen?“, fragte ich zerknirscht. „Bitte!“

Ich hatte ein Déjà-vu. Christian trug meine Tasche, während ich hinter ihm her zum Ausgang des Krankenhauses ging. Es war wie vor wenigen Wochen. Nur dass diesmal noch sämtliche Erinnerungen präsent waren an den Unfall, der mich hierher geführt hatte. Und dass ich humpelte. Denn ich hatte mir das Bein gequetscht. Das linke. Bei meinem nächsten Besuch im Holmes Place würde ich also Katja und Flo nicht einmal mehr etwas vorspielen müssen. Ich schüttelte über mich den Kopf. Die unauffällige Rückholaktion unseres Autos war nun das genaue Gegenteil von unauffällig. Dass unser Auto in der Garage von Tom gestanden hatte, wusste mittlerweile nicht nur Luna – die Gott sei Dank mit dem Schrecken davon gekommen war – sondern auch Tom, ein griechisches Ehepaar, deren schöner Toyota bewiesen hatte, dass Airbags auch bei Tempo 50 funktionieren, deren Versicherung, unsere Versicherung, die Polizei, diverses Personal im Krankenhaus und natürlich Christian.

Der musste mehr als doof geguckt haben, als er im Wartebereich vor dem Behandlungszimmer Tom mit seinen Kindern vorgefunden hatte. Ich wusste nicht, was die beiden Männer geredet hatten, aber mittlerweile war das auch wurscht. Ich würde Christian die Wahrheit sagen müssen. Oder zumindest das, was ich von der Wahrheit wusste. Denn auch wenn ich bei mir bereits eine gewisse Fantasie festgestellt hatte, hätte die niemals dafür gereicht, diesen Unfall ohne Erwähnung der Affäre glaubwürdig zu erläutern.

Tom hatte es sich nach dem Unfall natürlich nicht nehmen lassen, mich ins Krankenhaus zu fahren. Das Bein hatte höllisch geschmerzt, so dass ich nur zaghaft protestiert hatte. Luna war derweil an der Unfallstelle geblieben und hatte alles mit der Polizei geregelt und mit den Griechen, die bis auf einen mittelschweren Tinnitus durch den Knall der Airbags unversehrt geblieben waren.

Auf der Fahrt ins Krankenhaus saßen Aiden und Ava auf dem Rücksitz der beeindruckend komfortablen Familienkutsche. Tom hatte die Kleinen soeben aus dem Kindergarten geholt. Ihre Anwesenheit verhinderte, dass wir reden konnten. Zusammen mit meinem harschen „Tom! Lass es!“, das ich ihm entgegenschleuderte, als er mit irgendwelchen „Es tut mir alles so leid“-Sätzen anfing. Schweigend ging die Autofahrt natürlich auch nicht an uns vorbei, denn neben den obligatorischen „Fixi“-Rufen von Ava, hatte ich mir nun auch Aidens Interesse eingehandelt.

„Du bist die Frau mit den Leopardenfüßen“, stellte er neunmalklug fest.

Er erinnerte sich also an unsere kurze Begegnung im Krankenhaus.

„Ja, und sie war zufällig bei uns in der Gegend!“, sagte Tom mit Nachdruck.

Aha, er wollte also sicherstellen, dass Aiden seiner Mutter nichts von mir erzählte. Aber das war nicht so leicht.

„Wieso warst du in unserer Garage?“, fragte der Kleine.

Es war wieder Tom, der antwortete, während ich auf dem Beifahrersitz mein schmerzendes Bein abtastete.

„Das ist ja nicht nur unsere Garage, Aiden. Da kann jeder parken. Sollen wir ‚Räuber Hotzenplotz‘ hören?“

Er wartete die Antwort von Aiden nicht ab, sondern startete mit schnellen Handgriffen eine CD, so dass kurz darauf die tiefe Stimme von Armin Rohde durch das Auto hallte, der davon erzählte, wie der Räuber Hotzenplotz der Großmutter ihre Kaffeemühle klaute. Aiden war damit tatsächlich abgelenkt. Als es dann auch noch das Hotzenplotz-Lied gab, sang der Kleine munter mit und selbst Ava klatschte lachend im Takt. „Ich bin der Räuber Hotzenplotz …“ Es war unfassbar süß. Tom schaute mich an und lächelte. Ich wich seinem Blick aus. Für den gesamten Rest der Fahrt. Eigentlich war ich sauer. Auf Tom ja sowieso, aber auch auf mich selbst. Und eigentlich hatte ich einen Horror vor dem, was nun kommen würde. Aber nachdem wir einige Minuten durch das nächtliche Berlin gefahren waren mit den singenden und klatschenden Kindern auf dem Rücksitz, Tom neben mir und dem Räuber Hotzenplotz aus den Lautsprechern, blitzte plötzlich das auf, was ich direkt nach meinem Aufwachen gefühlt hatte: Ich wollte, dass das meine Familie war! Entgegen aller Vernunft, aller Realität und vor allem auch entgegen der Tatsache, wie wütend ich eigentlich auf Tom war. Ich versuchte das Gefühl zu verdrängen, aber es war so stark, dass ich vor dem Krankenhaus fluchtartig aus dem Wagen sprang und alleine hineinhumpelte, damit Tom bloß keine Chance haben würde, mich auch noch zu stützen, damit dann auch zu berühren, wieder mein Retter zu sein und all das. Ich entkam ihm nur knapp.

Und war zu meinem Glück bereits in das Behandlungszimmer gebracht worden, als Tom den Wagen geparkt hatte. Wir sahen uns nicht wieder. Ich wusste nur von Christian, dass Tom draußen mit den Kindern gewartet hatte, bis mein tatsächlicher Ehemann aufgetaucht war.

Mit dem saß ich nun auf dem Rückweg im Taxi. Tom hatte wohl angeboten, uns beide nach Hause zu fahren, aber Christian hatte abgelehnt. Und das sollte etwas heißen, denn er hätte bestimmt liebend gerne das Geld für das Taxi gespart.

„Aber irgendwie … Der Typ gefällt mir nicht!“, erklärte er mir im Taxi. „Oder? Der ist doch komisch?“

„Zu Hause!“, sagte ich nur und schaute einmal mehr aus dem Fenster auf das nächtliche Berlin.

Zu Hause kümmerte sich Christian rührend um mich. Er sorgte dafür, dass mein Bein hoch lag, dass ich immer wieder frische Coolpacks hatte, und er machte mir sogar eine Buchstabensuppe, die ich angeblich so gerne aß. Er schimpfte nicht mit mir, obwohl ich sein geliebtes Auto zerdeppert hatte. Er fragte auch nicht weiter, sondern wartete einfach nur darauf, dass ich mich und die Situation irgendwann erklären würde. Ich wünschte mir nichts mehr, als dass er so unsensibel wie nach dem ersten Unfall sein würde. Denn mir war klar, dass ich ihn nun verletzen würde. Aber es half ja alles nichts. Es musste raus.

Während ich bis tief in die Nacht hinein die ganze Geschichte erzählte und er immer wortkarger und ernster wurde, beschlich mich mehr und mehr eine Angst. Eigentlich hatte ich von dem Moment an, als man mir Christian als meinen Mann vorgestellt hatte, darüber nachgedacht, wann und wie ich ihn verlassen würde. Es war einfach zu offensichtlich, dass es mit uns nicht passte. Aber als ich nun meine Sünden beichtete und die Verletzung in seinem Gesicht sichtbar wurde, spürte ich, wie hilflos ich ohne ihn sein würde. Diese schäbige Wohnung und dieser für mich viel zu alte Mann – das war bisher die einzige Konstante in meinem neuen Leben. Auf Tom konnte und wollte ich nicht zählen, sonst kannte ich kaum jemanden. Und ob Luna so begeistert sein würde, wenn ich heute Nacht mit einem Koffer vor ihrer Wohnung auftauchen würde, da war ich mir nicht so sicher. Wir hatten uns gerade erst kennengelernt. Christian war schon seit vielen Jahren an meiner Seite. Als meine Geschichte an dem Punkt endete, an dem ich unser Auto ohne nach links oder rechts zu schauen auf die Straße lenkte, war ich den Tränen nah.

Christian sagte lange Zeit nichts. In seinem Gesicht arbeitete es. Er schaute mich immer wieder kurz an, atmete dann tief durch, verharrte schließlich wieder regungslos auf der Couch vor mir. Ich hätte ihn am liebsten angeschrien, dass er etwas sagten sollte. Aber meine Kehle war mittlerweile zugeschnürt.

„Willst du immer noch mit ihm zusammen sein?“

Das war das erste, was er nach einer gefühlten Stunde Schweigen sagte.

„Nein!“, sagte ich sofort. „Ich will ihn nie wiedersehen!“

Das war nicht im klassischen Sinne gelogen. Ich wollte Tom schon wiedersehen – wegen all der Fragen, die ich noch hatte. Aber ich wollte nicht, dass er wieder diese Macht über mich ausüben konnte. Ich wollte nicht mehr mit ihm zusammen sein. Zumindest empfand ich in dem Moment so, als Christian mich fragte.

„Okay."

Er nahm den leergegessenen Suppenteller und brachte ihn in die Küche. Ich saß mit meinem geschwollenen Bein verunsichert da. Okay? Was hieß „okay"? Ich hörte ihn eine Weile in der Küche herumwerkeln. Und wusste nicht, ob er ein Küchenmesser wetzte, um mich kurz danach abzustechen. Oder ob er mir einen Kuchen backte, um mich zu der aufregenden Affäre zu beglückwünschen. Als er partout nicht wiederkam, raffte ich mich mitsamt meinem Bein auf und humpelte zu ihm. Äußerst verunsichert erschien ich in der Küchentür und sah, dass er weder wetzte noch backte, sondern einfach nur das dreckige Geschirr des Tages abwusch. Er entdeckte mich und schaute mich mit einem Blick an, der mich wahnsinnig erleichterte. Denn er war lediglich besorgt.

„Hey, du sollst doch sitzen bleiben!"

Er kam sofort zu mir, legte seinen Arm um mich und führte mich zurück ins Wohnzimmer.

„Was denkst du, Christian? Was … Was fühlst du?"

Ich schaute ihn unsicher an, während er mich vorsichtig auf dem Sofa platzierte. Er setzte sich zu mir, nahm meine Hände und schaute mir ernst in die Augen.

„Meinst du, wir können noch einmal neu anfangen?", fragte er mich.

„Wie meinst du das?"

„In unserer Ehe war nicht alles gut. Wir … Die letzten Monate … haben wir ziemlich aneinander vorbeigelebt. Dass du eine Affäre hattest, überrascht mich überhaupt nicht."

Das überraschte mich nun wiederum. Ich hörte aufmerksam zu.

„Vielleicht ist dein Unfall eine Chance, neu anzufangen. Mit neuen … Weißt du, wir haben uns unter nicht so gesunden Vorzeichen kennengelernt."

„Ich dachte, wir haben uns bei diesem Filmdreh kennengelernt."

Wovon redete er? Mir fiel auf, dass ich mich tatsächlich nie sonderlich dafür interessiert hatte, wie genau wir zu einem Paar geworden waren.

„Beim Dreh haben wir uns zum ersten Mal getroffen. Aber wir wären nie zusammengekommen, wenn ich … wenn ich dich nicht vor dem Selbstmord bewahrt hätte."

Da war es wieder. Das Fragezeichen. Das mir diesmal wie ein Hammer auf den Kopf schlug. Mein Leben, meine Identität, alles, was mich ausmachte, war wieder der Spielball von Erzählungen anderer. Ich hasste es!

„Ich habe versucht, mich umzubringen?"

Christian nickte. Plötzlich wurde ich wütend.

„Und du fandst es nicht wichtig, mir das zu erzählen? Oder … oder als man dich im Krankenhaus gefragt hat, ob's vielleicht 'n Trauma in meinem Leben geben könnte, da ist dir mein Selbstmordversuch nicht irgendwie in den Sinn gekommen?"

„Ich hielt das nicht für passend", sagte er ganz ruhig.

„Nicht für passend? Passend wozu?"

Meine Stimme überschlug sich leicht.

„Trixi, ich hatte Angst, dass du es wieder tun könntest, wenn du davon erfährst."

„Wieso? Das muss doch … vier Jahre her sein?"

„Ja, aber damals habe ich dich in der letzten Sekunde von der Autobahn gerissen."

Oh. Okay. Ich verstummte. Und verstand.

„Du hast gedacht, der Unfall … durch den ich meine Erinnerungen verloren habe. Du hast gedacht, das war auch ein Selbstmordversuch?"

„Ich wusste es nicht. Ich weiß es bis heute nicht."

Nun wirkte er sehr aufgebracht. Und ich konnte ihn verstehen. Ich konnte so einiges verstehen. Er hatte mich einst gerettet. Ich war in seiner Schuld. So funktionierten wir als Paar. Das meinte er mit „nicht so gesund". Und nun konnte es natürlich sein, dass ich diese ausweglose Beziehung nicht mehr hatte ertragen wollen und mich deswegen wieder vor ein Auto gestellt hatte. In meinem Kopf drehte sich alles. Ich war wieder einmal völlig hilflos. Nicht in der Lage, irgendetwas von dem zu verarbeiten, was an diesem Tag auf mich eingeprasselt war. Es war definitiv zu viel. Ich war schlagartig unfassbar müde. Entsprechend schaute ich Christian an.

„Können wir morgen weiterreden?“

Er nickte. Fürsorglich. Er streichelte meine Wange, ich kuschelte mich an ihn. Direkt dort auf dem Sofa, wo er die ganze Zeit neben mir gesessen hatte, und schlief auf der Stelle ein.

9

Als ich am Morgen erwachte, lag ich immer noch mit dem Kopf auf Christians Schoß. Er war ebenfalls eingeschlafen, hing in sichtlich unbequemer Haltung schräg auf dem Sofa. Aber er hatte mich nicht alleine gelassen. Und wachte nun sofort auf, als ich mich bewegte. Er lächelte mich warm an. Ich lächelte zurück. Vielleicht musste ich wirklich noch einmal darüber nachdenken, wer hier wirklich der Retter war. Ich beichtete diesem Mann eine Affäre und seine Reaktion war, dass er mich die ganze Nacht behütete.

„Wie damals …“, sagte er.

Während er das Frühstück machte, erzählte er mir dann, was es mit meinem Selbstmordversuch auf sich hatte. Ich war ihm damals als Statistin bei den Dreharbeiten aufgefallen. Er fand mich wunderschön und beobachtete mich an den drei Drehtagen deutlich mehr, als man das als Arbeitgeber und zwanzig Jahre älterer Mann vielleicht tun sollte. Ich hatte ihm wohl wenig Beachtung geschenkt, wirkte sowieso zunehmend gedanklich abwesend an diesen Tagen. Am dritten Drehtag machte nicht nur er sich Sorgen um mich. Mehrfach war ich überhaupt nicht ansprechbar gewesen. Als ich nach Drehschluss einfach gegangen war, ohne meine Gage abzuholen, war er mir nachgeeilt. Er hatte dann beobachtet, wie ich in der Nähe des Sets am ICC einen Hang hinabgeklettert war, um zur Stadtautobahn zu gelangen. Eine unübersichtliche Stelle, an der zahlreiche Fahrzeuge um die Ecke gebrettert kamen. Sie hätten keine Chance gehabt, mir auszuweichen, wenn ich dort gestanden hätte. Doch Christian war hinter mir hergeklettert und hatte mich im letzten Moment von der Fahrbahn gerissen.

Er hatte mich dann einfach mit nach Hause genommen. Sich um mich gekümmert. Mich nicht mehr aus den Augen gelassen. Und das hatte mich irgendwie zurückgeholt. Mir neuen Lebensmut gegeben. Wir wurden erst Freunde und dann Geliebte – die Initiative dafür war von mir ausgegangen. Er war sich nie sicher gewesen, ob es nicht einfach nur Dankbarkeit gewesen war.

Während er bereits davon erzählte, wie aus all dem irgendwann eine Ehe geworden war – wegen der Steuern – merkte ich, dass er zu der offensichtlichen Frage, die er bisher ausgelassen hatte, einfach nicht mehr zurückkehrte.

„Ähm, warte mal: Willst du gar nicht erzählen, warum ich mich umbringen wollte?"

Er verzog leicht das Gesicht und zuckte mit den Schultern.

„Ich weiß es nicht."

„Was?"

„Du hast es nie gesagt."

„Aber du hast schon gefragt?"

„Sicher."

„Aber?"

„Du hast nicht drauf geantwortet."

„Und deswegen hast du dann aufgehört zu fragen?"

Er nickte.

„Du hast irgendwann gesagt, ich konnte dich nur deswegen retten, weil ich dich nie gezwungen habe, darüber zu reden. Oder zu einem Arzt zu gehen oder irgendwie so etwas."

Super. Auf mein altes Ich war wirklich Verlass. Sachen für sich behalten war ein ganz großes Ding für diese Frau.

„Aber hast du denn nicht irgendeine Theorie gehabt? Also … ich muss doch Freunde gehabt haben. Kommilitonen. Irgendjemand, der mal etwas gesagt hat?"

„Du, ich hab so gut wie niemanden aus deinem Leben davor kennengelernt. Ich hab dich an dem Abend nach dem Selbstmord mit hierher genommen und … faktisch bist du seitdem nicht wieder nach Hause gegangen."

„Wie? Meine alte Wohnung gibt es noch?"

„Nein, aber du wolltest da nicht mehr hin. Wir haben sie irgendwann aufgelöst. Das war eine winzige, möblierte Wohnung im Friedrichshain."

Eine weitere Sackgasse.

„Ich hab' mir das immer so erklärt, dass du wahnsinnig einsam warst. Ich meine, wenn man von einer Kleinstadt nach

Berlin zieht, dann nicht einmal in 'ne WG, kein Schwein kennt … die Stadt kann einen kaputtmachen."

„Aber ob es irgendetwas Klinisches ist? Eine Depression? Das wurde nie überprüft?"

„Natürlich habe ich darüber nachgedacht. Ich hab' damals mal meine Schwester und meinen Schwager zum Essen eingeladen – er ist Psychologe. Aber du warst ein paar Wochen nach dem Selbstmordversuch gut drauf, ganz normal. Du wirktest erleichtert. Und hast nie wieder irgendwelche Anzeichen gezeigt … Bis zu dem Unfall im Dezember."

Es folgte das Wochenende. Christian musste generell schon weniger arbeiten, weil die Dreharbeiten vorbei waren und er nur noch die Postproduktion überblicken musste. Hatte er vorher auch mal am Wochenende oder Feiertag weggemusst, konnte er nun zu Hause bleiben. Er delegierte die drängende Arbeit an seine Assistentin oder regelte sie schnell mit ein paar Mails und SMS. Ansonsten nahm er sich viel Zeit für mich. Meinem Bein ging es gar nicht so schlecht, aber trotzdem umsorgte er mich das ganze Wochenende, als ob ich Malaria hätte. Er erzählte für seine Verhältnisse unglaublich viel. Versuchte möglichst viele positive gemeinsame Erlebnisse zu rekonstruieren. Unsere wenigen Urlaube, aber auch gemeinsame Dreharbeiten und was ihm sonst noch einfiel. Wann immer es möglich war, zeigte er dazu die passenden Fotos. Es fiel allerdings auf, dass es wahnsinnig wenige gab – und dass ich gerade als Fotografin auch ihn echt selten fotografiert hatte. Was mich wieder zu der Frage brachte, wo denn mein Fotoapparat war, von dem er berichtet hatte. Er wusste es beim besten Willen nicht.

„Vielleicht im Keller?", fragte ich.

„Wir haben keinen Keller."

„Was?"

„Die Wohnung hat keinen Keller."

Ich war irritiert. Aber für ihn schien das kein besonderes Thema zu sein.

„Aber ich habe doch einen Kellerschlüssel."

Er schüttelte den Kopf. Ich humpelte zu meiner Berlinale-Tasche und kramte meinen Schlüsselbund heraus.

„Hier. Wofür ist der denn sonst?"

Ich hielt den kleinen Schlüssel hoch, der ganz sicher zu einem Vorhängeschloss gehörte.

„Ich weiß es nicht", sagte Christian. „Ich hab den noch nie gesehen."

Er schaute sich den Schlüssel genauer an. Aber konnte am Ende wieder nur mit den Schultern zucken.

„Sieht so ein Schlüssel für ein Fahrradschloss aus?", fragte ich.

„Kann nicht sein. Die hast du weggeschmissen, nachdem sie dir die Räder geklaut hatten."

„Ach, stimmt, hier aus dem Hof."

Ich erinnerte mich an die unfreundlichen Zettel, die ich deswegen überall aufgehängt hatte. Die mein altes Ich aufgehängt hatte. Ich hatte sie wieder abgehängt einen Tag nach meiner Rückkehr aus dem Krankenhaus. Während ich noch darüber grübelte, welches neue Geheimnis dieser verflixte Schlüssel in mein Leben brachte, sah ich, dass Christian unsicher wurde. Er lachte, schüttelt den Kopf. Über sich?

„Was ist los?", fragte ich ihn.

„Also wenn wir hier schon neu anfangen, dann … Das zweite Rad, das sie dir aus dem Hof geklaut haben. Das war gar nicht so."

Er grinste schief.

„Sondern?"

„Na ja, ich bin einen Abend damit zu Lutz gefahren, weil ich wusste, ich trinke. Und ich wollte das Taxi nicht zahlen. Auf jeden Fall habe ich es bei ihm nicht angeschlossen und dann war's weg und … Ich hatte Schiss, es dir zu erzählen. Du fandst es immer blöd, wenn ich mit deinem Fahrrad gefahren bin."

Er wirkte tatsächlich unsicher bei seiner Beichte. Ich musste lachen. Mein Mann hatte in meinem früheren Leben Angst vor mir gehabt.

„Du bist nicht sauer?"

„Ich kann mich nicht mal an das verdammte Fahrrad erinnern. Wie kann ich da sauer sein?"

Er lächelte. Wirkte erleichtert. Überhaupt wirkte er sehr befreit an diesem Wochenende. Er schaltete sogar für einige Stunden sein Handy aus. Wir saßen aneinander gekuschelt vor dem Fernseher und schauten die letzte Staffel von „Breaking Bad“ am Stück. Ich fühlte mich dabei kein bisschen verloren, sondern bei Christian einfach nur sicher. Dass man mit ihm nicht viel reden musste, dass alles sehr unkompliziert war, dass er sehr selbstverständlich zu mir stand, das hatte eine große Kraft. Und auch wenn ich ihn nach wie vor überhaupt nicht anziehend fand, verstand ich allmählich, warum ich damals bei ihm gelandet war.

10

Zwei Tage später – Christian war an diesem Tag im Büro – kam der Brief von der DAB-Bank. Ich war aufgeregt, als ich die neuen Zugangsdaten für mein Konto auf der Internetseite eingab. Es erschien ein voll funktionsfähiges und regelmäßig genutztes Konto auf meinen Namen. Ich sah auf den ersten Blick, dass tatsächlich monatlich Geld für das Fitnessstudio abgebucht wurde. Es gab auch einen Dauerauftrag für amnesty international. Ich war also ein guter Mensch, der nicht wollte, dass der eigene Mann das wusste. Und es gab diverse Barabhebungen – obwohl ich nirgendwo eine EC-Karte des Kontos gefunden hatte. Viel interessanter war allerdings die Einnahmenseite. Jeden Monat – soweit man auch zurückgehen konnte – wurden mir von einer Elisabeth Jansen fünfhundert Euro überwiesen. Jansen war mein Mädchenname. Meine Mutter hieß Renate, aber der Name Elisabeth war auch schon gefallen bzw. „Tante Elise". Das war die Tante meines Vaters, die ich auch auf den wenigen Fotos gesehen hatte, die von meiner Kindheit existierten. Die Dame, von der ich nur wusste, dass sie unter Demenz litt. Wir waren also nicht nur verbunden im Vergessen, sondern sie schickte mir aus irgendwelchen Gründen auch regelmäßig eine beträchtliche Summe Geld. Natürlich war ihr dies überhaupt nicht mehr bewusst. Hatte ich das Konto etwa verheimlicht, weil mir das Geld nicht zustand, aber ich keine schlafenden Hunde wecken wollte? War ich also doch kein so guter Mensch?

Ich durchforstete alle Kontoauszüge, die noch vorhanden waren. Sie gingen fünf Jahre zurück – ältere gab es nicht mehr, obwohl das Konto noch älter zu sein schien. Es war offensichtlich mein früheres Konto. Ich fand alte Mietkosten für meine kleine Wohnung im Friedrichshain. Ich fand Einnahmen von irgendwelchen Jobs, Bafög, Kindergeld und allerlei Ausgaben. Das meiste davon endete im Sommer 2009 –

das war der Sommer, in dem ich zu Christian gezogen war. Ich reimte mir zusammen, dass wir damals unsere Konten zusammengelegt hatten. Genauso wie Christian auf eine Hochzeit wegen der möglichen Steuerersparnis gekommen war, hatte er in dem Fall bestimmt Kontogebühren sparen wollen. Aber offensichtlich wusste er nicht, dass ihm dadurch monatlich fünfhundert Euro entgingen, von denen ich seitdem immerhin fast zehntausend Euro angespart hatte. Endlich mal ein erfreulicher Gruß meines vergangenen Ichs.

Wobei auch dieser mit einem schlechten Gewissen behaftet war. Wieso enthielt ich dem armen Christian das Geld vor? Es schien mir doch so, dass ich immer wieder von seinem Geld gelebt hatte. Vor allem aber löste sich das Gefühl nicht auf, dass die Großtante mir das Geld vielleicht gar nicht mehr geben wollte – es vielleicht sogar selbst benötigte, schließlich war sie ein Pflegefall. Ich schaute mir eine ihrer Überweisungen genauer an und musste über den Verwendungszweck schmunzeln. „Von Elise". Ich erinnerte mich nicht an diese Frau, aber ich war mir aus irgendwelchen Gründen sicher, dass dieses kleine Wortspiel mit Beethovens Klavierstück kein Zufall war. Das war genau mein Humor. Ich ahnte, dass ich diese Frau einmal gemocht hatte.

„Sag mal, diese Tante Elise …", fragte ich abends Christian vielleicht etwas zu beiläufig. „Hast du die eigentlich mal kennengelernt?"

Christian war überrascht über den plötzlichen Themenwechsel, während wir die bestellte Pizza auspackten.

„Wie kommst du denn jetzt auf die?"

„Och, ich hab' noch einmal in den alten Fotos gekramt. Die ist ja wirklich die einzige von der Seite meines Vaters, die irgendwie mal auftaucht."

„Ich hab' sie nie kennengelernt."

„Aber ich hab' von ihr erzählt?"

„Selten."

Manchmal war seine Maulfaulheit schon etwas anstrengend.

„Okay, aber ein bisschen habe ich erzählt. Sonst wüsstest du nicht, dass sie dement ist, oder?“

„Ja. Klar. … Du hast sie sogar ab und zu besucht.“

„Na immerhin!“

Das freute mich. Tante Elise sollte nicht dement alleine vor sich hinvegetieren.

„Aber immer alleine?“

Er nickte.

„Und wo ist sie?“

„In irgendeinem Pflegeheim in der Lüneburger Heide. Ich weiß es nicht genau.“

Ein Pflegeheim. Das hatte ich befürchtet. Ich wusste natürlich nicht, wer jetzt für sie zuständig war, aber die Vorstellung, dass sie in einem Heim feststeckte, während ich ihr Geld ausgab, behagte mir überhaupt nicht.

„Wann war ich das letzte Mal bei ihr?“

„Mh … im Sommer?“

„Letzten Sommer?“

Er nickte.

„Das heißt, ich bin zu ihr nach Lüneburg gefahren, habe aber meine Mutter nicht besucht?“

Schließlich wusste ich, dass ich die seit Jahren nicht mehr getroffen hatte. Christian zuckte mit den Schultern und nickte gleichzeitig. Ich wunderte mich einmal mehr, wie schlecht mein Verhältnis zu meiner Mutter war.

„Fuck, jetzt haben die doch keine Extra-Salami draufgemacht!“

Seine Pizza war offensichtlich interessanter als meine Großtante. Irgendwie schien er das Thema abzublocken.

„Aber … mh … man kann schon herausfinden, wo dieses Heim ist?“

Er sagte nichts, fluchte über seine Pizza.

„Christian?“

Er schaute mich an, kapierte nun auch, dass ich nicht locker lassen würde. Er seufzte.

„Sie ist dement, Trixi. Also so richtig krass. Zumindest hast du mir das erzählt. Sie denkt, sie ist ’ne Elfjährige oder so und hat Angst vor Fliegerbomben. Ich glaub' nicht, dass sie dir viel über deine Kindheit erzählen kann."

Ich verstand nun, warum er das Thema nicht mochte. Er wollte nicht, dass ich mir falsche Hoffnungen machte.

„Ich würde sie trotzdem gerne besuchen."

Er schob die Pizza zur Seite, nahm meine Hand und nickte.

„Okay."

„Okay?"

„Wir wollten doch sowieso deine Mutter besuchen. Bis dahin finden wir heraus, wo diese Tante steckt. Und dann besuchen wir die auch."

Ich hatte bisher zwar nur davon gesprochen, dass ich nach Lüneburg fahren wollte. Aber für ihn hieß das offensichtlich, dass wir zusammen fahren würden. Es war immer noch so, dass für ihn selbstverständlich alles „wir" war. Das rührte mich.

„Ich muss am Donnerstag in die Klinik – wir können ja am Wochenende danach fahren."

Er nickte. Tatsächlich standen mir noch einmal einige Untersuchungen bei Professor Bosch bevor. Ich sollte sogar eine Nacht im Krankenhaus bleiben, in der sie meinen Schlaf überwachen wollten. Alles Versuche, meinen Erinnerungen auf die Spur zu kommen. Ich hatte meine Zweifel, dass es etwas bringen würde. Aber natürlich war ich trotzdem gewillt zu tun, was möglich war.

„Wenn du willst, kannst du die Salami von meiner Pizza haben!"

Christian freute sich über das Angebot. Mehr als es so ein bisschen Salami eigentlich wert war. Während ich die kleinen Scheiben von meiner Pizza popelte und auf seine legte, bekam er ein versonnenes Lächeln, versank irgendwo in Erinnerungen.

„Was ist los?", fragte ich ihn.

„Das hast du früher auch immer gemacht."

„Dir Salami abgegeben?"

„Du hast mir von allem etwas abgegeben. Es war ein Running Gag. Du hast dann gesagt, dass es mir immer gut gehen soll."

Er sagte es ein wenig traurig.

„Aber nicht mehr in der letzten Zeit?", fragte ich vorsichtig.

Er schüttelte kaum sichtbar den Kopf.

11

Am nächsten Tag nach der Arbeit kam Christian tatsächlich mit der Adresse des Pflegeheims von Tante Elise nach Hause. Er war einfach gut mit so etwas – oder hatte zumindest eine Assistentin, die er sämtliche Pflegeheime in der Lüneburger Heide durchtelefonieren lassen konnte.

Überhaupt war er sehr gut gelaunt. Denn er hatte nun auch endlich „unser Auto" zurück. Er hatte es in der Werkstatt von einem Kumpel abgeholt. Es war durch meinen Unfall letztlich nur ein Blechschaden entstanden, der nun mehr oder weniger behoben war. Schön sah es nicht aus, aber eine Schönheit war das Auto auch vorher schon nicht gewesen.

„Hauptsache, es ist wieder da!", sagte Christian und klang, als ob er über einen entlaufenen Hund reden würde.

Kurzzeitig überlegte ich, ob ich für die Reparatur oder die nun erhöhte Versicherung nicht etwas aus meinem geheimen Ersparten beisteuern sollte, aber mittlerweile war ich mir sicher, dass Geheimnisse aus meiner Vergangenheit besser erst einmal Geheimnisse blieben, bis ich wusste, was dahintersteckte.

„Du hast wieder eine Bananenschale im Auto liegen lassen, mh?", fragte Christian schmunzelnd.

„Ich?", fragte ich fast empört.

Er lachte. Ich war natürlich davon ausgegangen, dass er die Bananenschale dort deponiert hatte.

„Da war eine, aber … Mache ich so etwas?"

„Ich weiß nicht, was für ein Problem du mit Autos hast, aber du hinterlässt darin immer einen Saustall! Auch in den Mietautos im Urlaub."

„Aber es war doch sonst total sauber."

„Weil ich es regelmäßig sauber mache!"

Ich schaute an ihm vorbei auf unsere Schreibtische, die das genaue Gegenteil von dem widerspiegelten, was er gerade gesagt hatte: Sein Schreibtisch Chaos, meiner perfekte Ordnung und Sauberkeit. Und ich sollte jetzt also von uns beiden der Schmutzfink im Auto sein? Er folgte meinem Blick.

„Nee, nee! Komm mir nicht so. Die Schreibtische sind was ganz anderes!"

„Du machst jetzt einen Witz?"

Ich schaute ihn unsicher an.

„Nein, das ist wirklich so!"

„Ich hasse es, wenn man Witze über meine Amnesie macht, Christian!"

Das kam lauter raus, als ich es beabsichtigt hatte. Tatsächlich wühlte mich die ganze Sache plötzlich sehr auf. Er sah es. Es brach ihm das Herz. Er nahm mich in den Arm.

„Trixi! Ich schwöre dir: Es ist ein bekanntes Phänomen, dass Männer Autos sauberer halten als Frauen, selbst wenn es sonst andersrum ist. Das kannste sogar googeln!"

Er nahm mich an der Hand und zog mich zum Computer. Dort zeigte er mir im Internet diverse Witzbilder über die unterschiedlich gelagerte Ordnungsliebe von Frauen und Männern, wenn es um Autos ging. Es war tatsächlich ein Phänomen. Aber offensichtlich eins, was ich nicht kannte. Auch nicht gekannt hatte? Dabei waren mir doch so viele andere Klischees und Verhaltensweisen vollkommen geläufig. Wie konnte das sein? Es fühlte sich sehr unangenehm an.

„Sorry", sagte ich zu Christian.

Er nahm mich wieder in den Arm.

„Trixi, ich werd' dich nie wegen deiner Amnesie verarschen. Okay? Das schwöre ich dir."

Ich nickte und nahm ihm das hundertprozentig ab. Denn das hatte er bisher auch noch nie getan. Anders als zum Beispiel Tom. Ich fühlte mich Christian in diesem Moment sehr, sehr nah. Ich gab ihm einen Kuss auf den Mund. Den ersten, seit ich erwacht war.

Als ich am späten Abend nach einigen Folgen „Big Bang Theory" mit meinem Bettzeug in unser Schlafzimmer kam, war Christian erst erstaunt, dann einfach nur glücklich. Es fühlte sich richtig an. Und die Matratze war deutlich bequemer als das Sofa. Während ich das feststellte und mich wohl fühlte, fiel mein Blick auf den Schrank mit den „Folterwerkzeugen". Ich konnte mir das alles immer noch nicht vorstellen, aber war in dem Moment wirklich gut gelaunt.

„Jetzt zeig mir doch mal, was das für ein Krempel im Schrank ist", sagte ich spontan.

Bei Christian gingen sofort die Augenbrauen hoch.

„Ich will's mir nur mal anschauen. Verstehen! Mehr nicht, okay!?"

Er nickte und eilte sofort zum Schrank. Wenig später war ich im Bett umgeben von Handschellen, Reitgerten und Klammern. Das war die Auswahl, die er mir „für den Anfang" zeigen wollte. Ich musterte die Sachen wie Gegenstände in einem Museum.

„Also … ich war Maso oder wie?", fragte ich vorsichtig.

„Wir haben es ‚Bottom' genannt. Und ich war ‚Top'."

Ich schaute ihn skeptisch an.

„Du warst ‚Top'?"

„So nennt man das in der Szene."

Aha. Wir gehörten also zu einer Szene.

„Und dann hast du mich zum Beispiel … mit den Handschellen hier am Bett festgemacht …"

Ich deutete auf das Gitterbett, das sich dafür natürlich sehr gut eignete.

„… und mich so ein bisschen hiermit gehauen und die Klammern … an die Brustwarzen?"

Ich schaute ihn unsicher an. Er nickte.

„Oder auch … unten?"

„Das mochtest du nicht so gerne. Da habe ich dich nur gebissen."

„Oh, okay."

Christian war mir längst nicht mehr fremd, aber die Vorstellung, dass er mit seinem Kopf zwischen meinen Beinen gewesen war und mich in meine Schamlippen oder sonst wohin gebissen hatte, verdrängte ich doch lieber so schnell wie möglich. Das war alles noch immer ziemlich weit weg für mich. Ich weiß nicht, was mich in dem Augenblick geritten hat, aber ich war nun wirklich neugierig geworden. Ich schob mein Schlaf-T-Shirt hoch, unter dem ich nichts trug, und klemmte mir eine der Klammern an die Brustwarze. Es ging so schnell, dass selbst Christian überrascht war.

„Oh, verdammt, das … Aaaah!“

Ich riss die Klammer wieder ab. Fehler. Denn dadurch tat es nur noch mehr weh.

„War ich denn wahnsinnig? Das tut doch voll weh!“

Ich schaute Christian entsetzt an.

„Es ist anders, wenn du erregt bist. Glaub mir das.“

Er saß vor mir und wirkte überfordert. Als ob ein fremdes Kind zu grob mit seinen Lieblingsspielsachen spielte. Wobei mit Spielsachen in dem Fall meine Brüste gemeint sind. Denn während ich meine lädierte Brustwarze betrachtete, spürte ich, dass er erregt war. Er versuchte, sich zusammenzureißen. Aber sein Blick auf meine nackte Brust war eindeutig. Ich zog mein T-Shirt wieder herunter.

„Sorry, aber irgendwie ist das nicht mein Ding.“

„Wir können auch mal tauschen“, sagte er eifrig. „Du kannst mir wehtun.“

„Mh, ich glaub', das ist noch viel weniger mein Ding.“

„Es muss auch gar nicht mit Schmerzen sein. Es ist ja manchmal auch nur geil, wenn man dem anderen die Kontrolle über seinen Körper gibt. Das kann so wundervoll sein.“

Okay, jetzt sprach die Erregtheit aus ihm. Ich bereute schon, die Büchse der Pandora geöffnet zu haben.

„Wie lange hatten wir schon keinen Sex mehr?“, fragte ich ihn.

„Sehr lang. 2013 ist nichts passiert, so viel ist sicher.“

„Das tut mir leid“, sagte ich.

Es tat mir wirklich leid. Für ihn. Ich ertappte mich bei dem Gedanken, ob ich ihm vielleicht einen runterholen sollte als kleine Gefälligkeit, wo ich ihn nun offensichtlich so angeheizt hatte. Aber irgendwie war mir nicht danach, dass er seine Hose ausziehen würde. Ich verband Erotik überhaupt nicht mit ihm.

„Ich bin noch nicht so weit“, sagte ich lieb. „Können wir einfach nur schlafen?“

„Okay. Natürlich!“

Sichtlich enttäuscht räumte er die Werkzeuge wieder weg. So unangenehm mir das auch war, ich merkte, dass ich trotz allem keine Angst vor ihm hatte. Dass ich neben einem bis unter die Haarspitzen erregten Kerl schlafen konnte, der sogar Handschellen parat hatte und problemlos alles mit mir hätte machen können. Aber ich wusste einfach, dass er das niemals tun würde. Ich vertraute ihm. Und das war ein schönes Gefühl. Ich befürchtete, dass er noch eine ganze Weile unbefriedigt wachliegen würde. Aber ich schlief schon bald ein …

12

Das Thema Schlaf spielte auch am nächsten Tag eine wichtige Rolle, als ich mich ins Krankenhaus zu Professor Bosch begab. Sie wollten nun schließlich sogar meine Gehirnströme beim Träumen messen. Christian brachte mich am Nachmittag ins Krankenhaus. Ich verabschiedete mich mit einem liebevollen Kuss auf den Mund von meinem Mann und fand mich zu den ersten Untersuchungen ein.

Nachmittags verbrachte ich viel Zeit mit dem Kopf in der viel zu engen Röhre des Kernspintomographen, während mir allerlei Zeug optisch oder akustisch vorgeführt wurde. Sogar Gerüche testeten sie.

Bevor ich dann auch noch die ganze Nacht in einem Schlaflabor verbringen sollte, hatte ich ein erstes längeres Gespräch mit Professor Bosch, der sogar zwei arrivierte Kollegen hinzugezogen hatte. Wieder einmal erläuterte er mir etwas unsensibel „wie spannend" es doch sei, dass ich eine Mnestische Blockade hatte und dann auch noch so eine außergewöhnliche.

„So etwas sehen wir nicht oft."

Das Besondere bei mir war, dass ich zwar meine persönlichen Erinnerungen verloren hatte, aber dennoch soziale Situationen einschätzen konnte. Bei den meisten Patienten mit Amnesie war das offensichtlich nicht so. Diese mussten oft sogar wieder lernen, was Liebe, Trauer, Humor oder überhaupt Menschlichkeit ist. Ich dagegen wusste, wie man sich zu unterschiedlichen Anlässen kleiden sollte, woran man einen traurigen Menschen erkennt oder wieso es witzig ist, wenn ein Mann einen Hund beißt. Alles für meine Leidensgenossen keine Selbstverständlichkeit.

„Und Sie können sogar Lügen nutzen, um etwas für sich zu erreichen. Das ist beachtlich!"

Ich wusste nicht, wie er nach den Untersuchungen zu diesem Ergebnis gekommen war. Aber er hatte recht. Manipulation war mir nicht fremd. Das hatte ich mehrfach bewiesen.

„Gibt es dafür irgendeine Erklärung?“, fragte ich die drei Herren, die gemeinsam auf der anderen Seite des Tisches saßen.

„Wir haben eine Theorie“, sagte Professor Bosch.

„Von Anfang an auffällig war bei Ihnen, dass Sie sich an alle Filme und Serien, die sie je gesehen haben, erinnern können. Und auch an alle Bücher, die sie gelesen haben. Sie können sich nicht an den Vorgang des Schauens oder Lesens erinnern. Aber an die Geschichten, an die Bilder.“

Das stimmte. Und hatte mich am Anfang sehr verwirrt, weil ich erst einmal nicht wusste, was davon meine eigenen Erinnerungen gewesen waren.

„Es ist offensichtlich, dass Sie diese Erinnerungen in einem anderen Bereich Ihres Gehirns abgespeichert haben als Ihre persönlichen Erinnerungen.“

Seine Kollegen nickten bedeutungsvoll.

„Von daher gehen wir davon aus, dass Ihr außergewöhnliches soziales Wissen sich nicht aus Ihren persönlichen Erinnerungen speist – wie bei allen anderen Menschen. Sondern aus der Welt der Filme und Bücher.“

Wow. Ich war also im wahrsten Sinne des Wortes ein Filmmensch.

„Ich glaub’ deswegen jetzt aber nicht an Vampire oder dass Gollum unter dem Kreuzberg lebt?“

„Nein, das haben Sie ja auch als Zuschauerin nie getan. Es kann aber sein, dass Ihr Denken manches Mal durch Klischees aus Hollywood dominiert wird.“

„Zum Beispiel?“

„Vielleicht haben Sie romantischere Vorstellungen von Beziehungen als andere Menschen. Andererseits wären Sie damit nicht die einzige Frau.“

Er lachte. Seine Kollegen auch. Sehr witzig. Ich merkte immer mehr, dass mir dieser Professor nicht so richtig sympathisch war. Hatte ich vielleicht zu viele Filme mit verrückten Professoren gesehen?

„Und es kann sein“, fügte Professor Bosch hinzu, „dass Sie manchmal in Situationen geraten, die Sie nicht aus Filmen oder Büchern kennen, und dass Sie dann überfordert sind.“

Ich erinnerte mich sofort an den kleinen Vorfall mit dem verschmutzten Auto. Tatsächlich kannte ich keinen Film, in dem es je Thema gewesen wäre, dass Frauen Auto-Messis sind. Es schien etwas an der Theorie der Professoren dran zu sein.

„Okay, das ist ja … kurios", sagte ich. „Aber hilft uns das, meine Erinnerungen zurückzubekommen?"

„Nein", sagte der Professor sofort und lächelte freundlich.

„Mh, ja, aber … Bin ich nicht hier, damit wir irgendwie meine Erinnerungen wiederfinden?"

Er schaute mich fast etwas überrascht an.

„Nun, das könnte natürlich jederzeit passieren. Sozusagen als Nebenwirkung der Untersuchungen. Aber uns geht es heute und morgen vor allem darum, mehr über Ihre medizinische Außergewöhnlichkeit zu erfahren."

„Dann bin ich nur als Versuchskaninchen hier?"

„Nein, nein. Professor Stein wird einen Artikel für die ‚Psychologische Rundschau' über Sie schreiben."

‚Na, super. Den kann ich mir dann an die Wand hängen, oder was?', dachte ich. Aber ich blieb ruhig. Denn ich hatte in diesem Moment etwas entschieden.

„Wissen Sie, ich bin nicht so gerne im Krankenhaus. Und die Vorstellung, die ganze Nacht hier herumzuliegen mit Kabeln am Kopf und so … Das macht mir ehrlich gesagt Angst. Ich wollte das machen, weil ich meine Erinnerung zurückhaben will. Wenn es aber nur um den Artikel von Professor Stein geht, dann … Dann würde ich lieber nach Hause gehen."

Meine Handflächen wurden feucht, als ich dies sagte. Nach allem, was ich über mich wusste, war ich früher eher nicht der Typ gewesen, der in solchen Situationen gleich drei Autoritäten widersprochen hätte. Andererseits war „Erin Brockovich" einer meiner Lieblingsfilme, da war ich mir sicher. Und ich hatte viel von ihr gelernt.

„Aber wir haben alles für die nächtliche Untersuchung vorbereitet. Das ist ein sehr aufwendiges und ungewöhnliches Verfahren."

Der Professor wirkte geradezu empört.

„Das tut mir leid", sagte ich und ging.

13

Auf der einen Seite beängstigte mich die Vorstellung, dass alles, was ich war, sich aus fiktiven Welten speiste. Mein Charakter war ein zusammengepuzzeltes Gebilde aus zahllosen Filmen, Serien und Büchern. Meine Meinungen, meine Vorlieben, meine Abneigungen, sie wurden von Hollywood dominiert. Andererseits: Ging es nicht vielen Menschen so? Natürlich hatten alle auch ihre eigenen Erinnerungen, aber dass die Medien uns mehr beeinflussen als je zuvor, ist ja fast schon eine Binsenweisheit. Letztlich war die Sache mit der Film-Trixi auch irgendwie cool.

Natürlich hätte ich nach wie vor gerne meine eigenen Erinnerungen zurückgehabt. Aber wenn ich schon mit den Erfahrungen anderer mein Leben bestreiten musste, dann doch gerne mit denen von Bella Swan, Daenerys Targaryen und Catwoman.

Ich war fast euphorisiert, als ich an dem Abend nach Hause fuhr. Der ganze Krankenhauskram hatte mich in den letzten Tagen belastet und war nun mit einer mutigen Klatsche für die Professoren erledigt worden. Ich fuhr nach Hause zu einem Mann, der mir mittlerweile viel näher war. Ich fuhr gerne zu ihm. Beschloss sogar, ihn mit etwas Thaifood aus der Pagode zu überraschen, das er so gerne hatte. Ich freute mich auf unsere Fahrt nach Lüneburg am anstehenden Wochenende, die mir sicher mehr bringen würde als die versammelten Professoren der Charité. Und ich beschloss, dass ich unsere Wohnung etwas verschönern wollte. Mir war nicht klar, wie unsere Zukunft als Paar aussehen könnte, aber ich wollte auf jeden Fall erst einmal bei Christian wohnen bleiben. Und das auch deutlich machen. Es schön für uns machen.

Vor meinem geistigen Auge suchte ich bereits Vorhangstoffe aus, die die grässlichen Jalousien ersetzen sollten, als ich unsere Wohnung mit einer Tüte voller Thaifood betrat. Es war still in der Wohnung, dabei war ich eigentlich davon ausgegangen, Christian vor der Xbox zu finden, wo er die Straßen von Los Santos unsicher machte. Doch im Wohnzimmer brannte nicht einmal Licht. Dafür im Schlafzimmer. War er so früh zu Bett gegangen? Etwas anderes kam mir wirklich nicht in den Sinn, dabei kannte ich doch genügend filmische Vorbilder. Andererseits: Was ich sah, als ich die Schlafzimmertür ein wenig öffnete, hatte ich wahrscheinlich auch in Filmen noch nie gesehen. Es stellte sich nämlich heraus, dass die gusseisernen Kerzenhalter an den Schlafzimmerwänden nicht nur Kerzenhalter waren, sondern auch Vorrichtungen, an denen man sogar eine Person aufhängen konnte. Genauer gesagt Anna, Christians Assistentin. Sie hing kopfüber und bis auf die Fesseln nackt an der Wand. Mit einem lauten Zischen raste Christians Gerte auf ihre Schenkel nieder, was ihr einen rassigen Schrei entlockte. Sie konnte mich aus ihrer Position nicht sehen. Christian, der mit einer körperbetonten Hose aus schwarzem Leder, freiem Oberkörper und einer schwarzen Maske vor ihr stand, allerdings schon.

„Oh! Trixi!?“, sagte er überrascht.

DRITTES KAPITEL – **FAMILIE**

1

„Wir müssen tanken."

Christian hatte das Schild einer Raststätte entdeckt und setzte nun den Blinker. Seit einer guten Stunde waren wir bereits mit unserem alten Volvo unterwegs Richtung Lüneburg.

„Boah, muss das sein?", meckerte Paula von hinten.

Sie hatte seit Beginn der Fahrt weder die Kapuze ihres Pullis abgezogen noch ihre verhüllte Gitarre zur Seite gelegt. Die ganze Zeit hatte sie nicht angeschnallt auf dem Rücksitz gesessen und gelangweilt aus dem Fenster geguckt. Jetzt redete sie zum ersten Mal. Beziehungsweise sie motzte.

„Ich bin um sechs in Hamburg verabredet. Und ich muss noch mit dem Zug fahren."

„Paula, wir können nicht ohne Benzin fahren, das sollte selbst dir klar sein. Außerdem sind wir wegen dir drei Stunden zu spät losgekommen."

Paula murmelte irgendetwas Unverständliches, während wir die Tankstelle ansteuerten. Als Christian gerade aussteigen wollte, klingelte sein Handy. Er schaute auf das Display.

„Fuck! Ich muss da drangehen."

Mein angestrengter Blick nötigte ihn zu einer Erklärung.

„Es ist Andy."

Er zeigte mir das Display, um es zu beweisen. Ich sagte nichts dazu.

„Kann einen Moment dauern. Es geht um die Postpro, da gibt's schon wieder Ärger."

Paula stöhnte.

„Kannst du tanken?", fragte Christian mich.

Ich nickte. Auch ich hatte kein Interesse daran, dass diese Autofahrt länger dauern würde, als es unbedingt sein musste.

Ich wollte endlich nach Lüneburg kommen, meine Mutter kennenlernen, die Orte meiner Kindheit sehen. Für den Abend war ein Essen mit „Mami“ geplant, wie ich sie ja angeblich nannte. Während ich das Auto betankte, stand Christian wieder einmal mit seinem Handy neben einem Handyverbotsschild und diskutierte wild mit seinem Regisseur. Natürlich hätte ich auch ohne ihn nach Lüneburg fahren können, aber ich fühlte mich wohler, wenn jemand bei mir war. Vor allem jemand, der organisieren konnte und die Welt etwas mehr verstand, als es bei mir selbst der Fall war. Seit der Diagnose durch Professor Bosch, die besagte, dass sich viele meiner Erinnerungen nur durch das Anschauen von Filmen oder Lesen von Büchern speiste und gar nicht aus der Realität, war ich unsicher geworden. Vorher war ich alles denkbar naiv angegangen, aber nun fiel mir mehr und mehr auf, dass ich gerade bei kleinen alltäglichen Dingen nicht wirklich wusste, was ich tat. Das galt dummerweise auch für das Tanken, wie ich feststellen musste, als Christian sein Gespräch beendet hatte. Er kam zu mir und sah noch, wie ich die Zapfpistole zurück an die Zapfsäule hängte. Sein Blick war plötzlich unverhältnismäßig kritisch.

„Hast du Super getankt?“

„Was?“

Wie? Super? Ich schaute mir die Zapfsäulen zum ersten Mal genauer an. Tatsächlich gab es dort eine Auswahl mit verschiedenen Arten von Benzin. Ich hatte einfach die erste Zapfpistole gegriffen, ohne mir darüber Gedanken zu machen.

„War das falsch?“

„Das ist ein Diesel“, sagte Christian und zeigte auf unseren Wagen.

„Ah, das wusste ich nicht. Sorry. Ist das doof?“

„Doof? Wir können jetzt nicht mehr fahren.“

Er hatte sichtlich Mühe, sich zu beherrschen. Nun öffnete sich die Tür hinten am Auto. Paula hatte ihn gehört.

„Wir können nicht fahren? Ist das dein Ernst?“

„Trixi hat Super in unseren Diesel getankt. Wenn ich damit losfahre, ist der Motor hinüber.“

„Na super!“, fluchte Paula.

Ja, super. Im wahrsten Sinne des Wortes. Ich kramte bereits in meinem Gehirn und fand keinerlei Hinweise darauf, dass es unterschiedliche Sorten von Benzin gab, mit denen man Autos betanken konnte. Und schon gar nicht war dort irgendwo die Rede davon, dass es gefährlich sein könnte, das Falsche zu tanken. Offensichtlich tankten Leute in Filmen, ohne den Vorgang genauer zu erklären.

„Und jetzt?“, fragte ich zerknirscht.

„Wir müssen uns abschleppen lassen. In der Werkstatt muss der Tank geleert werden. Fuck!“

Er fluchte leise, traute sich aber nicht, mir Vorwürfe zu machen. Zumindest ein Vorteil, wenn man den eigenen Mann mit einer an der Wand aufgehängten nackten Frau erwischt hatte.

„Ich muss aber um sechs in Hamburg sein“, maulte Paula.

„Das kannste vergessen“, sagte Christian und ging mit seinem Handy am Ohr davon.

So saß ich wenig später also auf der Raststätte Stolpe irgendwo in der Mecklenburgischen Pampa und wartete auf den Abschleppwagen. Christian hatte den Volvo auf einen Parkplatz geschoben und widerwillig das getankte überflüssige Benzin bezahlt. Er rannte nun draußen telefonierend herum. Er sprach mit meiner Mutter. Ich war sehr froh darüber, dass er mir diese Telefonate abnahm. Die Aussicht, sie bald zu treffen, machte mich nervös genug. Paula hatte ebenfalls telefoniert – mit der Freundin in Hamburg, bei der sie übernachten wollte. Denkbar übel gelaunt kam sie nun mit ihrer Gitarre um den Hals zu mir in das Restaurant, in dem ich mir einen Kaffee gönnte.

„Kino kann ich jetzt vergessen“, sagte sie mürrisch, während sie sich setzte.

„Es tut mir leid. Kann ich dir irgendwas zu trinken ausgeben?“

Sie schüttelte den Kopf.

„Was wolltet ihr denn gucken?“

Es war einfach nur ein Versuch, Konversation zu betreiben. Aber Paula speiste mich mit einem bösen Blick ab. Wieder wurde geschwiegen. Draußen kam derweil der Abschleppwagen an. Christian bedeutete uns durch das Fenster, dass wir drinnen warten sollten. Paula und ich konnten beobachten, wie er dem kräftigen Mann vom Abschleppdienst die Situation erläuterte. Der zuckte fortlaufend mit den Schultern, egal, was Christian sagte. Es war offensichtlich, dass Christian die Aussagen des Mannes nicht gefielen. Wahrscheinlich verlangte er viel Geld.

Tatsächlich kam Christian wenig später wütend das Wort „Wochenendzuschlag“ murmelnd zu uns ins Restaurant, während der Abschleppmann bereits begann, unseren Volvo auf seinen Laster zu verladen. Ich brachte diesem Auto einfach kein Glück. Erst vergaß ich es in einer Tiefgarage, dann baute ich damit einen Unfall – und jetzt das.

„Wird teuer, mh?“, fragte ich und spürte, dass man mir mein Mitgefühl nicht abnehmen würde.

Christian winkte einfach nur ab.

„Das Problem ist, er kann nur zwei von uns mit in die Werkstatt nehmen. Für mehr ist in seinem Wagen kein Platz.“

Er wandte sich an Paula: „Du wartest hier. Wir holen dich ab, wenn der Wagen wieder okay ist.“

„Das ist nicht dein Ernst“, sagte Paula noch einmal eine Stufe mürrischer, als sie ohnehin schon war.

„Paula, es geht nicht anders.“

„Und wieso muss ich hier warten? Sie hat das doch verbockt!“

Sie deutete provozierend in meine Richtung.

„Weil ich das so möchte“, sagte Christian.

„Ich bleibe mit Paula hier“, fuhr ich ihm in den Satz hinein.

Beide schauten mich erstaunt an.

„Aber …“

„Wenn ich mit einem von euch allein sein muss, dann schon lieber mit Paula.“

Ich musste einfach ab und zu diese kleinen Giftpfeile abschießen. Es war Traumabewältigung. Christian seufzte.

2

Paula ließ sich irgendwann doch noch überreden, etwas zu essen. Als sie eine grotesk große Bockwurst vor sich hatte, sprach sie auch endlich einmal freiwillig.

„‚Gravity'."

Ich war überrascht. Es schien ein Friedensangebot zu sein, auf das ich gerne einging.

„Den wolltet ihr gucken?"

Paula nickte.

„Der ist gut. Echt. Dieses Gefühl der Schwerelosigkeit und … und diese Beklemmung draußen im Weltall. Haben sie gut hinbekommen."

Paula musterte mich skeptisch. Ich lächelte entschuldigend.

„Es tut mir wirklich leid, dass das nicht klappt mit dem Kino."

„Du hast ‚Gravity' gesehen, bevor du dein Gedächtnis verloren hast und so?"

Ich nickte.

„Und du weißt noch alles aus dem Film, aber … sonst nix?"

„Wie es aussieht, bin ich ein wandelnder Film."

„Häh?"

Ich erläuterte ihr die ungewöhnliche Theorie, die Professor Bosch dafür hatte, dass ich mehr oder weniger sozial kompatibel war ohne eine einzige Erinnerung an mein Leben vor dem Unfall.

„Das heißt also", analysierte Paula, „du weißt jetzt – zum Beispiel – wenn hier so 'n Zombie um die Ecke kommt, wie man den kalt macht? Aber du hast keinen Schimmer, was ein Snickers kostet?"

Ich musste lachen. Ich wusste tatsächlich nicht, was ein Snickers kostete. Preise von Lebensmitteln waren mir generell fremd. Und was Zombies angeht: „Man muss ihnen den Kopf einschlagen, nicht wahr?"

Paula grinste.

„Oder ihm besser gleich das Hirn rauspusten!"

Sie machte die Geste einer Pistole, mit der sie einem imaginativen Zombie das Ende bereitete. Wir lächelten uns an. Wenn Paula lächelte, sah man, dass sie wirklich ein hübsches Mädchen war.

„Gott sei Dank habe ich in meinem früheren Leben nicht nur ‚The Walking Dead' geguckt. Man kann eine Menge nützliche Sachen aus Filmen lernen. Vielleicht nicht fürs Tanken, aber sonst …"

Ich lächelte schief.

„Was ich abgefahren finde: Du bist cooler geworden durch die Nummer."

Ich war erstaunt. Machte Paula mir ein Kompliment?

„War ich so schlimm?"

„Ey … Total verspannt. Und … Du bist mir immer voll aus dem Weg gegangen. Du bist überhaupt Menschen aus dem Weg gegangen. Hast dich manchmal ewig eingeschlossen. Nur Filme geguckt und so. Hab nie gecheckt, was Papa so toll an dir fand."

Ich lächelte. So ganz hatte ich das auch noch nicht gecheckt. Vor allem fragte ich mich, warum er trotz der Geschichte mit seiner Assistentin Anna so krampfhaft an mir festhielt.

„Fändest du es besser, wenn er noch mit deiner Mutter zusammen wäre?", fragte ich Paula.

„Nee, bloß nicht. Die kacken sich immer nur an."

Sie zuckte mit den Schultern. Plötzlich schaute sie mich ernst an.

„Du weißt, dass der noch so 'ne andere hat, oder?"

Wieder überraschte mich Paula. Wollte sie mich tatsächlich schützen?

„Du meinst Anna? Seine Assistentin?"

Ich hoffte, dass es nicht noch eine andere gab. Aber Paula nickte bereits. Ich seufzte. Seine Tochter wusste es also auch. War es vielleicht doch wahr, dass ich in meinem alten Leben von dieser Affäre zumindest etwas geahnt hatte?

Nachdem ich die junge Frau in überaus misslicher Position bei uns im Schlafzimmer gefunden hatte, war Christian mit schwarzer Lederhose und Maske hinter mir hergestürmt, um mehrfach zu schwören, dass es a) das letzte Mal war, dass da was mit Anna lief, b) ich vor meiner Amnesie ganz sicher davon gewusst hatte und c) es doch irgendwie so ein bisschen auch meine Schuld gewesen war, weil ich ihn am Vortag „aufgegeilt" hatte.

„Ich hab' die ganze Zeit dabei an dich gedacht", hatte er verzweifelt gesagt, als ob das die Sache besser machen würde.

Er hatte wirklich fast eine Viertelstunde ununterbrochen auf mich eingeredet, während die bedauernswerte Anna kopfüber in unserem Schlafzimmer gehangen hatte. Offensichtlich hatte sie sich nicht getraut, etwas zu sagen. Oder sie stand darauf. Keine Ahnung.

Die Affäre der beiden lief schon drei Monate vor meinem Unfall. Und war in Christians Augen nun so oder so vorbei. Denn das Filmprojekt war ja auch vorbei. Es kam heraus, dass er nicht unfassbares Glück hatte, dass seine Assistentin zufällig auf denselben SM-Kram stand wie er. Nein, er hatte sie schon ein halbes Jahr zuvor in einem entsprechenden Internetforum kennengelernt und einfach zu seiner Assistentin gemacht – obwohl sie keinerlei Erfahrung in der Filmbranche aufweisen konnte. Irgendwie hatte er geglaubt, dass sie als Buchhalterin das nötige Zeug schon mitbringen würde. Naheliegend, dass dies eher die Überzeugung seines Penis' gewesen war, mit dem er diese Personalentscheidung getroffen hatte. In Wahrheit hatte Christian sich einfach die perfekte „Sklavin" gesucht, zu dem kleinen Preis, dass er durch sie doppelte Arbeit bei dem Filmprojekt haben würde. Ich erinnerte mich, wie oft er sie als Mitarbeiterin verflucht hatte. Im Bett beziehungsweise an der Wand hatte sie ihn hoffentlich glücklicher gemacht.

„Du wusstest schon lange von der Affäre?", fragte ich Paula vorsichtig. Ich wollte sie nicht in Zeug reinziehen, das ihr unangenehm sein könnte. War es aber nicht.

„Ich hab' mal was mitbekommen vor ein paar Monaten. Da warst du im Kino und ich bin bei Papa vorbeigegangen. Na ja, und da ging die gerade. Mit so 'nem total roten Kopf. Als ob sie sich echt voll krass schämen würde."

Ich ließ Paula diese Illusion. Ich hatte Anna auch mit dieser Gesichtsfärbung gehen sehen. Die Farbe hatte mehr mit ihrer speziellen Leidenschaft zu tun als mit Scham. Zu mir hatte sie beim Abschied recht unverkrampft „Nichts für ungut" gesagt. Was immer das heißen sollte.

„Hattest du das Gefühl, ich wusste darüber auch Bescheid?"

Paula zuckte mit den Schultern.

„Hat Papa das gesagt?"

Ich nickte. Wenn man es genau nahm, hatte er nur gesagt, dass ich es geahnt haben musste. Und dass er eigentlich auch geahnt hatte, dass ich eine Affäre hatte. Und dass das für uns beide völlig in Ordnung gewesen sei. Natürlich hatte er recht mit dem Hinweis auf meine eigene Affäre. Und natürlich hatte ich längst kapiert, dass unsere Ehe nicht auf normale Art und Weise aufrechterhalten worden war. Es war nun einmal so: Bei Christian und mir lief seit Jahren nichts mehr. Er hatte sogar zugegeben, dass ich eigentlich nie auf SM gestanden hatte. Am Anfang hatte ich ihm zuliebe ein paar Sachen ausprobiert, aber schnell das Interesse verloren. Es beruhigte mich, dass ich mich zumindest in dieser Frage nicht in mir selbst getäuscht hatte. Trotzdem verletzte mich Christians Offenbarung. Nicht wegen dem, was vor meinem Unfall war. Sondern weil er nach meinem Erwachen mein Vertrauen missbraucht hatte. Er hatte die Affäre weiterlaufen lassen und mir gleichzeitig eingeredet, ich würde auf die Peitscherei stehen. Das war nicht gut. Das war mein empfindlichster Punkt. Der Versuch, mich mit vermeintlichen Erinnerungen zu manipulieren, stand bei mir unter Höchststrafe.

„Werdet ihr euch trennen?", fragte Paula in die Stille, die mal wieder entstanden war.

Gute Frage. Es gab eigentlich ein ganzes Dutzend Gründe, genau das möglichst bald zu tun. Dennoch zögerte ich mit einer Antwort. Am Ende rang ich mich zu einem „Sehr wahrscheinlich" durch.

„Schade", sagte Paula.

Auch wenn ich nicht genau wusste, was die Wendung bewirkt hatte. Offensichtlich war die Tochter meines Mannes irgendwie zu einem Fan von mir geworden. Ich dachte kurz darüber nach, ob ich noch einmal die fünfzig Euro ansprechen sollte, die sie mir abgeluchst hatte. Aber ich wollte die zarte Pflanze unserer Freundschaft nicht gleich wieder zertrampeln. Auch wenn die Zukunft mit Christian ungewisser denn je war, freute ich mich über jeden Menschen, der mich einigermaßen mochte. Bisher hatte ich nach meinem Unfall noch nicht einmal eine Handvoll davon angesammelt.

So verdrängte ich das unangenehme Thema bald mit Fragen nach dem Casting, für das Paula immerhin ihre Gitarre nach Hamburg schleppte und einen Tag Schule schwänzte. Es stellte sich heraus, dass es um irgendeine Reality-TV-Casting-Musik-Internet-Sendung ging.

„Ich spiel' da zusammen mit den K-Sisters!"

„Den K-Sisters?"

„Ja, Kira habe ich mal in Köln kennengelernt. Und die hat noch drei Schwestern, die heißen Kim, Katja und Kalea. Die rocken!"

Sie versuchte dann, mir das Prinzip der Sendung zu erklären, in der sie alle mitmachen wollten. Ich verstand es nicht so richtig und fühlte mich auf einmal sehr alt. Dafür bekam ich Paula aber dazu, mir etwas auf der Gitarre vorzuspielen.

Ja, sie konnte singen. Und sie hatte Mut. Denn sie wählte spontan ein Lied von Peter Fox aus, das wir zuvor noch im Auto gehört hatten. Und interpretierte es mit einer weichen, aber auch starken Stimme so, dass ich Gänsehaut bekam. Ich schaute durchaus gerne „The Voice of Germany" und hatte mich bei der letzten Staffel immer wieder gefragt, woher so manches junge Ding diese Unverschämtheit nahm, so gut zu singen. Hier saß genau solch ein Exemplar vor mir. Es war faszinierend. Und ich bald nicht mehr die Einzige, die zuhörte. Mehr und mehr Bedienungen, junge Leute und Lastwagenfahrer scharten sich um uns, während Paula sang, ohne nach rechts und links zu schauen. Mein Handy vibrierte, aber ich drückte Christian einfach weg. Als es nach den letzten Klängen Applaus gab, war Paula verlegen, aber gar nicht so verlegen, wie ich es sicherlich gewesen wäre. Das Mädchen hatte mehr Rampensau in sich, als man auf den ersten Blick vermutet hätte. Während sie mich noch strahlend anblickte, klingelte ihr Handy. Ihr Vater. Es dauerte keine drei Sekunden, bis ihre gute Laune zerstört war.

„Wie? Noch 'ne Stunde länger? Mensch, Papa!"

Sie erläuterte mir, dass sich die Reparatur noch weiter hinzog. Ein Abendessen mit meiner Mutter konnten wir wohl auch knicken. Ich war enttäuscht. Aber dummerweise selbst schuld. Paula schaute suchend auf dem Parkplatz umher. Bald fand sie, was sie suchte: Zwei junge Männer, die in einen alten Golf mit Hamburger Kennzeichen stiegen. Paula nahm nun endlich einmal die Kapuze ab, zog die Jacke ein kleines Stück auf, so dass man ihr Dekolleté sehen konnte und sagte: „Ich guck', dass ich irgendwie anders nach Hamburg komme."

Sie sprang mit ihrer Gitarre auf und eilte schneller nach draußen, als ich Bedenken äußern konnte. Doch als ich sah, wie souverän sie die beiden nicht viele Jahre älteren Jungs umgarnte, dachte ich mir: ‚Sie wird schon wissen, was sie tut.'

Bald bekam ich von ihr einen hochgereckten Daumen und ein freundliches Winken zu sehen. Ich winkte zurück. Und schon war sie weg. Mit den beiden Jungs Richtung Hamburg. Und ich saß alleine an der Raststätte Stolpe, unzufrieden damit, dass die Begegnung mit meiner Mutter nun noch einmal aufgeschoben war. Vor allem würden wir nun deutlich weniger Zeit mit ihr haben. Und das bei der enormen Anzahl an Themen und Fragen, die ich ansprechen wollte – ich hatte sie mir sogar aufgeschrieben. Spätestens seit Christian als meine einzige Vertrauensperson auch noch weggebrochen war, setzte ich eine Menge darauf, dass mir das Wissen über meine Vergangenheit ein festes Fundament geben würde. Oder dass zumindest meine Mutter in irgendeiner Weise eine Basis sein könnte. Was auch immer der Grund dafür gewesen sein mag, dass wir keinen Kontakt mehr hatten: Sie war meine Mutter!

3

„Sie ist mit zwei Typen weggefahren?", fragte Christian mit leichtem Überschlag in der Stimme, als ich ihm nach seiner Rückkehr von Paulas Abkürzung berichtete.

„Die sahen ganz nett aus."

„Sie ist sechzehn!"

Ich zuckte mit den Schultern. Wieder sah ich, dass Christian seine Wut auf mich krampfhaft zügelte. Ich fragte mich, wie lange ich noch von seinen Schuldgefühlen wegen der komischen Nummer in unserem Schlafzimmer profitieren konnte. Es war überaus praktisch. Allerdings sah ich auch wirklich nicht, was so Schlimmes passiert war. Oder hatte ich einfach nur zu wenige Filme geschaut, in denen Anhalterinnen entführt und vergewaltigt wurden?

„Du wolltest sie drei Tage alleine in Hamburg lassen – das ist weniger riskant?"

Christian atmete tief durch.

„Okay. Wir müssen noch kurz tanken, dann fahren wir weiter."

„Nochmal tanken?"

„Diesmal tanke ich."

Er ging vor zum Auto. Während er dann tankte, telefonierte er kurz mit Paula, die soeben in Hamburg ankam und noch am Leben war. Als Christian und ich dann endlich wieder auf der Autobahn fuhren, beruhigte er sich.

„Wir fahren jetzt direkt ins Hotel. Deine Mutter treffen wir morgen zum Frühstück."

Ich nickte unzufrieden und beließ es diesmal dabei, dass wir schweigend durch die mecklenburgische Nacht fuhren.

Das Hotel entpuppte sich als ziemlich großer Betonklotz, in dem zahlreiche Seminare und Tagungen abgehalten wurden. Trotz der Größe gab es kein einziges, freies Zimmer mehr, sodass mein Wunsch, ein Zimmer getrennt von Christian zu bekommen, nicht erfüllt werden konnte. Immerhin ließen sich die Betten in dem sehr schlichten und kleinen Raum auseinanderschieben, was Christian ohne weitere Aufforderung tat, nachdem wir unser Gepäck abgestellt hatten. Ich schaute derweil aus dem Fenster in den dunklen Park. Er war mir genauso fremd wie die Straßen, durch die wir zu dem Hotel gefahren waren. Dabei hatte ich hier mehr als zwanzig Jahre meines Lebens verbracht. Ich schwankte wie so oft: Sollte ich mir wirklich wünschen, dass am nächsten Tag bei den Begegnungen mit meiner Kindheit Erinnerungen zurückkommen würden? Sich vielleicht sogar ein Tor öffnete, damit irgendwann alles wieder da sein würde? Oder war es nach allem, was ich über die alte Trixi erfahren hatte, nicht auch besser, dass ich nur aus der Distanz in diese Vergangenheit eintauchte? Ohne die Gründe zu kennen und vor allem wieder zu fühlen, die dafür verantwortlich waren, dass mein Gehirn alles verdrängte, was ich je erlebt hatte? Letztlich hatte ich sogar ein wenig Angst vor dem Erinnern. Denn wie musste ich mir das vorstellen? Ich hatte seit dem Unfall neue Erfahrungen gemacht, Menschen neu bewertet, Gefühle neu empfunden. Würde das durch ältere negative Erfahrungen zerstört werden? Oder würde es ernsthafte psychische Probleme geben, wenn in meinem Kopf mein altes Ich und mein neues Ich aufeinanderstoßen würden?

„Freust du dich auf morgen?“

Ich erschrak, als Christian plötzlich zu mir ans Fenster trat und mir diese Frage stellte. Er erwischte mich auf dem falschen Fuß.

„Ich weiß es nicht“, sagte ich ernst. „Lass uns schlafen.“

Das wiederum überraschte ihn. Es war noch gar nicht so spät und er hatte außer einer BiFi Roll im Auto noch nichts gegessen. Aber er protestierte nicht. Seine Gespielin hätte sicher keinen Spaß mehr an ihm gehabt, denn er war alles andere als ein Herr, ein Dom, ein Top oder wie auch immer das hieß. Er war ziemlich Bottom und das ohne irgendeinen Lustgewinn für einen von uns.

Ich schlief nicht gut in dieser Nacht. Auch wenn ich mich am nächsten Morgen kaum noch an die Träume erinnern konnte, wusste ich noch, dass Zombies darin vorgekommen waren. Zombies, die mir sehr ähnlich sahen, weitere Versionen von mir sein mussten. Woran ich erkannte, dass es Zombies waren? Daran, dass irgendwann ihre Köpfe explodierten. Und erst dann war Ruhe …

4

Am nächsten Morgen sah ich das richtige Lüneburg. Die Altstadt mit ihren roten Backsteinhäusern, kleinen Gassen und dem Kopfsteinpflaster. Man fühlte sich wie im 16. Jahrhundert. Handwerksläden, urigen Kneipen, am alten Hafen erhabene Häuser mit Fachwerk. Mitten hindurch floss die Ilmenau, die an diesem kühlen Morgen zum Teil vereist war. Ein wunderschön erhaltenes Zentrum, das mir auf Anhieb gefiel. Als wir zum historischen Stintmarkt kamen, wo vor wenigen Wochen noch ein Großbrand in einem italienischen Restaurant ein ganzes Fachwerkhaus vernichtet hatte, geschah es: Ich erinnerte mich. Ich kannte diese Straße. Ich wusste, wie sie ausgesehen hatte, als das abgebrannte Haus noch intakt gewesen war.

„Vielleicht hast du was von dem Brand im Fernsehen gesehen", sagte Christian, der skeptisch war. „Das war vor deinem Unfall."

„Und wieso weiß ich dann, wo dieser Weg hingeht?", fragte ich ihn.

Ich deutete auf einen Weg, der durch einen alten Speicher hindurch zu einer Fußgängerbrücke über die Ilmenau führte.

„Du kannst dich doch auch an Straßen in Berlin erinnern", erwiderte Christian. „Das gehört doch zu deinem … Allgemeinwissen."

„Nein, nein, es ist anders! Es ist komplett anders. Ich erinnere mich an Menschen, die hier lang gehen. Ich weiß nicht, ob es Freunde sind. Ich …"

Es ploppten immer mehr Bilder in meinem Kopf auf. Ich wurde aufgeregter und aufgeregter. Vor allem weil die Erinnerung so sanft zurückkam. Ohne die befürchteten Angriffe auf meine neuen Erinnerungen. Ich eilte den Weg entlang auf die Brücke.

„Genau. Das Hotel. Das kenne ich. Da war ich schon einmal drin."

Ich rannte mittlerweile. Christian schaffte es kaum, mit mir Schritt zu halten. Ich suchte den Eingang des Hotels. Es war ein schickes, gehobenes Hotel namens Bergström, in einem sorgfältig sanierten Altbau direkt am alten Hafen. Ich erinnerte mich an die kleine Auffahrt, die Straße davor mit weiteren Backsteinhäusern und wartenden Taxen. Ich lief unter dem Vordach hindurch in das Hotel hinein. Christian folgte wenige Sekunden später. Er sah, wie euphorisch ich war, freute sich mit mir. Doch in der Lobby stutzte ich.

„Hier sah es früher anders aus."

„Vielleicht haben sie umgebaut", spekulierte Christian.

Hinter dem Empfangstresen lächelte uns eine junge Dame mit einem lustig wippenden Pferdeschwanz freundlich an.

„Herzlichen Willkommen im Bergström. Wie kann ich Ihnen behilflich sein?"

Christian schaute mich fragend an. Aber ich war beschäftigt. Mit meinen Erinnerungen. Ich sah ein Gesicht vor mir. Eine Frau. Um die fünfzig. Sie hatte hier gearbeitet. Das wusste ich genau. Eine Verwandte?

„Mh, sagen Sie, wurde hier mal umgebaut?", fragte Christian die Empfangsdame.

Mit der Frage hatte sie offensichtlich nicht gerechnet.

„Wie meinen Sie das jetzt?"

„Petra!", rief ich plötzlich.

Der Name zu dem Gesicht war „Petra". Ich konnte sie genau sehen. Es war irre, endlich wieder eine Erinnerung zu haben an die Zeit vor dem Unfall. Auch wenn ich sie noch nicht einordnen konnte. Petra musste eine Verwandte sein, denn ich war mir sicher, dass sie auch „Jansen" hieß – wie meine Mutter. Die Empfangsdame behielt zwar ihre Freundlichkeit bei, wusste aber nicht so ganz, was wir eigentlich wollten.

„Petra Jansen", sagte ich. „Hat die mal hier gearbeitet?"

Nun grinste die junge Frau breit. Der Name sagte ihr etwas. Gott sei Dank. Welch ein Gefühl! Mir wurde heiß und kalt zugleich. Eine echte Erinnerung!

„Sie meinen im ‚Drei Könige'?", fragte die Frau schmunzelnd.

„Ja, genau! ‚Drei Könige'! So hieß das Hotel früher? Da sah es noch anders aus, ja? Hier war der Tresen und da ging es direkt ins Restaurant, nicht wahr?"

Ich schaute die Frau erwartungsvoll an. Christian hatte sich durch meine Euphorie anstecken lassen und war mindestens ebenso gespannt.

„Sie machen einen Witz, oder?", fragte die Frau.

Sie grinste immer noch. Das gefiel mir nicht.

„Wieso? Stimmt das nicht?"

„Na ja, im gewissen Sinne schon …"

„Mann, jetzt sagen Sie doch endlich, was los ist!", entfuhr es Christian ungeduldig.

Sie wurde nun auch ernster.

„Sie sind Fans von ‚Rote Rosen', oder nicht?"

„‚Rote Rosen'?"

Christian verstand überhaupt nichts, aber bei mir fiel bereits der Groschen. Eigentlich brauchte die Frau das Nächste schon gar nicht mehr zu sagen.

„Petra Jansen war die erste Hauptfigur bei ‚Rote Rosen', die Serie in der ARD. Das Hotel in der Serie basiert auf unserem. Hier vor der Tür wird immer noch gedreht."

Ich sackte in mich zusammen, musste mich auf einen der Sessel im Empfangsbereich setzen. Mein Puls war immer noch auf 180. Christian entschuldigte uns bei der nach wie vor nicht verstehenden Empfangsdame und setzte sich zu mir. Es tat weh. Auch wenn ich mir selbst in den letzten Wochen mehr und mehr eingeredet hatte, dass ich – bei der Vergangenheit – auch ohne Erinnerungen ganz gut zurechtkommen würde. Ich kam nicht damit klar. Ich wollte mich erinnern. Ich wollte irgendetwas haben, an dem ich mich festhalten konnte. Kein Fähnchen im Wind der Erinnerungen anderer mehr sein. Kein Kabinettstück, dessen Leben sich aus Telenovelas speiste.

„Hab' ich das früher geguckt?", fragte ich Christian.

„Nicht zu meiner Zeit. Aber das läuft doch schon ewig."

Ich nickte. Jetzt vervollständigte sich dann auch meine Erinnerung. Ich sah noch mehr Figuren aus den „Roten Rosen". Handlungsorte. Und ja, auch Bilder aus der Altstadt, in der man offensichtlich gerne drehte. Wahrscheinlich hatte ich als Lüneburgerin aus Neugier in den ersten Jahren die Sendung geschaut. Und da deutsche Soaps und Telenovelas sonst nicht so mein Ding waren, hatte ich dies vergessen und nicht abgespeichert, dass die vermeintlichen Erinnerungen auch wieder nur aus einer fiktiven Welt kamen.

Die Enttäuschung war ebenso groß wie meine Euphorie noch kurz zuvor. Ich war wieder keinen Schritt weitergekommen. Im Gegenteil: Selbst wenn ich mich eines Tages erinnern würde, könnte ich nie mit Gewissheit sagen, ob es nicht doch wieder irgendein Film oder ein Buch aus den Untiefen meiner Erinnerung war, deren Geschichten mich heimsuchten. Ich stand wortlos auf und verließ das Hotel. Christian folgte mir, legte seinen Arm um mich. Es half. Ein wenig.

„Lass uns zu meiner Mutter gehen“, sagte ich. Sie war meine letzte Hoffnung.

5

Natürlich hatte ich meine Mutter schon auf einigen Fotos gesehen. Als ich ihr zum ersten Mal nach dem Unfall begegnete, war ich dennoch überrascht. Überrascht, wie ähnlich sie mir sah. Auch wenn sie fast dreißig Jahre älter war, hatte sie noch genauso volles Haar wie ich. Sie war nur wenig kompakter, was mir als Vision für die Zukunft meiner körperlichen Entwicklung durchaus Mut machte. Und hatte ein Gesicht, das mich sofort an mich selbst erinnerte. An die Frau, die ich vor gut vier Wochen das erste Mal im Spiegel gesehen hatte. Die Mundpartie, die Nase, die Augenbrauen. Alles sah verblüffend ähnlich aus. Nur die Augen selbst nicht. Während meine braun waren, hatte sie eisgraue Augen, die viel zu schnell hin- und herirrten, einen selten direkt anschauten und wenn, dann waren sie durch die fast zu Schlitzen geschlossenen Augenlider kaum zu erkennen. Ihr Kleidungsstil war nicht ganz der meinige. Eher nordisch kühl mit einem hellen Rollkragenpullover aus Kaschmir und schwarzer Business-Hose. Dazu eine eng anliegende Perlenkette. Sehr gewählte Materialien, gehobene Marken, Jil Sander hätte ihre Freude an ihr. Sie versprühte die Aura einer wohlhabenden Frau. Was in einem Widerspruch stand zu der schlichten Zweizimmer-Etagenwohnung, in der wir sie an diesem Vormittag zum Frühstück besuchten.

Es war nicht das Haus meiner Kindheit, das in der Altstadt gelegen hatte. Dort lebte sie schon lange nicht mehr. Ich war froh, dass ich nicht in dieser neuen Wohnung weiter außerhalb in einer Neubausiedlung groß geworden war. Ich konnte mir kaum etwas Ungemütlicheres, weniger Einladendes vorstellen. Die Einrichtung wirkte wie eine zufällige Ansammlung von Möbeln, lustlos ausgesucht und mit Souvenirs aus aller Welt vollgestellt. Ich wusste ja bereits, dass meine Mutter gerne reiste – meinen Unfall hatte sie schließlich durch eine Kreuzfahrt in der Karibik verpasst. Das hatte bei mir den

Eindruck hinterlassen, dass sie finanziell nicht ganz so schlecht dastand. Die Wohnung vermittelte nun aber einen anderen Eindruck. Oder sie wurde zumindest nicht besonders von meiner Mutter geliebt.

„Ich hätte mich lieber in einem Restaurant mit euch getroffen", war entsprechend nach der Begrüßung der zweite Satz, als sie Christian und mich hereingelassen hatte.

„Aber du wolltest ja unbedingt herkommen!"

Der dritte Satz war dann also auch schon ein Vorwurf an mich. Eben noch hatte mein Herz vor Aufregung bis zum Hals geschlagen, aber nun wurde ich bedeutend ruhiger, konzentrierte mich. Ich erinnerte mich an meinen Vorsatz. ‚Egal, was sie sagt: Ruhig bleiben. Ich brauche sie.'

„Ich dachte, dass ich mich hier vielleicht an irgendetwas erinnern würde", erläuterte ich entsprechend geduldig.

„Du hast hier nie gewohnt, Kind."

„Aber ich war schon mal hier? Du hast hier doch schon gewohnt, als ich die Ausbildung gemacht habe?"

Zumindest hatte ich dies so rekonstruiert. Sie nickte knapp und ging vor ins Wohnzimmer, wo sie für das Frühstück gedeckt hatte. Nicht komplett lieblos, aber auch nicht unbedingt so, wie viele andere Leute ein Frühstück vorbereitet hätten, wenn die Tochter nach vielen Jahren zum ersten Mal heimkehrt. Auch das ignorierte ich.

Dafür schaute ich mir alles sehr aufmerksam an. Schließlich mussten in diesem Raum doch Möbel sein oder Bilder, die ich jahrzehntelang gekannt hatte. War ich an dem großen Esstisch schon als Baby gefüttert worden? Hatte ich als Kleinkind versucht, auf die Biedermeierkommode zu klettern? War ich auf dem grünen Ledersofa zum ersten Mal von einem Jungen geküsst worden? Es erschien mir unwahrscheinlich, denn nichts davon konnte älter als ein paar Jahre sein, die Möbel wirkten fast unbenutzt.

„Nee", sagte meine Mutter, als ich sie nach den Möbeln meiner Kindheit fragte. „Das war alles hinüber. Den Kram habe ich neu gekauft. Guck mal, die Kommode ist aus den ‚Roten Rosen'. Die hatten mal einen Ausverkauf im Fundus."

Sie lächelte mich freudig an, war offensichtlich stolz auf dieses tatsächlich am wenigsten in die Einrichtung passende Möbelstück, das natürlich keine echte Biedermeierkommode war.

„Du magst die ‚Roten Rosen'?"

„Natürlich."

Das sagte sie fast empört, als ob man als Lüneburger keine andere Wahl hätte. Ich tauschte einen Blick mit Christian aus. Immerhin wussten wir nun, woher meine Leidenschaft für Petra Jansen und das Hotel Drei Könige kam.

„Haben wir das früher zusammen geschaut?"

„Ach, du hattest immer irgendwas zu meckern daran."

Sie winkte ab.

„Wie lang könnt ihr denn bleiben?", fragte sie und klang dabei ein wenig nach ‚Wann geht ihr denn endlich wieder?'

Ich atmete leise durch, übte mich in Geduld. Vielleicht war ich früher einfach ein ungenießbarer Teenager gewesen und hatte mich furchtbar verhalten. Vielleicht hatte sie gute Gründe, warum sie so knapp und abweisend zu mir war.

„Gegen zwei wollten wir bei Trixis Tante sein", erläuterte Christian. „Das ist ungefähr eine Stunde von hier."

„Ich verstehe ehrlich gesagt nicht, warum du ausgerechnet zu der möchtest. Bitte, setzt euch!"

Meine Mutter schaute mich fragend an, während wir uns an den Tisch setzten.

„Sie erinnert sich ja an noch weniger als du."

„Ich hatte das Gefühl, dass ich sie ganz gerne mochte."

„Wie kommst du denn darauf?"

Sie schaute auch Christian fragend an, als ob ich nicht ganz zurechnungsfähig wäre.

„Sie ist die einzige Person – außer dir – die ich auf alten Fotos gefunden habe. Und ich habe sie früher regelmäßig besucht."

Dazu sagte sie nichts. Dafür schenkt sie uns Kräutertee ein.

„Hast du vielleicht einen Kaffee?", fragte ich sie freundlich.

„Kaffee ruiniert dir den Blutdruck. Trinkst du in Berlin etwa Kaffee?"

Jetzt klang es ein wenig, als ob ich in Berlin heimlich Crack rauchen würde. Ich wusste nicht, was bei ihr einen schlechteren Ruf hatte: Kaffee oder Berlin. Gott sei Dank musste ich nicht antworten, denn sie redete einfach weiter.

„Wenn die Menschen nicht so viel Kaffee trinken würden, ginge es ihnen besser. Fakt! Ich habe letztes Jahr gleich zwei alte Freunde verloren – Herzinfarkt. Einfach umgefallen. Kaffee!"

Sie nickte mit sehr ernster Miene, so dass auch Christian – ein leidenschaftlicher Kaffeetrinker – gehorsam seinen Pfefferminztee trank.

„Hast du diese Tante Elise denn nie besucht?", fragte ich, um auf das wichtigere Thema zurückzukommen.

„Sie stand uns nie besonders nah. Tante deines Vaters. Wir kannten sie kaum."

„Und du wüsstest keinen Grund, warum ich sie ab und zu besucht habe?"

„Mir hast du nie erzählt, warum. Soviel ist sicher. Guten Appetit!"

Hieß: Esst! Sie fing sofort an, sich ein Brötchen zu schmieren. Christian wirkte nach wie vor verunsichert durch die Ereignisse der letzten Tage und zog es offensichtlich vor, den stummen Helfer zu machen.

„Was kannst du mir von meinem Vater erzählen?"

Zum ersten Mal schaute meine Mutter mich direkt an. Es war trotzdem kein positives Ereignis.

„Du bist aber jetzt nicht nur hergekommen, damit wir über diesen Mann reden?"

Sie sagte „diesen Mann" so verächtlich, dass es schon einigen Mut brauchte, um überhaupt weiterzufragen. Ich war mir sicher: Wenn ich mich noch an unser Mutter-Tochter-Verhältnis erinnert hätte, wäre an der Stelle Schluss gewesen. Aber für mich war sie der Schlüssel zu meiner Vergangenheit.

„Ich wüsste halt gerne mehr über ihn. Und du bist die Einzige, die mir etwas erzählen kann."

„Da gibt's nichts zu erzählen. Er ist abgehauen, da warst du ein kleines Kind. Und er hat dich früher auch nicht interessiert, also warum sollte das jetzt anders sein?"

„Weißt du, wo er heute ist?"

„Nein, und es interessiert mich auch nicht."

„Aber er hieß Rolf Jansen?"

„Das weißt du nicht?"

„Bisher konnte ich es nur vermuten, weil der Name auf meiner Geburtsurkunde steht. So hieß er, ja?"

Sie nickte. Immerhin. Natürlich hatte ich seinen Namen längst gegoogelt, aber „Rolf Jansen" ist – gerade in Norddeutschland – kein seltener Name. Selbst in Lüneburg gab es mehrere im passenden Alter und ich hatte keine Hinweise darauf gefunden, dass einer von ihnen mein Vater sein könnte. Interessant fand ich, dass meine Mutter seinen Namen behalten hatte, obwohl sie ihn nach der Scheidung problemlos hätte loswerden können. Das stand im Widerspruch zu der krassen Ablehnung, die sie zeigte. Widersprüche schienen bei ihr nichts Ungewöhnliches zu sein.

„Und du hast ihn seit eurer Trennung nicht mehr gesehen?"

„Ich habe ihn viele Jahre nicht mehr gesehen. Können wir jetzt mal über etwas anderes reden?"

„Hast du ein Bild von ihm?"

Nun fixierte sie mich zum zweiten Mal. Böse.

„Trixi!? Was ist los mit dir? Hast du auch deine Manieren vergessen?"

Sie schaute einmal mehr Christian an, als ob sie Beipflichtung von ihm erwartete. Offensichtlich war sie nicht gewohnt, dass ich so mit ihr sprach.

„Ich will nicht mehr über diesen Mann reden, verstanden?"

Ich atmete tief durch. An der Stelle ging es nicht weiter. Womit ich die Hälfte meines Fragenkatalogs streichen konnte, bevor ich überhaupt richtig damit angefangen hatte. Schlimmer war noch, dass ich mehr und mehr Angst hatte, weitere Fragen zu stellen. Mit jeder falschen Frage konnte ich sie noch mehr verärgern und ohne weitere Antworten dastehen. Es war zum Verzweifeln.

„Okay", sagte ich betont ruhig. „Gibt es noch irgendwelche Schulfreundinnen von mir oder … sonst irgendjemanden, der mir etwas über mich erzählen würde?"

‚Außer dir!'

Meine Mutter biss in ihr Brötchen, kaute einen Moment, schaute mich dann an. Freundlich, fast mitleidig.

„Kind, wofür ist denn das gut?“

„Was?“

„Dieses Kramen in der Vergangenheit?“

„Mama, … Mami, ich … ich weiß nichts über meine Vergangenheit. Nichts. Und du bist im Moment die einzige Person, die mir helfen kann, zumindest bei den ersten zwanzig Jahren.“

„Du wirst dich schon noch irgendwann erinnern. Das weiß man doch.“

„Nein, das weiß man nicht!“

Der Satz war laut aus mir herausgebrochen. Ich verlor allmählich doch die Geduld. Und handelte mir entsprechend einen weiteren bösen Blick ein.

„Nicht in dem Tonfall!“, zischte meine Mutter.

„Bitte, Mami. Bitte! Ich brauche deine Hilfe.“

Es fühlte sich komisch an, diese mir fremde Frau dermaßen anzuflehen. Es war noch komischer, dass sie überhaupt nicht darauf einging. Als ob ich ihr genauso fremd wäre wie sie mir. War das wirklich meine Mutter? Ich hatte das Gefühl zu wissen, wie eine Mutter fühlen musste. Als ich aufgewacht war, hatte ich im ersten Moment gedacht, ich sei die Mutter von Toms Kindern. Es war ein Gefühl, so stark, wie ich seitdem nichts mehr empfunden hatte. Vergleichbar nur mit dem Gefühl zu Tom selbst in eben diesem Moment. Und auch wenn mir damals einfach nur Hollywood einen Streich gespielt haben sollte, so konnte man doch nicht gar nichts seinem eigenen Kind gegenüber empfinden, oder? Es in seiner Not so kalt auflaufen lassen?

Letztlich rang meine Mutter sich noch dazu durch, über meine Freundinnen von damals nachzudenken. Aber auch das wurde zu einem Desaster. Denn sie konnte sich an kaum jemanden erinnern. Und wenn, dann kannte sie nur ein paar Vornamen, wusste aber nicht, wo die Frauen heute steckten. Hatte ich wirklich keine Freundinnen gehabt oder war ihr Interesse an meinem Leben schon damals so gering gewesen, dass sie sich nichts gemerkt hatte? Über Verwandte gab es natürlich auch nichts zu sagen. Meine Mutter hatte keine Geschwister oder irgendjemanden, der ihr nahestand. Und als ich noch einmal wagte, Fragen zur Familie Jansen zu stellen, begann sie den Tisch abzuräumen, obwohl Christian noch sein Ei löffelte.

Ich war zutiefst frustriert. Schließlich resignierte ich und gab auf. Von meinen Millionen Fragen hatte ich gerade mal eine Handvoll beantwortet bekommen, und, ehrlich gesagt, hätte ich die Adresse meiner Grundschule auch anders herausfinden können.

Höflichkeitshalber stellte ich dann noch ein paar Fragen zu meiner Mutter selbst. Obwohl ich spürte, dass mich ihr heutiges Leben kaum noch interessierte. Aber ich musste feststellen, dass dies das erquicklichere Thema war. Über sich selbst sprach sie ausgesprochen gerne. Darüber, wie toll die Kreuzfahrt gewesen war, auf die sie mit ihrem Bekannten Rüdiger gefahren war. Und darüber, welche weiteren Reisen sie noch geplant hatte. Sie hatte sowieso wahnsinnig viel zu tun, denn sie war in diesem Tennisverein, in jener Wohltätigkeitsgruppe und natürlich auch im Chor. Und unternahm furchtbar viel mit all diesen Gruppen. Dabei fielen dann auch noch die Namen von mindestens zwei weiteren männlichen „Bekannten", mit denen sie viel unternahm, so dass ich irgendwann eine Idee hatte, woher das Geld für ihre teure Kleidung und die Reisen kam.

Als sich unser Besuch dem Ende zuneigte, was ich daran erkannte, dass sie immer wieder auf die Uhr schaute und davon sprach, dass man auch sonntags den Verkehr nicht unterschätzen sollte, war ich für einen Moment mit ihr alleine. Denn Christian musste kurz zur Toilette.

„Wenigstens hast du einen guten Mann gefunden", sagte sie plötzlich.

Ich ignorierte das Wort „wenigstens" und die damit verbundene Frage, was sie sonst alles an meinem Leben störte. Ich war mir sicher, dass Berlin und Kaffee nur die Spitze des Eisbergs waren. Aber ich wunderte mich trotzdem, wie sie Christian hatte ins Herz schließen können. Er war nicht wohlhabend – offensichtlich ein Kriterium bei ihrer eigenen Männerwahl. Außerdem hatte Christian kaum etwas gesagt – aber vielleicht zeichnete gerade dies ihn aus.

„Halt ihn fest, Trixi. Glaub mir, so einen findest du so leicht nicht wieder.“

Selbst wenn Christian in dem Moment nicht zurückgekehrt wäre: Ich war zu perplex, um zu fragen, was sie mir eigentlich sagen wollte. Und es war letztlich auch besser, nicht nachzuhaken. Denn ich hatte das Gefühl, dass unser Gespräch jederzeit in einen bösen Streit hätte münden können. Und das, obwohl ich noch nicht einmal wusste, was ich ihr aus meiner Jugend alles vorzuwerfen gehabt hätte. Mir reichte schon, was sie in den zwei Gesprächen seit meiner Amnesie gesagt und getan hatte. Vor allem, was sie nicht gesagt hatte. Seit meinem Erwachen hatte ich schon einige Enttäuschungen wegstecken müssen, aber dass meine eigene Mutter die größte sein würde, hätte ich nicht gedacht.

6

Meine nun wirklich letzte Hoffnung bei diesem Trip in die Vergangenheit ruhte ausgerechnet auf einer demenzkranken alten Dame. Dass meine Mutter so überrascht gewesen war, dass ich mich überhaupt für sie interessierte, machte die Sache nur noch rätselhafter. Denn es gab ja die monatlichen Überweisungen von fünfhundert Euro, die irgendeine engere Verbindung nahelegten. Und von denen Christian nach wie vor nichts wusste. Über die Rechtmäßigkeit dieser Zuwendung machte ich mir nun noch mehr Gedanken. Da die alte Trixi mir ein echtes Rätsel war, traute ich ihr mittlerweile auch zu, dass sie sich das Geld von Tante Elise erschlichen hatte. Ich hatte mir fest vorgenommen: Wenn es dafür irgendwelche Anzeichen gab, wollte ich die Zahlung offenlegen und beenden.

Doch als wir das Tor der „Residenz Schöne Aussicht“ mitten im Hinterland der Lüneburger Heide durchfuhren, erledigte sich ziemlich bald zumindest eine von mir gehegte Sorge: Dass es Tante Elise an Geld fehlen könnte. Die Residenz war eine große, alte Villa in einer wunderschönen Parkanlage rund um einen kleinen See. Ich sah ältere Herrschaften gut gekleidet und von freundlichem Betreuungspersonal begleitet durch den Park spazieren. Und ja, die Aussicht war schön. Sie ging auf ein großes Tal, das im Moment mit winterlichem Nebel bedeckt war, aber im Sommer garantiert mit üppigem Grün aufwarten konnte. Der Fuhrpark vor dem Anwesen ergänzte den Eindruck: Dies war keine Bleibe, die man mit der Pflegeversicherung finanzieren konnte.

„Sie waren länger nicht mehr hier, Frau Kwiatkowski“, begrüßte mich eine ältere Pflegerin namens Behring, die für meine Großtante zuständig war.

„Sie erinnern sich an mich?“, fragte ich erstaunt.

Sie nickte.

„Das freut mich. Ich erinnere mich nämlich an gar nichts. Nicht an sie oder meine Großtante.“

Ich grinste schief. Die freundliche Dame reagierte wohltuend anders als so viele. Sie schaute mich unbeirrt an und fragte: „Sie leiden unter einer Amnesie?"

„Mnestische Blockade. Haben Sie schon einmal davon gehört?"

„Dafür sind Sie aber erstaunlich fit, wenn ich das so sagen darf."

Endlich ein Profi. Ich fühlte mich sofort verstanden. Und erläuterte ihr in wenigen Worten, was ich von Professor Bosch über meinen Zustand erfahren hatte. Sie fand dies zwar auch ungewöhnlich und hatte selbst noch nie einen solchen Fall erlebt, aber als Experte für das Thema Demenz kannte sie zumindest die einschlägige Literatur und war eine angenehme Gesprächspartnerin. Christian hörte ebenso gespannt zu wie ich, als wir schließlich auf meine Besuche zu sprechen kamen.

„Sie waren in den letzten Jahren – ich würde sagen – alle drei Monate zu Besuch bei Frau Jansen. Leider waren Sie deutlich verschlossener, als Sie es jetzt sind – aber ich hatte das Gefühl, dass Sie ein gutes Verhältnis zu Ihrer Großtante hatten. Zumindest sind Sie die einzige Verwandte, die so regelmäßig kommt. Und … Das ist zwar immer schwer mit Gewissheit zu sagen, aber ich glaube, dass Frau Jansen etwas mit Ihnen verbindet, sie reagiert ausgesprochen positiv auf die Besuche."

So war es dann auch. Zumindest im ersten Moment. Ich ging alleine mit Frau Behring zu Tante Elise. Zu viel wollten wir ihr nicht zumuten. Auch wenn Christian das nicht gefiel – aber er protestierte nicht. Wir betraten den geschmackvoll eingerichteten Raum mit sehr gepflegten und diesmal echten Biedermeiermöbeln, die durch einige sehr lebendige Farben bei den Vorhängen und Gemälden an der Wand ergänzt wurden. Als meine Großtante mich sah, lächelte sie erfreut. Auf den ersten Blick musste man den Eindruck haben, sie wäre eine völlig gesunde ältere Dame. Sie war erstaunlich rüstig dafür, dass sie auf die neunzig zuging. Sie stand ohne große Mühe auf, ordnete ihr lachsfarbenes Plisseekleid und kam mit großer Anmut zu mir herüber. Sie reichte mir die Hand.

„Grüß dich, Ruth!“, sagte sie mit warmer Stimme.
„Hallo, Tante Elise!“
Ich nahm die gereichte Hand. Sie schien zerbrechlich, drückte aber dennoch fest zu.
„Hast du die Bücher mitgebracht?“
Ich schaute irritiert zu Frau Behring, die sofort aushalf.
„Frau Jansen, das ist nicht Ruth. Das ist Ihre Großnichte Trixi.“
Der gerade noch so freundliche Blick der alten Dame wurde um einiges kritischer. Frau Behring erläuterte mir später, dass Ruth eine Jugendfreundin von Tante Elise gewesen war.
„Was ist mit Ruth? Haben sie sie abgeholt?“
„Es ist alles in Ordnung mit Ruth, Frau Jansen.“
„Das glaube ich nicht! Nein, das glaube ich nicht! Sie haben sie abgeholt!“
Sie ging plötzlich zum Fenster, schüttelte dabei immer wieder den Kopf. Sie schaute nach draußen, ignorierte uns. Frau Behring bedeutete mir zu warten.
„Frau Jansen?“, fragte sie nach einer verhältnismäßig langen Zeit.
Tante Elise drehte sich um, sah mich und lächelte noch einmal genauso wie sie es drei Minuten zuvor getan hatte. Erfreut mich wiederzusehen. Sie kam auf mich zu und reichte mir die Hand.
„Grüß dich, Ruth!“
Mir wurde schmerzhaft bewusst, dass mein Problem mit den Erinnerungen ein Witz war gegen das, was meine Großtante mitmachte. Sie durchlebte eine Dauerschleife, war gefangen in irgendeinem Moment vor vielen, vielen Jahren.
„Hallo!“, sagte ich lieb.
Diesmal vermieden wir es, irgendwelche Namen oder Erklärungen ins Spiel zu bringen.
Ich blieb ungefähr eine halbe Stunde zusammen mit Frau Behring bei der alten Dame. Mehrfach verlor sie dabei den Faden, begrüßte mich erneut, einmal wurde ich auch beschimpft. Aber es war so oder so klar: Mit Trixi hatte das alles nichts zu tun. Auch wenn ich nicht erwartet hatte, dass sie sich ausgerechnet an mich erinnern würde, hatte ich doch

gehofft, irgendeine außergewöhnliche Reaktion zu bekommen. Nichts dergleichen passierte.

Immerhin hatte ich mich überzeugen können, dass es ihr gut ging. Sie wurde sehr zuvorkommend behandelt, war körperlich hervorragend beisammen und war die meiste Zeit gut gelaunt gewesen. Ich wollte aber nicht gehen, bevor ich nicht wenigstens die entscheidende Frage beantwortet bekommen hatte. Also stoppte ich Frau Behring nach unserer Verabschiedung von Tante Elise auf dem Flur.

„Wissen Sie etwas davon, dass meine Großtante mir regelmäßig Geld überweist?"

Frau Behring schüttelt den Kopf.

„Wir verwalten ihre Finanzen nicht."

„Wer denn dann?"

„Eine Nichte. Angela Young. Sie lebt in New York."

Oh. Die Familie Jansen war also eher weitläufig über die Welt verteilt. Wenn ich es richtig überblickte, musste diese Frau Young eine Cousine meines Vaters sein. Dass sie aus dem fernen Amerika für meine Großtante zuständig war, deutete daraufhin, dass mein Vater tatsächlich nicht mehr hier in der Nähe lebte. Ich bat Frau Behring diskret um die Adresse von Angela Young, die dann wohl meine Tante zweiten Grades war. Ob wir uns kannten, wusste ich mal wieder nicht. Ich war fest entschlossen, dies herauszufinden, sobald wir zurück in Berlin waren.

„Und? Hat dir das mit deiner Tante irgendwelche Erkenntnisse gebracht?", fragte Christian, als wir einmal mehr mit dem Volvo auf der Autobahn unterwegs waren.

Wenn man ehrlich war, hatte das ganze Wochenende nur Enttäuschungen gebracht. Außer besagter Adresse aus New York hatte ich nichts in der Hand, was mich meinem alten Ich irgendwie näherbrachte. Es war sogar so, dass ich meine engste und irgendwie auch einzige ansprechbare Verwandte nun auch noch vergessen konnte. Denn meine Mutter war alles andere als hilfreich.

Immerhin hatte ich mich mit Paula angefreundet. Und mein Ärger auf Christian war verraucht. Am Ende war doch wieder er die Konstante in meinem Leben, der Halt, der Fixpunkt. Er spürte dies und brachte bei einer kurzen Pause das Thema auf unsere Beziehung. Es war ganz sicher kein Zufall, dass er fragte, während er unser Auto mit Diesel betankte.

„Pass auf, ich weiß, es ist viel doof gelaufen. Aber wir haben hier auch wirklich ’ne krasse Situation. Und …“

Er suchte nach Worten. Während ich wartete, schaute ich mir die Zapfsäule genauer an, damit mir der Fehler mit dem Benzin nie wieder unterlaufen würde.

„Ich finde, wir sollten zusammenbleiben. Also auf jeden Fall weiter zusammen wohnen. Wir können das Arbeitszimmer zu deinem Zimmer machen. Du bekommst ein eigenes Bett, du machst es dir schön da. Wie ’ne WG.“

Er schaute mich motivierend an. Warum war es ihm so wichtig, dass wir zusammenblieben?

„Du kannst auch machen, was du willst“, fügte er schnell an, als ich nicht reagierte. „Also was andere Männer angeht. Wir sind Freunde.“

„Und das Gleiche gilt dann für dich auch?“, fragte ich mit spitzem Unterton. Wollte er einen Freifahrtschein für Anna oder ähnliche Gespielinnen?

„Nein, nein. Das mit Anna ist durch. Ich … Du, in meinem Alter ist das alles gar nicht mehr so wichtig.“

Das hatte zwar vor wenigen Tagen noch ganz anders ausgesehen, aber ich war mir zumindest sicher, dass er die Nummer bereute. Und dass es ihm ein echtes Anliegen war, dass wir gut miteinander auskamen. Nicht nur das. Er wollte, dass es mir gut ging. Das war an diesem Wochenende wieder ganz deutlich zu spüren. Keine Tür, die er nicht für mich geöffnet hätte. Ich hatte nie auch nur für eine Minute eine Tasche oder irgendetwas tragen müssen. Es war immer etwas zu essen da, wenn ich Hunger hatte. Und die ganze Planung hatte er sowieso übernommen. Jetzt wollte er mir zu Hause ein Nest bauen. Mich vor weiteren Unannehmlichkeiten schützen. Während er die Zapfpistole zurück in die Zapfsäule hängte, nickte ich.

„Probieren wir’s mal …“

7

Ein paar Tage nach unserer fruchtlosen Reise in die Vergangenheit stand ich bei IKEA in der Bettenabteilung und suchte nach einer passenden Schlafgelegenheit für mein neues Zimmer. Christian hatte mir ein vergleichsweise großzügiges Budget gegeben, um das Arbeitszimmer zu meinem Zimmer zu machen. Seinen Schreibtisch hatte er bereits ins Wohnzimmer verfrachtet, das nun aber nicht sein Zimmer war, sondern nach wie vor unser gemeinsames Zimmer zum Fernsehen. Er brauchte nicht mehr Platz als das kleine lila Schlafzimmer. Betonte er immer wieder.

Er wollte mich eigentlich beim Bettenkauf begleiten, aber ich hatte es vorgezogen, Luna mitzunehmen.

„Gucken wir jetzt nach 'nem Doppelbett oder 'nem Einzelbett?", fragte sie mich, als wir in der Bettenabteilung angekommen waren.

Ich hörte sie kaum, machte soeben eine andere Feststellung.

„Ich weiß ziemlich genau, wo hier welche Sachen stehen", sagte ich verblüfft zu Luna. „Gibt es einen Film, der bei IKEA spielt?"

Sie lachte.

„Die Läden sind überall gleich. Wahrscheinlich hat sich mittlerweile bei uns allen ein Lageplan ins Unterbewusstsein gebrannt."

Ich nickte verstehend.

„Doppelbett, oder?", hakte Luna nach. „Schließlich hat er gesagt, du darfst auch mal jemanden zum Vögeln mit nach Hause bringen."

„Luna!"

„Hat er doch."

„So hat er es nicht gesagt. Und selbst wenn: Ich kann mir nichts Furchtbareres vorstellen, als … Mit Christian in der Wohnung. Und … Wieso soll ich überhaupt … Ich will keinen Mann. Ein Einzelbett!"

Luna zuckte bedauernd mit den Schultern und schaute sich Tarva und Duken an – die Einzelbettmodelle, bei denen wir standen. In dem Moment hörte man über die Lautsprecheranlage eine angestrengte Männerstimme sagen: „Die kleine Ava möchte bitte sofort aus dem Småland abgeholt werden."

Ava? Ich staunte Luna mit großen Augen an.

„Und das, wo du gerade eben an Tom gedacht hast, mh?", fragte sie belustigt.

Ja, das hatte ich. Deswegen auch mein Gestammel. Weil bei der Frage, ob ich ein Einzel- oder Doppelbett brauchte, sofort das Gesicht dieses Mannes vor meinem inneren Auge erschienen war. Des Mannes, an den ich viel zu viel dachte, dafür, dass ich ihn eigentlich vergessen wollte. Und das musste etwas heißen, wenn ich freiwillig etwas vergessen wollte. Aber es klappte ja sowieso nicht. War er etwa auch bei IKEA?

„Kann er nicht sein", sagte Luna. „Die nehmen in diesem beknackten Kinderparadies nur Gören ab drei. Und das ist die Kleine ja wohl noch nicht, oder?"

„Seit wann bist du über die Regularien des Kinderparadies' informiert?"

„Ich hab' einen ganzen Samstag vor Weihnachten mit dem schreienden Sohn meiner Schwester bei IKEA verbracht, weil die den da nicht genommen haben. Es war die Hölle."

„Es ist mir ehrlich gesagt egal, ob das Toms Ava ist oder nicht."

„Netter Versuch."

Luna grinste mich wissend an. Ich ignorierte es und starrte auf die Einzelbetten, von denen mir keins gefiel. Bei den Doppelbetten war die Auswahl entschieden größer. Und attraktiver. Warum eigentlich nicht ein Doppelbett? Musste ich mir den Kauf jetzt selbst verbieten, nur um mich von Tom zu distanzieren? Ein Doppelbett war auch für eine einzelne Person sehr viel angenehmer. Genügend Platz hatte ich sowieso in meinem neuen Zimmer. Das Geld reichte aus. Also ging ich trotzig rüber zu den Doppelbetten und entschied mich recht zielstrebig für Folldal, das dummerweise eins der teuersten war. Egal. Christian zahlte.

„Aber, Liebes“, sagte Luna. „Nicht dass das so endet wie bei mir. Seit ich mir so eine riesige Spielwiese gekauft habe, hat da noch kein Mann drin gelegen. Und ich hab das Bett noch mit D-Mark bezahlt.“

„Auweia.“

Sie nickte mit ernster Miene. Um ihr Sexleben war es ja noch schlechter bestellt, als ich vermutet hatte.

„Und wann war diese Geschichte mit dem Hipster von allein.de?“

„Ja, das war später, aber der wollte unbedingt auf dem Flipper in seiner Stammkneipe … Lass uns nicht drüber reden. Auf jeden Fall: Bei mir zu Hause war noch keiner. Und ich hab’ jetzt völlig umsonst ein Bett, da kann ich quer drin liegen.“

„Was willst du mir überhaupt sagen? Ich dachte, ich soll ein Doppelbett kaufen.“

„Ja, sollst du unbedingt. Aber du brauchst zusätzlich auch einen Mann. Ist doch ein Jammer, wenn so ein hübsches Ding wie du nicht regelmäßig frohlockt. Mh?“

Als wir dann in der Matratzenabteilung standen, geschah es.

„Fixi!“

Die kleine Ava kam aus dem Nichts auf mich zugelaufen. Ich konnte nicht anders, als sie mir in die Arme laufen zu lassen und sie hochzunehmen. Sie strahlte mich mit roten Bäckchen und einer ordentlichen Schnupfnase an, war anders als sonst recht chaotisch gekleidet – ihren kleinen Hello-Kitty-Pullover trug sie auf links, das Strickjäckchen darüber war falsch geknöpft. Hatte sie sich selbst angezogen? Direkt hinter ihr bog ein sichtlich gestresster Tom um die Ecke. Dunkle Ringe unter den Augen, Dreitagebart, das Haar stand kreuz und quer. Manch einer wäre versucht gewesen zu sagen, dass er nicht gut aussah. Aber er sah immer gut aus. Dieser Look verlieh ihm zusätzlich eine Ernsthaftigkeit, die ihn auf merkwürdige Art noch anziehender machte. Als er mich mit Ava auf dem Arm sah, war er sichtbar überrascht. Aber ebenso sichtbar erfreut.

„Hallo!“

„Hi!", sagte ich und war sofort sehr unsicher.
„War das Ihre Ava, die eben ausgerufen wurde?"
Luna schaute ihn kritisch an. Was Tom erst einmal verwirrte, aber mir etwas Zeit gab, die plötzliche Begegnung zu verdauen.
„Ähm, ja."
„Wie konnten Sie die denn da abgeben? Die ist doch noch keine drei!"
Sie war empört. Der Samstag mit ihrem Neffen saß ihr tief in den Knochen.
„Ich hab' ganz lieb ‚bitte' gesagt", erläuterte er mit einem leichten Grinsen.
Ich sah es direkt vor mir: Wie die IKEA-Mitarbeiterin im Småland binnen Sekunden seinem Charme oder dem durchdringenden Blick seiner Augen erlegen war und für ihn sämtliche Regeln gebrochen hatte.
„Aber leider hatte der Chef etwas dagegen", ergänzte er.
Dann schaute er mich an.
„Wie geht es dir?"
„Gut. Danke."
Ava hatte meine Ohrringe entdeckt und begann, daran rumzuspielen. Es ist nicht leicht, auf abweisend zu machen, wenn man von einem süßen, kleinen Mädchen an den Ohren gekitzelt wird.
„Ich hab dir ein paarmal Mails geschickt", sagte Tom sehr freundlich.
„Ich weiß", sagte ich überhaupt nicht freundlich.
Ich schaute hilfesuchend zu Luna. Wie kam ich aus dieser Situation heraus? Sie verstand sofort. Auf ihre Art: „Hört mal, ihr beiden Hübschen, ich gehe kurz ein paar Köttbullar verdrücken. Bin gleich wieder da."
„Luna!?"
Ich war entsetzt. Wie konnte sie mich in dieser Situation allein lassen? Aber sie meinte es eben ernst damit, dass ich einen Mann brauchte. Sie hob noch einmal kurz die Hand und war schon um die nächste Ecke verschwunden.
„Ich muss los", sagte ich knapp und wollte Tom Ava in die Arme drücken. Dummerweise verfing die Kleine sich bei

meiner hektischen Bewegung mit dem Ärmel ihrer entzückenden Strickjacke in meinem Ohrring, so dass ich mir beinahe mein Ohrläppchen abriss, als ich sie loswerden wollte.

„Ey!", sagte Ava empört und fuchtelte nun auch noch wild mit dem Arm herum. Alles zulasten des bis dahin gar nicht so großen Lochs in meinem Ohr.

„Ava! Bleib mal still!"

Da war er wieder, mein Retter: Mit einem gezielten Handgriff hatte er Ava beruhigt. Sodann platzierte er uns beide auf der nächsten Matratze und löste neben mir sitzend ganz vorsichtig ihren Ärmel von meinem Ohrring. Dabei streifte er mit seinen Händen über meinen Hals. Mehrfach. Ich wusste nicht, ob mein Hals schon immer eine so extrem sensible erogene Zone gewesen war, aber sein unfreiwilliges Streicheln ging mir durch den ganzen Körper. Ich konnte nicht anders, als ihn entzückt anzulächeln. Er lächelte ebenfalls. Schließlich gelang es ihm, mich zu befreien. Dabei hätte er liebend gerne weiter an meinem Hals herumnesteln können.

„Es tut mir leid", sagte er leise und meinte ganz sicher nicht nur die Sache mit dem Ohrring.

Die gerade mühsam losgelöste Ava begann sofort wieder mit dem Ohrring zu spielen.

„Ava, lass doch mal!", sagte Tom ungewöhnlich ungeduldig und fügte in meine Richtung an: „Sie liebt zur Zeit alles, was glitzert."

Kurzerhand zog ich den begehrten Ohrring ab und gab ihn der Kleinen zum Spielen.

„Musst du nicht", sagte Tom überrascht.

„Sonst lasst ihr mich nie in Ruhe."

Ich lächelte ihn provozierend an.

„Ich möchte dich nicht in Ruhe lassen. Ich kann dich nicht in Ruhe lassen."

„Was soll das, Tom? Du hast selbst gesagt, du warst froh, mich loszuwerden. Du hast mir alles verschwiegen, was zwischen uns war. Ich glaube, man kann einem Menschen kaum deutlicher zeigen, dass man nichts mehr mit ihm zu tun haben will."

„Es war ein Fehler."

„Es war ein Fehler? So einfach? Du hast dich vertan, fandst mich eigentlich gar nicht scheiße."

„Doch!"

Ernsthaft? Er sagte mir gerade ein weiteres Mal deutlich ins Gesicht, dass er mich bescheuert fand. Und ich hörte mir das wirklich an?

„Also nein, ich fand dich nicht ‚scheiße' …"

„Na immerhin", sagte ich und wollte aufstehen.

„Scheiße!", sagte Ava und lachte dazu.

Tom ignorierte das weitere „Scheiße"-Geplapper seiner Tochter, obwohl es ganz sicher nicht im Interesse der Musterfamilie war. Er hielt mich fest. Sanft, aber doch so, dass ich unmöglich aufstehen konnte.

„Hör mir zu! Es war so: Wir hatten beschlossen, dass wir eine Affäre haben. Wir hatten das klipp und klar vereinbart. Die Affäre tat uns gut. Aber wir wollten beide unsere Partner nicht verlassen."

Ich schaute ihn ungläubig an. Er nickte mit Nachdruck.

„So war es. Aber tatsächlich wurdest du …"

Er suchte nach den richtigen Worten. Sprach nun leiser weiter: „Als ich dich kennengelernt habe, warst du nackt. Und ich meine nicht nur körperlich nackt. Du warst so, wie du warst. Eine starke, selbstbewusste Frau. Klug, witzig, sexy. Das warst du in der Sauna, das warst du im Hotel. Aber je näher wir an dein normales Leben rankamen, desto mehr wurdest du zu einer … Ich weiß es nicht. Du wurdest klein. Anhänglich. Verschlossen. Du sahst auch nicht mehr so gut aus. Und hattest Klamotten an, die …"

„Na, danke!", unterbrach ich ihn. „Du fandst mich furchtbar."

„Auf eine gewisse Weise: Ja!"

Das tat weh. Ich wollte endlich aufstehen, aber er ließ mich nicht los. Kurz dachte ich darüber nach, laut zu werden. Aber der Gedanke wurde im Keim erstickt von dem, was Tom als Nächstes sagte: „Was denkst du, warum ich dich nach dem Unfall wiedersehen wollte? Was denkst du, warum ich wieder mit dir geflirtet habe, obwohl ich mir genau das Gegenteil geschworen hatte? Weil du jetzt so bist wie am Anfang, als ich dich kennengelernt habe. Nackt. Wundervoll. Du selbst!“

Ich war mir nicht sicher, ob er gerade das Wunderbarste zu mir gesagt hatte, was ich in den letzten Wochen gehört hatte. Oder das Unverschämteste. Sollte ich nun sauer sein, weil er mein altes Ich im Stich gelassen hatte? Das Ich, mit dem ich selbst enorme Probleme hatte und auch nicht befreundet sein wollte? Oder sollte ich glücklich sein über das Kompliment für die neue Trixi? Aber ich konnte doch nicht einfach ignorieren, wie knallhart er die Gelegenheit ergriffen hatte, um die alte Trixi loszuwerden.

„Na, schon was gefunne oder kann ich euch helfe?“

Die Stimme mit dem hessischen Dialekt kam von hinter uns und gehört zu einer jungen Frau in gelb-schwarzer Montur. Braune Haare, blaue Augen, sie war nicht viel größer als Luna. Ein Schild auf ihrem Shirt unter dem großen IKEA-Logo identifizierte sie als „Claudia Kolberg“. Was Claudia sah, war ein Pärchen mit einem kleinen Mädchen, das intensiv über die Matratze diskutierte, auf der sie nun schon seit zehn Minuten saßen.

„Habt ihr sonst noch e Frach?“

„Nee, danke, wir kommen alleine klar“, sagte Tom.

Dem konnte ich nicht so richtig beipflichten. Ich wusste überhaupt nicht, mit der Situation umzugehen. Und hatte ein ganzes Bataillon an Fragen. Aber Claudia würde mir bei deren Beantwortung sicher nicht helfen können.

„Wirklich e Engelche, euer Tochter“, sagte sie.

Ich nickte instinktiv. Danke für das Kompliment für meine Tochter.

„Wenn ihr doch noch e Frach habt, einfach rufe. Ich bin glei da drübbe.“

Sie deutete auf einen Infoschalter und ging mit einem freundlichen Lächeln davon.

„Gib mir noch eine Chance, Trixi!“, sagte Tom, während ich Claudia hinterherschaute und meine Gedanken sammelte.

„Eine Chance wofür?“

„Eine Chance, mich zu erklären. Eine Chance, dir deine Fragen zu beantworten. Eine Chance … Ich weiß es nicht genau. Aber ich weiß, dass es nicht gut ist, wenn wir uns nie mehr wiedersehen."

Vergaß er nicht etwas?

„Wie geht's deiner Frau?"

Er nickte. Er verstand natürlich sofort.

„Sie kommt bald aus der Reha. Sie wird wieder laufen können."

„Das ist doch mal eine gute Nachricht."

Es klang spöttischer, als es sollte. Aber ich konnte nicht vergessen, dass sie mich hatte überfahren wollen.

„Es war ein Unfall, Trixi. Sie wollte dir nichts antun."

Ich hasste es, wenn er meine Gedanken las.

„Okay, selbst wenn es ein gigantischer Zufall war, dass ausgerechnet sie ausgerechnet an diesem Tag … Selbst wenn! Du bist immer noch mit ihr verheiratet. Und du wirst sie nach wie vor nicht verlassen. Nicht wahr?"

„Du redest nur wieder mit mir, wenn ich meine Frau verlasse?"

„Nein, so habe ich das nicht … Du weißt, was ich meine!"

Und ich hasste es, wenn er mich mit einer einzigen Frage aus dem Konzept brachte.

„Trixi, ich will ein Abendessen mit dir. Einmal in Ruhe mit dir reden. Mehr nicht."

Vielleicht meinte er das wirklich. Und es waren nur die Hormone in meinem Körper, die mir jedes Mal, wenn er auftauchte, das Gefühl vermittelten, wir redeten die ganze Zeit über Sex. Gut, wir saßen auf einem Bett, zumindest auf einer Matratze, aber abgesehen davon hatte er kein einziges Mal gesagt, dass er mehr wollte als reden.

„Ein Abendessen?", fragte ich.

Er nickte. Ich zögerte.

„Morgen Abend. Ich warte um acht mit dem Auto bei dir vor der Tür."

Ich ging in meinem Kopf alle Gründe durch, warum dieser Abend ein Fehler sein würde. Es gab viele Gründe. Aber ich merkte schnell, dass ich innerlich längst „ja" gesagt hatte. Die Aussicht auf einen Abend mit ihm war das Spannendste, was ich mir zur Zeit vorstellen konnte. In jeglicher Hinsicht. Was hatte ich zu verlieren?

„Aber bitte ein Restaurant, in dem wir noch nie gewesen sind. Ich will nicht wieder von Leuten begrüßt werden, die ich nicht kenne."

„Okay."

Er lächelte erfreut und vor allem erleichtert.

„Gut, dann gehe ich jetzt Servietten kaufen."

Da war es wieder. Dieses charmante Grinsen, dem zu widerstehen mir so schwerfiel. Er nahm Ava auf den Arm, die nach wie vor mit meinem Ohrring spielte.

„Ava? Kannst du Trixi den Ohrring jetzt wiedergeben?"

„Nein!", rief die Kleine entsetzt und zog sofort die Hand mit dem Ohrring weg.

„Du kannst ihn mir morgen wiedergeben", sagte ich zu Tom.

Er lächelte, verabschiedete sich von mir und ging mit Ava davon. Sie schaute über seine Schulter und winkte mir zuckersüß mit meinem Ohrring in der Hand zu, bis sie um die nächste Ecke verschwunden war. Ich beschloss, die Matratze zu kaufen, auf der wir die ganze Zeit gesessen hatten.

„Also, versteh mich nicht falsch", sagte Luna, während sie den Kleintransporter von Robben und Wientjes in den Berliner Verkehr steuerte. „Ich war immer der Meinung, der Mann hat 'ne zweite Chance verdient. Aber was in aller Welt hat er denn gesagt, damit du von ‚nie wiedersehen' auf ‚morgen romantisches Dinner für zwei' umgeschwenkt bist?"

„Es wird kein romantisches Dinner. Es wird einfach ein Abendessen."

Sie schaute mich ungläubig an. So lange, dass ich schon Angst hatte, wir würden mit dem Kleintransporter in die an der Ampel stehenden Autos rasen. Aber Luna war eine souveräne Autofahrerin. Sie bremste punktgenau ab. Da ich bei unserer letzten gemeinsamen Autofahrt keine zehn Meter ohne Unfall ausgekommen war, hatte sie diesmal darauf bestanden, den Wagen selbst zu fahren. Wir hatten ihn uns extra geliehen, um Folldal und die Matratze nach Hause transportieren zu können.

„Luna, er ist der einzige Mensch, der früher einmal eine andere Seite von mir gesehen hat. Und er ist der einzige Mensch, der mir eine Menge Fragen beantworten kann."

„Du willst dich also nur mit ihm treffen, damit er dir Fragen beantwortet?"

Ich nickte. Mit Nachdruck.

„Wie langweilig."

Ich schaute sie böse an. Sie lachte laut. So ansteckend, dass ich auch grinsen musste. Aber schon bald wurde ich wieder ernst.

„Vorher muss ich aber noch etwas herausfinden. Kannst du morgen eine Stunde früher zur Videothek kommen?"

8

Es ließ mich nicht los, mit welcher Selbstverständlichkeit Tom der Meinung war, dass seine Frau mich nicht hatte überfahren wollen. War das nur Familienräson? Schutz? Loyalität? Oder kannte er sie einfach besser als ich? Außerdem passte ihr Verhalten bei unserer Begegnung im Krankenhaus kein bisschen dazu, dass sie in mir die verhasste Nebenbuhlerin sah, die sie hatte ermorden wollen. Gleichzeitig schwirrte immer wieder Christians Sorge in meinem Kopf herum, dass er den Unfall im ersten Moment für einen Selbstmordversuch gehalten hatte. Vielleicht war an der Theorie mehr dran als mir lieb war. Um diese Frage klären zu können, wollte ich den genauen Ablauf am Unfalltag rekonstruieren. Mit Hilfe von Luna. Und mit Hilfe von Karl.

Karl war unser Chef. Ihm gehörte die Videothek. Er war der Prototyp eines Nerds. Eines 40-jährigen Nerds, der irgendwann mal erfahren hatte, dass Quentin Tarantino vor seiner großen Karriere in einer Videothek gearbeitet hatte. Daraufhin hatte Karl mit zwanzig seine eigene kleine Videothek eröffnet in der Hoffnung, dadurch selbst groß rauszukommen. Allerdings war dann nur die Videothek groß rausgekommen. Alle seine Versuche, selbst Filme zu machen, scheiterten. Mittlerweile war aus der coolen, kleinen Videothek ein Mainstream-Laden geworden. Karl litt darunter, dass die Leute zuhauf die „Twilight"-Folgen ausliehen anstatt der vielen Juwelen der Filmgeschichte, die wir im Angebot hatten. Aber er kam aus der Nummer nicht mehr heraus.

An dem Tag des Unfalls hatte ich zusammen mit ihm Dienst gehabt. Dass Viktoria in der Videothek gewesen sein musste, hatten wir längst rekonstruiert. Laut Computer hatte sie um genau 16:54 „Black Swan" zurückgebracht und sich „Hautnah" ausgeliehen. Offensichtlich entdeckte sie gerade Natalie Portman für sich. Ich hatte Viktoria selbst bedient, auch das war im Computer ersichtlich. Und ich hätte nun eben gerne gewusst, ob sie mich dabei mit hasserfüllten Blicken angesehen hatte. Oder ob ich besonders deprimiert gewesen war. Hatte sie mitbekommen, dass meine Schicht kurze Zeit später enden würde? Denn nur so hätte sie mir ja auflauern können, wenn sie wirklich mit Absicht hatte auf mich drauffahren wollen.

„Du, woher soll ich denn wissen, wann die Frau hier gewesen ist?“, erklärte Karl auf die Frage nach Viktoria. „Ich kenn doch nicht alle unsere Kunden.“

„Sie sieht aus wie Uma Thurman, nur jünger und mit größeren Brüsten.“

Das war Luna. Ich schaute sie erstaunt an. Denn Viktoria sah jenseits der glatten, blonden Haare überhaupt nicht aus wie Uma Thurman. Aber Luna verstand Karls Denkweise deutlich besser als ich.

„Ach die“, sagte er. „Ja, ja.“

„Okay: Und?“, fragte ich ihn.

„Und was?“

„Kannst du dich an sie erinnern? Dass sie hier war an dem Tag, als ich den Unfall hatte?“

Er schaute mich scharf nachdenkend an. Sagte dann: „Nee.“

Ich seufzte enttäuscht. Wahrscheinlich war Viktoria an dem Tag die einzige Kundin im Laden gewesen und Karl hatte sich den Film angeschaut, mit dem wir unsere Kunden von morgens bis abends berieselten – genau so machte er es immer. Wenn er da so vor der Glotze hing, hätte man den Laden auch ausrauben können, ohne dass er etwas mitbekommen hätte. Ich ging die Sache nun noch einmal analytisch an und kam mir dabei fast vor wie Dr. House, nur ohne schlechte Laune und Krückstock.

Also: Ich hatte an dem Tag wie so oft eine halbe Schicht gehabt – von 13:30 bis 17:00. Das hieß, dass mein Dienst kurz nach Viktorias Besuch geendet hatte. Tatsächlich hatte der Unfall laut Bericht der Versicherung um 17:05 stattgefunden – eine Minute später war der Notruf bei der Polizei eingegangen.

Ungeklärt war nach wie vor, wieso ich auf dem Weg nach Hause gewesen war. Eigentlich hätte ich unser Auto aus der Garage von Tom holen müssen – und die lag in die entgegengesetzte Richtung. Viktoria war in genau diese Richtung gefahren. Allerdings nicht nach Hause. Sie war – laut Bericht der Versicherung – auf dem Weg nach Potsdam, wo die perfekte Mutter ein bei eBay ersteigertes Weihnachtsgeschenk für Aiden hatte abholen wollen. Also war sie vom Parkplatz im Hinterhof der Videothek in die kleine Nebenstraße gefahren, von der man den Parkplatz erreichen konnte. Von der kleinen Straße dann auf die Bergmannstraße und dann wieder an der Videothek vorbei Richtung Mehringdamm.

Ich testete es mit Luna. Die Zeit kam ungefähr hin: Seinen ausgeliehenen Film einpacken, zum Auto gehen, vom Parkplatz fahren und dann die Bergmannstraße runter bis zum Ort des Unfalls dauerte auch bei mir zehn Minuten. Viel Zeit, mir aufzulauern, hatte sie nicht gehabt. Es konnte also ein Zufall sein. Es konnte aber genauso gut so sein, dass sie mich über die Straße gehen gesehen hatte und daraufhin aufs Gas getreten war. Und es konnte so sein, dass ich sie gesehen hatte und ihr vor's Auto gelaufen war – ein besonders perfider Selbstmordversuch, bei dem dann auch gleich die Frau, die ich nicht verdrängen konnte, schuld gewesen wäre.

„Aber weißt du, was zu beidem nicht passt?“, sagte Luna, nachdem wir alles durchgegangen waren. „Sie fuhr vierzig. Das wäre ein ziemlich alberner Mordversuch und es wäre auch ziemlich dumm zu glauben, dass das für einen Selbstmord reicht.“

„Vielleicht wollte ich nur, dass sie mich verletzt. Und Schuldgefühle hat. Und … und dass Tom mich dann pflegt.“

„Sei ehrlich! Du glaubst nicht mehr, dass sie dich umbringen wollte.“

„Ich ging in die falsche Richtung, Luna. Das macht nur Sinn, wenn ich ihr mit Absicht entgegengehen wollte.“

„Oder du wolltest noch etwas einkaufen.“

„Okay, ja. Aber dann wäre der Unfall wirklich nur Zufall gewesen.“

„Oder sie hat dich gesehen und …“

Ich winkte unwirsch ab. Wir drehten uns im Kreis. Man konnte das Problem nicht abschließend klären. Trotzdem hatte die ganze Aktion eins gebracht: Ich war mir längst nicht mehr so sicher, dass Viktoria mich mit Absicht umgefahren hatte. Und genau das brauchte ich, um den Abend mit Tom einigermaßen entspannt angehen zu können.

9

Die zentrale Frage an diesem Abend war ausnahmsweise nicht: „Was soll ich anziehen?“. Mangels Alternativen musste ich das anziehen, was Tom bei unserer „ersten“ Begegnung im Café bereits einmal die Sprache verschlagen hatte. Nein, mich beschäftigte vor allem die Frage: „Sage ich meinem Mann, mit wem ich ausgehe?“

Christian hatte mehr als einmal deutlich gemacht, dass ich tun und lassen konnte, was ich wollte. Dass wir nun mehr oder weniger in einer WG lebten. Er hatte mir auch beim Aufbauen meines IKEA-Bettes geholfen. Ohne eine einzige Bemerkung darüber, dass es ein Doppelbett war. Er gab mir wirklich das Gefühl, dass das alles kein Problem war. Dennoch fiel es mir schwer zu sagen, dass ich mit einem anderen Mann ausging. Noch dazu mit einem, mit dem ich bereits eine mehrmonatige Affäre gehabt hatte. Also musste Luna als Alibi herhalten. Ich hatte tatsächlich ein schlechtes Gewissen bei der Aktion – und das einem Mann gegenüber, der eine gute Woche zuvor für Bilder von einer nackten Frau in meinem Kopf gesorgt hatte, die ich so schnell nicht mehr loswurde. In diesem Moment an Anna zu denken, gab mir die erforderliche Coolness, um mich am Abend nach zwei Stunden Kampf mit Haar und Make-up als Königin der Nacht von ihm zu verabschieden und mir einen „schönen Abend“ wünschen zu lassen.

Während ich durch die altehrwürdige Einfahrt unseres Wohnhauses zur großen Holztür schritt, schlug mein Herz höher. Ich war aufgeregt. Ich freute mich auf den Abend. Ich hatte Angst vor dem Abend. Es war ein Wechselbad der Gefühle. Und ich liebte es. Etwas zu machen, war immer besser, als etwas nicht zu machen. Das musste doch mein Lebensmotto sein. Das fühlte ich ganz stark. Wie hatte ich dieses verhuschte, zurückgezogene Ding sein können, das keine Freunde hatte? Das erschien mir in diesem Moment noch so viel absurder als viele Male zuvor in den letzten Wochen.

Die Marschrichtung für den Abend war klar: Ich wollte Fragen beantwortet bekommen. Deswegen traf ich mich mit Tom. Ich wollte mich weder von ihm umgarnen noch verführen lassen. Ich wusste, dass dies nicht gerade leicht werden würde. Denn ich war mir sicher, dass er alle Geschütze auffahren würde, um tiefen Eindruck bei mir zu hinterlassen. Vielleicht plante er sogar ganz konkret, mich nach dem Abend so weit zu haben, dass ich mit ihm nach Hause gehen würde. Aber nicht mit mir. Meine Strategie war perfekt: Ich würde den Spieß umdrehen und so tiefen Eindruck bei ihm hinterlassen, dass er auf Jahre bereuen würde, mich so bescheuert behandelt zu haben.

Als ich auf die Straße trat, sah ich sofort Geschütz Nummer Eins: Tom hatte gesagt, er wollte „mit dem Auto" vor der Tür auf mich warten. Das hatte suggeriert, dass er mit seinem Wagen kommen würde. Und das wiederum hätte bedeutet, dass er nicht trinken könnte. Wir also einen eher nüchternen Abend vor uns gehabt hätten. Aber nun stand dort ein Taxi. Mit Tom daneben, der mir die Tür zur Rückbank öffnete und mich warm anlächelte. Er trug einen feinen, eng anliegenden Designer-Mantel über seinem Anzug und sah aus wie in einem Werbefilm. In einem Werbefilm für ihn selbst.

„Du siehst wundervoll aus", sagte er und begrüßte mich mit Küssen auf die Wangen.

Das waren weitere schwere Geschütze, aber es war ja nicht so, dass ich nicht damit gerechnet hätte. Lediglich sein unfassbar guter Geruch brachte mich kurz aus dem Konzept. Trotzdem schoss ich scharf zurück: „Ich hoffe, wir müssen nicht zu weit fahren. Ich hab' nicht so viel Zeit."

Mit den Worten setzte ich mich auf meinen Platz im Taxi und ließ ihn in der Kälte stehen. Ich rutschte nicht durch, so dass er um das Auto herumgehen und auf der anderen Seite einsteigen musste. Als er schließlich neben mir saß und der Taxifahrer ohne weitere Anweisung losfuhr, schaute Tom mich freundlich, aber doch etwas verwundert an.

„Hast du denn später noch etwas vor?"
Ich nickte.
„Ich bin noch verabredet. So gegen zehn. Aber bis dahin sind wir sicher durch, oder?"
Es sollte absichtlich so klingen, als ob wir zu einem Arbeitsessen unterwegs wären. Natürlich war ich nicht verabredet, aber mir machte es Spaß, seinen perfekten Plan zu torpedieren. Sein Lächeln wirkte ein klein wenig gezwungen.
„Ich denke schon, ja."
Wir fuhren einige Minuten schweigend durch das nächtliche Berlin. Es ging Richtung Mitte. Ich war mir sicher, dass er ein beeindruckendes Restaurant herausgesucht hatte. Wahrscheinlich irgendetwas mit einem Michelin-Stern, wo es dann „getrüffelte Wachteln an Quatsch mit Soße" geben würde. Aber ich war mir jetzt schon sicher: Das würde dann überhaupt nicht mein Ding sein und mir auch garantiert nicht schmecken. Irgendwann hatte Tom seine Sprache wiedergefunden: „Ich habe etwas für dich."
Das nächste Geschütz. Er zog eine Schachtel aus seinem Jackett und überreichte sie mir mit einem Lächeln.
„Ein Geschenk? Ernsthaft?"
Ich versuchte einen Blick, der mitleidig aussehen sollte. So nach dem Motto: „Der Trick ist mir aber zu billig."
„Mach's mal auf."
Seufzend öffnete ich die Schachtel und bereitete mich darauf vor, mein Missfallen über eine funkelnde Kette oder ein teures Tuch äußern zu müssen. Kaufen konnte man mich nun wirklich nicht. Doch es war einfach nur ein Ohrring. Mein Ohrring. Den ich am Vortag Ava überlassen hatte. Ich musste lächeln. Unter dem Ohrring lag ein gefalteter Zettel.
„Es war nicht leicht, ihr das Ding wieder abzunehmen. Sie hat den Ohrring die ganze Nacht in der Hand gehalten."
Ich schaute Tom ungläubig an, während ich den Zettel entfaltete. Er nickte mit Nachdruck.
„Das hat sie für dich gemalt."
Ich schaute auf den Zettel. Ein wirres Gekrakel aus mehreren Farben. Wirklich Sinn machte es nicht. Doch Tom zeigte auf die verschiedenen Ballungszentren der Farben.

„Sonne. Blume. Papa. Fixi."

Er grinste mich wieder an.

„Das hast du dir ausgedacht."

„Nein, das hat sie wirklich gesagt. Und dann habe ich sie gefragt, ob ich dir das geben soll. Und sie hat gesagt: Ja!"

Dabei nahm er den Tonfall des betörenden „Ja!" an, den ich nun auch schon ein paar Mal von Ava gehört hatte. Ich wollte ihm das nicht glauben. Ein Trick, um mein Herz zu erweichen. Ich blieb cool.

„Und warum bin ich rot?"

Ich zeigte auf das Gekritzel, das angeblich ich sein sollte. Er zuckte mit den Schultern.

„Vielleicht weil Rot Avas Lieblingsfarbe ist."

„Du hast das selbst aufs Papier gekritzelt."

„Nein! Wieso sollte ich das machen?"

Er musste lachen. Wir konnten die Frage nicht weiter vertiefen, denn das Taxi stoppte nun. Ich hatte durch Avas Gemälde verpasst, auf unseren weiteren Weg zu achten. Nun staunte ich, weil wir direkt unter einer S-Bahn-Brücke standen. Auf der einen Seite die Wand der Brücke, auf der anderen Seite die Spree. Wieso stoppten wir hier? Die nächsten Restaurants wären einige hunderte Meter entfernt. Tom reichte dem Fahrer zehn Euro, was ein großzügiges Trinkgeld bedeutete, und eilte schnell um den Wagen herum, um mir beim Aussteigen helfen zu können. Aber das machte ich bereits selbstständig. „Independent Woman" war die Devise.

Während das Taxi davon fuhr, bedeutete Tom mir den Weg. Ich dachte im ersten Moment, dass er auf die massive Steinwand der Brücke deutete, aber sah dann doch zwei Meter weiter die kleine, dunkle Tür, die in die Wand eingelassen war. Einfach nur eine Metalltür. Wollte er mich in den Heizungskeller der S-Bahn bringen? Ich hatte mit einem Restaurant im obersten Stock eines Hotels mit Blick über die Stadt gerechnet, aber ganz sicher nicht mit dem, was nun geschah. Es gab eine Klingel. Tom drückte sie. Nun sah ich auch den Spion in der Tür, hinter der es Bewegung gab. Ich folgte all dem mit sichtbarem Staunen. Tom lächelte mich an.

„Ich bin versucht zu fragen, ob du schon einmal hier warst, aber …"

„Nicht dass ich wüsste."

Nun öffnete sich die Tür. Ein schick, aber nicht zu schick gekleideter junger Mann begrüßte uns freundlich, Tom sogar mit seinem Namen. Er führte uns an dem gläsernen Empfangstresen vorbei sofort in den hinteren Bereich. Wir waren weder in einem Heizungskeller gelandet noch in einem verspannten Sterne-Restaurant. Es war einfach ein verdammt cooler Club. Wir bekamen unsere Mäntel abgenommen und wurden dann in die Bar geführt. Alle Räume waren fensterlos. Schließlich befanden wir uns in dem massiven Brückenpfeiler der S-Bahn, was man an den gelegentlichen sanften Vibrationen der über uns fahrenden Züge spüren konnte. Da die Pfeiler mit Bögen gebaut worden waren, ähnelten die Räume riesigen Röhren. In der ersten Röhre gab es den Empfang, die Garderobe und das WC. In der zweiten Röhre eine Bar mit elegantem, dunklen Design und einem respektablen Getränkesortiment. An einem Ende befand sich eine kleine Tanzfläche, am anderen die Hauptdarstellerin des Raumes: Eine überdimensionale Leuchte, so groß wie die ganze Wand, die dem Raum ein mysteriöses Licht gab. Unser Ziel war jedoch die dritte Röhre, in der sich das Restaurant befand. Neben einer großen offenen Küche, in der vier junge Köche ihre Kochlöffel und Messer schwangen, gab es eine überschaubare Anzahl an Tischen, an denen bereits allerlei internationales Volk saß. Junge Leute in lässig schicken Outfits, neben denen ich mir wie eine Landpomeranze vorkam. Es war Samstagabend mitten in der Fashion Week und der Laden offensichtlich sehr beliebt. Wir bekamen trotzdem den schönsten Tisch und Tom wurde noch einige weitere Male persönlich begrüßt. Nicht übertrieben servil, eher wie ein alter Freund. Mist! Ich war beeindruckt. Und dummerweise lief mir das Wasser im Mund zusammen, als wir an der Küche vorbeigingen und ich die ausladend großen Sushi-Platten sehen konnte.

„Gefällt es dir?", fragte Tom, als wir uns gesetzt hatten.

„Ja, ganz nett", sagte ich.

Ich sah ein ganz leichtes Lächeln auf seinen Lippen. Wahrscheinlich hatte ich zu große Augen gemacht, als dass man mir meine Coolness noch abkaufen konnte.

„Es gibt nur Sushi und Tapas. Ich hoffe, das ist was für dich."

„Das weißt du wahrscheinlich besser als ich", sagte ich und schaute ihn lauernd an.

„Das stimmt. Ich weiß, dass du Sushi liebst. Sorry, ich wollte nicht …"

Punkt für mich.

„Aber wir waren noch nie hier?"

Er schüttelte den Kopf.

„Weil du immer mit deiner Frau hier hingehst."

Er schüttelte wieder den Kopf. Etwas reservierter. Halber Punkt für mich.

„Wir waren höchstens einmal hier vor … vor Jahren, als es neu war. Nee, das ist der Laden, in den ich ‚mit den Jungs' gehe. Oder mit dem ich Geschäftspartner beeindrucke."

Er grinste. Das war mein Stichwort. Geschäftsessen. Wir hatten viel zu besprechen. Ich wollte keine Zeit verlieren.

„Wer bin ich?", fragte ich Tom.

„Was?"

„Du bist einer der wenigen Menschen, die vor dem Unfall zwei Seiten von mir kannten. Wie war das? Wie konnte es diese Seiten geben? Was habe ich über mich erzählt?"

Er seufzte.

„Wollen wir nicht erst einmal das Essen auswählen?"

„Große Sushiplatte. Die da!"

Ich zeigte auf eine Platte, die gerade an den Nachbartisch geliefert wurde.

„Weißwein?"

„Nur ein Glas."

Tom nickte und bestellte. Auch für sich Sushi. Und gleich eine Flasche Weißwein. Die würde er alleine trinken müssen. Darauf konnte er sich gefasst machen. Als die Bestellung erledigt war, wendete er sich mit ernstem Gesichtsausdruck an mich.

„Du warst die rätselhafteste Frau, die ich je kennengelernt hatte. Schon vor dem Unfall."

„Das glaube ich gerne. Ich verstehe mich auch nicht."

„Das Problem ist aber: Du hast nicht viel über dich geredet. Klar, ein paar Sachen waren offensichtlich. Du warst verheiratet. Du arbeitetest in dieser Videothek, du warst eigentlich Fotografin. Aber viel mehr habe ich nicht aus dir rausbekommen."

Das enttäuschte mich weniger, als man vielleicht denken sollte. Ich kannte mein altes Ich mittlerweile. Wenn ich die alte Trixi mit wenigen Worten beschreiben müsste, würde ich sagen, sie war ein hermetisch abgeriegelter Mensch. Tom bestätigte dies: „Es war nicht nur so, dass du nicht gerne über dich geredet hast. Es hat dir einfach nicht gut getan, über dich zu reden. Es war, als ob es dich zerstören würde. Du wurdest richtig aggressiv, wenn ich … "

Er verstummte, denn nun wurden von dem coolen Kellner mit Ziegenbärtchen und hochgekrempelten Ärmeln die Getränke gebracht. Ich war so gespannt auf das, was Tom erzählen wollte, dass ich mein Glas Weißwein schon zur Hälfte runtergekippt hatte, als Tom gerade mit mir anstoßen wollte. Endlich war der Kellner weg.

„Als ich dich zum ersten Mal in der Videothek besuchte habe, bist du fast ausgeflippt. Du wolltest das nicht. Wir hatten ein paar Mal über deinen Job geredet und wie komisch es war, dass ich jeden Tag auf dem Weg zum Kindergarten daran vorbeiging. Also dachte ich nicht, dass es tabu wäre, einfach mal reinzukommen. Aber du hast es gehasst. Und im Nachhinein muss ich sagen: Es war ein Fehler."

„Weil du dadurch die andere Seite von mir kennengelernt hast?"

Tom nickte. Nun trank auch er.

„Versteh mich nicht falsch. Die ‚andere Seite' war kein Monster. Aber je weiter wir uns von dem Hotelzimmer entfernten, je normaler unsere Zeit miteinander wurde, desto verstörter warst du. Ich vermute einfach, dass du diese zwei Welten nicht übereinander bekommen hast."

„Hast du mich jemals gefragt, warum ich mit Christian verheiratet bin?"

„Mehrfach. Besonders, nachdem ich ihn einmal kurz gesehen hatte. In der Videothek. Du hast mir irgendwann erlaubt, mich dort anzumelden. Und mir alle deine Lieblingsfilme angedreht."

Er grinste.

„Auf jeden Fall … Als ich ihn da gesehen habe. Und gesehen habe, wie er mit dir umging. Wie ein Vater hat er dich belehrt, du hattest irgendwas nicht gemacht. Und er war so unsensibel. Na ja … Ich habe dich natürlich gefragt, warum du ihn geheiratet hast. Keine Antwort. ‚Das verstehst du nicht.' Ich weiß nicht, wie oft ich den Satz von dir gehört habe."

Mein Weinglas war leer. So viel zu meinen Vorsätzen. Aber diese Mischung aus Aufregung und Frust, während ich Tom über mein altes Ich reden hörte, machte einfach Durst. Der Kellner schenkte auch schon nach. Und bei Tom ging es erst einmal so weiter. Ich hatte damals weder erklärt, warum ich nicht mehr fotografierte, noch warum ich in der Videothek jobbte. Und natürlich auch nicht, was mit meinem nach wie vor verschollenen Fotoapparat passiert war. Tom kannte ihn, ich hatte ihn manchmal damit fotografiert, aber nie erwähnt, dass ich ihn verloren hätte. Ich hatte mit Tom auch nie über meine Mutter oder gar meinen Vater geredet. Und von einer Großtante Elise wusste Tom sowieso nichts.

„Es gab nur einen Moment, der mir eine Ahnung gegeben hat, was mit dir los sein könnte", sagte Tom, nachdem er zig Fragen über mich nicht hatte beantworten können. Er hatte meine volle Aufmerksamkeit.

„Ein Nachbar von mir war gestorben. Ich hatte das gerade erfahren, als du zu Besuch kamst."

Er sprach von unseren mittäglichen Treffen zum Sex in seiner Wohnung, während seine Frau beim Yoga gewesen war. Mir wurde warm.

„Er war auf einer Reise bei einem Überfall erschossen worden. Ich kannte ihn nicht gut, er hatte mich noch eine Woche zuvor auf ein Glas Wein abends zu sich eingeladen. Auf jeden Fall war ich schockiert. Wir redeten über den Tod. Plötzlich sagst du: ‚Sterben ist nichts Schönes.' In einem Tonfall, der mir einen Schauer über den Rücken jagte."

„Weil ich Angst vorm Sterben hatte?", fragte ich irritiert.

„Nein, darum ging es nicht. Sondern … Ich war mir nach der Unterhaltung sicher, dass du schon einmal jemanden hast sterben sehen. Und zwar nicht friedlich in seinem Bett."

Er schaute mich ernst an. Ich bat ihn, eine zweite Flasche Wein zu bestellen. War das das Trauma, von dem Professor Bosch geredet hatte? War ich Zeuge eines Verbrechens gewesen? Wann? Wo? Aber natürlich hatte ich Tom darüber nichts weiter verraten. Im Gegenteil: Ich hatte immer öfter und immer deutlicher dichtgemacht.

„Ich bin sogar mal richtig sauer geworden, weil ich dir ein paar intime Dinge von mir erzählt habe, aber du nicht mal verraten wolltest, ob du noch mit deinem Mann schläfst."

Ich hatte ihm also nicht von der kleinen SM-Welt in unserem Schlafzimmer erzählt. Das konnte ich allerdings nachvollziehen.

„Ich hab's dir nicht leicht gemacht, mh?", fragte ich leicht beschwingt.

„Am Anfang schon. Am Anfang war alles traumhaft leicht. Aber später … Du hast irgendwann sogar angefangen …"

Er verstummte. Als ob ihm beinahe etwas rausgerutscht wäre.

„Was?"

Er schüttelte den Kopf.

„Ich will alles wissen, Tom. Und ich habe ein Recht darauf. Schließlich habe ich das selbst erlebt."

„Du hast sogar angefangen, Druck zu machen. Damit ich meine Frau verlasse."

Ich schaute ihn erstaunt an. Auch wenn ich verstand, dass ich ihn gerne als meinen Mann gehabt hätte – schließlich hatte ich das auch nach meinem Erwachen oft genug gespürt. Das klang doch sehr dumm von mir.

„Irgendwann ging es immer mehr darum, wie wir beide als Paar wären. Wie schön es wäre, wenn wir uns in der Öffentlichkeit küssen könnten. Und ob ich mir nicht auch wünschen würde, aus meiner Ehe zu entkommen. Solche Sachen. Dabei hatte ich dir ganz klar gesagt, dass ich meine Frau nie verlassen werde. Und du hattest gesagt, für dich gilt das Gleiche. Wir haben nur eine Affäre. Die in dem Moment vorbei ist, in dem einer etwas für den anderen empfindet. Das waren deine Worte. Aber plötzlich galt das nicht mehr."

Er sagte das nicht als Kritik. Er schaute mich sogar sehr unsicher an, als ob er fürchtete, zu hart zu sein. Letztlich half es ihm aber. Denn ich verstand etwas mehr, warum er mich nach meinem Erwachen nicht über unsere Affäre aufgeklärt hatte.

Das Essen kam und mit ihm die zweite Flasche Wein. Ich hatte das Bedürfnis, das Thema zu wechseln. Meine Stimmung war eigentlich viel zu gut, als dass ich mich mit so furchtbaren Themen wie Tod und einer zu anhänglichen Geliebten beschäftigen wollte. Ich steckte mir ein wunderbar knackiges Stück California Roll in den Mund und sagte: „Erzähl mir mehr von dem Sex, den wir hatten."

Ich staunte über mich selbst. War das wirklich so eine kluge Frage? Auch Tom war überrascht, aber auch amüsiert.

„Was willst du denn wissen?"

„War gut, ja?"

Als ich die Stimme zur Frage hochzog, wurde ein Kieksen daraus. Was war denn jetzt los? Tom grinste immer noch.

„Doch. Sehr gut. Es war – das kann man nicht anders sagen – der beste Sex, den ich je hatte."

„Wow!", entfuhr es mir.

Ich musste schnell noch einen Schluck Wein trinken, denn meine Kehle wurde auf einmal unverhältnismäßig trocken.

„Also besser als mit deiner Frau, ja?"

„Kann es sein, dass du ein bisschen betrunken bist?", fragte mich Tom.

„Nee", sagte ich und stellte das Weinglas auf den Tisch. Den allerdings irgendjemand um zehn Zentimeter zur Seite geschoben haben musste, sodass mein Glas auf den Boden fiel.

„Huch!"

Okay, vielleicht war ich doch betrunken. Während sich der Kellner sofort um mein zerbrochenes Glas kümmerte und ein anderer mir ein neues brachte, realisierte ich, dass ich nach meinem Aufwachen nur sehr begrenzt Alkohol getrunken hatte. Ein Glas Sekt mit Luna, zwei zu Silvester. Auch damals war ich danach bereits ziemlich gut drauf gewesen. Nun hatte ich auf nüchternen Magen eine halbe Flasche Weißwein weggekippt.

„Hast du mich damals auch mit Alkohol gefügig gemacht?“, fragte ich Tom kritisch. Dabei hatte ich die zwei Kellner übersehen, die noch an unserem Tisch herumschwirrten und nun einen vielsagenden Blick austauschten. Tom blieb souverän.

„Nee, wenn ich drüber nachdenke: Wir haben eigentlich nie etwas getrunken. Wir hatten immer nüchtern Sex.“

Ein Kellner verkrümelte sich. Der andere beeilte sich, die letzten Scherben auf dem Boden aufzufegen. Er konnte sich jedoch ein Schmunzeln nicht verkneifen.

„Und der Witz ist“, sagte ich zu dem Kellner. „Ich erinnere mich trotzdem nicht dran. An gar nichts.“

Der Kellner stand nun auf.

„Ist ja jammerschade. Aber weißt du was: Ihr könnt's ja einfach wiederholen!“

Mit einem Augenzwinkern ging er davon. Ich schaute Tom schmunzelnd an. Er grinste. Es knisterte. Nein! So war das nicht geplant. Wo war die coole, abweisende Königin? Wo war mein toller Abwehrplan?

„Bin ich jetzt wirklich betrunken?“, fragte ich Tom ablenkend.

Er war überrascht.

„Du weißt nicht, wie es ist, wenn man betrunken ist?

„Ich dachte, das ist dann so … dass man dann so verschwommen sieht.“

„Das ist nur in Filmen so.“

„Ach so“, sagte ich lachend. „Dann macht es Sinn.“

Tom verstand nicht.

„Habe ich dir nicht erzählt, was Professor Bosch mir erklärt hat?“

Hatte ich natürlich nicht. Wie ich auch generell noch so gut wie gar nichts über mich erzählt hatte. Wir hatten uns schließlich nur zwei Mal getroffen seit Weihnachten. Und jedes Mal war ich sehr verschlossen gewesen. Ich begann zu erzählen. Alles. Von Professor Bosch und seiner Theorie mit den Filmen. Von meinem frustrierenden Wochenende in Lüneburg. Ja, sogar von der Begegnung mit Anna an der Wand und Christians SM-Vorlieben. Ich ließ jeglichen Schutzschirm sinken, flirtete, was das Zeug hielt, trank einfach weiter den köstlichen Wein und lachte nur laut, als Tom mich um zehn Uhr höflichkeitshalber fragte, ob ich nicht noch verabredet wäre. Sollte er doch all seine Geschütze abfeuern. Sie taten nicht weh, sie zauberten nur ein wunderbares Feuerwerk an den Himmel. Mir ging es so gut wie lange nicht mehr. Ich hatte das Gefühl, am coolsten Ort der Stadt zu sein mit dem leckersten Essen und dem schönsten Mann. Was wollte ich mehr?

10

Nach dem Essen tanzten Tom und ich in der Bar, bis uns der Schweiß von der Stirn tropfte. Tom konnte tanzen. Oh ja. Mit seiner Hand an meiner Hüfte drückte er mich fest an sich, bewegte sich und mich in einem Rhythmus, den ich alleine nie hinbekommen hätte. Er fixierte mich dabei mit seinen wundervollen blauen Augen, hatte ein verheißungsvolles Lächeln um die Lippen, die so nah waren, dass ich seinen Atem spüren konnte. Wenn er sich hinter mich stellte und ich ihn an meinem Po spürte, seine Hand auf meinem Bauch, sein Kinn an meinem Hals, trieb mich das in den Wahnsinn. Ich war mehrfach kurz davor, ihn zu küssen. Please don't stop the music! Meinetwegen hätte diese Nacht für immer dauern können. Letztlich war es dann sogar Tom, der den Abend beenden musste.

„Ich muss den Babysitter ablösen", sagte er mit einem Bedauern im Gesicht, das mich schmerzte. Aber das war nun einmal die Realität. Er hatte Kinder. Mit einer anderen Frau.

Wir wollten nicht sofort in ein Taxi springen. Uns erst einmal bei einem kleinen Spaziergang an der Spree entlang abkühlen. Es schneite ganz leicht. Ich nahm instinktiv Toms Hand, als wir stumm nebeneinander hergingen. Auch durch die Handschuhe hindurch konnte ich seine warmen Hände spüren. Er lächelte mich traurig an.

„Ich kann mich nicht erinnern, wann ich jemals so einen schönen Abend hatte", sagte er.

„Ich auch nicht", entgegnete ich flapsig.

Tom grinste kurz, wurde aber auch schnell wieder ernster. Etwas zog ihn herunter.

„Wir sind vor deinem Unfall nie abends ausgegangen."

„Weil deine Frau zu Hause war?"

Er nickte.

„Weil die ganze Familie zu Hause war. Jeden Abend."

Jetzt klang er sogar bitter. Ich wurde angesichts seiner Stimmung unsicher. Aber auch neugierig.

„Ihr geht nicht viel aus?"

„Überhaupt nicht mehr, seit die Kinder da sind. Wir machen gar nichts mehr, seit es die Kleinen gibt. Gar nichts."

„Auch keinen Sex."

Ich stellte es weit mehr fest, als dass ich es fragte. Er ging darüber hinweg.

„Weißt du, ein wenig komme ich mir so vor wie du. Ich lebe ein Leben, das nicht meins ist."

Ich schaute ihn erstaunt an. Natürlich war mir klar, dass er nicht komplett glücklich mit Viktoria war. Sonst hätten wir keine Affäre gehabt. Aber sie waren so eine Traumfamilie und er so ein großartiger, liebevoller Vater.

„Wir haben eine Wohnung … Die ist perfekt. Da ist jedes Sofakissen handverlesen, alles nur das Beste. Wir würden sofort einen Bericht in der Vogue bekommen, wenn es sein müsste. Aber es ist nicht meins. Weißt du, ich brauche jetzt nicht unbedingt einen Tischfußball, aber da ist kein einziges Möbelstück dabei, das ich ausgesucht habe. Und meinst du, wir haben in dieser perfekten Wohnung mal Gäste? Nie."

Er redete sich mehr und mehr in Rage. Auch er musste ziemlich betrunken sein.

„Und wir gehen auch nicht aus. Sie will bei den Kindern bleiben. Kinder und Möbel! Das ist ihr Leben. Wir hocken jeden Abend vor der Glotze und schauen abwechselnd Dokumentationen über den Weinbau in Frankreich und „Henry Knuddelmonster". Doku, Trickfilm, Doku, Trickfilm. Die Abende bei uns sind eine gigantische ‚Sendung mit der Maus'."

Ich musste schmunzeln. Er hatte etwas Rührendes, wie er sich aufregte, herumfuchtelte und meckerte.

„Außer den Kindern haben wir keine gemeinsamen Interessen. Das ist einfach so. Wir haben letztlich geheiratet, weil wir so ein schönes Paar sind, mehr war's nicht. Ja, und … du weißt, dass ich die Kinder über alles liebe. Aber Vik macht ein Buhei! Unsere Wohnung haben wir danach ausgesucht, in welchem Grundschuleinzugsgebiet sie liegt. Aiden hat drei

Tage die Woche nach dem Kindergarten Programm: Tanzen, Schwimmen und Singen. Und mit Ava würde sie auch schon anfangen, wenn sie gerade nicht in der Reha wäre und …“

Er verstummte schlagartig. Winkte plötzlich ab, schüttelte den Kopf.

„Sorry, was rede ich da überhaupt? … Vergiss, was ich gesagt habe.“

Ungern. Erstens hatte ich schon so viel vergessen, dass ich mittlerweile an jeder neuen Erinnerung freudig festhielt. Und zweitens konnte ich unmöglich vergessen, dass Tom verdammt unglücklich mit seiner Frau war.

„Lass uns nach Hause fahren“, sagte er und riss die Hand hoch, um ein vorbeifahrendes Taxi zu stoppen.

„Hast du das der alten Trixi auch erzählt?“, fragte ich vorsichtig, als wir ins Taxi gestiegen waren. Er hielt nun nicht mehr meine Hand. Rückte in seine Ecke.

„Nein. Und es ist auch völlig übertrieben. Ich weiß nicht, was in mich gefahren ist. Vik ist eine wundervolle Frau. Sie kümmert sich so toll um die Kinder. Sie ist ein Titan. Ich bin völlig überfordert alleine mit dem Kindern und sie macht das nebenher und … Es tut mir leid. Ich bin betrunken.“

Er wirkte sauer auf sich selbst. Schwieg einen Moment und schaute mich dann ernst an.

„Ich werde sie nie verlassen. Ich kann das nicht.“

„Okay, okay.“

Musste das wirklich noch einmal festgestellt werden? Den Rest der Fahrt schwiegen wir. Er hatte sichtlich an dem zu knabbern, was er gesagt hatte. Vielleicht hatte er nicht so falsch damit gelegen, dass seine Situation gar nicht so anders war als meine. Als meine vor dem Unfall. Nur dass er nicht mit einem unsensiblen Kerl in einer Bruchbude lebte, sondern mit einer Turbomama in einem Möbelmuseum. So oder so: Es war nicht das Leben, das er sich vorgestellt hatte. Das er leben wollte. Vielleicht war es kein Zufall, dass gerade wir uns gefunden hatten.

Natürlich setzte Tom zuerst mich zu Hause ab. Er hatte sich bis dahin wieder gefangen. Und stand diesmal schnell genug neben meiner Tür, um sie mir öffnen zu können. Ich war immer noch angenehm betrunken, aber auf der anderen Seite auch sehr klar.

„Ich hatte einen wundervollen Abend“, sagte ich mit einem aufbauenden Lächeln. Es tat ihm gut. Ich war nun plötzlich die, die Kraft gab.

„Ich hoffe, wir können das wiederholen“, sagte er.

„Das hoffe ich sehr.“

Das hoffte ich wirklich. Ich machte bereits innerlich kleine Freudenhüpfer, dass er das so selbstverständlich gesagt hatte. Trotz der düsteren Wolken am Ende des Abends.

Wir schauten uns noch einmal sehr tief in die Augen. Dann beugte ich mich vor und gab ihm einen Kuss. Auf die Lippen. Nur eine sanfte Berührung, die aber sofort die Rhythmen unserer Körper beim Tanzen hervorholte. Mein Körper hätte Tom sofort nach oben auf mein IKEA-Doppelbett mitgenommen. Aber das wäre aus vielen Gründen nicht das Richtige gewesen. Wir lösten uns voneinander und ich ging ins Haus. Tom schaute mir von Schneeflocken umweht hinterher, bis sich die große Holztür geschlossen hatte.

11

Der Abend mit Tom hatte mir so gut getan, dass ich mit viel Energie mein neues Leben angehen wollte. Dazu passte es, dass ich am nächsten Tag eine Mail aus den USA bekam. Direkt nach unserem Wochenende in Lüneburg hatte ich die Verwandte, die die Finanzen meiner Großtante verwaltete, in New York angemailt. Mailen war für mich der beste Weg, meine sehr komplizierte Situation zu beschreiben, besonders weil ich ja nie wissen konnte, ob mein Gesprächspartner mich kannte. Und ich hasste mittlerweile nichts mehr, als mit einem fremden Menschen zu sprechen, der mehr über mich wusste als ich selbst. Tante Angela wusste zwar, wer ich war, kannte mich aber nicht persönlich. Und schrieb mir nun, dass sie mich treffen wollte. Um dann „alles Weitere persönlich zu besprechen". Sie plante sowieso, in ein paar Wochen in Deutschland zu sein, und würde gerne während der Berlinale einen Abstecher nach Berlin machen. Per Mail verabredeten wir ein Treffen. Eins wurde dabei auch klar: Die Angelegenheit hatte keine Eile. Und es gab auch keine Empörung darüber, dass ich das Geld von Tante Elise erhielt. Es musste also seine Richtigkeit haben.

Als Nächstes verbrachte ich Stunden im Internet, bis ich schließlich jemanden fand, der genau dasselbe Fotoapparat-Modell mit genau denselben Objektiven gebraucht verkaufte, wie ich es besessen hatte. Dass der verschollene Apparat eine digitale Canon EOS gewesen war, wusste ich durch die noch vorhandene Anleitung. Ich bezahlte den Apparat mit dem gesparten Geld von meinem geheimen Konto und wollte Christian einfach erklären, das Ding wäre wieder aufgetaucht. Denn ich wollte wieder fotografieren. Sehen, wie gut ich darin war. Herausfinden, ob es für mich nicht auch Arbeit als Fotografin gab.

All dies war begleitet von kleinen SMS und Mails, die Tom mir schickte. Ich hatte mein geheimes E-Mail-Konto wieder in Betrieb genommen. Es waren nur kleine Gags, die wir austauschten. Links zu lustigen Internetseiten. Empfehlungen für Filme. Nebensächliches. Einfach nur, um in Kontakt zu bleiben. Es tat gut. Es machte mich glücklich. So sehr, dass ich nach ein paar Tagen bei seinem Haus vorbeiging, um ihm eine DVD von „Vergiss mein nicht" in den Briefkasten zu werfen. Der Film, der auf extrem romantische Weise das Thema Erinnerungen und Vergessen behandelt, war schon vor meinem Unfall einer meiner Lieblingsfilme gewesen. Zumindest hatte ich ihn damals Tom empfohlen und er hatte sich mehrfach geweigert, ihn zu schauen, weil sich „die Inhaltsangabe so kompliziert anhörte". Um sicherzugehen, dass er sich nicht wieder rausreden konnte, hatte ich eine alte Kopie aus der Videothek gekauft und wollte sie ihm schenken. Ich hatte für die Aktion extra gewartet, bis die Kinder im Kindergarten und er bei der Arbeit sein würde. Zumindest ging ich davon aus.

Als ich an diesem Vormittag die Straße zu Toms Haus entlanggging und dabei kurz zur Seite schaute, durchfuhr mich ein Schlag. Aus der anderen Richtung näherte sich Viktoria dem Haus. In einem Rollstuhl von einem Pfleger geschoben. Sie war wieder einmal perfekt gekleidet mit einem langen, kamelfarbenen Burberry-Mantel und ein paar passenden Ugg-Boots. Ich war eine Sekunde starr vor Schreck, drehte dann schnell ab und eilte davon. Ich betete dafür, dass sie mich nicht gesehen hatte. Als ich noch einmal unauffällig zurückschaute, sah ich, wie sehr sie auf das Haus fixiert war, auf ihr Haus, ihr Zuhause. Sie hatte mich ganz sicher nicht wahrgenommen.

Natürlich. Tom hatte irgendwann erwähnt, dass sie bald aus der Reha kommen würde, aber wir hatten noch am Morgen eine witzige SMS ausgetauscht, in der von Viktoria ganz sicher nicht die Rede gewesen war. Was für Tom aber auch Sinn machte. Warum sollte er mich damit belasten?

Auch wenn es riskant war, musste ich stehen bleiben und weiter zu Viktoria herüberschauen. Denn sie hatte irgendetwas im Treppenhaus entdeckt. Aufgeregt bedeutete sie dem Pfleger, den Rollstuhl zu stoppen. Der stand noch nicht richtig, als sie sich schon aus dem Sitz hochkämpfte. Sie drohte zu stürzen, konnte sich aber noch auffangen. Dann war der Pfleger bei ihr. Äußerst besorgt. Er wollte sie wieder im Rollstuhl platzieren, aber mit einer deutlichen Geste, die nicht nur dem Pfleger Respekt einflößte, löste sie sich. Und streckte den Körper durch. Sie wollte aufrecht stehen. Sie konnte stehen, ja. Aber es musste sie extrem viel Energie kosten. Die es ihr ohne Zweifel wert war, denn sie tat es für ihre Kinder. Während ich mich hinter einem Baum verbarg, sah ich die Haustür auffliegen. Zuerst stürmte Aiden und dann die kleine Ava aus dem Haus. Tom konnte so schnell gar nicht hinterher. Vor allem musste er sich beeilen, damit die beiden ihrer Mutter nicht auf den Arm sprangen und sie umwarfen. Schnell nahm er selbst die Kinder auf den Arm und hielt sie in Richtung Viktoria, damit sie ihre Mutter knuddeln und knutschen konnten. Die Wildfänge zu tragen und zu halten, war auch für Tom ein sichtbarer Kraftakt – garantiert mit bleibenden Schäden für seinen Rücken verbunden. Alles egal. An diesen Eltern war deutlich zu sehen, welche Kraft Kinder einem geben. Beide ertrugen die Schmerzen mit einem Lachen. Hauptsache, die Kinder waren glücklich. Schließlich gab auch Tom Viktoria einen Kuss. Er wollte sie auf den Mund küssen, aber sie dreht ihm die Wange hin. Es war keine böse Geste, aber sie sprach für sich. Nun ging Viktoria gestützt von Tom und dem Pfleger zusammen mit den aufgeregt hüpfenden und plappernden Kindern ins Haus. Jeder Schritt dauerte endlos. Aber das machte niemandem etwas aus. Als sie im Haus verschwunden waren, bemerkte ich, dass ich zitterte. Nicht vor Kälte. Ich machte, dass ich nach Hause kam.

Die nächste SMS, die ich an diesem Tag von Tom erhielt, ging mit keinem Wort darauf ein, dass Viktoria wieder zu Hause war. Er schrieb in demselben flirtenden und witzigen Ton weiter wie bisher. Ich wusste nicht, ob ich ihm schreiben sollte, dass ich Viktoria gesehen hatte. Es kam mir so vor, als ob ich ihn hintergehen würde, wenn ich es nicht schrieb. Andererseits schrieb er auch nicht über sie. Und es war mehr als deutlich geworden, dass er sie eigentlich mit mir auch gar nicht thematisieren wollte. Während ich noch über das richtige Verhalten grübelte, kam am Abend eine weitere SMS, in der nur „Ich vermisse dich“ stand. „Ich dich auch“ antwortete ich, ohne lange darüber nachzudenken. Denn es war die Wahrheit. Auch wenn mir gerade an diesem Tag wieder sehr schmerzhaft bewusst geworden war, wie undenkbar eine Zukunft mit Tom war, wie aussichtslos und auch gefährlich es war, dass wir weiterhin Kontakt hielten. Jeder vernünftige Mensch würde diese kleine Affäre sofort beenden. Was heißt überhaupt „Affäre“ – außer einem „Geschäftsessen“ war ja nichts passiert. Und das war auch gut so. Wieder piepste mein Handy. Ich schaute auf die nächste SMS von Tom. Er schrieb: „Ich bin morgen um vierzehn Uhr im Ritz am Potsdamer Platz. Zimmer 911.“

1

Wenn man direkt vor dem Ritz-Carlton steht und nach oben schaut, fühlt man sich ein wenig wie in New York. Ich war noch niemals in New York. Zumindest sagte man mir das. Dennoch war in meinem Bewusstsein dieser Blick nach oben, bei dem man den Kopf so weit nach hinten legen muss, dass man beinahe umfällt, ganz deutlich mit New York verbunden. Für New Yorker Verhältnisse ist das Berliner Ritz-Carlton eher niedrig, aber in Berlin sind selbst neunzehn Stockwerke eine Rarität.

Ich mochte die Fassade des Hotels, die an die Zwanzigerjahre erinnerte, an die ersten amerikanischen Skyscraper im Art-déco-Stil. Ging man dann aber unter dem riesigen Vordach hindurch über den roten Teppich nach drinnen, fühlte man sich doch eher wie in einer pompösen Variante des alten Berlins. Eine prunkvolle Treppe, Kronleuchter, Marmorsäulen, ausladende Teppiche. Überall funkelte und glänzte es. Um mich herum weltläufige Betriebsamkeit. Eine arabische Familie mit einer Armada an Louis-Vuitton-Koffern reiste ab, während eine Gruppe asiatischer Geschäftsleute eincheckte. Da die Hälfte der Asiaten telefonierte, in einer fremden Sprache plappernd auf und ab ging, mussten die Damen am Empfang all ihre professionelle Höflichkeit aufbringen, um die Gruppe zu bändigen.

Das Komische war: Auch wenn ich mir sicher war, dass luxuriöse Hotels in meinem bisherigen Leben keine große Rolle gespielt hatten, fühlte ich mich nicht unwohl oder übermäßig beeindruckt. Da es keine Anzeichen dafür gab, dass ich als Teenager, Student oder gar in meinem Leben mit Christian regelmäßig an solchen Orten verkehrt hatte, ahnte ich, dass einmal mehr die Filmwelt schuld war. Wer in der „Downton Abbey“, mit „Sex and the City“ oder gar mit dem „Gossip girl“ lebte, kannte sich aus in der Welt des Prunks und Luxus’. Natürlich war auch die alte Trixi in diesem Hotel gewesen. Um Tom zu treffen. Von mindestens zehn Verabredungen hatte er gesprochen. Aber konkrete Erinnerungen daran hatte ich nicht. Da konnte ich noch so sehr in meinem Gedächtnis kramen, die Hotellobby war mir vollkommen unbekannt. Wie hatte die alte Trixi diese Welt empfunden? Wie hatte sie über Toms Einladung gedacht – ausgerechnet in eins der teuersten Hotels der Stadt?

„Ich bin morgen um vierzehn Uhr im Ritz am Potsdamer Platz. Zimmer 911.“

Mehr hatte ich seit der SMS nicht von Tom gehört. Es war bereits halb drei. Ich war nicht absichtlich zu spät gekommen, aber meine Verspätung drückte aus, wie es mir mit dieser Verabredung ging: Ich war hin- und hergerissen. Er hatte nicht geschrieben, warum er mich treffen wollte. Aber natürlich war seine SMS eine exakte Kopie der ersten SMS, die er mir in meinem alten Leben gesendet hatte. Eine SMS, nach der wir uns hier in diesem Hotel wild geliebt hatten, ohne überhaupt den Namen des anderen zu kennen. Es wäre überaus naiv gewesen anzunehmen, dass er mir heute nur die schöne Aussicht aus dem Hotelzimmer zeigen wollte. „Betten rocken im Ritz“ schwirrte mir die ganze Zeit im Kopf herum. Wieder einmal bot Peter Fox die passenden Worte.

„Kann ich Ihnen helfen?“, fragte mich eine junge Angestellte, nachdem ich mit meinen Gedanken viel zu lange an derselben Stelle verharrt war.

„Ich bin an der Bar verabredet“, erklärte ich der Frau.

„Dort entlang, bitte.“

Sie zeigte mir den Weg zu einer großen Bar, die von schweren Stoffvorhängen von der Lobby getrennt wurde. Ich setzte mich in einen der eindrucksvollen Ledersessel und dankte der Angestellten. Was sollte ich auch machen? Ich konnte ja kaum sagen, dass ich auf Zimmer 911 mit einem Mann verabredet war. Einem verheirateten Mann.

Nachdem die Frau mich aus den Augen verloren hatte, kämpfte ich mich wieder aus dem Sessel hoch und machte mich auf den Weg zu den Aufzügen. Eine der goldverzierten Türen öffnete sich soeben. Ich schlüpfte schnell hinein. Zimmer 911. Neunte Etage. Oder? Ich drückte den entsprechenden Knopf und fragte mich, wie ich das damals gemacht hatte. Hatten wir uns auch erst auf dem Zimmer getroffen? Oder hatte er mich unten in der Lobby empfangen?

Als ich aus dem Aufzug stieg, kreuzte ein Zimmermädchen meinen Weg. Sie grüßte mich freundlich. Ich grüßte zurück. Ich war erstaunlich wenig aufgeregt. Dass ich einfach so in dem Hotel herumstrich, fühlte sich verboten an, ja. Trotzdem hatte ich eher das Gefühl, mein altes Leben nachzustellen. Eine Zuschauerin zu sein. In sicherer Distanz vom wahren Leben. Meine Schritte wurden von dem perfekt gepflegten Teppich auf dem Boden des Hotelflurs geschluckt. Ich suchte die Zimmernummern ab. 911. Ich klopfte.

Es dauerte nur wenige Sekunden, bis sich die Tür öffnete. Tom lächelte mich breit an. Er hatte sein Jackett ausgezogen, wirkte mit Anzughose und Hemd wie ein dynamischer Jungunternehmer. Was er ja auch war.

„Ich habe mir schon Sorgen gemacht. Du bist nie zu spät!"

Ich zuckte mit den Schultern und ging hinein. Durch einen kleinen Flur mit einem Schrank und der Tür zum Bad ging es in das geräumige Zimmer mit Bett, Schreibtisch, Sitzecke und einem enormen Flachbildschirm. Alles war in perfekt aufeinander abgestimmten Braun- und Beigetönen gehalten. Ich stand mittendrin, musterte das Mobiliar, ohne Tom anzuschauen. Er kam zu mir, stellte sich vor mich. Er nahm meine Hände. Blickte mir lange in die Augen. Dann küsste er mich. Als seine Lippen meine berührten, berührten sie meinen ganzen Körper. Ich spürte ihn überall. Seine Küsse waren erst spielerisch, leicht, dann wurden sie fordernder, heißer, leidenschaftlicher. Unsere Zungen trafen sich. Ich genoss es. Für einen Moment. Dann drückte ich ihn sanft weg. Ich drehte mich um und ging zum Fenster.

Wir waren im neunten Stock, natürlich war die Aussicht gut. Unten konnte ich das muntere Treiben rund um den Potsdamer Platz sehen, die Doppeldeckerbusse, die sich wie Leuchttürme durch den Verkehr schoben, das winterliche Berlin, das qualmte und dampfte. Tom trat von hinten an mich heran. Er küsste meinen Nacken. Alle Härchen an meinem Körper richteten sich gierig auf.

„Wahnsinnsausblick, oder?“, sagte ich.

Tom stoppte.

„Was ist los mit dir?“

„Ich möchte nicht mit dir schlafen. Nicht jetzt. Nicht hier.“

Er war überrascht. Das konnte man ihm ansehen. Mein Gott, ich war selbst überrascht. Es war nichts, was ich mir vorgenommen hatte. Und eigentlich war ich wahnsinnig erregt, ich begehrte ihn auf jede erdenkliche Weise. Aber in diesem Moment fühlte es sich einfach falsch an. Ich weiß nicht, ob es das Gefühl war, eine Kopie unserer alten Treffen zu erstellen. Oder ob es die Begegnung mit seiner Frau am Vortag war. Oder was ganz anderes. Aber ich war mir in dem Moment einfach so sicher, dass ich nicht mit ihm schlafen wollte, dass dieses Gefühl jegliche Begierde überdeckte.

„Können wir nicht einfach so den Nachmittag miteinander verbringen?“, fragte ich ihn.

Er reagierte mal wieder sehr geschickt. Ich wusste nicht, ob er so etwas instinktiv machte. Oder ob er jahrelang Kurse in „Traummann“ belegt hatte. Auf jeden Fall atmete er mit geschlossenen Augen so tief durch, dass ich nicht das Gefühl bekommen konnte, dieser Abbruch würde ihm leicht fallen. Trotzdem akzeptierte er ihn ohne unwürdige Diskussion über die Notwendigkeit, Sex zu haben.

„Okay.“

„Du bist aber nicht sauer, oder?“

„Nein! Von alleine hätte ich jetzt sicher nicht meine Finger von dir gelassen, aber wenn ich ganz ehrlich bin: Mir kam’s auch irgendwie komisch vor. Als ob wir etwas nachspielen.“

„Genau!“

Beim Traummann-Kurs hatten sie garantiert auch eine Lektion „Gedanken lesen“, anders konnte ich mir das mit Tom allmählich nicht mehr erklären.

Tom fand nun sein unwiderstehliches Lächeln wieder und sagte: „Sollen wir schwimmen gehen?“

2

Schwimmen war eine gute Idee. Die Abkühlung würde uns sicher beiden helfen. Mein kurzes Zögern, weil ich keinen Bikini dabei hatte, wischte Tom schnell beiseite. Er hatte schließlich auch keine Badehose, also kauften wir beides in dem entsprechenden Hotelshop, wo ich nur die Wahl zwischen Louis Vuitton und Gucci hatte. Ich war mir sicher, dass ich noch nie so einen teuren Bikini besessen hatte. Aber Tom verzog nicht einmal eine Miene bei den Preisen. Er musste wirklich extrem gut verdienen mit seinem „kleinen" Start-up-Unternehmen. Ich beschloss, mir keine weiteren Gedanken über Geld zu machen. Nicht weil ich auf spendable Männer stand, sondern weil der entspannte Umgang mit Geld so wohltuend anders war als Christians Sparsamkeit. Außerdem vermittelte Tom mir in keiner Sekunde das Gefühl, dass er mich besonders beeindrucken oder gar kaufen wollte. Ihm ging es nur darum, dass wir eine gute Zeit hatten.

Als wir zurück zum Zimmer gingen, um uns umzuziehen, fragte ich Tom, ob wir früher auch schon schwimmen gewesen waren. Er schüttelte den Kopf.

„Ich hab' einmal gefragt, aber du wolltest nicht. Weil du keinen Bikini hattest."

„Und damals wolltest du mir keinen kaufen?

„Doch, aber du wolltest nicht. ‚Ich lass mich nicht von Männern kaufen' hast du gesagt."

Oh. Ich schaute betreten auf den eben gekauften Bikini. Tom lachte.

„Keine Angst. So bist du mir viel lieber. Aber damals war das echt ein Thema für dich. Es war auch einer der Gründe, warum wir uns irgendwann nicht mehr im Hotel getroffen haben. Du wolltest nämlich unbedingt selbst das Zimmer zahlen."

„Habe ich gesagt, wieso mir das so wichtig war? Hast du gefragt?"

„Klar. Rat mal, was du geantwortet hast!“

„„Das verstehst du nicht‘?“

Er nickte. Ja, alte Trixi, warum auch mal jemandem etwas erklären? Diese Angst, gekauft zu werden, konnte nichts mit Christian zu tun gehabt haben. Ich vermutete eher, dass ihr Ursprung weiter zurücklag. In der Zeit mit meiner Mutter? Wahrscheinlich hatte ich bei den ersten „Dates“ mit Tom dann auch Probleme mit dem Luxus in diesem Hotel gehabt. Ich dankte meiner Amnesie und Carrie Bradshaw dafür, dass dies nun nicht mehr der Fall war. Entspannt gefiel ich mir besser.

Wir kamen ins Zimmer, wo es kurzzeitig noch einmal schwierig wurde. Tom zog sich mit einer gewissen Selbstverständlichkeit vor mir aus. Das Hemd war bereits aufgeknöpft, als er sah, dass ich immer noch mit meinem neuen Bikini in der Hand dumm herumstand.

„Ist es albern, wenn ich mich im Bad umziehe?“, fragte ich. „Wir haben uns schon ziemlich oft nackt gesehen, nicht wahr?“

„Ich kenne jeden Zentimeter deines Körpers, aber … Soll ich ins Bad gehen?“

Ich schüttelte den Kopf und ging mit meinen Sachen selbst dorthin. Er wartete geduldig, bevor er sich weiter entblößte. Dabei war das, was ich bis dahin gesehen hatte, so interessant, dass ich es kaum erwarten konnte, ihn zumindest nur in Badehose zu sehen. Ich stellte fest, dass es für Tom nicht besonders schwer war, mich anzumachen.

Die nächste kleine Hürde war der Empfang im Spa-Bereich, an dem wir gefragt wurden, ob wir auch in die Sauna wollten. Wir sagten beide sehr schnell „Nein“, als ob wir erwarteten, dort auf einen Meuchelmörder zu treffen. Der Mitarbeiter schaute uns entsprechend skeptisch an. Wir hatten Mühe, unser Lachen zu unterdrücken. Wir waren uns also auch in dieser Sache einig: Wir beide in der Sauna – das würde nicht gut ausgehen.

Der kleine, aber feine Pool mit seinen blauen und goldenen Kacheln war überspannt von einem gemalten Himmel, an dem kleine Lichter als Sterne funkelten. Da es in dem Raum kein Fenster gab, fühlte man sich wie in einer anderen Welt. Der Pool brachte nur bedingt Abkühlung. Nicht weil das Wasser eher handwarm war, sondern weil wir uns mit Blicken auch die letzten Fetzen Stoff vom Körper zogen. Tom war gut gebaut. Feine Muskeln unter seiner glatten und weichen Haut. Sein Po war ein Magnet. Ich hatte fortlaufend das Bedürfnis, ihn anzufassen. Tom ging es nicht anders mit mir. Immer wieder streifte er meinen Bikini, zog mich zu sich, ließ seine Hand länger auf meinen Hüften verweilen als notwendig. Schließlich fingen wir irgendwann an, uns gegenseitig unter Wasser zu ziehen oder drücken. Wie zwei verknallte Teenager, die sich nicht trauten, Ernst zu machen, tollten wir in dem Sterne-Spa herum – wo wir Gott sei Dank die meiste Zeit alleine waren. Noch schlimmer war es im geräumigen Whirlpool, der über dem Wasserbecken thronte. Es dauerte nicht lange bis Tom „zufällig" seinen Arm um mich legte.

„Hey, Sexy", sagte er mit einem coolen Lächeln.

„Hast du mich früher so genannt?"

„Nein, so nenne ich dich jetzt. Sexy Trixi."

Er grinste. Wie er es betonte, klang es wirklich sexy. Wobei ich in dem Moment wohl alles sexy gefunden hätte. Ganz besonders galt das für seine Finger, die plötzlich überall waren. Irgendwann wusste ich nicht mehr, ob es die Luftblasen des Whirlpools waren, die prickelten, oder die Berührungen von Tom. Schließlich drehte ich mich zu ihm und küsste ihn. Ich hielt es einfach nicht mehr aus. Wie sehr hatte ich mich nach seinen Lippen gesehnt in den letzten Wochen. Nach dem Kuss vor unserem Haus hatte ich sie noch stundenlang spüren können. Sie waren so weich und warm. Auch jetzt schienen sie sogar heißer als der Whirlpool zu sein. Ich wollte sie nicht mehr hergeben. Nie wieder von ihnen ablassen. Auch Tom wurde leidenschaftlicher, ich setze mich auf ihn, spürte ihn und merkte, dass mein falsches Gefühl von früher am Tag verflogen war. Toms Blick fiel auf den Fitnessbereich, von dem man in den Poolbereich schauen konnte. Ein älterer Mann mühte sich dort auf den Geräten ab und war ein interessiertes Publikum.

„Lass uns zurück aufs Zimmer gehen", flüsterte Tom.

Ich nickte. Ja, bitte. So schnell wie möglich.

Als wir aus dem Wasser kletterten, war es Tom unmöglich zu verbergen, wie erregt er war. Mich störte das überhaupt nicht. Es war so, wie er es von der Sauna berichtet hatte. Es war ein Kompliment. Und es machte mich nur noch mehr an. Wir zogen unsere flauschigen Bademäntel über. Tom achtete genau darauf, dass seiner gut geschlossen war, denn wir mussten uns nun durch das halbe Hotel kämpfen, um zu unserem Zimmer zu gelangen. Als wir im Aufzug standen, knabberte er schon wieder an mir herum. Er wusste genau, dass mein Nacken mein absoluter Schwachpunkt war. Eigentlich gemein, dass er solch einen Wissensvorsprung hatte. Nein, eigentlich wunderschön, denn so konnte er überhaupt nichts falsch machen. Während ich mich immer mehr von dem Gefühl verabschiedete, dass sich heute irgendetwas falsch anfühlte, und immer mehr den Moment herbeisehnte, wo unsere nackten Körper aufeinanderliegen würden, öffnete sich im Erdgeschoss die Aufzugtür. Tom ließ sofort von mir ab, während ein gut aussehender Herr um die Sechzig einstieg. Ich musterte noch beeindruckt seinen maßgeschneiderten Anzug mit passender Krawatte, als ich sah, wie Tom und er sich anschauten. Nämlich sehr verblüfft.

„Guten Tag, Thomas“, sagte der Mann und warf einen Blick auf mich.

„Hallo Papa“, antwortete Tom mit einem Kratzen im Hals. „Was machst du denn hier?“

„Ich treffe den Schmitz. Oben in der Lounge.“

„Ah.“

Die Aufzugtür hatte sich geschlossen. Wir fuhren los. Ich sah Tom an, dass er gerade einen Albtraum erlebte. So wie er guckte, war ich mir sicher, dass jegliche Erregung im Bruchteil einer Sekunde einen Abgang gemacht hatte.

„Ja, mh, Papa, das ist Trixi Kwiatkowski“, sagte er zu seinem Vater. Er deutete dabei auf mich. Ich hatte ihn noch nie so unglücklich gesehen.

„Trixi, das ist mein Vater, Andreas Richter.“

„Hallo“, sagte ich und nickte Toms Vater unsicher zu.

Er dagegen sagte freundlich und ohne jeglichen mehrdeutigen Unterton: „Freut mich, Sie kennenzulernen, Frau Kwiatkowski."

Der Tonfall klang eher, als ob ihm eine Arbeitskollegin von Tom bei einem Abendessen vorgestellt worden war. Immerhin verzichtete er darauf, mir die Hand zu geben. Das Schweigen danach konnte nicht länger als drei Sekunden gedauert haben. Mir kam es vor wie drei Stunden. Schließlich erlöste uns die neunte Etage. Bevor wir den Fahrstuhl verließen, sagte Toms Vater zu seinem Sohn: „Wir sehen uns am Sonntag."

„Ja", antwortete Tom. „Bis dann."

Sein Vater nickte auch mir noch einmal zu. Dann schloss sich die Tür. Und Tom schloss die Augen. Er blieb einfach vor dem Aufzug stehen – mit geschlossenen Augen. Ich wusste im ersten Moment nicht, ob er weinte oder wütend war. Irgendwann kapierte ich es: Er lachte! Verzweifelt.

„Wie hoch ist die Wahrscheinlichkeit, dass er ausgerechnet in den Aufzug steigt, in dem wir stehen? Wie hoch? Wüsste ich wirklich gerne. Der geht nie ins Ritz. Der ist immer nur im Westen. Ich fasse es nicht."

„Hast du Angst, er sagt es Viktoria?"

„Niemals. Weißt du, was ‚Wir sehen uns am Sonntag' heißt?"

Ich wusste es nicht.

„Sonntag ist Abendessen mit der ganzen Familie. Meine Eltern laden ein. Willkommen zurück, Viktoria! Daran wird sich doch nichts ändern, weil er mich mit einer fremden Frau nur mit Bademänteln bekleidet im Hotelaufzug getroffen hat. Meine Güte, jahrelang war er der Kerl im Hotelaufzug. Er ist es wahrscheinlich immer noch – ich bekomme es nur nicht mehr mit. Und jetzt bin ich es, der auf seine Diskretion vertrauen muss. Verdammte Scheiße!"

3

Als wir zurück im Zimmer waren, bestellte Tom erst einmal etwas zu essen. Bis die kleinen Köstlichkeiten gebracht wurden, sprachen wir kaum. Er war noch immer zu sehr mit sich selbst beschäftigt, stand mit verschränkten Armen am Fenster und schaute auf seine Stadt. Als es schließlich klopfte, ging er die Tür öffnen. Ich platzierte mich mit meinem Bademantel auf dem bequemen Bett. Tom kam mit der Zimmerkellnerin herein, die den kleinen Wagen vor dem Bett abstellte. Sie grüßte mich freundlich und ließ Tom etwas unterschreiben. Dabei lächelte sie mich verzückt an. Ich wusste nicht, ob sie einfach immer so gut gelaunt war oder ob sie uns für ein besonders tolles, verliebtes Paar hielt, das es sich gut gehen ließ.

„Ich wünsche Ihnen noch einen schönen Tag", sagte sie und verabschiedete sich schnell wieder.

Tom brachte mir eine Auswahl von Frühlingsrollen und Sandwiches ans Bett.

„Jetzt habe ich dich ja doch ins Bett bekommen", sagte er, während er sich zu mir setzte.

Ich lächelte, sagte aber nichts dazu. Es war nur ein Witz, kein Flirtversuch. Er nahm eine Frühlingsrolle und tunkte sie in die süß-saure Soße. Immer und immer wieder. So lange, dass ich in der Zwischenzeit ein halbes Sandwich verdrücken konnte.

„Du heißt eigentlich Thomas?", fragte ich, um das Schweigen zu durchbrechen.

Er winkte ab. Mürrisch.

„So nennt mich nur mein Vater."

Also auch kein gutes Thema. Wieder Schweigen. Noch mehr Tunken. Endlich steckte Tom die Frühlingsrolle in den Mund. Für einen Moment war nur das Knuspern zu hören. Dann sagte er: „Viktoria ist seit gestern wieder da."

Er griff ein Gespräch auf, das wir gar nicht geführt hatten.

„Ich weiß."

Das überraschte ihn.

„Ich habe sie gesehen. Gestern. Ich wollte dir ‚Vergiss mein nicht' in den Briefkasten werfen, als sie nach Hause kam."

Er seufzte, schob das restliche Essen weg. Er schaute wieder zum Fenster hinüber. Suchte er nach Worten? Oder versank er nur in Gedanken, die er nicht mit mir teilen wollte? Ich ließ ihm Zeit. Irgendwann sprach er.

„Die letzten Wochen waren wirklich anstrengend. Mit den zwei Kleinen. Das kann man sich gar nicht vorstellen. Klar, die sind supersüß. Aber wenn du nachts um drei zum dritten Mal ins Kinderzimmer wankst, weil einer nach Wasser schreit, und dann wieder auf so einen fiesen Legostein trittst, die plötzlich überall bei uns rumfliegen, dann … Die tun echt weh!"

Ich nickte einfach mal. Auch wenn ich wissentlich noch nie auf einen Legostein getreten war.

„Die Dinger liegen immer so, dass dir die Kante direkt ins Fleisch schneidet. Du musst mal meine Füße sehen!"

Unweigerlich schaute ich zu seinen Füßen, die unter seinem Bademantel hervorschauten. In meinen Augen waren sie perfekt. Er steigerte sich nun immer weiter hinein. So schlecht gelaunt hatte ich ihn noch nicht erlebt. Kam das wirklich durch das Lego oder doch eher durch die Begegnung mit seinem Vater?

„Die ganze Wohnung ist voll mit dem Zeug! Entschuldige, ich … Auf jeden Fall ist mit Kindern ja sowieso nichts berechenbar. Aber wenn du allein mit ihnen bist, dann auch noch im Winter, heißt das, dass An- und Ausziehen jedes Mal mindestens eine halbe Stunde dauert, und krank sind sie auch ständig. Dann kannst du gar nichts mehr planen, arbeitest hundemüde immer irgendwie auf Abruf zu den unmöglichsten Zeiten. Du hast eigentlich kein Leben mehr. Und …"

Wurde das ein weiterer Lobgesang auf Viktoria, die all dies ja fortlaufend meisterte und es auch noch gerne tat? Oder wollte er mir erklären, dass er wegen seiner Legokantenphobie unmöglich seine Frau verlassen konnte? Er sah mein fragendes Gesicht, brach ab.

„Ich rede Quatsch."

„Nein, ich verstehe nur nicht, worauf du hinauswillst."
„Ich wollte eigentlich etwas ganz anderes sagen, aber …"
Er atmete tief durch.
„Was denn?"
Er musste über sich selbst den Kopf schütteln und blickte mir plötzlich wieder ganz klar in die Augen.
„Ich wollte sagen: Ohne Viktoria hatte ich sechs furchtbare Wochen. Ein einziges Chaos. … Trotzdem habe ich mich nicht gefreut, als sie wieder da war."
Was sollte ich dazu sagen? Es kam aber noch mehr.
„Das Einzige, was ihre Rückkehr ausgelöst hat, war eine wahnsinnige Angst, nie wieder so einen schönen Abend mit dir haben zu können wie letzte Woche. Deswegen habe ich dir die SMS geschickt. Deswegen wollte ich dich hier treffen. Im Grunde ist mir egal, was wir miteinander machen. Hauptsache, wir sind zusammen."
Ich konnte nicht anders. Ich zog ihn zu mir, legte seinen Kopf auf meine Schulter, streichelte ihn, küsste ihn sanft auf die Stirn.
„Ich sollte solche Sachen eigentlich nicht zu dir sagen", fuhr er irgendwann leise fort. „Denn ich kann sie wirklich nicht verlassen …"
„Darum geht es doch gar nicht", sagte ich schnell.
„Doch, mir geht es darum. Ich … ich will dich. Ich will diese Abende. Ich will das hier. Ich will so viel mit dir zusammen sein, wie es nur geht … Aber ich kann sie jetzt nicht sitzenlassen. Sie kann kaum gehen, geschweige denn … Vor allem kann ich Ava und Aiden nicht verlieren, und ich würde sie verlieren. Ich weiß das."
„Wieso?"
„Ich weiß es einfach."
Das sagte er mit einem Tonfall, der jegliche Nachfragen unterband. Da er mir bisher nie wie ein besonders pessimistischer Mensch vorgekommen war, musste er handfeste Gründe für diese Angst haben. So wie er seine Kinder liebte, konnte ihn das nur in Panik versetzen. Es tat mir weh, dass er so litt. Ich suchte nach etwas Tröstendem oder zumindest etwas Klugem, was ich sagen könnte, aber die Chance war

schnell vorbei, denn der Wecker neben dem Bett war in sein Blickfeld geraten. Er seufzte abgrundtief.

„Und jetzt muss ich los, die Kleinen vom Kindergarten abholen …“

Er löste sich aus meiner Umarmung, suchte seine Sachen zusammen und ging damit zur Badezimmertür.

„Es tut mir leid“, sagte er traurig und verschwand, um sich umzuziehen.

4

„Ihr habt's schon wieder nicht getrieben!?", sagte Luna voller Empörung, als wir uns am nächsten Morgen in der Markthalle am Marheinekeplatz trafen.

Wir standen gerade bei Hakan am Gemüsestand, um unsere Einkäufe zu erledigen. Und waren dort nicht alleine. Samstagmorgens erfreute sich die Markthalle nun einmal großer Beliebtheit. Man konnte dort sehr gut frische Sachen einkaufen. Nun interessierten sich die versammelten Kreuzberger aber erst einmal für mich und mein merkwürdiges Liebesleben. Ich bedeutete Luna, ihre Stimme zu senken, und beschäftigte mich intensiv mit dem Feldsalat, der vor mir lag. Aber Luna ließ nicht locker.

„Ich glaub' das nicht. Was ist denn das für eine Affäre?"

Sah ich da beipflichtendes Nicken bei der Mutter mit den Zwillingen neben uns?

„Es ist überhaupt keine Affäre", zischte ich Luna zu.

„Sondern?"

„Es ist ... Wir sind ... Kann ich jetzt erst einmal einkaufen?"

Genervt rupfte ich Unmengen Feldsalat aus dem Karton, obwohl der gar nicht auf meiner Liste stand. Ich war verärgert. In wenigen Minuten hatte Luna das Ergebnis meines amourösen Hotelaufenthalts auf den Punkt gebracht. Ich wusste danach noch viel weniger, was Tom für mich war als vorher. Bei unserer Verabschiedung vor dem Hotel war mir sein „Bis bald" noch gar nicht so problematisch vorgekommen. Aber je länger ich darüber nachdachte, desto mehr verwirrte mich der Schwebezustand, in dem ich mich nun befand.

Nachdem wir bewiesenermaßen nicht die Finger hatten voneinander lassen können, war es sicher Quatsch, von einer Freundschaft zu reden. Es war aber auch keine Affäre. Und schon gar keine Beziehung. Und es hatte auch keine Perspektive. Was war es also?

Nachdem Luna und ich unsere Listen abgearbeitet hatten, setzten wir uns auf einen Cappuccino an den italienischen Feinkoststand. Eigentlich hatten wir uns getroffen, damit mir Luna meinen Fotoapparat übergeben konnte. Nicht meinen alten. Der war nach wie vor nicht aufzufinden. Sondern das exakt gleiche Modell, das ich bei eBay bestellt und an sie hatte liefern lassen, damit Christian davon nichts mitbekam. Während ich mir die gelieferte Ware etwas genauer anschaute, fing Luna wieder an – wenngleich auch etwas zugewandter.

„Hast du dich eigentlich so richtig in ihn verliebt?"

„Wie meinst du das?"

„Na ja, wie meint man so etwas? Liebst du ihn?"

„Tom?"

„Nee, den Papst."

Okay, ich stellte mich wirklich ein wenig dumm. Mir gefiel die Frage nicht.

„Was heißt schon ‚lieben'?", fragte ich, um etwas Zeit zu gewinnen.

„Einen anderen Menschen nicht aus dem Kopf bekommen, jede Sekunde mit ihm verbringen wollen, alles für ihn tun wollen. Und das obwohl er sich wie ein Arschloch benommen hat und unerreichbar ist."

„Das ist die Definition von ‚Liebe'?"

„Also in meinem Leben war das bisher immer so, ja."

„Ich dachte, du suchst im Internet nach der großen Liebe."

„Ja, heute! Weil es in der Realität früher immer mit Arschloch und Unerreichbar geendet hat. Im Netz passiert das nicht. Da scheitere ich wenigstens schon, wenn ich den Kerlen ein Foto von mir schicke."

„Quatsch."

„Doch! Also … Nicht bei allen. Aber es ist ein bisschen wie bei Groucho Marx: Die Typen, die trotz Foto noch Interesse an mir haben, will ich nicht – bei dem Frauengeschmack."

Sie lachte herzlich. Ich wusste nicht, ob es wirklich so schlimm war, aber wenn, dann ging sie locker damit um.

„Aber lass uns nicht vom Thema abkommen."

„Welches Thema?", fragte ich grinsend.

„Tom und die Liebe."

Ich winkte ab.

„Doch, doch“, insistierte Luna. „Ich habe echt den Eindruck, dass du diesen ganzen Eiertanz nur machst, weil du weit mehr von ihm willst, als deine Fingernägel in seinem sexy Po zu vergraben.“

Für einen Moment sagte ich nichts. Dabei war die Antwort auf die ursprüngliche Frage die ganze Zeit da gewesen: „Als ich nach dem Unfall aufgewacht bin, war mein erster Gedanke, mein erstes Gefühl, dass ich diesen Mann liebe. Immer geliebt habe und immer lieben werde. Wenn du mit so einem Gefühl sozusagen zur Welt kommst, muss das doch irgendetwas bedeuten, oder?“

„Du liebst ihn.“

„Andererseits …“

Luna stöhnte und rollte mit den Augen. Aber ich fuhr unbeirrt fort: „… habe ich dieses Hollywood-Syndrom. Vielleicht ist es auch nur ‚Dirty Dancing‘, was mich an die große Liebe glauben lässt.“

„Okay, ich finde, wir sollten mal zusammenfassend festhalten, dass was Besonderes zwischen euch läuft. Also: Was ist der nächste Schritt?“

„Das weiß ich nicht. Ehrlich gesagt, habe ich im Moment kein Problem damit, seine Geliebte zu sein. Oder so etwas in der Art. Ich muss erst einmal mein Leben auf die Reihe bekommen. Aber irgendwas sagt mir, dass diese Nummer mit seinem Vater im Aufzug selbst eine Affäre schwierig machen wird.“

5

Tatsächlich hatte Tom sich bis auf eine süße SMS am Abend nicht mehr gemeldet. Die Frequenz seiner Mails und SMS war vor unserem Ritz-Treffen deutlich höher gewesen. Ich ahnte, dass mir ein schwieriges Wochenende bevorstand, zumal am Sonntag bei Tom ja das berühmte Abendessen mit der Familie stattfinden sollte. Würde es mich weiter wegschieben von ihm?

Um mir vorzumachen, dass mir das alles nicht so wahnsinnig viel bedeutete, stürzte ich mich auf mein eigenes Leben. Ich hatte meinen Fotoapparat zurück. Und auch wenn ich zu Hause tatsächlich erst einmal die Anleitung studieren musste, um das Gerät zu verstehen, das laut Christian seit Jahren mein treuer Begleiter gewesen war, merkte ich bald: Fotografieren war mein Ding. Fachbegriffe und die Regeln bei der Benutzung von künstlichem Licht hatte ich zwar nicht mehr parat, aber ich merkte beim Blick durch den Sucher sofort, was ein gutes Motiv war und was nicht. Wie man ein Bild komponieren musste. Welche Stimmung wie entstehen konnte. Mit dem Fotoapparat zu hantieren, war wie eine Wiedergeburt. Es versetzte mich in Hochstimmung.

Als Christian nach Hause kam, fand er mich wild herumprobierend in meinem Zimmer.

„Oh! Wo war sie?", fragte er positiv überrascht.

„Was?"

„Die Kamera."

„Ach so, ja, witzig … Ich habe in der Videothek offensichtlich ein Fach. Das wusste ich bisher gar nicht."

„Und das sagen sie dir erst jetzt?"

Die Lüge war nicht besonders gut, das wusste ich. Aber wir hatten zu Hause wirklich alles auf den Kopf gestellt, so dass mir nichts Besseres eingefallen war. Und ich wollte auf keinen Fall sagen, dass es nicht mein alter Apparat war, sondern ein für über tausend Euro ersteigertes Modell aus dem Internet. Das Geld hätte Fragen aufgeworfen. Mein geheimes Konto wäre kaum noch zu verbergen gewesen.

„Du, ich habe nie danach gefragt“, sagte ich schulterzuckend. „Auf jeden Fall bin ich superhappy, dass sie jetzt wieder da ist.“

„Waren noch Fotos drauf?“

„Äh, nee. Die Karte war leer.“

„Echt? Du hattest da eigentlich immer Fotos drauf.“

„Du, keine Ahnung.“

Das war einer der wenigen Vorteile, die meine Amnesie hatte. Im Zweifelsfalls konnte ich jede Diskussion damit beenden, dass ich mich an nichts erinnerte. Was schon für so manchen Politiker funktioniert hatte, war für mich gerade Christian gegenüber ebenfalls ein Segen.

„Ich würde gerne wieder als Fotografin arbeiten“, sagte ich. Nicht nur um abzulenken, sondern weil ich diesen Wunsch wirklich verspürte.

„Echt?“, sagte Christian. „Kannst du das denn noch alles?“

„Ich kann Fotos machen, ja. Und den Rest bringe ich mir wieder bei.“

„Das ist keine Branche, in der Leute gesucht werden. Ohne Vorwissen gucken die dich gar nicht erst an.“

„Ich habe doch Vorwissen. Ausbildung, Studium, Berufserfahrung. Alles da. Ich kann einen perfekten Lebenslauf präsentieren.“

Ich grinste frech. Christian wirkte nach wie vor skeptisch.

„Christian, niemand kann mich zwingen, von meiner Amnesie zu erzählen. Und selbst wenn sie es erfahren: Woher wollen sie wissen, an was ich mich erinnere und an was nicht? Ich weiß sämtliche Oscargewinner seit 1970. Wieso soll ich dann nicht auch noch wissen, wie man ein Set ausleuchtet?“

„Aber du weißt es nicht mehr?“

„Ich lerne es wieder. Mensch, jetzt sei doch mal ein bisschen unterstützend!“

Damit konnte ich ihn immer kriegen. Manchmal leichter, als man denken sollte.

„Okay, ich höre mich um, ob jemand eine Standfotografin sucht.“

„Wow, echt!?“

„Freu dich nicht zu früh. Das ist kein Traumjob und schlecht bezahlt ist er auch.“

Mit den Worten ließ er mich und meine Kamera zurück. Viel schlechter bezahlt und viel weniger Traumjob als das, was ich zur Zeit in der Videothek machte, konnte es nicht sein. Und ich hatte, die Hoffnung, dass ich mich bei Fotos während Filmdreharbeiten nicht ganz so blöd anstellen konnte. Schließlich hatten dort die „echten“ Profis vom Film die Sets schon eingeleuchtet. Ich würde erst einmal nur Szenen abfotografieren, damit man die Fotos später für Werbung, Programmankündigungen und so weiter verwenden konnte. Für mich optimal, um in diese Welt zurückzufinden.

6

Nun hatte ich also ein Ziel in meinem neuen Leben. Ein Ziel, das konkreter und realistischer schien als die frustrierende Suche nach den Traumata meiner Vergangenheit. Und vor allem greifbarer als alles, was mit Tom zu tun hatte. Doch auch er überraschte mich nach einigen Tagen, an denen ich mich voll und ganz auf das Fotografieren konzentriert hatte. Ich wollte an einem Morgen gerade das Haus verlassen, als mein Handy klingelte und Toms Nummer anzeigte. Bis dahin hatte es nur sehr spärlich SMS gegeben, die meist auch eher floskelhaft klangen. Jetzt rief er mich an. Das hatte er noch nie getan.

„Hi", sagte ich nervös, nachdem ich den Anruf angenommen hatte.

„Guten Morgen", hörte ich Tom gut gelaunt sagen. „Was machst du denn?"

Er klang so, als ob wir jeden Tag telefonieren würden.

„Mh … Ich wollte gerade los … Fotos machen."

„Wovon?"

„Von der Stadt. Von Menschen. Irgendwas."

„Kann ich mitkommen?"

Ich war baff. Hatte ich schon wieder Teile meiner Erinnerung verloren? Wieso war denn jetzt plötzlich alles so unkompliziert? Nachdem wir uns ohne irgendeine klare Aussage über unsere Beziehung getrennt hatten, war ich mir sicher gewesen, dass wir uns in einem Feld voller Tretmienen befanden und wir kurz davor waren, uns nie wiederzusehen. Und nun klang er wie ein 15-jähriger, den ich gestern erst noch in der Schule gesehen hatte und der heute mit mir „abhängen" wollte.

„Du willst dich mit mir auf den Alexanderplatz stellen und zugucken, wie ich Leute fotografiere?"

„Ich könnte deine Kameratasche halten."

Ich war echt irritiert. Sagte kurz nichts. Deswegen hörte ich plötzlich ein leises „Bitte", das es mir ganz komisch werden ließ. Er wollte mich wirklich dringend sehen. Er klang fast so, als ob ich ihm seit Wochen jegliches freundliche Wort verweigerte.

„Okay“, sagte ich. „Kannst du in einer halben Stunde an der Weltzeituhr sein?“

„Klar! Bis gleich!“

Er freute sich hörbar. Was war denn hier los?

Als wir uns kurz darauf unter der riesigen Uhr mit den rotierenden Planeten trafen, wirkte er ebenso erfreut. Die Begrüßung ging ein wenig in die Hose, weil ich ihn mit Küsschen-Küsschen begrüßen wollte, während er mich sofort in die Arme nahm. Wir lachten verlegen und plapperten gleichzeitig los.

„Wofür machst du die Fotos?“

„Musst du nicht arbeiten?“

Wieder mussten wir lachen. Ich kam mir schon wieder vor wie ein Teenager.

„Nein, ich habe mir heute freigenommen“, sagte er schließlich.

„Und ich mache die Fotos, weil ich so etwas wie eine Mappe zusammenstellen will. Ich will mich als Fotografin bewerben.“

„Super! Du hast viel zu tun damit, mh?“

Er schaute mich lauernd an. Irgendetwas stimmte nicht. Ich fühlte es, konnte es aber nicht greifen.

„Na ja, ich habe mich da jetzt mal reingestürzt.“

Er nickte betont. Wirkte ziemlich aufgekratzt.

„Tom?“

„Mh?“

„Was ist los?“

„Was meinst du?“

„Du bist so … so hibbelig. So … Ist irgendwas passiert?“

Er wurde ruhiger. Zog einmal tief die kalte Luft ein und sagte: „Wieso meldest du dich so wenig?“

Ich machte große Augen.

„Ich?“

„Na ja, du … du schickst keine SMS. Und wenn ich dir eine schicke, kommt sofort eine zurück mit einem ‚Danke‘ oder so. Und dann wieder nix mehr. Also, versteh mich nicht falsch. Ich habe überhaupt kein Recht, irgendetwas von dir zu fordern. Aber … verdammt, ich vermisse dich."

Oha. Ich hatte die Situation vollkommen falsch eingeschätzt. War das wieder so ein Filmding? Dass ich als meine eigene Hauptfigur automatisch davon ausgegangen war, dass der Traummann auf Distanz gehen würde? Wenn ich nun drüber nachdachte, konnte man es auch genau andersherum lesen. Ich hatte mich nach unserer Verabschiedung nicht bei ihm gemeldet, sondern er am Abend bei mir. Dabei hatte er mit Kindern und kranker Frau alle Hände voll zu tun gehabt. Und ich saß die ganze Zeit da und starrte erwartungsvoll auf mein Handy. Und jedes Mal, wenn er mir geschrieben hatte, hatte ich postwendend eine Nachricht zurückgeschickt, die auf keinen Fall zu aufdringlich klingen sollte. Man könnte sie allerdings auch als abweisend interpretieren. Von alleine hatte ich mich nie getraut, etwas an ihn zu schicken. Seine „Geht's dir gut"-Mails waren mir wie Floskeln vorgekommen, aber er meinte es ernst. Er machte sich Sorgen um mich, weil ich so wenig und knapp kommunizierte. Und das Tollste war: Er litt darunter. Seit Tagen. Er schaute mich an wie ein verletzter Welpe. Wie sollte ich das jetzt erklären?

„Ehrlich gesagt, dachte ich nach dem Treffen, dass … dass du mich nicht mehr sehen wolltest."

„Warum?"

„Du hast solche Sachen gesagt … wie …"

Ich stockte. Was hatte er eigentlich gesagt? Dass er seine Frau nie verlassen würde. Okay. Das war aber nicht neu. Und ansonsten? Mir fiel nichts weiter ein, was abweisend geklungen hatte. Er half mir auf die Sprünge: „Ich habe gesagt, dass ich so viel mit dir zusammen sein will, wie es geht. Habe ich noch etwas anderes gesagt?"

„Nein."

„Aber … du möchtest das nicht?"

„Doch!"

„Aber du kannst nicht, weil ich … nicht frei bin?"

„Nein, das weiß ich doch."

„Was ist denn dann das Problem?"

Er schaute mich fast verzweifelt an.

„Das Problem ist“, sagte ich, „dass meine Einschätzung von Männern aus ‚Desperate Housewives‘ oder ‚Sex and the City‘ stammt. Und dass ich dachte … Keine Ahnung, was ich dachte.“

„Du möchtest also eigentlich auch jede Sekunde mit mir zusammen sein, die irgendwie möglich ist?“

Ich nickte.

„Dann lass uns das doch bitte, bitte auch machen!“

Er war zuckersüß, wie er da mit flehendem Blick in seinen wunderschönen Augen vor mir stand. Ich nahm seine Hände, zog ihn zu mir und drückte ihm einen Kuss auf den Mund, der sich gewaschen hatte. Es war sofort wieder alles da. Dieses Gefühl am ganzen Körper, das ich nur mit ihm verband. Wir küssten uns leidenschaftlich. Dort mitten auf dem Alexanderplatz. Als wir endlich einmal Luft holen mussten, sah er erleichtert aus. Ich war es auch. Ich grinste schief. „Klassisches Missverständnis – würde ich mal sagen.“

„Vergessen wir es. Lass uns einen wunderschönen Tag haben!“

Und das hatten wir dann auch. Er hatte sich wirklich den ganzen Tag für mich freigeschaufelt. Er bestand darauf, dass wir zuerst Fotos machten. Mit ihm zusammen war es so viel schöner und effektiver – denn es kamen richtig gute Bilder dabei heraus. Mehr und mehr hatte sich bei mir das Leitmotiv „Hoffnung“ herausgebildet. Entsprechend machte ich Fotos von bunten Häusern zwischen lauter grauen oder von zahnlosen Obdachlosen, die sich vor Lachen nicht einkriegen konnten. Solche Motive konnte man natürlich nicht provozieren, aber mit Tom an meiner Seite sah ich mehr und mehr hoffnungsvolle Situationen.

Mittags aßen wir dann zusammen bei Monsieur Vuong, einem kleinen, vietnamesischen Restaurant mit Kultcharakter. Unnötig zu erwähnen, dass Tom dort wie ein verlorener Sohn empfangen wurde und wir nach einem Plausch mit dem Chef eine Köstlichkeit mit Reis und Garnelen gezaubert bekamen, die gar nicht auf der Tageskarte stand. Von den Angestellten wurde Tom mehrfach zu seiner hübschen, neuen Freundin beglückwünscht, ohne dass ich das Gefühl hatte, dass sie um seine Ehe wussten.

„Nein, ich war hier noch nie mit Vik. Vielleicht ganz früher mal."

„Sie geht wirklich nicht viel aus."

„Möbelläden. Oder die Philharmonie. Die sollten wir meiden. Ansonsten ist die Wahrscheinlichkeit, dass wir ihr hier irgendwo zufällig über den Weg laufen gleich null. Eher treffen wir meinen Vater noch einmal."

Er lächelte schief. Und mir wurde immer deutlicher, wie sehr er unter der Situation litt. Er liebte die Stadt, kannte wahnsinnig viele Leute an den coolsten Orten, war gerne gesehen und gerne unterwegs. Aber er musste dies entweder alleine tun oder zu Hause bleiben.

„Wie war eigentlich das Essen mit deinen Eltern?"

„Perfekt", sagte Tom mit einem sarkastischen Unterton. „Zumindest aus Sicht der Frauen. Denn es sah alles super aus, die Kinder haben sich benommen, sogar alles gegessen. Und wir hatten angeregte Gespräche über Michael Schumacher und die Gefahren beim Skifahren."

„Und dein Vater?"

„Er hat kein Wort gesagt über den Aufzug. Kein Wort."

Ich bereute es, seine Familie angesprochen zu haben. Es war das einzige Mal an diesem Tag, dass Tom schlecht drauf kam. Aber er schüttelte es sofort wieder ab.

„Hey, hast du eigentlich auch Museen und so etwas vergessen?"

„Was meinst du?"

„Ich gehe davon aus, dass du schon mal im Museum für Fotografie warst. Aber kannst du dich daran noch erinnern?"

„Wahrscheinlich an die Fotos, aber ansonsten …"

Ich schüttelte den Kopf.

„Okay, dann lass uns die Newton-Ausstellung anschauen. Die ist wieder in Berlin."

„Helmut Newton?"

„Ja. Du kannst etwas über Fotografie lernen und ich kann nackte Frauen sehen. Win-win."

Er grinste breit.

So wurde es nach dem perfekten Morgen auch der perfekte Nachmittag. Ich mochte das Museum mit seinen riesigen Bildern auf Anhieb und nachdem ich einige Witze darüber gemacht hatte, dass Tom bloß nicht zu scharf werden sollte – ich könnte ihm dann nicht helfen – stellte ich fest, dass ich diejenige war, die das Anschauen der schwarz-weißen Schönheiten zusammen mit Tom scharf machte. Ich fummelte irgendwann immer mehr an ihm herum, knutsche und knabberte, so dass es beinahe zu unüberlegten Handlungen auf den Stufen des Treppenhauses gekommen wäre. Es war wieder einmal nur das Ende des Kindergartentages, das uns trennen konnte.

7

Als ich am Abend nach Hause kam, konnte ich Christian auf seine Frage nach meinem Tag wahrheitsgemäß erzählen, dass ich ihn mit intensiven Studien der Fotografie verbracht hatte. Von Tom und von dem perfekten Tag mit ihm erfuhr Christian kein Wort.

Er hakte aber auch nicht weiter nach, war beschäftigt. Zusammen mit Paula saß er an seinem Computer. Sie waren auf Google Earth unterwegs, hatten diverse Notizen und Computerausdrucke vor sich. Ich hatte Paula seit unserem Trip nach Lüneburg nicht mehr gesehen. Sie begrüßte mich freudig, als ich hereinkam. Offensichtlich hielt unsere Freundschaft an.

„Hey, ich hab' jetzt auch ‚Gravity' gesehen. Der ist ja echt geil!"

„Ja? Hat er dir gefallen?"

„Total. Und zehn Oscar-Nominierungen. Das ist krass, oder?"

„Ich würde mich freuen, wenn er gewinnt. ... Wie war denn dein Casting?"

Prompt war es mit der guten Laune bei Paula vorbei.

„Das war voll die Verarsche. Total miese Show und ... echt doof."

„Sie haben sie nicht genommen", übersetzte Christian. „Sie hat vorhin die Absage bekommen."

„Ich wollte da auch gar nicht mitmachen", zischte sie ihn an.

„Okay, ja."

Trotzdem war sie nun sehr niedergeschlagen. Christian versuchte sie abzulenken.

„Komm, lass uns weitergucken."

Er lächelte mich noch einmal kurz an und wendete sich dem Computer zu. Eine eindeutige Geste. Sie waren beschäftigt. Ich wollte gerade rausgehen, als Paula glücklich sagte: „Wir planen eine Reise nach Kalifornien."

Ich blieb doch noch einmal stehen. Davon wusste ich nichts.

„Echt?"

„Ja, so mit L.A. und San Francisco und vielleicht auch mal nach Las Vegas rüber. Und Disneyland! Super, oder?"

„Cool. Wann denn?"

Christian musste lachen.

„Langsam, langsam. Wir schauen uns das nur theoretisch an. Weil's Spaß macht. Einfach so."

„Du hast versprochen, dass wir das irgendwann machen", insistierte Paula.

„Ja, sobald ich im Lotto gewinne."

Er grinste mich an. Offensichtlich versuchte er, seiner Tochter etwas Gutes zu tun, sie träumen zu lassen. Sie nahm es aber ernster.

„Nee, du hast gesagt, sobald du das Geld hast …"

„Paula", unterbrach er sie. „Weißt du, wie teuer so eine Rundreise ist? Wenn ich irgendwann doch mal eine fette Amiproduktion mache, dann klappt's vielleicht. Aber ich hab' dir immer gesagt: Ich kann es nicht garantieren, oder? … Hab' ich das gesagt?"

„Ja", murmelte sie eingeschnappt.

Christians Aufmunterungstaktik wirkte ein wenig unbeholfen. Trotzdem fand ich es schön, dass er sich so um seine Tochter kümmerte. Auf seine Art war er gar kein schlechter Vater, das merkte ich immer wieder. Es kam nur komisch rüber. Eine wundervolle Reise in die USA würde ich den beiden gönnen. Für nicht einmal eine Sekunde dachte ich darüber nach, ob ich als Mitreisende gefragt sein könnte. Klar, auch ich sehnte mich nach Reisen und Urlaub, aber was das anging, war ich perfekt versorgt: Mein Reiseziel war Berlin und mein Urlaub war Tom.

In den nächsten Tagen machte Tom ernst. Er stahl sich an jedem Wochentag etwas Zeit und verbrachte sie mit mir. Sei es zu ein paar Stunden Schlittschuhlaufen oder einem Spaziergang auf der Pfaueninsel. Oder sei es auch nur zu einem kurzen Mittagessen in einem weiteren wunderschönen Restaurant oder legendären Imbiss. Ich entdeckte mit seiner Hilfe Berlin neu, nicht wissend, ob ich all diese Orte früher schon gekannt hatte. Mein Fotoapparat war immer dabei und hielt fest, was ich nie wieder vergessen wollte. Wir waren wie ein frisch verliebtes Paar. Was heißt „wie"? Wir waren ein frisch verliebtes Paar. Auch für Tom war mittlerweile unsere frühere Affäre ein anderes Leben. Wir hatten damals nicht annähernd solche romantische Sachen gemacht. Wenn wir nicht gerade in Kreuzberg waren, wo wir Bekannten begegnen konnten, hielten wir Händchen oder kuschelten uns in der Kälte aneinander. Manchmal überkam es uns und wir knutschten, bis unsere Lippen dunkelrot aufgerieben waren. Doch eine gewisse Schwelle wurde nie überschritten. Es war uns beiden klar, dass wir eines Tages miteinander schlafen würden, doch die Zeit war noch nicht reif dafür. Wir genossen unsere Berührungen als ein ewig währendes Vorspiel.

Schwierig wurde es über das Wochenende, an dem Tom beim besten Willen nicht von zu Hause verschwinden konnte. Und auch nicht wollte, denn die Zeit war für Aiden und Ava reserviert. Mehr als ein Mal rief er mich kurz an und sagte, wie sehr er mich vermisste und wie gerne er mich dabei haben würde. Ihn zu vermissen, war furchtbar. Natürlich. Und auch das verdrängte Wissen darüber, dass wir eigentlich keine Zukunft hatten, klopfte immer wieder an. Aber trotzdem waren dies die glücklichsten Tage, seit ich im Krankenhaus erwacht war.

Als ob es nicht schon gut genug laufen würde, kam eines Tages Christian nach Hause und sagte, dass ein Kollege von ihm tatsächlich eine Standfotografin suchte. Ich sollte mal eine Mappe von meiner Arbeit hinschicken. Sie würden auch einem „Anfänger" eine Chance geben.

„Ist ein kleiner Dreh mit noch kleinerem Budget", sagte Christian mürrisch. „Bei denen kannst du fast froh sein, wenn sie dich etwas vom Catering abhaben lassen."

Aber mir ging es nicht um den Verdienst. Sondern um die Möglichkeit, endlich wieder etwas Sinnvolles zu machen. Ich war sofort begeistert und dankte Christian tausend Mal, während er sich über die zunehmende Ausbeutung und Selbstausbeutung der Mitarbeiter bei Dreharbeiten aufregte. Was aber nicht nur mit meinem möglichen Job zu tun hatte, sondern auch damit, dass er wieder auf Arbeitssuche war. Sein aktuelles Filmprojekt neigte sich dem Ende zu und er hatte noch nichts Festes für das restliche Jahr. Klinkenputzen war ihm ein Gräuel. Von Tag zu Tag klagte er mehr darüber, wie sehr er diese Branche eigentlich verabscheute.

Ich ließ ihn brabbeln und stürzte an meinen Computer, um so schnell wie möglich ein paar gute Bilder zusammenzustellen. Natürlich sollten es Bilder aus den letzten Tagen sein. Positive Bilder von meinem neuen Ich. Und während ich diese so zusammenstellte, vergaß ich Christian komplett. Er war aber immer noch in der Wohnung, kam irgendwann sogar wieder zu mir und schaute mir über die Schultern. Ich bekam es nicht mit. Und zuckte regelrecht zusammen, als er irgendwann erstaunt sagte: „Hast du diesen Typen wiedergetroffen?"

Denn in meiner Euphorie hatte ich vollkommen vergessen, dass auf mindestens einem Drittel der Bilder, die ich im Laufe der letzten Wochen gemacht hatte, Tom zu sehen war. Er war mein Lieblingsmotiv. Die Kamera liebte ihn. Er hatte die Gabe, vollkommen natürlich zu wirken, wenn er mit seinen blauen Augen in die Kamera schaute. Und auch wenn ich selbst auf den Bildern nicht mit drauf war, sah man an seinem Blick, dass er mit mir flirtete. Hier ließ sich nichts herunterspielen oder anderweitig erklären. Ich musste dies aber auch nicht, redete ich mir ein und straffte meinen Körper.

„Du hast doch gesagt, ich kann machen, was ich will", sagte ich, ohne mich umzudrehen. Ich sortierte weiter die Fotos, als ob nichts Besonderes passiert wäre. Christian brauchte einen Moment. Er wusste instinktiv, wo er ansetzen musste.

„Hat er seine Frau verlassen?"

„Nein. Wieso?"

„Na ja, du gehst ja wahrscheinlich nicht mit ihm Schlittschuhlaufen, weil du für Olympia trainierst, oder?"

Er deutete auf ein Bild auf der Eislaufbahn. Er kämpfte um seine Selbstbeherrschung. Ich brauchte sein Gesicht nicht zu sehen, um das zu realisieren. Dennoch drehte ich mich nun um.

„Hast du ein Problem damit?"

„Hast du?", fragte er launisch zurück.

Was sollte das denn jetzt? Er schaute mich nicht einmal an, während er mich fragte, sondern fixierte ein Foto auf dem Bildschirm hinter mir.

„Ich? Wieso?"

„Weil du es vor mir verheimlichst. Immer wenn ich dich frage, sagst du, du warst fotografieren."

„Ich war fotografieren."

Seine Gesichtszüge wurden immer härter. Er schluckte herunter, was auch immer er noch sagen wollte. Ich wurde auch härter. Fand nicht, dass er das Recht hatte, mir ein schlechtes Gewissen zu machen.

„Wir sind doch nur eine WG, oder?"

Er sagte lange nichts, starrte auf den Monitor. Dann ging er aus meinem Zimmer. Aber nicht ohne am Ende noch einen kleinen Satz abzufeuern, den er in einem alarmierenden Tonfall sagte: „Überspann den Bogen nicht!"

„Was?", fragte ich empört, aber er war schon verschwunden. Wenig später hörte ich, wie die Wohnungstür ins Schloss fiel.

War das eine Drohung? Womit genau drohte er mir? Dieser kurze Auftritt verwirrte mich, denn so verletzt und hart war er nicht einmal gewesen, als ich ihm meine Affäre mit Tom gebeichtet hatte. Ich drehte mich um und sah mir nun das Bild von Tom genauer an, das Christian die ganze Zeit fixiert hatte. Es war ein verdammt gutes Foto. Denn es brachte sehr deutlich zum Ausdruck, dass der Mann auf dem Bild in diesem Moment vollkommen glücklich war.

8

Als Christian später nach Hause kam, war er wieder ganz Dr. Jekyll. Mr. Hyde musste er irgendwo auf der Straße gelassen haben. Er brachte sogar einen Gemüsedöner von Mustafa für mich mit und für den musste man immerhin eine halbe Stunde anstehen, weil er so begehrt war. Wobei man nicht so lange anstehen musste, wenn man Mustafa so gut kannte wie Tom. Mit ihm hatte ich erst zwei Tage zuvor die Schlange passieren dürfen und an der kleinen Tür an der Seite des Imbisshäuschens einen seiner köstlichen Dürüm-Döner in die Hand gedrückt bekommen.

Davon sagte ich an diesem Abend zu Christian besser nichts. Ich nahm den Döner und damit das Friedensangebot an.

Er begutachtete dann sogar meine Auswahl an Fotos, die ich seinem Produktionsleiterkollegen schicken wollte. Es war kein Bild von Tom dabei. Nicht weil ich Christian schonen wollte, sondern weil ich nicht wusste, welche Kreise die Bilder ziehen würden. Auch wenn es mir manchmal so vorkam, dass Tom immer wieder mit dem Risiko der Entdeckung spielte. Ich wollte nicht dafür verantwortlich sein, dass seine Frau von unserer „Affäre" erfuhr.

Noch während ich meinen Döner aß, schickte Christian meine Bewerbung an seinen Kollegen. Bei einem Blick über seine Schulter konnte ich seine Mail dazu lesen, in der er mich in den höchsten Tönen lobte. Wir waren wieder gut miteinander.

Mein Handy klingelte. Verblüfft sah ich eine Lüneburger Nummer auf meinem Display. Meine Mutter?

„Hallo, Trixi!", sagte sie mit strengem Tonfall, als ich das Gespräch annahm.

„Hallo … Mami!"

Als ich das sagte, schaute Christian erschrocken auf. Warum, sollte ich kurz darauf erfahren.

„Was machst du denn für einen Blödsinn, Kind? Du bist verheiratet!“

„Wie bitte?“

„Ich habe dir doch gesagt: Christian ist ein guter Mann! Und als Frau muss man zu seinem Mann stehen. Das ist doch wohl klar, oder?“

Ich schaute Christian irritiert an, der sichtlich unzufrieden mit diesem Anruf war. Konnte es wirklich sein, dass …

„Mami, wovon redest du?“

„Das weißt du genau.“

Ich konnte es nicht glauben. Atmete nun aber erst einmal tief durch und sprach so freundlich, wie es nur eben ging, angesichts der Umstände.

„Okay. Vielen Dank für dein Input zu dem Thema …“

„Jetzt red doch nicht so geschwollen! Es ist an der Zeit, dass du dich wie eine erwachsene Frau benimmst. Du bist doch keine vierzehn mehr. Damals konntest du noch an einem Abend mit dem knutschen und am nächsten mit dem. Aber das ist jetzt vorbei, hörst du?“

Oh, mein Gott, war diese Frau unsympathisch. Ich tat mir selbst leid, dass ich meine gesamte Kindheit und Jugend mit ihr hatte verbringen müssen.

„Ja! Habe ich verstanden.“

Ich versuchte, wie ein gehorsames Kind zu klingen. Hauptsache, dieses Telefonat würde bald enden.

„Gut. Auf Wiederhören.“

Klick. Und schon war sie weg. Ich atmete noch einmal durch, fixierte dann Christian, der bereits auf seiner Unterlippe herumkaute, was er wirklich nicht oft machte. Ich konnte die folgende Frage nicht beherrscht aussprechen: „Du hast meine Mutter angerufen?“

„Nein, nein, nein. Sie hat mich angerufen.“

„Warum?“

„Sie wollte wissen, wie es dir geht.“

„Und da ruft sie dich an?“

Er zuckte mit den Schultern.

„Ich schwöre, es war so. Wieso in aller Welt sollte ich deine Mutter anrufen? Ich glaube, sie hat Angst vor dir oder so.“

„Das klang aber gerade nicht so. Du weißt, was sie wollte?"
Er sagte nichts.
„Okay, selbst wenn sie dich angerufen hat … Wieso erzählst du ihr von Tom?"
Er seufzte. Man sah deutlich, dass ihm der Anruf unfassbar unangenehm war. Also hatte er immerhin meine Mutter nicht auf mich gehetzt. Auf die glorreiche Idee, mir den richtigen Lebensweg aufzuzeigen, war sie von ganz alleine gekommen.
„Es tut mir leid", sagte Christian leise. Plötzlich sprudelte es nur so aus ihm heraus: „Ich war wahnsinnig sauer. Und genau in dem Moment hat sie angerufen und gefragt, wie es uns geht. Es ist einfach aus mir rausgeplatzt. Ich hab's sofort bereut. Ich dachte auch nicht … Wie krass, dass die einfach anruft und … Es tut mir leid. Für mich ist die Sache schon längst gegessen. Ich war kurz sauer. Mensch, das darf ich doch auch mal sein. Muss man erst mal mit klarkommen, dass die Frau, die man liebt, mit 'nem anderen rummacht."
Er hatte sich immer mehr reingesteigert. Selten hatte ich ihn so außer sich gesehen. Ich hatte ihn aber vor allem noch nie sagen hören, dass er mich liebt. Es überraschte mich, dass er es sagte. Aber es überraschte mich noch viel mehr, dass er es so selbstverständlich sagte. Ich konnte ihm also kaum böse sein. Zumal meine Mutter eine echte Zumutung war und ihn wahrscheinlich wirklich auf dem falschen Fuß erwischt hatte.
„Hat sie sonst noch irgendetwas gesagt?", fragte ich ihn deutlich ruhiger als zuvor. Er beruhigte sich auch.
„Dass du als Vierzehnjährige ein ‚ganz schönes Früchtchen' warst."
Er zuckte mit den Schultern und schüttelt den Kopf.
„Das hat sie mir auch gesagt. Gott, was habe ich denn da angestellt?"
„Wahrscheinlich hast du irgendeinem pickligen Teenager das Herz gebrochen."
Er lächelte schief. Ich ebenfalls. Brach ich Christian das Herz? Wirklich? Für mich passte das immer noch nicht mit dem zusammen, was ich über unsere Beziehung vor dem Unfall wusste. Aber wenn es wirklich so war, konnte ich dann diese komische WG-Situation weiter durchziehen? War das

nicht Folter für ihn? Oder stand er am Ende auch noch auf so etwas?

Ich tat für den Moment das Einzige, was mir passend erschien: Ich ignorierte das Problem. Ich ignorierte nicht nur die Anweisung meiner Mutter, sondern auch den winkenden Zaunpfahl, der da signalisierte, dass das mit Christian und mir nicht mehr lange gut gehen konnte.

9

Am nächsten Tag hatte ich dann aber auch schon ein ganz anderes Problem. Es hatte wieder mit einem Anruf zu tun. Ich konnte Tom an diesem Tag nicht sehen, weil er zu einer geschäftlichen Besprechung in Frankfurt war. Ich selbst hatte nachmittags eine halbe Schicht in der Videothek. Luna zeigte mir auf ihrem Handy gerade die Internettypen, die sie schon alle hatten abblitzen lassen, als mein Telefon klingelte. Es wurde mit unterdrückter Rufnummer angerufen. Ich ging trotzdem dran – in der Hoffnung, dass es vielleicht um den Job als Standfotografin gehen könnte.

„Ja?"

„Hallo! Spreche ich mit Trixi Kwiatkowski?", hörte ich eine feine und wohl artikulierende Stimme. Sie kam mir bekannt vor, aber ich fand die passende Verbindung nicht sofort.

„Ja."

„Sehr schön. Hier ist Viktoria Richter …"

Mir wurde auf der Stelle schummrig.

„… wir haben uns im Krankenhaus kurz kennengelernt nach dem bedauerlichen Unfall."

Ich spürte das Blut in meinem Gesicht pulsieren. Luna musterte mich skeptisch. Wahrscheinlich sah es für sie aus, als ob ich gerade einen Schlaganfall erlitt. Seit mehreren Wochen verdrängte ich erfolgreich die Existenz dieser Frau und nun rief sie mich einfach an. Das war nicht fair.

„Ich habe Ihre Nummer von Ihrem Arbeitgeber …"

Karl! Bist du wahnsinnig?

„… Ich wäre ja auch bei Ihnen vorbeigekommen, aber im Moment bin ich noch nicht so mobil. Hoffentlich fühlen Sie sich jetzt nicht überrumpelt!"

Nein! Überhaupt nicht!

„Hallo? … Frau Kwiatkowski?"

Ich realisierte, dass ich allmählich auch mal etwas sagen musste. Für den Bruchteil einer Sekunde überlegte ich, ob ich nicht einfach auflegen sollte, aber das erschien mir kindisch. Und es hätte ja auch nichts gebracht.

„Ja, mh, ich … Moment mal … ich bin hier gerade bei der Arbeit."

Das stimmte immerhin. Ich nahm das Handy vom Ohr, hielt das Mikrofon zu und starrte Luna mit großen Augen an.

„Lottogewinn? Krebsdiagnose? Was?"

„Das ist die Frau von Tom", flüsterte ich.

„Au backe! … Was will sie?"

Ich zuckte hysterisch mit den Schultern. Luna bedeutete mir, es gefälligst herauszufinden. Ich atmete tief durch, sammelte all meine innere Stärke und nahm den Hörer wieder ans Ohr.

„So, Frau Richter", sagte ich so nett, wie es nur eben ging. „Jetzt bin ich für Sie da."

Auch nicht der richtige Ton. Jetzt klang ich wie eine Bankberaterin. Luna verdrehte die Augen. Aber Viktoria ging darüber hinweg.

„Ich will Sie gar nicht lange stören", sagte sie freundlich. „Wann sind Sie denn mit der Arbeit fertig?"

„Äh. So in einer halben Stunde."

„Sie würden mir eine riesige Freude machen, wenn Sie dann kurz bei uns vorbeikommen könnten. Wir wohnen gar nicht weit von der Videothek entfernt. Soll ich Ihnen mal die Adresse sagen?"

„Äh, okay."

Sie sagte mir die Adresse. Ich schrieb sie auf. Warum weiß ich nicht. Schließlich wusste ich ziemlich genau, wo das Haus war.

„Das freut mich. Dann sehen wir uns gleich. Bei ‚Richter' klingeln, ja? Bis dann! Auf Wiederhören."

Weg war die Verbindung. Irgendwie erinnerte mich die telefonische Verabschiedung an meine Mutter. Luna nahm den Zettel mit der Adresse in die Hand. Ich stand sprachlos da, versuchte zu verarbeiten, was eben passiert war. Hatte ich zugestimmt, dass ich komme? Eigentlich hatte ich doch nur zugestimmt, dass ich die Adresse aufschreibe.

„Ist das nicht die Adresse von denen?", fragte Luna mich. Sie verstand noch weniger als ich.

„Trixi? Bist du noch da?“
„Ich soll in einer halben Stunde bei ihr sein.“
„Warum?“
„Ich weiß es nicht.“
„Gehst du hin?“
„Moment.“
Ich nahm mein Handy wieder hoch und rief Tom an. Ich brauchte meinen Retter. Er musste mir erklären, was das zu bedeuten hatte. Wusste sie über uns Bescheid und wollte mich nun endgültig fertigmachen? Oder zumindest mal von Frau zu Frau ein ernstes Wort reden, nach dem Motto: „Lass die Finger von meinem Mann, Bitch!“. Aber wieso hatte Tom mich dann nicht gewarnt? Und wieso, verdammt noch mal, hatte er genau in diesem Moment sein Handy ausgeschaltet? Zumindest die Antwort auf die letzte Frage fiel mir bald ein: Er saß gerade im Flugzeug zurück nach Berlin. War das Zufall? Oder hatte Viktoria genau so einen Moment abgepasst, damit ich mich vor einem Gespräch mit ihr nicht mit Tom abstimmen konnte. Ich sprach ihm auf die Mailbox, dass er mich möglichst sofort nach seiner Landung anrufen sollte.
„Ich kann doch jetzt nicht einfach hingehen“, sagte ich zu Luna.
„Klang sie wütend und verletzt?“
„Nee, aber so wie ich die einschätze, würde die nie wütend und verletzt klingen.“
„Warum hast du überhaupt zugesagt?“
„Ich habe nicht zugesagt. Sie hat einfach … Ey, das ging so verdammt schnell.“
„Okay, aber du kannst jetzt auch nicht einfach nicht hingehen. Was, wenn sie nur ein bisschen mit ihrem Unfallopfer plaudern will? Dann stößt du sie mit der Nase drauf, dass was nicht stimmt.“

Es war nicht nur Lunas Argument, weswegen ich mich nach Dienstschluss tatsächlich durch den kalten Regen auf den Weg zu Toms Haus machte. Nach dem ersten Schock wurde mir irgendwann klar, dass ich so oder so zu Viktoria gehen musste. Wenn sie nur mit mir über den Unfall oder was auch immer reden wollte, dann war dies vielleicht eine der seltenen Möglichkeiten, doch noch einmal etwas über mich und den verhängnisvollen Tag zu erfahren. Wenn es tatsächlich um meine Affäre mit Tom ging, dann lagen nun halt die Karten auf dem Tisch, und ich wollte mich der Situation stellen. Natürlich war noch nicht gänzlich ausgeräumt, dass sie damals mit voller Absicht auf mich draufgefahren war. Und natürlich gab es einen Teil in mir, der sich fest vornahm, sie und ihre Küchenmesser nicht aus den Augen zu lassen. Aber andererseits gab es auch einen Teil in mir, der wahnsinnig neugierig war. Neugierig auf Viktoria, neugierig auf die Wohnung, in der ich nach dem Unfall noch nie gewesen war. Neugierig darauf, wie der Teil von Toms Leben aussah, den wir bei unseren Begegnungen meistens ausklammerten.

So näherte ich mich mit einem ganzen Wirbelsturm an Gefühlen dem Haus. Und ich stellte bei aller Ungewissheit wieder einmal fest: Ich liebte diesen Wirbelsturm. Ich liebte es, dass mein Puls spürbar in meinem Hals schlug. Vielleicht war es wieder nur die Film-Trixi, für die nun einmal ein Showdown zum Leben gehörte, aber als ich die Klingel der Familie Richter drückte, war ich in meinem Element. Auch wenn ich nichts dagegen gehabt hätte, wenn Tom bei mir gewesen wäre. Aber sein Handy war immer noch ausgeschaltet. Also musste ich nun alleine da durch.

„Hallo, Frau Kwiatkowski!", tönte es freundlich aus der Gegensprechanlage. „Fünfter Stock!"

‚Ich weiß', dachte ich und lächelte freundlich in das leuchtende Auge der Videokamera.

Die Tür summte. Ich drückte sie auf.

10

Als Viktoria die Wohnungstür öffnete, war sie wieder einmal perfekt gekleidet mit einer edlen High-Waist-Hose aus Seide und dazu passender Bluse. Natürlich war das nur ihr „Schlabberlook“ für zu Hause. Ich dagegen würde so ausgestattet in die Oper gehen. Sie stützte sich auf einen ganz sicher handgeschnitzten Stock aus Wurzelholz. Das nahm ich aber alles erst einmal nur am Rande wahr, denn mein Hauptinteresse lag woanders: Was wollte Viktoria? Gab es irgendwelche Anzeichen von Aggression, Wut oder Hass? War der Stock gar nicht zum Stützen da, sondern um mich zu erschlagen? Nein. Das konnte man sehr schnell sehen. Sie war wieder genauso höflich und zugewandt wie ich sie auch im Krankenhaus erlebt hatte. Wenn sie von Tom und mir etwas wusste – damals oder heute – dann war sie eine exzellente Schauspielerin.

„Soll ich die Schuhe ausziehen?“, fragte ich mit Blick auf ein kleines Schuhregal, das vor der Wohnungstür stand.

„Oh, das wäre reizend.“

Sie wartete geduldig, bis ich meine Stiefel ausgezogen hatte. Dann führte sie mich durch den kleinen Flur ins Wohnzimmer.

Die Wohnung der Familie Richter hatte ich mir anders vorgestellt. Prägend für meine Fantasie war Toms Ausbruch an unserem ersten gemeinsamen Abend, bei dem er sich über Viktorias Perfektionismus in Sachen Möbeln aufgeregt hatte. Ich stellte mir die Wohnung seitdem leblos und kalt vor, wie ein Museum, in dem man bloß nichts anfassen durfte. Aber als Viktoria mich in die Wohnung geleitete, fühlte ich mich sofort wohl. Es war wirklich eine perfekte Wohnung. Und seit wann ist „perfekt“ etwas Negatives? Die Wände waren in warmen Farben gestrichen, die Fenster zierten Vorhänge aus edlen Stoffen. Der riesige Raum war geschickt aufgeteilt in Wohn- und Essbereich mit Anschluss an eine offene Küche. Im Wohnbereich dominierte eine petrolfarbene Samtcouch. Drum herum war so gut wie jedes Möbelstück vom Couchtisch bis zur letzten Vase ein handverlesener Designklassiker. Trotzdem wirkten die Sachen einladend und so, als ob auch die Kinder gerne auf ihnen herumtollten. Zumindest fühlten sich einige Hello-Kitty-Puppen und Legoautos sehr wohl dort.

„Darf ich Ihnen einen Kaffee anbieten?", fragte mich Viktoria, während ich beschloss, dass meine nächste Wohnung genau so aussehen sollte wie diese.

„Danke. Ein Wasser reicht."

Sie nickte, deutete auf den großen dunklen Nussbaumesstisch mit original Thonet-Stühlen, die ich vor kurzem noch in einem coolen Möbelladen bewundert und als übertrieben teuer abgeschrieben hatte.

„Bitte, setzen Sie sich."

Sie ging mit ihrem Stock in die offene Küche. An der Kraft, mit der sie sich bei jedem Schritt aufstützte, konnte ich sehen, dass sie den Stock wirklich brauchte.

„Kann ich Ihnen helfen?", fragte ich.

„Nein, nein, das geht schon."

Dabei ging es nicht wirklich. Sie brachte erst eine Karaffe mit Wasser. Und ging dann wieder, um die Gläser zu holen. Denn sie konnte ja nur eine Hand zum Tragen nutzen. War dieser Stolz ein erstes Anzeichen dafür, dass sie mir meine Grenzen aufzeigen wollte? Bevor ich weiter darüber nachdenken konnte, begann sie zu reden.

„Mein Mann wollte eigentlich nicht, dass ich Sie kontaktiere", sagte sie aus der Küche. Aha. Mir wurde jetzt doch mulmig.

„Er sagte, Sie haben es sicher schon schwer genug mit Ihrer Amnesie. Und ich sollte nicht alles noch komplizierter machen. Aber ich hatte das Gefühl, dass Sie gerne alles wissen wollen. Mir würde es zumindest so gehen."

Ich rätselte, worüber sie sprach. Was wollte sie mir aus meiner Vergangenheit sagen? War das alles nur ein Vorbau für die große Attacke?

Sie setzte sich nun zu mir und schenkte das Wasser ein.

„Wie geht es Ihnen denn?", fragte sie mich freundlich. Das klang nicht nach einer Attacke.

„Mh, na ja, eigentlich sehr gut. Aber es ist tatsächlich bis heute keine einzige Erinnerung zurückgekommen."

Sie seufzte mitleidend.

„Wie ist denn dann Ihr Leben jetzt? Das muss sehr unbefriedigend sein. Auch die Situation mit Ihrem Partner und Ihren Eltern?"

In der Tat. Die war unbefriedigend. Aber nicht so, wie sie das meinte. Bevor ich antworten konnte, klingelte mein Handy. Mit einer Entschuldigung zog ich es aus der Tasche. Und sah, dass Tom anrief. Er war also gelandet. Und hatte sich einen denkbar schlechten Moment ausgesucht, um anzurufen. Ich drückte das Gespräch weg.

„Gehen Sie ruhig dran", sagte Viktoria. „Es stört mich nicht."

Da war ich mir allerdings nicht so sicher. Ich schüttelte freundlich den Kopf und steckte das Handy schnell wieder ein. Redete einfach los, um abzulenken.

„Komischerweise hatte ich früher mit meinen Eltern kaum Kontakt. Und … mein Mann … na ja, wir gewöhnen uns wieder aneinander."

Ich lächelte schief. Was sollte ich auch sagen?

„Schön", sagte sie. „Nun, ich wollte vor allem mit Ihnen reden, weil in meinem Fall noch ein paar Erinnerungen an den Unfall zurückgekommen sind. Beziehungsweise: Ich glaube, dass es Erinnerungen sind. Es waren erst nur Träume, aber …"

Sie verstummte. Wirkte gepeinigt. Wirklich? Sie konnte sich an den Unfall erinnern? Ihr war bestimmt nicht eingefallen, dass sie mich hatte umbringen wollen. Sonst würden wir nicht so ruhig an diesem sehr schönen Tisch sitzen. Aber was dann? Ich wurde aufgeregt.

„Erzählen Sie!", sagte ich, weil sie noch zögerte.

„Nun …"

„Fixi!"

Die kleine Ava hatte mal wieder ein Gespür für das richtige Timing. Sie kam plötzlich mit den Fäusten voll Spielsachen aus dem Flur ins Wohnzimmer gestürzt und lief sofort zu mir. Oh-oh.

„Ava, Süße, was ist denn los?“, fragte ihre Mutter sie überrascht.

„Fixi! Fixi!“

Sie wollte auf meinen Schoß. Ich musste irgendetwas tun, denn in Viktorias Augen durfte ihre Tochter eigentlich nicht so vertraut mit mir sein.

„Ich glaube, sie erinnert sich an mich aus dem Krankenhaus. Ich habe kurz auf sie aufgepasst.“

„Ja, stimmt. Tom … mein Mann … Er erzählte davon.“

Ich nahm Ava auf den Schoß.

„Na, du! Ava heißt du, nicht wahr? Das ist aber ein süßer Name. Und du bist ja überhaupt eine Süße!“

„Fixi“, sagte sie nun auch stolz zu ihrer Mutter.

Die schüttelte irritiert den Kopf.

„Ich weiß auch nicht, was sie in der letzten Zeit immer mit diesem ‚Fixi‘ hat. Das sagt sie ständig, seit sie im Kindergarten ist. Ob die da die Windeln so nennen? Es gab doch mal Windeln, die ‚Fixies‘ hießen, oder?“

Sie schaute mich fragend an. Entweder schrammte sie mit ihrer Performance gerade knapp an einem Oscar vorbei oder sie hatte definitiv keinerlei Ahnung, was los war. Und auch nicht die Fantasie, zwischen „Fixi“ und „Trixi“ eine Verbindung herzustellen. Ganz zu schweigen von dem, was ich verstanden hatte, als Ava zum ersten Mal „Fixi“ gerufen hatte. Aber so eine Denkweise passte sowieso nicht zu der heiligen Viktoria. Deswegen ließ ich sie nur zu gerne in ihrer Annahme mit den Windeln und nickte einfach mal.

„Ich glaube, sie nennt ihren neuen Hasen ‚Fixi‘“, hörte ich eine Stimme hinter mir.

In der Tür zum Flur war eine sympathische junge Frau erschienen, die nun erst einmal Ava von meinem Schoß nahm. Das Kind war ihr entwischt.

„Ach, das kann natürlich auch sein“, sagte Viktoria und fügte in meine Richtung an: „Den hat ihr Opa ihr geschenkt.“

Ich nickte wieder nur. Soll doch der Hase „Fixi“ sein. Gerne.

„Das ist übrigens unsere Babette. Sie passt auf die Kinder auf.“

Ich nickte unserer Babette freundlich zu. Tom hatte einmal erwähnt, dass sie ein Kindermädchen hatten, das stundenweise auf die Kleinen aufpasste. Nur mit ihrer Hilfe hatte er die Wochen während Viktorias Reha überhaupt auf die Reihe bekommen können.

„Babette, das ist Trixi Kwiatkowski."

Auch Babette nickte mir zu.

„Fixi", sagte Ava noch einmal.

Nachdem nun „Trixi" und Avas „Fixi" direkt hintereinander ausgesprochen worden waren, sah ich für eine halbe Sekunde ein Runzeln auf Viktorias Stirn. Mir wurde heiß.

„Also … mh … Echt, ich bin gespannt wie ein Flitzebogen. An was haben Sie sich denn nun erinnert?"

Ich war wirklich gespannt. Vielleicht nicht wie ein Flitzebogen, aber ich wollte die Sache mit der Namensähnlichkeit so schnell wie möglich aus dem Raum schaffen. Viktoria nickte dann auch Babette zu, so dass diese vor allem erst einmal Ava aus dem Raum schaffte. Und wir uns auf das eigentliche Thema konzentrieren konnten.

„Ja, also wie gesagt: Ich kann nicht mit Gewissheit sagen, dass es wirklich eine Erinnerung ist … Und ich weiß auch nicht, ob das für Sie Sinn ergibt, wenn es denn wirklich so passiert ist, aber …"

Sie sammelte sich noch einmal, machte es wirklich spannend.

„Kann es sein, dass Sie mir absichtlich vor das Auto gelaufen sind?"

Sie sagte das nicht gerne. Das sah man ihr an. Mich dagegen erleichterte es fast ein wenig.

„Es kann sein", sagte ich gefasst.

„Wieso?"

„Nun, ich kann mich natürlich auch daran nicht erinnern, aber angeblich habe ich vor einigen Jahren versucht, mir das Leben zu nehmen. Ich wollte mich auf die Autobahn stellen und überfahren lassen."

„Oh. Das tut mir leid."

Viktoria wirkte betroffen.

„Das muss es nicht."

„Und Sie glauben, dass Sie das erneut versucht haben?"

„Es wäre eine Erklärung, oder?"
„Ging es Ihnen denn nicht gut?"
Es war merkwürdig. Viktoria fragte mich so einfühlsam und mit einem Blick, als ob sie alles tun würde, wenn sie mir nur helfen könnte. Dazu kam, dass ich ein wahnsinnig schlechtes Gewissen hatte. Wegen Tom und mir. Aber auch weil ich ihr lange Zeit unterstellt hatte, dass sie mich umbringen wollte. Doch Tom hatte recht: Diese Frau wäre zu so etwas mit Sicherheit nicht in der Lage gewesen. Eine Nebenbuhlerin würde sie allenfalls mit Missachtung strafen, aber sich ganz sicher nicht die Hände an ihr schmutzig machen. Ich fühlte mich ihr plötzlich unglaublich nah. Und war kurz davor, ihr meine ganze Lebensgeschichte zu erzählen. Zumindest den Teil, den ich mir bis zu diesem Zeitpunkt zusammengereimt hatte. Aber dann hätte ich ihr auch von ihrem Mann erzählen müssen und das brachte ich nicht übers Herz. Diese Frau durfte man nicht verletzen. Auch in dem Punkt verstand ich Tom nun sehr viel besser. Da ich nicht auf ihre Frage reagierte, sprach sie selbst weiter.
„Entschuldigen Sie die Frage, das geht mich natürlich auch gar nichts an."
„Nein, nein, das ist nicht das Problem. Ehrlich gesagt, weiß ich immer noch nicht genau, wie es mir ging. Aber es gibt durchaus Anzeichen, dass es nicht so toll war."
Sie versank einen Moment in Gedanken. Was kam jetzt noch?
„Wobei ich nicht zufrieden wäre, wenn Sie jetzt mit dem Eindruck gehen würden, dass der Unfall wirklich ein Versuch war, sich das Leben zu nehmen. Ich habe viel darüber nachgedacht. Und für mich selbst eigentlich diese Möglichkeit als unwahrscheinlich erachtet. Sehen Sie, ich fuhr nicht besonders schnell. Und ich kann mich an eine Geste von Ihnen erinnern. Sie erscheint immer wieder vor meinem Auge, wenn ich an den Tag denke."
Sie machte eine Pause, streckte mir plötzlich die erhobene Hand entgegen, als ob sie High Five anbieten würde. Doch darum ging es nicht. Sie sagte: „Es war fast so, als ob sie mich stoppen wollten."

Das wiederum verblüffte mich. Ich wollte sie stoppen? Warum? Wollte ich mit ihr reden? Alles beichten?

„Wie gesagt: Ich bin mir nicht ganz sicher. Aber … Ich war ja kurz vorher noch in der Videothek bei Ihnen. Ich dachte schon, dass ich vielleicht irgendetwas hatte liegen lassen?"

Etwas liegen gelassen? Ich schwankte in meinen Spekulationen seit Wochen zwischen Mord und Selbstmord und am Ende hatte sie einfach nur den falschen Film mitgenommen? Aber selbst wenn: Wieso war ich dabei so ungeschickt gewesen, mich vor ihr fahrendes Auto zu stellen? War eine Ungeschicklichkeit am Ende etwa der einzige Auslöser für einen spektakulären Unfall, bei dem ich mein Gedächtnis verloren hatte und sie in einen Müllwagen gerast war?

Wir kamen nicht weiter mit der Diskussion, denn man hörte nun aus dem Flur, dass die Wohnungstür aufgeschlossen wurde.

„Ah, das ist mein Mann."

Oh, das war Tom. Viktoria schaute mich fast ein wenig verschwörerisch an und sagte leise: „Es kann sein, dass er sauer ist, wenn er sie hier sieht. Sehen Sie ihm das nach. Ich habe ihm nichts von meinem Plan gesagt."

Bevor ich reagieren konnte, stand sie schon auf und ging Tom entgegen.

„Hallo, Schatz! Wir haben Besuch!"

„Ach ja, wen denn?", hörte ich aus dem Flur. Ich stand auch auf und hoffte inständig, dass er seine Gesichtszüge unter Kontrolle hatte, wenn er nun hereinkam.

„Es war gut, dass ich ihr alles erzählt habe", sagte Viktoria und präsentierte mich ihrem Ehemann, der das Wohnzimmer betrat und Mühe hatte, den Mund zuzubekommen, als er mich sah.

„Guten Tag, Herr Richter", sagte ich so förmlich wie möglich. Er fing sich schnell.

„Frau Kwiatkowski, hallo!"

Er reichte mir die Hand. Ich schüttelte sie. Er ließ sich nichts anmerken.

„Ihre Frau hat mir erzählt, an was sie sich vom Unfall erinnert. Das könnte sehr wichtig für mich sein. Ich wünschte fast, man hätte mir das früher gesagt."

Ja, darin war ein kleiner Vorwurf an Tom enthalten. Schließlich musste er ihre Erinnerung kennen. Und auch wenn ich nur zu gut verstehen konnte, dass er ein Treffen verhindert hatte, hätte er mir zumindest die neuen Erkenntnisse vermitteln müssen.

„Sie ist sich ja nicht sicher, ob es nicht vielleicht nur ein Traum ist. Ich dachte, es wäre besser, Sie damit nicht noch mehr zu verwirren."

„Ich denke, das sollte ich doch selbst entscheiden, oder?"

Ich spürte, dass Viktoria irritiert war über unser kleines Gefecht, deswegen schickte ich schnell ein Lächeln in ihre Richtung.

„Ich muss dann auch jetzt los. Vielen Dank, dass Sie mir das gesagt haben."

„Gerne", sagte Viktoria und schaute Tom mit einem Siehst-du-Blick an.

Ich wollte in den Flur gehen, aber kam keine zwei Schritte weit. Denn plötzlich durchfuhr mich ein stechender Schmerz, der von meiner Sohle durch den ganzen Körper schoss, als ob jemand einen offengelegten Nerv in meinem Fuß anbohren würde. Ich verzog das Gesicht, versuchte mich zu beherrschen und schaute unter meinen Fuß. Ein Legomännchen.

„Geht's?", fragte Tom mitfühlend.

„Oh, das tut mir leid", sagte Viktoria und wollte sich nach dem kleinen Feuerwehrmann bücken, dem sein Helm und eine Hand fehlten. Aber Tom war schneller.

„Schon okay", sagte ich und humpelte weiter.

„Ich bringe Sie zur Tür", sagte Tom und eilte mir nach. Natürlich war er schneller als Viktoria mit Stock. Ich verabschiedete mich von ihr und folgte ihm zur Tür, wo wir mehr oder weniger außer Hörweite von Viktoria waren. Dennoch beschränkten wir unsere Unterhaltung auf Blicke, während ich mir meine Stiefel anzog.

Er sah mich mit großem Fragezeichen in den Augen an, bedeutete: „Was ist denn hier los?"

Ich winkte ab: „Frag nicht!"

Er schaute streng: „Alles okay?"

Ich nickte und lächelte warm: „Natürlich."

Doch er war noch nicht zufrieden. Die ganze Situation verunsicherte ihn. Leider konnte ich in diesem Moment daran nichts ändern.

„Ja, dann vielen Dank für die Einladung und … man sieht sich."

Das sagte ich laut.

„Auf Wiedersehen", antwortete Tom.

Er schaute mir noch hinterher, bis ich im Aufzug verschwunden war.

11

Luna hatte mir das Versprechen abgenommen, dass ich nach dem Besuch in der Höhle der Löwin unbedingt zurück in die Videothek kommen würde, wo sie noch bis zum Abend arbeiten musste.

Als ich in den Laden kam, war Luna gerade dabei, Karl den Kopf zu waschen. Unser Chef war also in der Zwischenzeit auch erschienen und musste sich nun von einer wild gewordenen Furie einiges anhören: „Bursche, wenn du nur einmal meine Handynummer an irgendjemand rausrückst, egal, ob es der Staatsanwalt, meine Mutter oder George Clooney ist … Okay, bei George Clooney müsste man nochmal drüber … Ist ja auch egal: Handynummer rausgeben geht gar nicht!"

„Aber die Geschichte war Trixi doch irgendwie wichtig", sagte er sehr defensiv und wirkte fast schon bedauernswert klein. Dabei war er zwei Köpfe größer als Luna.

„Sag mal, hörst du mir überhaupt nicht zu? Hast du dir dein ganzes Hirn weggekifft?"

„Es ist schon okay, Luna", sagte ich, denn mittlerweile riskierte Luna ihren Job für mich. Auch wenn sie mit dem Kiffen bei Karl sicher nicht falschlag, sollte man so etwas nicht zu seinem Chef sagen, besonders nicht, während Kunden im Laden waren. Nun war Karl aber erst einmal durch mein Auftauchen abgelenkt.

„Ey, sorry, gab das jetzt Ärger?", fragte er mich.

„Nee, war nicht so wild. Aber bitte gib meine Nummer wirklich nicht mehr heraus! Okay?"

„Klar, ich wollte doch nur … Weil das so wichtig war und so …"

Ich nickte, wollte aber nicht weiter darüber reden, weil ich Lunas Blick auf mir spürte.

„Und?", sagte sie, als ob es ziemlich dreist von mir wäre, nicht sofort zu erzählen.

„Einen Moment“, sagte ich freundlich und schaute Karl an. Er verstand: „Ja, äh, ich muss eh mal in den Keller.“

Während er sich den entsprechenden Schlüssel schnappte und wirklich in den Keller ging, erzählte ich Luna haarklein, was bei Viktoria passiert war. Dabei zog ich mir meine Stiefel aus, weil der Fuß immer noch schmerzte. Der ganze Weg zurück war eine einzige Tortur gewesen. Und tatsächlich: Die Hand des Feuerwehrmanns hatte sich tief in meine Strumpfhose gebohrt, klebte unter meinem Fuß fest.

„Ein kleiner Gruß von Ava“, stellte ich fest.

„Okay, okay. Also: Sie ahnt nichts. Davon können wir jetzt mal ausgehen“, fasste Luna das Geschehen zusammen. „Oder Meryl Streep ist ein Dreck gegen sie.“

Ich nickte.

„Und es gibt eine neue Variante, was passiert ist: Kein Mord, kein Selbstmord. Sondern du hast dich vor den Wagen geschmissen, weil sie ihr Wechselgeld vergessen hatte.“

„Wenn man es so formuliert, klingt es bescheuert. Aber es kann doch sein, dass ich mit ihr reden wollte.“

Luna seufzte. Ihr gefiel das nicht. Mir auch nicht. Würden wir das Rätsel jemals lösen können? Luna wurde auf einen jungen Mann aufmerksam, der schon länger am Tresen gestanden hatte.

„Was?“, bellte sie ihn an.

„Ich würde gerne den Film ausleihen“, sagte er eingeschüchtert.

Luna nahm genervt das Kärtchen, das er in der Hand hielt, und suchte ihm „Angel Heart“ heraus. Ich betrachtete derweil das Legohändchen.

„Was ist das denn?“, fragte Karl, der plötzlich wieder aufgetaucht war.

„Vergiss es.“

Ich steckte das Teil ein, um es später Tom wiederzugeben. Ich war mir sicher, dass zumindest Aiden es vermissen würde. Wobei … Was heißt später? Würde mit Tom nun alles normal weiterlaufen? War es nicht komisch, ihn wiederzutreffen? Viktoria weiter bewusst anzulügen?

„Sagt mal …“, begann Karl plötzlich sehr gedehnt. „Ich habe noch mal nachgedacht.“

„Was?“

„Na ja, über den Tag mit dem Unfall mit dieser Frau.“

Er hatte noch einmal über den Unfall nachgedacht?

„Auf jeden Fall … Ich glaube, es war nämlich so, dass du doch ganz schön durch den Wind warst, als sie hier war. Ja, ja. Jetzt erinnere ich mich.“

Luna hatte ihren Kunden abgefertigt und kam nun die Ohren spitzend wieder.

„Du erinnerst dich an was?“, fragte sie streng. Karl zuckte erschrocken zusammen. Sie machte ihm Angst.

„Na ja, dass Trixi, da an dem Tag … 12.12., nicht wahr?“

Ich nickte, während ich meine Stiefel wieder anzog.

„Also, die war schon komisch. Und ich glaube … als die Frau hier war und so nach ’nem Film guckte, da ist Trixi auch mal kurz weg.“

„Wohin?“, fragte ich ihn, während Luna Karl immer kritischer musterte.

„Weiß nicht. Also … ich habe das ja alles nur so am Rande mitbekommen.“

„Dafür weißt du’s aber jetzt plötzlich ziemlich genau“, fuhr Luna ihn an.

„Lass ihn doch mal“, stoppte ich sie. „Aber ich habe sie bedient?“

„Ja, ja, du bist dann wiedergekommen und hast ihr den Film …“

„Nein!“, rief Luna plötzlich.

Wir schauten sie beide erschrocken an. Sie fixierte Karl, der bereits schluckte.

„Filmst du uns heimlich? Mh?“

Karl wurde blass.

„Hast du hier irgendwo so eine Scheiß-Mini-Kamera versteckt? Ja? Ich wusste es!“

Sie suchte bereits den ganzen Tresen ab. Da Karl nicht widersprach, schaute ich ihn nun auch kritisch an. Aber nicht weil ich ein Problem mit dem heimlichen Filmen hatte.

„Du hast den Tag auf Video? Wo?“

„Ey, Leute, das … Hier hat mal ein Typ gearbeitet, der hat sich an der Kasse bedient. Das war echt nicht schön … Ich musste was tun."

„Wo sind die Aufnahmen?"

Jetzt war ich die eindeutig Lautere.

„Im Keller? Ja? Du warst gerade im Keller. Ich will das sehen, Karl."

„Okay, komm mit!"

„Boah, Karl, du Arsch!"

Das war Luna, die nun hinter uns herstapfte, als wir zur Hintertür gingen, die zum Parkplatz im Hof führte. Er schaute Luna kritisch an. „Bleibt jetzt gar keiner im Laden, oder was?"

„Wo ist das Problem? Der ist doch videoüberwacht."

Karl versuchte Luna mit einem bösen Blick zum Umdrehen zu bewegen. Aber an Luna perlte das ab. Also gingen wir zu dritt auf den Parkplatz, auf dem es auch eine Treppe runter zum Keller gab.

Ich war noch nie dort unten gewesen. Zumindest nicht in meinem neuen Leben. Es war ein typischer Altbaukeller, in dem die Bewohner des Hauses kleine Verschläge besaßen. Wir kamen an einigen Türen aus Holzlatten vorbei, hinter denen alte Kinderwagen verstaubten oder irgendwelcher Krempel gestapelt wurde. Einige Verschläge waren auch leer, dichte Staubschichten bedeckten den Boden. Der Keller der Videothek dagegen war ein richtiger Raum mit einer verschließbaren Stahltür. Während Karl sie aufschloss, blickte ich auf den Verschlag direkt daneben, bei dem die Holzlatten mit übertrieben viel Pappe von innen verstärkt worden waren, so dass man auf keinen Fall hineinschauen konnte.

‚Karl ist also nicht der Einzige, der was zu verbergen hat', dachte ich und folgte Karl in seinen Keller. Dort stapelten sich alte DVD-Hüllen, es gab sogar ein ganzes Regal mit Videokassetten. Karl schmiss nicht gerne etwas weg. In einer Ecke fanden wir einen alten Computer mit Monitor. Während Karl ihn hochfuhr, warteten wir angespannt.

„Warum sagst du das denn nicht wenigstens?“, fragte Luna, die sich immer noch aufregte. „Wär doch kein Ding. Andere Videotheken sind auch überwacht.“

„Wenn ich es den Angestellten sage, kann ich keinen beim Klauen erwischen.“

„Wenn die Angestellten es wissen, klauen sie auch nicht.“

Karl sagte nichts weiter. Dafür schüttelte Luna immer wieder den Kopf.

„Dann hast du auch meine ganzen privaten Telefonate da drauf. Oder … oder jedes Mal, wenn ich mir die Brüste zurechtschiebe oder so, weil ich denke, niemand sieht mich.“

Karl wirkte nicht so, als ob ihn Lunas Brüste sonderlich interessierten. Aber natürlich hatte sie nicht ganz unrecht. Wenn man sich unbeobachtet fühlt, möchte man das auch wirklich sein. Mich freute es allerdings, dass Karl dies egal gewesen war.

Als das Video schließlich begann, lief es mir kalt den Rücken herunter. Zum ersten Mal sah ich die alte Trixi. Es war zwar nur eine feste Einstellung aus größerer Entfernung, aber trotzdem fühlte es sich irre an, diese fremde Frau zu sehen, die ich vor nicht einmal zwei Monaten gewesen war.

Man sah, wie ich am Computer arbeitete und dann plötzlich aufschaute. Kurz huschte unten Viktoria durch das Bild. Sie sah mich nicht, ging wahrscheinlich an den Regalen entlang, um einen Film zu suchen. Ich dagegen ließ sie nicht mehr aus den Augen. Stand mit offenem Mund da. Plötzlich wurde ich sehr unruhig, bewegte den Kopf hektisch hin und her. Schließlich sagte ich etwas zu Karl, der hinter mir saß und auf den Fernseher hinter dem Tresen starrte, wo „Die Unfassbaren“ lief. Karl nickte in meine Richtung, nahm kaum wahr, dass ich den Verkaufsbereich verließ.

Der gegenwärtige Karl spulte die Aufzeichnung einige Minuten vor.

„Dann warst du eine ganze Weile weg …“

„Gibt’s noch eine andere Kamera? Kann man irgendwie sehen, was ich da gemacht habe? War ich bei der Frau?“

Ich war ziemlich aufgeregt, schoss die Fragen nur so raus.

„Es gibt sonst nichts. Keine Ahnung, wo du warst."

Dann lief das Video erneut. Viktoria stand mittlerweile am Tresen, wartete darauf, dass sie bedient wurde. Karl ignorierte sie zunächst. Sie stand mit dem Rücken zur Kamera. Leider hatte das Video keinen Ton, aber man kapierte trotzdem, dass sie ihn ansprach. Als er sich gerade von seinem Stuhl bequemen wollte, kam ich auch schon wieder angeschossen. Aus dem Nichts. Sehr nervös. Ich bediente Viktoria wortlos, schaute sie dabei nicht einmal an. Mir fiel sogar das Kärtchen herunter, so zittrig war ich. Doch irgendwie bekam ich die ganze Angelegenheit über die Bühne. Viktoria hatte ihren alten Film abgegeben und einen neuen ausgeliehen. Bei ihrer Verabschiedung schaute ich sie endlich einmal an. Mein grobpixliges Gesicht wirkte sehr hart. Dann war sie weg. Und ich stand da. Regungslos.

Karl wollte das Video stoppen, aber ich stoppte ihn.

„Warte!"

„Aber sie kommt nicht mehr wieder. Und du machst nix mehr."

„Warte!"

Ich sah mein altes Ich da stehen. Unbeweglich. Ich guckte kurz sogar auf die Anzeigen des Monitors, ob Pause gedrückt worden war. Denn es war beängstigend, wie wenig ich mich bewegte. Und wie lange das dauerte.

„Wow", sagte Luna. „Irgendwas hat dich da umgehauen. Du stehst ja unter Schock. Ob sie was gesagt hat?"

Ich sagte nichts. Weder in dem Video, noch in diesem Moment im Keller. Ich wartete einfach weiter. Plötzlich ging ein Ruck durch mein altes Ich und ich rannte davon. So schnell, dass Karl in dem Video mir nur erstaunt hinterherschauen konnte. Er blickte auf die Uhr, zuckte mit den Schultern und stand notgedrungen auf.

„Das war's" sagte Karl. „Mehr gibt es nicht von dir an dem Tag."

Er stoppte das Video.

„Ich würde mal analysieren, du hast irgendein Problem mit der Frau gehabt.

„Danke, Karl."

Seine Analyse fehlte mir jetzt noch. Die Bilder waren der endgültige Beweis, dass Viktoria vollkommen unschuldig gewesen war. Der einzige Psycho an dem Tag war ich gewesen. Und da sie auch kein Wechselgeld vergessen hatte, war ich ihr wahrscheinlich wirklich absichtlich vor das Auto gestürzt. Sei es, um mich selbst zu gefährden oder um mit ihr zu reden.

Als wir vor Karls Keller warteten, bis er die Tür verschlossen hatte, beschlich mich ein komisches Gefühl. Ich sah wieder den verrammelten Keller nebenan, der mir aus irgendwelchen Gründen Beklemmungen machte. Ich bekam Kopfschmerzen. So etwas hatte ich noch nicht erlebt. Ich schüttelte mich, schob es auf die Aufregungen des Tages und wollte plötzlich einfach nur noch nach Hause.

„Ich hab um halb neun Schluss. Sollen wir nicht zusammen etwas trinken?“, fragte Luna, die das Bedürfnis hatte, über die Ereignisse des Tages zu reden.

„Ich weiß nicht. Ich würde mich lieber früh hinlegen. Die alte Trixi zu sehen … Ich glaube, das überfordert mein Hirn.“

„Bist du okay?“, fragte Luna, während ich die Treppen hochwankte.

Ich nickte und machte, dass ich nach Hause kam.

12

Ich fand keinen Schlaf. Ich war viel zu aufgewühlt. Und es war ja noch nicht einmal richtig Abend. Christian hatte sich gewundert, dass ich mich so früh zurückgezogen hatte. Er schob es wahrscheinlich auf unseren Streit vom Vortag. Aber alles, was mit ihm zu tun hatte, war weit, weit weg. Selbst Toms SMS konnte mich nicht wirklich erreichen. Er wollte wissen, ob wir später am Abend noch einmal telefonieren konnten. Er hatte Redebedarf über meinen Besuch bei Viktoria. Aber auch der war für mich vergleichsweise unwichtig geworden. Und das sollte etwas bedeuten. Ich antwortete nicht einmal auf Toms Nachricht. Auch eine SMS von Luna, die sich um mich sorgte, ignorierte ich. Stattdessen lag ich in meinem neuen IKEA-Bett und starrte im Dunkeln an die Decke. Immer und immer wieder spulte sich vor meinen Augen das Video ab. Selbst wenn ich versuchte, es zu stoppen. Es ging nicht. Versuchte eine Erinnerung sich den Weg nach vorne freizukämpfen? Irgendwann kam ein weiteres Bild dazu, das immer wieder aufflackerte. Ich verstand es erst nicht, aber es wurde penetranter. Es war die Tür des Kellers. Nicht der von Karl, sondern der benachbarte, verschlossene. Ich sah den Holzverschlag immer wieder vor mir. Irgendwann wusste ich es: Dieser Keller hatte etwas mit mir zu tun. Das Schloss! Der Schlüssel!

Ich sprang auf, suchte nach meiner Hose und meinem Schlüsselbund. Da war er immer noch: Neben den vielen regelmäßig benutzten Schlüsseln vom Haus oder dem Auto baumelte vor mir der kleine Schlüssel, mit dem ich nichts anfangen konnte. Ich sah wieder die Kellertür und ich sah das kleine Vorhängeschloss, das den Weg nach innen versperrte.

„Wo willst du hin?“, hörte ich Christian aus dem Wohnzimmer rufen, wo er vor der Xbox saß, während ich mich nur notdürftig angezogen auf den Weg nach draußen machte. Ich antwortete nicht.

Es war schon halb elf, als ich in die Videothek kam. Luna war längst nicht mehr da. Karl auch nicht. Besser so. Ich ging zu der Kaugummi kauenden Frau hinter dem Tresen, die mich überrascht anschaute.

„Häh, Trixi? Hast du heute Dienst?"

„Nee, ich muss nur noch kurz was erledigen. Im Keller. Karl will, dass das morgen alles funktioniert."

Ich kannte die Frau nicht. Hatte aber offensichtlich früher schon einmal mit ihr gearbeitet. Mittlerweile hatte ich es gut drauf, solche Situationen zu überspielen. Ich hatte weder Lust noch Zeit, ihr von meinem Unfall und dem ganzen Rest zu erzählen.

„Das was funktioniert?", fragte sie überrumpelt, während ich mir hinter dem Tresen den Schlüsselbund griff, mit dem Karl früher am Tag den Keller aufgeschlossen hatte.

„Morgen kommen doch die neuen DVDs."

Ich hatte keine Ahnung, was ich da redete. Und ich konnte sehen, dass die Frau es ebenfalls nicht verstand. Aber ich wirkte so zielstrebig, dass sie es einfach akzeptierte.

„Ah, okay."

Ich achtete nicht weiter auf sie, sondern ging zum Hinterausgang, dann auf den dunklen Parkplatz, auf dem sofort ein Bewegungsmelder das Licht einschaltete. Ich wusste eigentlich über den Bewegungsmelder Bescheid, erschrak trotzdem. Ich eilte weiter, ging die Treppe zum Keller hinunter, schloss auf. Rein. Tür zu. Ich musste im Dunkeln nach dem Licht tasten, fand es nach einer gefühlten Ewigkeit und atmete dann erst einmal ganz tief durch.

Vor mir lag der Flur mit den Bewohnerkellern. Am Ende der Keller der Videothek. Aber die sah ich alle nicht. Ich fixierte sofort den verbarrikadierten Keller. Ich ging darauf zu, holte meinen Schlüsselbund aus der Tasche. Die Größe des Schlüssels passte zu der Größe des Vorhängeschlosses. Als ich ihn hineinsteckte und er sich problemlos drehen ließ, war es, als ob auch in mir etwas „Klick" machte. Ich wurde ruhiger. Ich war mir plötzlich sicher, dass ich Antworten hinter der Tür finden würde. Ich wusste nicht, ob es Antworten waren, die ich mögen würde. Ich wusste nicht einmal, ob ich alle passenden Fragen dazu kannte. Aber ich freute mich auf die Aussicht, dass sich ein wenig Dunkel in meinem Leben lichten könnte.

Ich stieß die Tür auf und ging in den Raum.

13

Der Kellerraum unter der Videothek war ungefähr zwei mal drei Meter groß, mehr nicht. Während die Rückwand gleichzeitig die Außenwand des Hauses war – und damit aus Stein – bestanden die anderen Wände nur aus Holzlatten. Doch sie waren akribisch mit großen Pappen abgeklebt, so dass man keine Chance hatte, von außen hineinzuschauen. Und das aus gutem Grund.

Ich konnte mir sicher sein, dass es mein Kellerraum war. Das sah ich sofort, als ich ihn an diesem Abend betrat. Auf dem alten Tapeziertisch, der fast die Hälfte des Raums einnahm, lag so einiges, was ich vermisste: Allem voran mein Fotoapparat mit Objektiven und weiterem Zubehör. Aber auch eine kleine Sportasche, in der sich neben einer Mütze, ein paar Badelatschen und einer Schwimmbrille auch mein Mitgliedsausweis für den Fitnessclub fand. Der dazu passende Badeanzug hing an einer quer durch den Keller gespannten Wäscheleine. In der Tasche fand ich sogar eine EC-Karte für mein geheimes Konto.

Das alles war es aber nicht, was mir die sofortige Gewissheit über die Besitzerin oder zumindest Besetzerin dieses Kellers gab. Das alles entdeckte ich erst nach und nach. Was in dem Moment ins Auge stach, als ich die Tür des Holzverschlags geöffnet und die an der Decke baumelnde Glühbirne eingeschaltet hatte, war die dem Tapeziertisch gegenüberliegenden Wand. Denn sie war von oben bis unten, von der einen Seite bis zur anderen Seite mit Fotos behangen. Mit Fotos von Tom. Eng aneinander geklebt. Und nicht nur Fotos, die ich mit seinem Wissen von ihm gemacht hatte, auf denen er mit seinem unverwechselbaren Lächeln in die Kamera schaute. Nein, es gab eine nicht geringe Anzahl von Bildern, die mit einem Teleobjektiv geschossen worden waren und Tom in seinem Alltag zeigten. Vor seinem Haus, vor seinem Büro. Mit Aiden vor dem Kindergarten. Mit beiden

Kindern in der Markthalle. Und so weiter. Die Wand erinnerte mich auf fatale Weise an den Film „One Hour Photo“. Dort findet man etwas Ähnliches in der Wohnung eines Psychopathen. Hier hatte ich selbst die Wand angelegt.

Aber das war noch nicht alles. Ich zitterte mittlerweile am ganzen Körper, während ich die düstere Kammer meiner Vergangenheit inspizierte. Natürlich fiel auf, dass bei den über hundert Fotos keins dabei war, das Viktoria zeigte. Von ihr hing dafür ein Bild an der anderen Wand über dem Tapeziertisch, direkt vor dem kleinen Hocker, der die einzige Sitzgelegenheit in dem Raum darstellte. Ebenfalls ein Foto, das aus sicherer Entfernung geschossen worden war. Eine Großaufnahme ihres wunderschönen Gesichts. Direkt davor auf dem Tisch lag ein Kreuzschlüssel. In dem Moment, als ich das Werkzeug fand, wusste ich nicht, dass es so hieß. Das musste ich später googeln.

Bei Wikipedia findet man zu dem Thema: „Ein Kreuzschlüssel, auch Radkreuz oder Drehkreuz genannt, ist ein Handwerkzeug, das benutzt wird, um Schrauben und Muttern zu lösen oder anzuziehen. Er ist eine besondere Art von Steckschlüssel, bei dem vier verschiedene Größen über Kreuz angeordnet sind. Kreuzschlüssel werden oft für das Auswechseln von Rädern benutzt.“

Neben dem Werkzeug lag ein zerknitterter Computerausdruck. Ich nahm ihn in die Hand. Es war eine Diskussion in einem Internetforum namens motor-talk.de. Dort hatte ein User mit dem Namen Ingo73 geschrieben, dass er Drehbuchautor sei und gerade an einem Film arbeiten würde, in dem jemand unauffällig bei einem Autounfall sterben sollte. Er wollte von den Experten nun wissen, was für solch einen Fall realistisch wäre. Man war sich in der Diskussion schnell einig, dass die unauffälligste Methode das leichte Lösen der Radmuttern am Auto sei. Bei hoher Geschwindigkeit würden diese sich dann von alleine weiter lösen. Was passiert, wenn ein Auto bei Tempo Hundert auf der Autobahn ein Rad verliert, kann man sich ja leicht ausmalen. Ein paar User kritisierten zwar, dass man nicht mit Gewissheit davon ausgehen könne, dass das Opfer sterben würde, aber für einen Film reiche es ja wohl.

Der letzte Eintrag in der Diskussion stammte von Ingo73 selbst: „Das ist gut! Das nehme ich! Vielen Dank für Eure Hilfe!!!" Der verschwenderische Umgang mit Ausrufezeichen kam mir sehr bekannt vor. Aber es brauchte nicht erst die Erinnerung an meine unfreundlichen Zettel im Hausflur, um zu verstehen, dass ich selbst diesen Mordplan ausgeheckt hatte.

Fünftes Kapitel – Gier

1

Viktoria ist eine zeitlos schöne Frau. Mit ihren langen blonden Haaren, ihren smaragdgrünen Augen und ihrem liebevollen Lächeln ist sie die junge Frau von nebenan und gleichzeitig das Wesen aus einer anderen Welt. Man sieht ihr an, dass sie aus gutem Hause kommt. Man sieht ihr aber auch an, dass ihr das nicht zu Kopf gestiegen ist. Sie ist der Typ Mensch, der nach Afrika fährt, um dort Kindergärten zu bauen. Und sich dabei auch die Hände schmutzig macht, ohne jemals schmutzig auszusehen. Es ist leicht, sich in diese Frau zu verlieben. Es ist aber ebenso leicht, sie zu hassen.

Nachdem ich in dem Verschlag unter der Videothek mein Quasi-Geständnis gelesen hatte, musste ich mich erst einmal auf den kleinen Hocker setzen, der vor dem Tapeziertisch stand. Dadurch sah ich direkt in Viktorias Augen. Das Foto, das ich offensichtlich an einem Herbstmorgen mit meinem stärksten Teleobjektiv von ihr geschossen hatte, hing nur wenige Zentimeter vor mir. Für einen winzigen Moment sah ich mich selbst. Ich sah mich selbst, wie ich genau an dieser Stelle gesessen hatte. Über Wochen und Monate. Immer und immer wieder dieses Foto angestarrt hatte. Und voller Hass gewesen war. Ich glaubte sogar, den Hass zu spüren. War das eine Erinnerung? Eine echte Erinnerung?

Mein Kopf dröhnte. Die Kopfschmerzen von früher am Tag, als ich das Video von mir selbst gesehen hatte, meldeten sich mit voller Wucht zurück. Auf meinen Ohren verspürte ich einen Druck, als ob ich im Flugzeug säße und wir im Steilflug dramatisch an Höhe verlieren würden. Ich sah Flecken vor meinen Augen. Mir ging es nicht gut. Ich wollte nur noch raus aus diesem furchtbaren Keller.

Mit meinen zittrigen Fingern bekam ich das Schloss an dem Holzverschlag beinahe nicht mehr verschlossen. Aber ich wusste, dass kein Mensch jemals in diesen Keller gehen durfte. Also zischte ich mich selbst an, dass ich mich verdammt noch einmal zusammenreißen müsste. Nach einer gefühlten Ewigkeit traf ich endlich mit dem kleinen Schlüssel das Schloss.

Als ich aus dem Keller auf den Hof kam, war ich vollends paranoid. Ich hörte Schritte, sah Schatten, jemand rannte, ein Scheinwerfer schien mir ins Gesicht. Ich fühlte mich wie in einem Agententhriller, wie Matt Damon als Jason Bourne. Mein Herz raste. Dabei kam nur ein Auto auf den Parkplatz gefahren. Mit Kunden für die Videothek. Ein junges Pärchen stieg aus, die Frau sah mich mit panikgeweiteten Augen an der Häuserwand stehen.

„Sind Sie okay?“, fragte sie.

Anstelle einer Antwort rannte ich davon. Über die Ausfahrt auf die kleine Nebenstraße und von dort direkt nach Hause. Ich wusste nun, was der Begriff „kopflos“ bedeutete. Als ich mich zurück in die Wohnung schlich, hörte Christian mich Gott sei Dank nicht. Ich konnte am Wohnzimmer vorbeischleichen, von wo selbst das Flimmern des Fernsehers mir Angst einjagte.

Angst wovor? Das fragte ich mich, als ich schließlich in voller Montur auf meinem neuen Bett lag. Niemand hatte versucht, mich zu verletzen. Der einzige Mensch, der anderen etwas Böses gewollte hatte, war ich selbst. War mein altes Ich.

„Du hast versucht, es zu stoppen“, sagte ich zu mir selbst. „Du hast versucht, es zu stoppen.“

Das war mein Anker. Das war mein Weg hinaus aus der Erkenntnis, dass ich vor dem Unfall nicht nur ein ziemlich langweiliger, menschenscheuer Muffel gewesen war, sondern auch ein voll ausgebildeter Psychopath. Was heißt überhaupt „versucht“? Ich hatte es gestoppt. Ich hatte Viktoria mitsamt ihrem Wagen angehalten, bevor er genügend Geschwindigkeit aufnehmen konnte, damit ihr die eigenen Reifen um die Ohren fliegen konnten. Ich versuchte, das Bild von mir auf dem Parkplatz der Videothek mit dem Kreuzschlüssel an ihrem

Auto zu ersetzen durch das Bild, das sie selbst mir vorgemacht hatte: Meine ausgestreckte Hand. „Stopp! Ich will nicht, dass du stirbst!!!“ Die Geste hatte mindestens drei Ausrufezeichen verdient.

Es klopfte an meine Tür. Ich hatte tatsächlich laut mit mir selbst geredet.

„Alles okay, Trixi?“

„Ja, ja, ich war nur kurz noch … Ich musste frische Luft schnappen.“

„Geht es dir nicht gut? Brauchst du irgendwas?“

„Nein, nein. Ich schlafe jetzt. Gute Nacht!“

„Okay, aber wenn was ist …“

„Alles klar. Gute Nacht!“

„Gute Nacht.“

Ich hielt den Atem an. Es dauerte einen Moment. Dann hörte ich, wie Christian sich von meiner Tür entfernte.

„Du hast es gestoppt“, flüsterte ich.

2

Als mein Handy in meiner Hosentasche vibrierte, lag ich nach wie vor mit Jacke und Schuhen auf meinem Bett. Trotzdem war ich eingeschlafen. Ich fühlte mich wie ausgekotzt, aus dem Tiefschlaf gerissen. Für einen Moment wusste ich nicht, ob ich die Entdeckungen in der Kammer nur geträumt hatte. Aber ein Blick auf den Schlüssel in meiner Hand holte mich schnell zurück in die Realität. Ich hatte ihn nicht losgelassen, seit ich ihn vom Schloss im Keller abgezogen hatte. Ich schaute auf den Wecker am Nachttisch. Es war halb eins. Ich kramte mein Handy aus der Tasche. Das Display kündigte Tom an. Ich konnte nicht anders, als ihn wegzudrücken. Was dazu führte, dass ich dann die fünf SMS sah, die er mir in den letzten Stunden gesendet hatte. Mit zunehmender Besorgnis darüber, ob die Begegnung mit Viktoria irgendetwas angerichtet hatte. Natürlich. Er hatte keine Ahnung, was danach noch alles passiert war. Und ich hatte keine Ahnung, wie ich mich ihm gegenüber verhalten sollte.

Das Schuldgefühl hatte bereits in dem Moment eingesetzt, als ich Viktoria in dem Keller in die Augen geschaut hatte. Vielmehr ihrem Abbild auf dem Foto. Auch wenn ich den Unfall gestoppt hatte, war ich natürlich voll und ganz dafür verantwortlich, dass sie nicht mehr richtig laufen konnte, wochenlang ohne ihre Familie in der Reha gewesen war und ihrerseits Schuldgefühle hatte wegen des Unfalls. Ganz nebenbei war nun auch klar, dass ich mir meine Amnesie selbst eingebrockt hatte. Letztlich war das Vergessen das einzig Gute an der ganzen Aktion, denn mit der alten Trixi ging es wirklich nicht mehr weiter.

Das Schuldgefühl Viktoria gegenüber hatte sich natürlich sofort auch auf Tom und seine Kinder ausgedehnt. Spätestens als ich seinen Namen auf dem Display meines Handys sah, kam die Angst hinzu. Die Angst, ihn zu verlieren. Wenn er herausfinden würde, dass ich die Mutter seiner Kinder hatte umbringen wollen, würde er mich nie wiedersehen können. Egal wie sehr ich nun ein neuer Mensch war.

Tom rief nicht noch einmal an. Und er schickte auch keine weitere SMS. Ich zog mir die Jacke und die Schuhe aus und schlich mich ins Bad. Christian war nicht mehr im Wohnzimmer. In seinem Zimmer, also unserem ehemaligen Schlafzimmer, brannte noch Licht. Auch ihm wollte ich in der Situation nicht begegnen. Obwohl ich mir komischerweise sicher war, dass er trotz der neuen Erkenntnis zu mir stehen würde. Er stand ja immer zu mir.

Als ich wenig später meine Sachen auszog, fiel aus meiner Hosentasche ein Schlüssel. Nein, nicht mein Schlüsselbund mit dem nun überhaupt nicht mehr rätselhaften kleinen Schlüssel, sondern der Kellerschlüssel der Videothek. Ich hatte vergessen, ihn zurückzubringen. Nun holte er mich erst einmal zurück in die Rationalität: Ich musste dafür sorgen, dass dieser Schlüssel wieder an seinen Platz kam. Und ich musste dafür sorgen, dass der kleine von mir okkupierte Kellerraum geräumt wurde. Beweise vernichten. Um nicht weniger ging es. Genauso wenig wie ich Viktoria hatte anzeigen wollen, als ich sie noch für eine Mörderin gehalten hatte, wollte ich mich selbst anzeigen. Weniger aus Angst vor einer Strafe als davor, zu einer Bild-Schlagzeile zu werden. Ich war mir sicher, dass mein Fall das Potential dafür hatte.

Es war aber auch noch etwas anderes: Ich wollte nicht für das bezahlen, was die alte Trixi angestellt hatte. Ich verstand diese Frau auch nach Wochen des Recherchierens und Grübelns nicht. Okay, ich konnte nachvollziehen, was passiert war. Sie hatte sich in Tom verliebt, ihn als Ausweg aus ihrem trostlosen Leben gesehen. Und war bereit gewesen, alles für diesen Ausweg zu tun. Er war für sie der Mann, den sie liebte, immer geliebt hatte und immer lieben würde. Vielleicht hatte sie sich sogar eingebildet, dass er dasselbe für sie empfand. Und auch wenn ich ihre Denkweise bis dahin durchaus nachempfinden konnte, ich spürte in mir einfach nicht diesen Hass auf Viktoria. Diese Bereitschaft, mein weiteres Leben auf einem Mord aufzubauen.

Mir fiel ein, was Tom über die alte Trixi gesagt hatte. Seine Vermutung, dass sie jemanden hatte gewaltsam sterben sehen. Hatte sie bereits einen Menschen umgebracht? War das der Grund für ihren Zustand, in dem Christian sie damals gefunden hatte? War sie deswegen bereit gewesen, selbst aus dem Leben zu scheiden?

Der Keller hatte Antworten gebracht. Unangenehme Antworten. Er hatte aber auch wieder neue Fragen aufgeworfen. Und er stellte nun ein handfestes Problem dar, das ich am nächsten Morgen so schnell wie möglich lösen wollte.

In dieser Nacht träumte ich intensiver als je zuvor. Hatte ich bis dahin meine Träume meist schnell wieder vergessen, brannte sich dieser Traum in mein Gehirn. Er kam mir fast real vor. Wie eine Erinnerung. Aber er konnte nicht echt sein. Denn ich war in einem Raum mit unzähligen Türen. Aus dem ich nicht herauskam. Immer, wenn ich versuchte, eine Tür zu öffnen, war sie verschlossen oder es fand sich ein Abgrund dahinter oder ein stinkender Sumpf, so ekelig, dass es mich im Schlaf schauderte. Mal sah der Raum aus wie der Verschlag im Keller, mal wie eine Studentenbude. Mit einfacher Einrichtung – Bett, Schreibtisch, Schrank. An der Wand hingen Filmplakate, die ich aber nicht erkennen konnte. Es gab manchmal ein Fenster. Immer wenn ich dort hinausschaute, sah ich eine dunkle Gestalt davonlaufen. Ansonsten war ich allein. Bis zum Ende des Traumes. Nachdem ich immer und immer wieder Türen probiert hatte, gab es plötzlich Bewegung hinter einer Tür. Licht. Angenehmes, warmes Licht. Das Geräusch eines Schlüssels im Schloss. Aber die Tür wurde nicht geöffnet, denn der Wecker an meinem Handy weckte mich. Voller Enttäuschung saß ich schweißgebadet in meinem Bett. Alle meine Hoffnungen hatte ich auf diese Tür gerichtet. Auf den Menschen dahinter. Ich wusste, dass dort ein Mensch war. Und dass er mir helfen würde. Aber nun war ich wach. Und ich war allein. Ich musste meine Probleme alleine lösen.

3

Am nächsten Morgen hatte Luna Schicht. Mein Glück. Ich stand früh auf, ging Christian aus dem Weg und fuhr mit unserem Wagen zur Videothek. Es war eine halbe Stunde vor Öffnung. Auch wenn es diesmal draußen hell war, fiel es mir nicht leichter, den Keller aufzusuchen. Ich hatte das Gefühl, dass mich zig Augenpaare aus dem Haus über der Videothek anstarrten, während ich die Treppe hinabging. Tatsächlich zu sehen war niemand.

Ich hatte mich bestens vorbereitet – zahllose Erinnerungen an Gangsterfilme sollten nicht ungenutzt bleiben. Ich trug natürlich Handschuhe und hatte große, blickdichte Müllbeutel mitgebracht. So sehr mir viele der Fotos von Tom auch gefielen, es durfte sie nicht geben, also riss ich sie alle von der Wand und stopfte sie in den Beutel. Als nur noch das Bild von Viktoria übrig geblieben war, schaffte ich es nicht einmal, sie darauf anzuschauen. Auch dieses Foto landete im Beutel, genauso wie die verhängnisvollen Computerausdrucke. Natürlich auch der Kreuzschlüssel. Als ich zu meiner Kamera kam, verspürte ich ein Stechen in meinem Herzen. Aber ich hatte mir geschworen, alles zu vernichten, was mit Tom und Viktoria zu tun hatte. Also musste auch die Kamera dran glauben – zumal ich Christian kaum hätte erklären können, warum ich sie nun doppelt hatte. Kurz überprüfte ich, was sich auf der Chipkarte in der Kamera befand. Es waren viele der Fotos, die ich soeben von der Wand gerissen hatte. Am Ende kamen noch einige dazu, die Viktorias Sportwagen zeigten. Aus sicherer Distanz hatte ich ihn mehrfach fotografiert, ganz nah an die Reifen gezoomt. Ich hatte mich also bestens vorbereitet.

Mir wurde bewusst, welches Glück ich hatte, dass der Wagen verschrottet worden war. Niemand war nach dem Unfall auf die Idee gekommen, den Zustand der Schrauben an den Rädern zu überprüfen. Warum auch? Sie waren nicht der

Auslöser für den Unfall gewesen. Von daher drohte also keine Gefahr. Die letzten Beweise für meine Mordgelüste waren die, die ich in der Hand hielt.

Ich stopfte alles in den Beutel, Columbo wäre stolz auf mich gewesen. Einzig meine Sportasche mitsamt Inhalt und Mitgliedskarte behielt ich. Diese stand für mich nicht im Zusammenhang mit Tom oder gar meinem Mordversuch. Ich konnte sie genauso gut nun neu gekauft haben – besonders alt sahen die Sachen sowieso nicht aus. Und die Mitgliedschaft existierte noch genauso wie mein Konto, zu dem ich nun immerhin eine EC-Karte besaß.

Als Letztes klappte ich den Tapeziertisch zusammen und riss die Pappen von den Wänden. Kurz dachte ich darüber nach, in dem Verschlag auch etwaige Fingerabdrücke wegzuwischen, aber als alter CSI-Gucker wusste ich, dass man mir so oder so auf die Spur kommen würde, wenn man nur wollte. Sicher fand sich irgendwo noch ein Nasenhaar oder irgendetwas anderes mit meiner DNA. Wichtiger war es also, dass niemals jemand auf die Idee kommen würde, hier in dem Keller nach Spuren zu suchen. Eine Frage bereitete mir noch Bauchschmerzen: Hatte ich den Keller ernsthaft bei irgendjemandem gemietet? Gab es also einen Hausmeister, der mich hätte erpressen können? Ich wusste es nicht und wusste auch nicht, wie ich es herausfinden konnte. Also nahm ich einfach an, dass ich den Keller besetzt hatte. Schließlich waren dort unten noch andere Verschläge leer.

Als ich den Müllsack in den Kofferraum unseres Volvos hob, hatte ich endgültig das Gefühl, mich in einem alten Krimi zu befinden. Immer wieder blickte ich mich nach möglichen Zeugen um. Den Tapeziertisch legte ich noch dazu und dann schloss ich den Kofferraum, nur um plötzlich in die erstaunten Augen von Luna zu blicken. Es war kurz vor zehn und sie wollte die Hintertür der Videothek aufschließen.

„Was machst du denn hier?“

Meine Zeit im Keller war zu knapp berechnet gewesen, aber Luna musste sowieso ein Stück weit eingeweiht werden.

„Ich habe auf dich gewartet“, behauptete ich freundlich lächelnd und ging zu ihr.

„Was ist denn los?"

„Ich war noch einmal im Keller, um das Video anzuschauen."

„Oh."

Sie hatte die Tür zur Videothek geöffnet und ließ mich nun hinein. In meiner Hand baumelte der Kellerschlüssel der Videothek, der wieder zurück an seinen Platz musste.

„Verrat mich nicht an Karl, ja!?", sagte ich, während ich den Schlüssel an den entsprechenden Haken hängte.

„Der kann mich mal. Alter Spanner!"

„Ich bin mir jetzt ziemlich sicher, was passiert ist."

„Aha."

Ich wunderte mich, denn Luna sprang nicht so an wie sonst. Während sie die Videothek für die Kundschaft startklar machte, sprach ich weiter. Es war ein erster Test, ob man mir meine Geschichte abnehmen würde.

„Ich wollte Viktoria die Affäre beichten."

„Meinst du?"

„Sie hat an dem Tag mein Auto in der Tiefgarage gesehen. Ich hätte es garantiert als unwürdig empfunden, wenn sie die Affäre von alleine rausbekommen hätte. Also bin ich rausgelaufen und wollte sie anhalten, um ihr die Wahrheit zu sagen. Dummerweise hat sie mich zu spät gesehen."

„Wieso bist du dir da so sicher?"

„Das sieht man mir auf dem Video an. Und … Ich spüre das einfach. Vielleicht … Vielleicht erinnere ich mich sogar."

Luna musterte mich skeptisch, wirkte immer noch eher verhalten.

„Du warst gestern ganz schön durch den Wind, nachdem du das Video gesehen hast."

„Eben. Es hat eine Erinnerung ausgelöst. Sie ist nicht deutlich. Aber … Ich glaube fest daran. Für mich ist die Sache damit erledigt."

Nun war Luna erstaunt.

„Wie? Erledigt?"

„Ich habe nur mir selbst Vorwürfe zu machen wegen des Unfalls, sonst niemandem. Ich will das jetzt abhaken und nach vorne schauen."

So nah wie möglich an der Wahrheit bleiben. Es funktionierte. Luna nickte und lächelte mich an.

„Das freut mich, Süße. Gestern habe ich mir echt Sorgen um dich gemacht."

„Nicht nötig, mir geht's gut."

Sobald der ganze Kram in meinem Kofferraum in der Müllverbrennungsanlage gelandet war, würde dies auch stimmen. Ich wollte die Vergangenheit – zumindest was den Unfall anging – so schnell wie möglich loswerden. Entsprechend strahlte ich Luna nun an. Sie strahlte mich auch an, legte mir sogar erleichtert einen Arm um die Schulter. Es funktionierte wirklich.

„Dann kann ich dich ja vielleicht doch fragen", sagte sie vorsichtig.

„Fragen? Was?"

„Ich habe Mist gebaut."

Erst jetzt nahm ich wirklich wahr, wie sie drauf war. Sie war die ganze Zeit mit den Gedanken woanders gewesen.

„Und ich brauche deine Hilfe."

Sie seufzte. Ich zögerte. Eigentlich hatte ich „heiße Ware" draußen im Kofferraum und wollte so schnell wie möglich weg, aber andererseits hatte Luna mir in den vergangenen Wochen mehr als einmal geholfen, tat es gerade wieder, indem sie mich den Schlüssel zurückhängen ließ.

„Wenn ich dir echt helfen kann, dann …", sagte ich. „Klar!"

Sie freute sich, war aber immer noch vorsichtig in ihrer Wortwahl.

„Also … Du weißt ja, dass ich immer wieder auf so Datingseiten im Internet unterwegs bin. Und dass ich … na ja … eine verheerende Trefferquote habe. Außer ein paar Katastrophen wollte sich nie jemand mit mir treffen. Aber … Jetzt ist da einer. Der ist echt toll."

„Wow! Das ist doch cool! Wo ist der Haken? Verheiratet? Psychiatrieinsasse? Schwul?"

Sie schüttelte den Kopf.

„Nee, er ist überhaupt nicht das Problem. Er ist super. Zumindest sind die Mails mit ihm super. Er ist witzig und total nett. Ein ganz Aufmerksamer, der echt zuhört und auf einen eingeht. So ein kleiner Traummann."

„Aber?"

„Ich bin das Problem. Ich habe dir doch gesagt, dass bei den meisten der Ofen aus ist, sobald ich ein Foto von mir schicke."

Das bedrückte mich. Denn Luna sah wirklich nicht schlecht aus. Eigenwillig, okay. Aber sie hatte Charakter. Es war einfach nicht fair, dass diese Internetmänner, die garantiert selbst mehr als einen Makel hatten, immer nur auf den aalglatten Frauentyp abfuhren.

„Deswegen habe ich Daniel ... ein Foto von dir geschickt."

Oh. Luna wirkte auf einmal sehr klein. Nicht nur körperlich.

„Es tut mir leid! Das war ganz am Anfang. Mehr so aus Quatsch, um's mal zu testen. Aber ... das ist jetzt verdammt nochmal der beste Typ, mit dem ich je gemailt habe. Ich hab' mich echt in den verknallt. Ich! Verstehst du? Und ... ich will, dass das gut geht."

Sie schaute mich herzerweichend an. So sehr ich mich auch geschmeichelt fühlte, dass sie mit Bildern von mir Männer angelte, ich wusste nicht, wie ich ihr helfen konnte.

„Du musst es ihm sagen."

„Wollte ich ja auch."

„Aber?"

„Ich schaffe es nicht. Ich habe ihm sogar schon geschrieben, dass ich eine Überraschung für ihn habe, wenn wir uns treffen, aber das packe ich nicht. Wenn er mich dann angewidert anschaut ..."

„Moment, Moment. Wenn ihr euch trefft? Ihr seid verabredet?"

„Heute Nachmittag."

„Och, Luna. ... Ja, und jetzt?"

„Kannst du nicht für mich hingehen?"

Ich staunte sie mit großen Augen an. Das machte keinen Sinn.

„Das macht keinen Sinn, Luna."

„Doch. Du sollst ihm das sagen. Du sollst ihm sagen ... Also, erst einmal ..."

Es klopfte an die Scheibe der Videothek. Es war längst nach zehn Uhr und die ersten Süchtigen brauchten Nachschub für ihren DVD-Player. Während Luna zur Tür ging, um sie aufzuschließen, redete sie schnell weiter: „Also, ich dachte, du checkst erst einmal, ob der nicht vielleicht ein Psycho ist – gibt ja genügend kranke Schweine im Netz."

„Die zum Beispiel gefakte Fotos verschicken."

„Haha. Na ja, und wenn er dann der Richtige ist … Guten Morgen!"

Das war für den ungeduldigen Kunden, der ansonsten von Luna ignoriert wurde.

„… dann bereitest du ihn sanft darauf vor, dass du nicht ich bist, beziehungsweise ich nicht du … Oder … Du weißt schon, was ich meine."

„Ich glaube nicht, dass das viel bringt."

„Es kann auch nicht weniger bringen, als wenn ich's ihm direkt sage. Außer dass ich ihm nie begegnen muss, wenn er es krank findet. Ich will nicht als Vollhorst dastehen. Bitte."

Was sollte ich dazu sagen? Natürlich war es irgendwie psycho, was sie gebracht hatte. Aber ich saß ja nun einmal mitten im Glashaus, wenn es um psychopathisches Verhalten wegen eines Mannes ging.

„Wann und wo?", fragte ich seufzend.

„Ich liebe dich, Trixi!"

„Heb dir das für ihn auf."

Luna hüpfte an mir hoch und umarmte mich.

4

Während ich endlich auf dem Weg zur Müllverbrennungsanlage in der Gradestraße war, nahm meine Tagesplanung weitere Konturen an. Erst bekam ich auf dem Handy eine Mail von Luna, in der sie mir „kurz“ den Mailverkehr zwischen sich und besagtem Daniel weiterleitete, damit ich „auf der Höhe des Geschehens“ war. Eigentlich hatte ich nicht vorgehabt, das Verwechselspielchen mit Lunas Internetbekanntschaft länger als eine Minute mitzuspielen. Aber sie konnte sehr hartnäckig sein, also hatte ich sogar versprochen, mir die Mails anzuschauen. Als ich an einer Ampel im Neuköllner Nirgendwo stand, sah ich auf meinem Handy, dass die beiden Turteltauben gefühlte tausend Mails hin- und hergeschickt hatten. Um die alle auch nur ansatzweise zu lesen, würde ich mindestens eine Stunde brauchen. Und ich war mit Daniel bereits um 16 Uhr verabredet, zu „Kaffee und Kuchen“ im Rubens.

Als ich noch darüber grübelte, wie ich das alles timen sollte, klingelte mein Handy. Nein, es war nicht Tom, der sich verdächtig ruhig verhielt, sondern es war Tante Angela aus New York. Wir hatten per Mail Handynummern ausgetauscht und sie wollte sich melden, sobald sie in Berlin war. Als ich ihren Namen auf meinem Display sah, fielen mir die Berichte über die Eröffnung der Berlinale mit „Grand Budapest Hotel“ am Vortag ein. Und da sie zu den Filmfestspielen in Berlin sein wollte, war es nun also an der Zeit. Eigentlich hätte ich wegen ihres Anrufes wahnsinnig aufgeregt sein müssen – schließlich war sie eine der wenigen nicht dementen und nicht abweisenden Verwandten, von denen ich mir etwas mehr Aufschluss über die alte Trixi erhoffte. Aber ich hatte eine Leiche im Kofferraum, ein absurdes Date mit Lunas Internetbekanntschaft vor mir und war dabei, den tollsten Mann der Welt aus meinem Leben zu verdrängen. Da rückte so ein bisschen Vergangenheitaufarbeiten gleich mal in eine ganz andere Perspektive. Dennoch ging ich noch während der Fahrt ans Handy.

„Hallo!?"

„Hallo! Das ist Angela, aus New York! Wie geht es?"

Ja, das war Angela aus New York. Sie musste schon ziemlich lange dort leben, denn sie sprach nicht nur ihren Namen amerikanisch aus, sondern hatte sogar einen kleinen Akzent.

„Gut, danke. Sie sind in Berlin?"

Ich hatte nicht viel Zeit, denn die Beschilderung deutete darauf hin, dass ich bald beim „Recyclinghof" der BSR sein würde. Christian hatte nach dem Ende seiner Dreharbeiten eine Menge Müll entsorgen müssen – haufenweise Ordner, kaputte Requisiten, sogar alte Möbel. Er hatte das selbst übernommen. Nicht nur weil seine berühmte Assistentin Anna frühzeitig ihren Resturlaub genommen hatte, sondern weil er es liebte, den ganzen Kram in den Schlund der Müllverbrennungsanlage zu werfen. Wie ein kleiner Junge hatte er mir von der riesigen Halle erzählt, in die man direkt mit seinem Wagen fahren konnte, um alles loszuwerden, was einen belastet. Nicht weniger wollte ich an diesem Tag. Nun hatte ich aber erst einmal Angela an der Backe – im wahrsten Sinne des Wortes.

„Ja, ich bin am Potsdamer Platz. Können wir uns um sechs Uhr treffen?"

„Heute?"

„Heute Abend habe ich Tickets für ‚Two men in town' und ‚71'. Morgen bin ich voll mit Terminen. Sorry."

„Wie lange sind Sie denn in Berlin?"

„Bis morgen."

„Oh."

Beinahe hätte ich die richtige Einfahrt verpasst. In letzter Sekunde riss ich das Steuer herum und fuhr zur Wiegestation, die man passieren musste, bevor man in den Ehrfurcht einflößenden Bau fahren durfte. Hinter mir bog ein Müllwagen ein.

„In der Lobby vom Hyatt Hotel?", fragte Angela.

„Ja, mh … Okay."

„Sehr gut. Danke. Bis später."

„Ja … Bis später."

Ich drückte das Gespräch weg und war nun offiziell gestresst. Dem viel zu knapp nach meinem „Date" liegenden Termin hatte ich nur zugesagt, weil ich mit unserem Volvo an dieser merkwürdigen Pforte auf einer Fahrzeugwaage stand und von einem BSR-Mitarbeiter, der ungefähr einen Meter über mir saß, skeptisch gemustert wurde. Offensichtlich war das Bezahlhäuschen eher für Lastwagen konstruiert.

„Junge Frau, wat machen Sie denn hier?", fragte mich der gemütliche, ältere Herr, nachdem ich mein Fenster heruntergelassen hatte.

„Ich wollte meinen Müll in die Verbrennungsanlage bringen."

„Ihren Müll? Wo is er denn?"

„Im Kofferraum."

„Doch so viel, ja?"

Okay, er nahm mich nicht ernst. Im Rückspiegel sah ich bereits das belustigte Grinsen der zwei Männer im Müllwagen hinter mir. Aus der großen Halle kam nun ein weiterer enormer Lastwagen, der sich auf der anderen Seite auf die Waage stellte. Man musste vorher und nachher gewogen werden, um das Gewicht des abgeladenen Mülls bestimmen zu können.

„Ick gloob, wir sind nebenan beim Recyclinghof besser uffjehoben, wa?", sagte der Mann an der Pforte nun und deutete hinter sich. Aber so leicht wollte ich mich nicht abspeisen lassen. Ich hatte schließlich eine Mission.

„Hören Sie, ich möchte den Müll gerne selbst in den Hochofen werfen."

„Wat'n für'n Hochofen?"

„Oder wie auch immer das heißt."

„Hier gibt's keenen Hochofen. Und wenn, dann werfen Sie da ganz sicher nix rein."

„Gut, wie kann ich denn dann sicherstellen, dass der Müll auch wirklich vernichtet wird?"

„Haben Se 'ne Leiche im Kofferraum, oder wat?"

Er grinste breit. Wenn der wüsste, wozu ich imstande war, würde er sich das zwei Mal überlegen.

„So etwas in der Art."

„Dann weeß ick wat für Sie."
„Ach ja?"
„Ja, der Recyclinghof nebenan. Da gibt's sogar 'ne Biotonne. Perfekt für Leichen."
Na gut, Humor hatten sie bei der BSR immerhin.
„Okay, ist es verboten, nur mit einem Kofferraum voller Müll hier reinzufahren?"
„Nee, aber dit is Quatsch. Nebenan kostet dit bis zwo Kubikmeter jar nüscht. Und in dem Kofferraum haben Sie nie und nimmer zwo Kubikmeter Müll."
„Ich will trotzdem hier rein."
„Dit kostet aber mindestens 35, 87 Euro."
„Zahl ich vorher oder hinterher?"
Er seufzte.
Wenig später stand ich dann in einer gigantisch großen, stinkenden Halle, in der Müllwagen und Kleinlaster ein- und ausfuhren. Mit meinem Volvo wirkte ich fast lächerlich zwischen den großen Containern, in denen der Müll gleich tonnenweise abgeworfen wurde. Selbstredend war ich die einzige Frau weit und breit. Sollte es jemals zu einem Gerichtsverfahren wegen meiner Geschichte kommen, würden sich die Mitarbeiter der BSR garantiert allesamt an mich erinnern. Zumal ich dann auch noch darauf bestand, meinen Kram – trotz zahlreicher dargebotener starker Männerarme – eigenhändig auf ein Laufband zu legen, mit dem er in den Schlund einer großen Müllpresse transportiert wurde. Prompt riss mir mein Müllsack, so dass für einen Moment Fotos und Papiere offen auf dem Laufband lagen. Dabei sah ich, dass die Computerausdrucke, die ich alle der Recherche „Wie bringe ich die Frau meines Traummannes um?" zugeordnet hatte, gar nicht alle aus dem entsprechenden Forum waren. Auf einem der Blätter fand sich eine Anzeige, mit der Leute für Medikamententests gesucht wurden. Die Worte „lukrative Verdienstmöglichkeit" hatte ich mit einem roten Stift eingekringelt. Ich hatte Medikamententests machen wollen? Nur der strenge Blick eines BSR-Mitarbeiters hinderte mich daran, nicht auf das Laufband zu klettern, um den Zettel zu retten. Spätestens dieser Herr, der auch die Bilder von Tom an sich vorbeilaufen

sehen konnte, hätte mir vor Gericht das Genick gebrochen. Beweise vernichten war echt nicht so leicht, wie sie einem das in Hollywoodfilmen weismachen wollen. In Berlin gibt es ja nicht einmal einen vernünftigen Sumpf, in dem man sein Auto samt Beweisen versenken konnte. Als ich schließlich sah, wie die Fotos, der Tapeziertisch und der andere Kram aus dem Müllbeutel geräuschvoll zermalmt wurden, kehrte endlich eine gewisse Ruhe in meinem Kopf ein. Das Thema „lukrative Verdienstmöglichkeit" verdrängte ich schnell. Ich hatte an diesem Tag noch wahrlich genügend andere Probleme zu klären. Also zahlte ich an der Ausfahrt meine 35, 87 Euro und machte, dass ich nach Hause kam.

5

Ein Teil von mir war ganz glücklich darüber, dass sich gerade an diesem Tag eine Ablenkung nach der anderen bot. So war es leichter, nicht mehr an den Kellerverschlag zu denken. Allerdings war nicht jede Ablenkung dafür geeignet. Als ich das Auto vor unserem Haus parkte, stand plötzlich Tom neben mir. Er lächelte mich warm an. Mein ganzer Körper versteifte sich.

„Darf ich dich auf einen Kaffee einladen?"

„Nee, echt nicht."

Toms Lächeln verschwand.

„Was ist los? Was hat Viktoria zu dir gesagt?"

Ich atmete tief durch. Ich sah, dass er litt. Ich verstand, dass er litt. Ich litt selbst. Aber es schwirrte mir viel zu viel im Kopf herum, als dass ich nun eine geeignete Strategie finden konnte, um uns zu helfen. Ich konnte und wollte ihm nicht die Wahrheit sagen. Was blieb mir also anderes, als abweisend zu sein?

„Ich hab' wahnsinnig viel zu tun heute, Tom."

„Du hast ein schlechtes Gewissen? Du willst sie nicht verletzen?"

‚Ja. Schon. Aber nicht aus den Gründen, die du jetzt annimmst.' Es schmerzte, dass er dem Gespräch von Viktoria und mir so viel Bedeutung zuschrieb. Aber für den Moment musste ich es so stehen lassen.

„Tom, ich habe echt viel zu tun. Es tut mir leid."

Ich verschloss das Auto und ging Richtung Haus.

„Ich will das nicht", sagte Tom hinter mir in einem sehr verletzlichen Tonfall.

Es war wie ein Stich in meinen Rücken. Ich blieb kurz stehen. Hörte ihn reden, ohne mich umzudrehen.

„Lass uns doch einfach alles um uns herum vergessen und …"

Er verstummte. Sagte für eine Weile nichts mehr. Ich war kurz davor, mich umzudrehen, als mein Handy erneut klingelte. Es bewahrte mich davor, Tom in die Arme zu laufen und mich mit ihm davonzustehlen. Stattdessen sagte ich knapp „Sorry“, zückte mein Handy und ging weiter zum Haus. Nur nicht umdrehen. Nur nicht umdrehen.

„Hallo?“

Ich hatte nicht einmal auf die Nummer geschaut. Aber ich kannte die Stimme sowieso nicht.

„Ja, hallo, hier ist der Alex von Blumentopffilm. Der Christian hat mir deine Bewerbung als Standfotografin geschickt. Können wir uns vielleicht kurz treffen?“

„Heute?“

Ich konnte es nicht glauben.

„Ja, geht nur heute. Sorry. Ist ja Berlinale und so. Vielleicht um fünf?“

Nachdem ich die dritte Verabredung für den Nachmittag angenommen hatte – denn auch die Aussicht auf einen Job als Fotografin war eigentlich eine traumhaft tolle Nachricht – stand ich an unserer Haustür und schaute noch einmal hinter mich. Tom war nicht mehr da. Er war genauso lautlos verschwunden, wie er aufgetaucht war. Mir wurde kalt. Hatte ich ihn gerade zum letzten Mal gesehen?

6

16 Uhr – Daniel im Café Rubens. Ich traf Luna natürlich etwas früher. Sie wollte auch im Café sein, sich ans andere Ende setzen und dazukommen, wenn alles gut lief.

„Oder im Boden versinken, wenn er wütend wird. Ich glaub', hier kann man gut im Boden versinken, oder?"

Sie testete den Parkettboden des Cafés und lächelte mich schief an. Mir war nicht nach Witzen zumute. Ich wollte die Aktion einfach nur hinter mich bringen. Denn ich hatte noch zwei potentiell lebensverändernde Termine vor mir und das tiefe Grundbedürfnis, mich weinend in meinem Zimmer einzuschließen und „Casablanca" zu schauen.

„Hast du die Mails gelesen?"

Ich nickte. Ich hatte so viel gelesen wie eben ging, nachdem ich mir den Geruch der Müllanlage abgeduscht und mir mein coolstes Outfit angezogen hatte. Meine Garderobe hatte in den glücklichen Wochen mit Tom endlich noch ein paar Ergänzungen erfahren, so dass ich nun für das Dreigestirn Date/Bewerbungsgespräch/Verwandtenbesuch mit einem schwarzen Bleistiftrock und einer todschicke Seidenbluse aufwarten konnte. Dabei ließ sich die Tiefe meines Ausschnitts je nach Anlass gut regulieren. Für das vermeintliche Date war allerdings nicht die tiefste Stufe vorgesehen. Hier wollte ich einfach nur für Luna den Typen auschecken und möglichst schnell die Scharade auflösen, so dass die beiden miteinander glücklich werden konnten.

Luna war unfassbar aufgeregt. Überhaupt sah ich an diesem Tag Seiten von ihr, die ich nicht erahnt hatte.

„Bist du denn gar nicht aufgeregt?", fragte sie mich, als ich in Gedanken versunken neben ihr stand, während sie noch einmal alle wichtigen Fakten aus den Mails durchging.

„Muss ich?"

„Na ja, es wäre glaubwürdiger."

„Luna, ich will dem Typen hier nicht stundenlang was vorspielen. Ich habe auch gar nicht so viel Zeit."

„Okay, aber bau's vorsichtig auf. Ja? Ganz vorsichtig! Wir haben nur diese eine Chance."

Ich nickte.

„Oh, Gott, das ist er!"

Ich folgte Lunas panischem Blick durch das Fenster nach draußen, wo sich tatsächlich ein junger Mann näherte, der dem Foto ähnelte, das Luna mir natürlich auch gezeigt hatte. Im selben Moment hörte ich hinter mir ein lautes „Klong". Luna hatte vor Schreck sofort abgedreht und wollte sich auf ihrem Platz verstecken. Sie hatte aber die Orientierung im Café verloren und war mit voller Wucht vor eine Zwischenwand gerannt, die eigentlich gar nicht so weit in den Raum ragte. Sie hielt sich entsetzt den Kopf. Blut tropfte von einer Platzwunde an ihrer Stirn.

„Oh, nein. Oh, nein. Oh, nein", jammerte Luna und sah dann, wie sich die Tür des Cafés öffnete. Sie sprintete sofort los in Richtung Toilette. Ich natürlich hinterher.

„Ich kann den so auf keinen Fall treffen," stellte Luna wenige Minuten später fest, während sie sich die blutende Wunde mit Klopapier abtupfte. „Auf keinen Fall!"

„Sollen wir es absagen?"

„Nein, dann denkt der noch, in bin feige."

„Na ja …"

„Du bist doch nicht verletzt."

„Ja, aber wie soll ich dich denn einführen? Soll ich ein Foto von dir zeigen?"

„Nein, dann … mach ein neues Treffen aus. Morgen oder so. Nee, besser ein paar Tage warten, das wird ein richtiges Horn."

Sie deutete im Spiegel auf die Wunde an ihrem Kopf.

„Luna, ich habe kein gutes Gefühl bei der Sache."

„Bitte, Trixi. Geh rein. Lass ihn nicht warten. Ich …"

Sie schaute sich in dem Toilettenraum um.

„Ich soll ihm jetzt wirklich das ganze Date lang vorspielen, dass ich … Luna? Was machst du da?"

Entgeistert sah ich, wie sie das Fenster in einer der Toilettenkabinen öffnete.

„Ey, ich geh nicht da vorne raus. Auf keinen Fall!“

„Aber du kannst doch nicht aus dem Fenster klettern.“

Sie kletterte aus dem Fenster. Ich stand sprachlos da. Kurz darauf war sie schon draußen. Da das Fenster etwas höher gelegen war, sah ich nur noch Lunas Kopf, an dem sich ein großer Tropfen Blut den Weg nach unten bahnte. Sie konnte gerade so über das Fensterbrett schauen. Es sah absurd aus.

„Lass dir was einfallen, okay?“, flehte Luna mich an. „Und meld’ dich, sobald es vorbei ist.“

„Okay“, sagte ich und wurde sehr ruhig. Für alles andere war die Situation einfach zu grotesk.

Daniel war nervös. Aber er schaffte trotzdem ein sympathisches Lächeln, als ich schließlich zu ihm an seinen Tisch kam. Er wollte gerade aufstehen, um mich zu begrüßen. Da saß ich aber schon. Luna hatte recht. Daniel war ein Netter. Das sah man ihm sofort an mit seinen struwweligen, kurzen Haaren und seinen strahlenden Augen. Er wirkte noch etwas jung, aber durchaus selbstbewusst.

„Hallo, Luna“, sagte Daniel.

„Hallo, Daniel“, sagte ich.

Er grinste. Er war glücklich, mich zu treffen. Beziehungsweise Luna zu treffen.

„Du bist doch gar nicht so klein“, sagte er.

Ich hatte nicht alles von den Mails gelesen, aber tatsächlich hatte Luna wie immer Witze über ihre geringe Größe gemacht. Ein weiterer Beleg dafür, dass sie das mit dem falschen Foto nicht durchdacht hatte.

„Tja, hehe. Vielleicht komm ich mir manchmal einfach nur klein vor.“

Im Moment kam ich mir einfach nur bescheuert vor.

„Willst du auch etwas trinken? Ich hab’ schon bestellt.“

„Ja, vielleicht ein …“

„Halt! Lass mich raten! Einen Karamell-Latte-Macchiato.“

Lunas Lieblingsgetränk. Ich selbst hasste Karamell. Lachte aber nun erst einmal herzlich.

„Wahnsinn, was du alles über mich weißt."

Er grinste breit und winkte die Kellnerin herbei. Während er mir den Karamell-Latte-Macchiato bestellte, schaute ich auf die Uhr. Mein Bewerbungsgespräch war am Rosenthaler Platz. Ich musste eine halbe Stunde Fahrzeit einplanen. Hatte also noch maximal fünfzehn Minuten mit Daniel, um ihn zu einer Abkürzung dieses Dates zu bewegen und ein zweites zu vereinbaren. Kurz dachte ich darüber nach, selbst vor die Wand im Café zu rennen.

„Und?", fragte er, als die Kellnerin gegangen war. „Was denkst du, was ich vorhin für mich bestellt habe?"

Ernsthaft? War er ein Rätselfuchs oder was sollte das werden?

„Auch einen Karamell-Latte-Macchiato?"

„Nein", sagte er irritiert. „Ich hab' doch eine Laktoseintoleranz. Zitronen-Ingwer-Tee. Mindestens zwei Liter!"

„Zwei Liter?"

„Am Tag. Trinke ich davon. Habe ich dir doch geschrieben."

Er war nun wirklich irritiert. Okay, ich musste dann doch zugeben: Ich hatte so gut wie nichts von den Mails gelesen.

„Liest du meine Mails gar nicht?"

Er sagte es nicht böse. Eher flirtend. Trotzdem wurde ich nervös.

„Doch, klar. Alle."

„Okay, wie sieht meine Bettwäsche aus?"

Er grinste. Ich schaute ihn entgeistert an. Das hatte er Luna gemailt?

„Können wir nicht über was anderes reden? Was hast du … Guckst du dir bei der Berlinale irgendwas an?"

„Ja", antwortete er merkwürdig gedehnt. „Genau das, was in dem Plan stand, den ich dir gestern gemailt habe."

Allmählich wurde es peinlich.

„Und eigentlich wolltest du ja auch überlegen, ob wir irgendwas zusammen gucken können. Oder … Hast du das auch vergessen?"

Er klang nun nicht mehr flirtend, sondern einfach nur verunsichert. Ich überlegte, ob ich wirklich eine Amnesie vortäuschen sollte. Genügend Erfahrung damit hatte ich ja. Aber ich wusste keinen Weg, wie wir da je wieder rauskommen sollten. Bevor dieses „Date“ nun endgültig zum Woody-Allen-Film wurde, warf ich einen weiteren Blick auf die Uhr und schwenkte die weiße Fahne.

„Okay, ich bin nicht Luna.“

„Was?“

„Luna ist eine wahnsinnig tolle Frau. Lustig, selbstbewusst, loyal, die Beste! Echt!“

„Aber du bist nicht Luna?“

„Nein, ich bin ihre Freundin Trixi. Sie hat dir aus Versehen ein Bild von mir geschickt. Und eigentlich wollte sie auch hier sein, aber sie ist eben vor die Wand da gerannt und …“

„Verdammte Scheiße! Nicht schon wieder! Sind denn da echt nur Psychos im Netz?“

Er stand auf und zog seine Jacke an.

„Hey, nein, nein. Bleib hier. Sie will dich auf jeden Fall kennenlernen. Sie hatte einfach nur Angst, dass du sie … dass du sie … Sie ist eine tolle Frau! Daniel!“

Aber er hörte mir nicht länger zu, sondern eilte wutentbrannt nach draußen. Ich wollte gerade hinterher, als die Kellnerin mit dem Zitronen-Ingwer-Tee und dem Karamell-Latte-Macchiato an den Tisch kam.

„Sie wollen jetzt aber nicht auch raus?“, fragte sie mich kritisch.

„Nein“, sagte ich und setzte mich seufzend zurück an den Tisch. „Aber ich möchte bitte die Rechnung.“

7

Da Christian am Nachmittag das Auto brauchte – er hatte einen wichtigen Termin in Potsdam wegen eines möglichen neuen Jobs – saß ich wenig später in der U-Bahn auf dem Weg zu meinem eigenen Vorstellungsgespräch bei Blumentopffilm. Ich hatte beschlossen, Luna nicht sofort anzurufen. Ich war mir sicher, dass ich das Desaster nicht in der zur Verfügung stehenden Zeitspanne hätte erklären können. Also verschob ich die schlechte Nachricht auf später. Als ich an der Station Rosenthaler Platz aus der Bahn stieg, stellte ich allerdings fest, dass Daniel nicht so lange hatte warten wollen. Luna leitete mir eine Mail von ihm weiter, in der einfach nur stand: „Psychos wie dich braucht kein Mensch!“ Sie selbst hatte in der Mail an mich ungefähr vierzig Fragezeichen ergänzt. Ich hatte noch fünf Minuten bis zu meinem Vorstellungsgespräch.

Dieses wurde dann davon überschattet, dass ich in zunehmenden Maße SMS und Anrufe von Luna bekam, auf die ich allesamt nicht reagieren konnte. Also schaltete ich das Handy kurzerhand aus.

Mir gegenüber saß Alex, der Produktionsleiter der kleinen Independent-Filmproduktion. Auch das Büro war klein, die Firma Blumentopffilm sowieso. Dafür war Alex groß. Mindestens zwei Meter. Ein gelassener Typ, der mit wenigen Worten deutlich machte, dass ich den Job hätte, wenn ich ihn wollte. Das Problem wäre nur, dass man mir außer einer Aufwandsentschädigung nichts zahlen konnte. Ihn interessierte dann auch überhaupt nicht, was ich bisher gemacht hatte, und das Thema Amnesie musste ich nicht einmal verschweigen, weil wir darüber nicht redeten. Es war letztlich weniger ein Vorstellungsgespräch, als dass er mich einfach mal persönlich sehen und mir den Vertrag geben wollte.

„Okay, ich bin dabei“, sagte ich knapp. Denn ich war längst wieder unter Zeitdruck. Zurück zum Potsdamer Platz würde ich auch wieder eine halbe Stunde brauchen und ich war mir nicht sicher, ob die reichen würde, um Luna zu beruhigen, nachdem ich sie nun auch noch so beharrlich ignoriert hatte.

Als Alex mich bereits wieder zur Tür brachte, sagte er: „Freut mich, dass es endlich doch mal geklappt hat."

„Endlich doch mal?"

„Na ja, ich hatte Christian ja früher schon ein paar Mal gefragt wegen dir, aber er sagte, dass du nicht mehr fotografierst."

„Wann?"

„Keine Ahnung. Mindestens bei meinen letzten beiden Filmen. Und Peter Fischer hat er im Sommer auch abgesagt, als er einen Standfotografen suchte. Hat er dir das gar nicht gesagt?"

Nee, hatte er nicht. Was hatte das zu bedeuten?

„Doch, doch. Damals hatte ich … anderes zu tun."

„Ah, okay. Freut mich, dass du jetzt an Bord bist!"

Er schüttelte mir zum Abschied die Hand und entließ mich mit einem Stapel Papier über den Film, der ab März gedreht werden sollte. Eigentlich hätte ich mich über diese Chance wahnsinnig freuen müssen, aber es ging wie so vieles an diesem Tag unter. Auch der Umstand, dass Christian mir Quatsch erzählt hatte. Denn er hatte immer behauptet, er hätte früher alles probiert, um mich bei Drehs unterzubringen, aber das wäre unmöglich gewesen. Nun stellte es sich aber eher so dar, dass gerade kleine Produktionen heilfroh gewesen wären, wenn eine talentierte Anfängerin für lau mitgearbeitet hätte. Ich maß dem für den Moment keine größere Bedeutung bei, denn kaum hatte ich mein Handy eingeschaltet, meldete es mir diverse SMS und Mailboxnachrichten von Luna. Ich musste sie endlich zurückrufen.

In der Berliner U-Bahn hat man einen erstaunlichen guten Handyempfang. Es ist fast so, als ob die Person, mit der man telefoniert, neben einem steht. Zumindest wenn sie so laut schreit, wie Luna dies tat. Der ganze überfüllte Wagen konnte mithören.

„Du hast ihm sofort die Wahrheit gesagt? Bist du bescheuert!?"

„Es ging nicht anders."

Eine ältere Dame neben mir musterte mich bereits kritisch. Zwei Filmstudenten mit Berlinale-Taschen hörten interessiert zu – hofften wahrscheinlich auf einen interessanten Filmstoff. ‚Jungs, dieser Teil der Geschichte ist der harmlose.'

„Weißt du, was er mir geschrieben hat?", raunte Luna durch das Handy.

„Ich hab's gelesen."

„Es ist aus und vorbei. Er antwortet nicht einmal mehr. Keine Chance."

„Es tut mir wirklich leid."

„Ey, der Typ war perfekt."

„Na ja, ein bisschen schräg war er schon mit seinen ganzen Rätselfragen und: Laktoseintoleranz? Will man denn das?"

„Willst du mich verarschen? Das war eine verdammt ernste Sache. Ich brauche Sex!"

Das letzte hatte sie so laut gesagt, dass nun wirklich die gesamte Belegschaft des U-Bahn-Wagens zu mir herüberschaute. Ich lächelte schief in die Runde und zwängte mich durch die Leute hindurch zu einer Tür.

„Luna, ich hatte keine andere Wahl. Er hat selbst gecheckt, was los ist."

„Erzähl doch keinen Mist! Du hättest einen Anruf vortäuschen und abhauen können."

Da hatte sie allerdings recht. Aber hinterher lässt sich so etwas immer einfach sagen. Ich wurde allmählich sauer.

„Okay, wenn das alles so einfach war, warum hast du's dann nicht selbst gemacht?"

„Das ist fies, Trixi!"

Ich hatte an diesem Tag bereits diverse neue Seiten von Luna gesehen. Nun lernte ich auch die tief verletzte und gefährlich zischende Variante kennen.

„Hör zu, es tut mir wirklich wahnsinnig leid", versuchte ich, sie zu beruhigen. „Ich hab heute mindestens eine Millionen andere Sachen, die mir im Kopf rumschwirren …"

„Vergiss es!", unterbrach sie mich. „Ich bitte dich nie wieder um etwas."

Klick. Weg war die Verbindung. Bisherige Bilanz des Nachmittags: Einen unbezahlten Job gewonnen. Eine Freundin verloren. Genauer gesagt: einzige Freundin verloren. Ich hoffte inständig, dass der nächste Termin die Bilanz aufbessern würde. Schon stoppte die Bahn am Potsdamer Platz und ich purzelte, gedrängt von den Massen, heraus.

8

Als ich in der Lobby des Hyatts stand, das während der Berlinale ein Bienenstock voller fleißiger Filmschaffender war, wusste ich nicht, wonach ich Ausschau halten sollte. Ich hatte Tante Angela schließlich noch nie gesehen. In einer edlen Lounge speisten zahlreiche wichtig aussehende Menschen, von denen ich niemanden erkannte. Ich wollte gerade mein Handy herausholen und sie anrufen, als eine geschmackvoll gekleidete Dame um die Sechzig, die an einer modernen Feuerstelle saß, mir zuwinkte. Sie war alleine an dem Tisch, hatte ein halb geleertes Glas mit einem Wein oder Likör vor sich und wirkte herrlich entspannt. Ganz im Gegensatz zu mir.

„Trixi, wie wunderbar."

So wird man doch gerne begrüßt. Als ich bei ihr ankam, gab es erst Küsschen-Küsschen und dann gleich eine überschwängliche Umarmung.

„Guten Tag, Frau Young."

„Ah, come on. Angela. Wir sind Familie."

„Hallo, Angela."

Sie bot mir einen Platz an, den ich gerne annahm. Genau wie die Sekunde zum Durchatmen, in der Angela den Kellner herbeiwinkte. Mit ihrer natürlichen Autorität schaffte sie es sofort, obwohl er mindestens zehn andere Sachen zu tun hatte.

„Was trinkst du, Darling?"

„Ein Wasser."

„Ah, come on. So oft sehen wir uns nicht. … Noch einen PX, bitte."

Das letzte sagte sie zum Kellner, der gehorsam nickte und verschwand. Ich protestierte nicht, obwohl ich nicht wusste, was sie mir da bestellt hatte.

„Das heißt, wir haben uns doch schon einmal gesehen?"

„Haben wir. Allerdings trugst du noch Windeln."

Sie lachte herzlich.

„Und wie hast du mich erkannt?“

„Du siehst genauso aus wie deine Mutter damals.“

Sie lächelte. Aber nicht mehr so herzlich, sondern eher traurig, fast mitfühlend. Sie kannte also meine Mutter.

„Wie geht es dir?“

„Gut, habe einen … merkwürdigen Tag. Aber ansonsten, alles okay.“

„Und dein Memory? Gedächtnis? Entschuldige, mein Deutsch ist etwas rostig.“

„Kein Problem. Die Erinnerungen sind nach wie vor weg.“

„Ist das nicht ironisch? Tante Elise erinnert sich an früher, nicht an heute. Du erinnerst dich nur an heute, nicht an früher.“

„Wir sollten uns zusammentun.“

Sie lachte wieder herzlich, tätschelte mir das Knie. Mein Getränk kam. Es sah aus wie ein dunkler Weißwein. Angela hob ihr Glas.

„Auf Tante Elise!“

„Auf Tante Elise!“

Ich nippte am Glas. Die Flüssigkeit schmeckte nicht feurig alkoholisch, sondern fast süß. Lecker.

„Wie genau sind wir jetzt eigentlich verwandt?“, fragte ich Angela.

„Der Vater deines Vaters hatte eine Schwester – das ist Tante Elise – und einen Bruder. Das war mein Vater. Die beiden Brüder sind gestorben, aber Elise ist noch da.“

Sie lächelte. Ich versuchte, mir den Stammbaum unserer Familie vorzustellen. Es gelang nicht auf Anhieb. Aber so viel hatte ich verstanden: Angela war die Cousine meines Vaters. Genau wie er war sie eine Nichte von Tante Elise.

„Was hat deine Mutter dir über die Jansens erzählt? Über Tante Elise?“

„Nichts.“

„Natürlich.“

Ja, sie kannte meine Mutter. Sie seufzte noch einmal. Sagte kurz nichts und starrte in die enorme Flamme, die neben uns auf fast irreale Weise auf einem Marmorblock loderte.

„Elise mochte dich immer sehr.“

„Wirklich?"

„Vom ersten Moment an. Wahrscheinlich ist sie der Top-Grund, warum du überhaupt auf die Welt gekommen bist."

Der Satz verfehlte seine Wirkung nicht. Ich trank noch einen Schluck von der süßen Flüssigkeit. Denn ich wusste, dass es nach der furchtbaren Erkenntnis aus der dunklen Kammer unter der Videothek nun ein zweites Mal innerhalb von 24 Stunden Antworten geben würde.

„Wäre es nach deinen Großeltern väterlicherseits gegangen, hätte Renate die Schwangerschaft abgebrochen. Oder zumindest hätte Rolf deine Mutter verlassen. Das hätte am Ende dasselbe bedeutet. Sie war nur hinter seinem Geld her. Sie wurde schwanger, damit er sie heiraten musste."

„Was ist das eigentlich, was ich hier trinke?", fragte ich, denn das Glas war nun leer.

„Sherry, Darling. Der beste Sherry, den sie hier zu bieten haben. Möchtet du noch einen?"

Ich nickte. Ich hatte das Gefühl, dass ich noch einige davon benötigen würde, wenn ich das überstehen wollte, was sich nun an Abgründen über meine Familie auftat.

Angela erzählte mir alles, was sie wusste. Damals hatte sie selbst noch in Lüneburg gelebt, konnte also aus erster Hand berichten. Meine Mutter kam aus sehr einfachen Verhältnissen. Ihre eigene Mutter war ein herzensguter Mensch gewesen. Sie hatte auf dem Anwesen der Familie Jansen als Haushälterin gearbeitet. Die Jansens waren eine der wohlhabendsten Familien in Lüneburg und Umgebung, zu Reichtum gekommen durch eine Mischung aus Handel und Pferdezucht. Nachdem der Vater meiner Mutter jung gestorben war, hatte man meine Großmutter und Mutter im Haus der Familie Jansen wohnen lassen – meine Mutter war damals noch ein Teenager. Und ziemlich durchtrieben. Sie hasste es, den vorgeschriebenen Weg als Nachfolgerin meiner Oma einzuschlagen, brach immer wieder aus, hatte Männergeschichten und machte der ganzen Familie Jansen mehr Sorgen als der eigene Nachwuchs. Der bestand aus meinem Vater Rolf und seinem älteren Bruder. Nachdem meine Mutter über Jahre daran gescheitert war, den „Thronfolger" ins Bett zu bekommen, war es ihr schließlich bei dem sowieso etwas wilderen Rolf gelungen – er war damals Anfang zwanzig und sie schon fast dreißig. Als sie schwanger wurde, war die Aufregung im Hause entsprechend groß.

„Die räudige Renate hatte zugeschlagen. Sorry, so haben wir sie damals genannt."

„Räudige Renate" – das musste ich mir merken.

„Rolfs Eltern waren not amused und strikt dagegen, dass Rolf deine Mutter heiratete. Aber: Er wollte zu dem Kind stehen. Zu dir."

Mir schossen Tränen in die Augen. So etwas hatte ich seit meinem Erwachen noch nicht erlebt. Es hatte viele emotionale Situationen gegeben, manchmal eine wahre Achterbahn an Gefühlen. Ich hatte auch schon geweint. Aber dass ein einziger Satz mich von jetzt auf gleich mit voller Wucht zu einem heulenden Mädchen machte, kannte ich nicht. Wahrscheinlich spielten die anderen Ereignisse des Tages dabei mindestens eine assistierende Rolle. Angela lächelte mich an und legte mir ihre Hand mitfühlend auf den Arm.

„Wo ist er heute?", fragte ich eine der wichtigsten Fragen, die ich an diesem Tag beantwortet haben wollte.

„Er lebt in Istanbul."

„Istanbul?"

„Ja, er hat es mit deiner Mutter nicht mehr ausgehalten. Wer hätte ihm Vorwürfe machen können? Aber er hat sich selbst nie verziehen, dass er dich im Stich lassen musste. Er war für ein paar Jahre lost. Niemand wusste, wo er war. Bis er sich vor einigen Jahren aus Istanbul gemeldet hat, mit einer Frau und Kindern."

„Kannst du mir seine Adresse geben?"

Sie zögerte kurz, sagte dann: „Ich habe sie nicht. Wir haben keinen Kontakt mehr."

„Aber … woher weißt du, dass er in Istanbul ist?"

„Von dort habe ich einmal Post bekommen. Kein Absender."

„Kann ich den Brief sehen?"

„Er ist in New York. Aber ich kann dir abschreiben, was für dich interessant ist."

Sie wirkte sehr verhalten bei dem Thema. Mittlerweile misstraute ich zwar notorisch jedem, der mir etwas über meine Vergangenheit erzählte, aber in dem Fall war es wirklich auffällig, dass sie nach den ansonsten sehr freimütigen Erzählungen plötzlich so verschlossen wurde. Und nun auch noch schnell das Thema wechselte.

„Auf jeden Fall war es deine Großtante, die Rolf unterstützt hat. Auch gegen seinen Vater, ihren eigenen Bruder. Als du auf der Welt warst, war sie die Einzige der Jansens, die sich um dich gesorgt hat."

Wenn sie wirklich ablenken wollte, hatte sie es spielend erreicht.

„Sie hatte keine Kinder und war vom ersten Moment an in dich verliebt. Du warst ein zuckersüßes Kind. Natürlich."

Sie lächelte nun wieder entspannter. Fuhr in ihrem klaren und nicht immer schonenden Ton fort zu berichten: „Über viele Jahre hat Elise der räudigen Renate finanziell geholfen. Bei Rolf war nicht viel zu holen. Er war ein Playboy, hat nichts verdient. Sein Erbe war noch nicht fällig, als er sich von ihr scheiden ließ. Ihr Plan war gescheitert. Elise half. Dabei fand sie deine Mutter genauso schrecklich wie wir alle. Aber sie wollte, dass es dir gut ging. Ich befürchte, deine Mutter hat dich dafür nur noch mehr gehasst. Sie war von dir abhängig."

Nur noch mehr gehasst? Mehr gehasst als sowieso schon? Ich konnte leider nicht behaupten, dass ich bisher irgendein anderes Gefühl von meiner Mutter vermittelt bekommen hatte als Abneigung. Trotzdem tat es weh, dies so klipp und klar ausgesprochen zu hören.

„Ich selbst habe einen Amerikaner geheiratet … Mr. Young."

Sie sagte dies mit einem liebevollen Lächeln, so dass ich annahm, dass zumindest der Teil unserer Familie ein glückliches Leben lebte.

„Deswegen habe ich nichts mehr mitbekommen. Erst als Elise krank wurde, war ich wieder in Deutschland. Um ihr eine Residenz zu suchen und um ihre Finanzen zu regeln."

Ich nickte verstehend. Allmählich kamen wir zu dem Thema, weswegen ich Angela eigentlich angeschrieben hatte.

„Das heißt, dass es wirklich ihr Wille ist, dass ich diese fünfhundert Euro im Monat bekomme?“

„Natürlich“, sagte Angela lächelnd.

Ich hatte es zwar schon geahnt, aber trotzdem erleichterte mich die nun gewonnene Sicherheit. Ich atmete ein wenig durch, gönnte mir einen weiteren Schluck von dem köstlichen Sherry.

„Elise hat immer für dich gesorgt. Sie hat dir deinen ersten Fotoapparat geschenkt. Und ich glaube, auch alle späteren.“

Sie lächelte. Oh, nein. War der Apparat, den ich wenige Stunden zuvor der Müllpresse übergeben hatte, etwa auch ein Geschenk von ihr gewesen? Am Sherry nippend bedauerte ich diesen Schritt und war gleichzeitig gerührt, wie sehr Tante Elise meine Leidenschaft und meinen Lebensweg geprägt hatte.

„Aber das ist noch nicht alles“, ergänzte Angela. „Du wirst ihr gesamtes Vermögen erben.“

Ich verschluckte mich fürchterlich beim Trinken. Der Sherry schoss mir in die Nase. Ich bekam einen Hustenanfall, der uns die Aufmerksamkeit der ganzen Lounge bescherte. Der Kellner war kurz davor, den Notarzt zu rufen. Aber mit reichlich Luft zuwedeln und einem Glas Wasser ging es irgendwann wieder.

„Entschuldigung“, sagte ich, als ich endlich wieder reden konnte.

„Du hattest keine Idee, mh?“

„Nein.“

Angela wurde plötzlich sehr ernst. Wirkte fast wütend. Ich hustete ein letztes Mal und fragte dann: „Wie sollte ich das wissen? Ich habe doch alles vergessen.“

„Deine Mutter … Sie hat dir nichts gesagt?“

Es war mehr eine Feststellung als eine Frage.

„Sie weiß das?“

„Natürlich.“

Ich staunte. Angela sagte mit einem geradezu aristokratischen Seufzer zu sich selbst: „What a cunt.“ In der Tat.

„Ihr wusstet es beide. Sie hat sogar versucht, das Testament auf sich ändern zu lassen, als Elises Zustand schlimmer wurde. Kannst du das glauben?“

Das konnte ich locker glauben. Und auch, dass sie mir solch ein kleines Detail verschwiegen hatte. Wahrscheinlich einfach nur, um mich zu ärgern. Denn ich hätte es eines Tages sowieso erfahren. Die Erbschaft fühlte sich komisch an. Ich wollte nicht, dass Tante Elise stirbt. Ich kannte sie zwar kaum, aber was ich über sie gehört hatte, reichte, damit ich sofort das mögliche Erbe für ihre Gesundheit hergegeben hätte.

„Willst du wissen, wieviel?“, fragte Angela mich.

Wollte ich? Sie nahm mein Schweigen als Zustimmung.

„Ich habe den Besitz verkaufen lassen, bis auf ihren Schmuck. Damit es nicht so kompliziert für dich wird. Du wirst eine Menge Erbschaftssteuer zahlen, aber es werden so um die zwei Millionen Euro für dich übrig bleiben.“

Sie lächelte mich an, als ob sie mir das von tiefem Herzen gönnen würde. Was die Bilanz der drei Gespräche an diesem Nachmittag anging, waren wir, zumindest finanziell gesehen, nun sehr, sehr deutlich im Plus. Ich konnte es allerdings nicht ernst nehmen. Angela sah meinen gequälten Gesichtsausdruck.

„Es steht dir zu, Darling. Du warst die Einzige, die immer für Elise da war.“

„Du machst die ganze Arbeit. Warum erbst du nichts?“

„Es ist keine Arbeit. Ich bezahle Leute dafür – von deinem Geld.“

Sie grinste.

„Außerdem habe ich wirklich genug.“

„Wieso wurde überhaupt dir die Verwaltung des Geldes übertragen, nicht mir?“

„Es war einer der letzten klaren Wünsche von Elise. Sie wollte dich vor deiner Mutter schützen. Davor, dass sie einen Weg findet, an das Geld zu kommen. Glaub mir: Sie würde alles versuchen!“

9

„Na, wie war dein Tag?“, fragte Christian, als ich am frühen Abend nach Hause kam. Er stand in der Küche und war gerade damit beschäftigt, für sich und Paula ein paar Nudeln zu kochen. All'arrabbiata. Eigentlich das Einzige, was er in der Küche wirklich gut hinbekam.

„War okay“, sagte ich und lehnte mich völlig erschöpft an den Türrahmen. „Hallo Paula!“

„Na!“

„Willst du mitessen?“, fragte Christian. „Wir haben genug.“

Ich nickte. Denn ich stellte bei den wunderbaren Gerüchen fest, dass ich seit dem Morgen nichts gegessen hatte. Ich konnte kaum glauben, dass es immer noch derselbe Tag war, der mit meiner Cleaner-Aktion im Keller der Videothek begonnen hatte. Ich sehnte mich nach nichts mehr als nach etwas Ruhe.

„Wir gehen um neun in ‚American Hustle‘. So 'ne Galavorstellung im Friedrichstadtpalast. Willst du mitkommen? Lutz hat noch 'ne Karte.“

Ich musste fast lachen, so absurd kam mir der Gedanken vor, noch einmal das Haus zu verlassen. Ich lächelte Christian dennoch freundlich an.

„Nee, ich bin platt.“

„Was hast du denn gemacht?“

Beweise und Freundschaften vernichtet. Und zwei Millionen Euro eingenommen. Alle drei Themen hielt ich Christian gegenüber für nicht angebracht. Während ich meine Jacke aufhängte, fiel mir jedoch ein, dass Christian heute durchaus auch Thema gewesen war.

„Ich habe diesen Alex getroffen. Ich hab' den Job als Standfotografin.“

„Echt? Wow, cool!“

Er strahlte mich an. Auch Paula, die am Tisch hockte und mit ihrem Handy spielte, machte so etwas wie eine erfreute Geste.

„Alex hat gesagt, du hast früher Jobangebote für mich abgelehnt?"

„Was?"

„Er hat mehrfach gefragt, ob ich nicht mal bei ihm arbeiten kann, aber du hast ‚Nein' gesagt."

„Nee, du hast ‚Nein' gesagt. Du wolltest das nicht."

„Komisch. Bis jetzt hast du mir immer gesagt, ich hätte nicht als Standfotografin gearbeitet, weil es keine Jobs gäbe."

Bis dahin war es noch ein freundliches Geplauder gewesen. Aber die Selbstverständlichkeit, mit der er Fakten verdrehte, passte mir nicht. Fakten, die zeitlich nach meiner Amnesie lagen. Ich wusste also genau, wovon ich sprach. Mein Ton wurde entsprechend schärfer. Sogar Paula schaute kurz auf. Christian rührte weiter in seiner rabiaten Soße und blieb ruhig.

„Es gibt auch keine Jobs. Keine ordentlich bezahlten. Oder was bekommst du für den?"

„Das ist nicht der Punkt. Du weißt, dass ich wahnsinnig gerne arbeiten wollte. Der hat mich mit Kusshand genommen. Dabei hättest du mir beinahe ausgeredet, mich bei ihm zu bewerben."

„Was? Ich war es, der dir den Job besorgt hat."

Vielleicht war es der Sherry aus dem Hyatt, vielleicht war es der gesammelte Stress des Tages, vielleicht war es aber auch einfach nur Müdigkeit und Hunger. Ich wurde aggressiv.

„Kann es sein, dass du früher nicht wolltest, dass ich arbeite?"

„Wieso sollte ich?"

„Genau das frage ich dich."

Paula hörte nun endgültig damit auf, auf ihrem Handy Candy zu crushen. Sie schaute zwischen uns hin und her wie beim Tennis. Durchaus interessiert.

„Was ist denn mit dir los?", fragte Christian. „Hast du getrunken?"

„Jetzt komm mir nicht so. Du drehst immer alles so, wie du's brauchst, mh? Du hast mir schon oft genug Mist erzählt über früher."

Bei dem Satz schaute ich auch zu Paula, denn sie wusste genau, wovon ich sprach. Christian war in die Ecke gedrängt. Er atmete tief durch, legte endlich einmal den Kochlöffel zur Seite und lächelte mich defensiv an.

„Okay, okay. Es kann sein, dass ich früher … zu sehr mit mir selbst beschäftigt war. Und wenn es dann mal so 'ne Anfrage gab, fand ich das überflüssig. … Das war falsch. Es tut mir leid. Es tut mir echt leid."

Ich lachte mit einem verächtlichen Geräusch und wollte aus der Küche gehen. Was war das nur für ein Mann? Er ließ sich von mir vor seiner Tochter beschimpfen und bat auch noch um Verzeihung. Wieso ließ er sich das alles bieten? Wieso kämpfte er so krampfhaft darum, dass zwischen uns alles gut war?

„Wir können gleich essen", sagte er, um Versöhnung ringend.

Plötzlich schoss mir ein Gedanke durch den Kopf. Ohne den Sherry hätte ich ihn wahrscheinlich nicht sofort ausgesprochen. Aber ich tat es. Ich drehte mich um, schaute ganz genau auf seine Reaktion, als ich sagte: „Wusstest du, dass ich mal verdammt viel Kohle erbe?"

Er staunte. War kurz sprachlos.

„Was?"

„Wusstest du das?"

„Du erbst? Was denn? Wie denn?"

Wirkte er überrumpelt, weil ich ihn ertappt hatte? Oder weil ich so abrupt das Thema gewechselt hatte?

„Du hast noch nie etwas davon gehört?"

„Nein."

Ich musterte ihn kritisch. Er wirkte ziemlich ahnungslos und verwirrt. Mist. Ich bereute schon, dass ich das Thema angesprochen hatte. Eigentlich war es deutlich besser, die Neuigkeiten über das Erbe für mich zu behalten. Gerade ihm gegenüber. Nun blieb mir nur noch, es herunterzuspielen. Ich winkte ab und wollte nun endlich aus der Küche gehen, um mir die Hände zu waschen, als sich Paula einschaltete, die wir mehr oder weniger vergessen hatten.

„Also doch!", entfuhr es ihr.

Wir schauten beide überrascht zu ihr.

„Als du mir die Reise nach Kalifornien versprochen hast, da hast du nämlich was von Trixi und irgendwelchem Geld gesagt, das irgendwann kommt."

„Nein“, sagte Christian gereizt. „Halt dich bitte da raus, Paula.“

„Nee, ich dachte nämlich schon, ich spinne, weil du letztens meintest, das Geld kommt nur, wenn du ‚im Lotto gewinnst‘. Aber du hast gesagt, ihr werdet erben. Ich habe mir das doch nicht …“

„Paula, es reicht, du redest Quatsch.“

„Wann war das, Paula?“, fragte ich sie.

„Trixi, halt sie bitte da raus.“

„Paula?“

Paula konnte unmöglich die Dimension dessen erahnen, was sie da ihrem Vater gerade versaute. Es war lediglich der Wunsch rechtzuhaben und vielleicht auch ein klein wenig Solidarität, die sie meine Seite einnehmen ließen.

„Im Sommer, als ich so beschissene Noten hatte.“

Sie schaute Christian an, der nur noch mit dem Kopf schüttelte. Immer und immer wieder.

„Doch, damals hast du mir versprochen, dass wir nach Kalifornien fahren. Du hast gesagt, du weißt nicht genau wann, weil man ja nicht weiß, wann so eine alte Frau stirbt.“

„Das stimmt nicht.“

Christian bekam Panik. Ich sah es in seinen Augen. Ich hörte es in seiner Stimme. Mein Gehirn räumte beim Tetris gerade ein Level nach dem anderen ab. Denn an diesem Tag fügten sich so viele Bausteine ineinander, wie noch nie seit meinem Erwachen. Natürlich. Christian wusste die ganze Zeit, dass ich Erbin eines beträchtlichen Vermögens war. Seine ganze Freundlichkeit, seine Bereitschaft, sich aufzuopfern, seine Insistieren darauf, dass wir zusammenbleiben – für dieses Verhalten konnte es bei Christian nur einen einzigen Grund geben: Geld. Sprachlos setzte ich mich zu Paula an den Tisch.

„Du glaubst das doch jetzt nicht etwa?“, fragte er, wobei sich seine Stimme leicht überschlug.

Ich sagte nichts, sondern überprüfte in meinem Kopf alles, was er gesagt oder getan hatte. Alles, was mir komisch vorgekommen war. Jedes Mal, wo er schnell den Schwanz wieder eingezogen hatte, um mich bloß nicht zu sehr zu verärgern. Alles passte. Und ja, es passte natürlich auch dazu, dass er seinen Job hasste, nie wieder arbeiten wollte, einfach nur seine Ruhe suchte. Und es passte auch so ein damals noch romantisch klingender Satz, dass ich manchmal der einzige Grund für ihn gewesen war, um morgens aufzustehen.

„Papa, was soll denn das? Warum lügst du uns an?"

„Paula, es reicht", schrie er sie plötzlich an. Das Mädchen zuckte erschrocken zusammen. Wahrscheinlich hatte sie ihn so noch nie erlebt. Genauso wenig wie ich.

„Geh nach Hause!"

„Was?"

„Geh!"

Sie war fassungslos. Er war extrem aufgewühlt. Doch nun wurde er ein wenig ruhiger.

„Paula, du verstehst überhaupt nicht, was hier los ist. Bitte geh jetzt zu deiner Mutter. Ich rufe dich morgen an."

Sie zögerte noch kurz, nahm sich dann wortlos ihre Sachen und stürmte empört raus. Ich hätte sie aufhalten können. Aber auch ich wollte sie nicht dabei haben, bei dem, was nun kommen würde. Als die Wohnungstür ins Schloss gefallen war, stand Christian auf und holte zwei Flaschen Bier aus dem Kühlschrank. Man konnte ihm förmlich ansehen, wie er an einem Plan B arbeitete.

„Ich will nichts trinken", sagte ich.

Er stellte mir trotzdem eine geöffnete Flasche hin, trank aus seiner, während er das Essen auf dem Herd abstellte und sich vor mich setzte. Er suchte meinen Blick.

„Okay, du bist jetzt enttäuscht. Das verstehe ich. Aber du musst dich mal in meine Lage versetzen."

„Wie bitte?"

„Hör mir zu!"

Er trank noch einen Schluck. Es war nun also offiziell, dass er mir die ganze Zeit mein mögliches Erbe verschwiegen und allerlei vorgemacht hatte.

„Du hast mir schon vor ein paar Jahren davon erzählt, dass du das Geld deiner Tante erben wirst …"

Ich schüttelte ungläubig den Kopf. Ungläubig darüber, wie schnell er die Strategie wechseln konnte. Ich schwor mir, ihm nie wieder auch nur ein einziges Wort zu glauben.

„Du hast es mir in dem Moment gesagt, als du mir wahnsinnig dankbar warst. Weil ich dich gerettet hatte. Weil ich dir ein neues Leben gegeben hatte. Du hast mir versprochen, dass wir dieses Erbe teilen würden. Dass wir eines Tages eine schöne Eigentumswohnung kaufen würden. Dass wir Geld anlegen und von den Zinsen leben. Dass wir nicht mehr arbeiten müssen. Oder nur, wenn es uns Spaß macht."

„Das habe ich gesagt? Wir kaufen uns eine Eigentumswohnung!?"

„Vielleicht nicht am ersten Tag. Aber das war unser Plan. Den wir zusammen entwickelt haben. Ich habe dich um dieses Versprechen nie gebeten. Du hättest nie etwas sagen müssen über die Erbschaft. Ich wäre nicht an das Geld gekommen. Aber du wolltest es mit mir teilen."

Ich trank nun doch einen Schluck Bier. Es schmeckte ekelhaft nach dem Sherry, aber es passte zur Situation.

„Über die Jahre habe ich mich an diesen Gedanken gewöhnt. Mehr und mehr geklammert. Ich habe echt keinen Bock mehr auf den Job. … Gleichzeitig lief es mit uns blöder und blöder. Aber du hast selbst nach deinem letzten Besuch bei Tante Elise noch gesagt: Das ziehen wir durch. Und dann kommt dieser Unfall und du erinnerst dich an nichts. Findest mich auf einmal beschissen. Findest hier alles beschissen. Bist weder dankbar noch liebevoll. Gar nix. Was hättest du denn gemacht? Gesagt: Hey, Baby, ich bekomme noch eine Millionen von dir. Das hättest du mir doch nie im Leben geglaubt."

„Da hast du allerdings recht", sagte ich bissig. „Ich glaub's dir auch jetzt nicht."

Seine Gesichtszüge verhärteten sich deutlich.

„Das ist wie die Nummer mit Paula und den fünfzig Euro", fuhr ich fort. „Sofort Kapital draus schlagen, dass die Alte sich an nichts erinnert. Nur dass du mir über Monate vormachst, wie sehr du mich liebst und dich um mich sorgst."

„Davon war nichts vorgemacht, Trixi. Du bist eine wundervolle Frau."

„Ach, hör mir auf mit der Scheiße! Du lügst in dem Moment, in dem du den Mund aufmachst."

Er schüttelte vehement den Kopf.

„Es ist einfach nur beschissen gelaufen, Trixi. Und ich bin dabei der Dumme!“

Er zeigte auf sich selbst.

„Das glaubst du wirklich?“

„Natürlich. Unsere Beziehung war gewachsen, komplex, kompliziert. Die versteht man von außen nicht. Die kann man nicht kurz nacherzählen. Die muss man gelebt haben. Aber sie machte Sinn. Das alles machte Sinn.“

„Ja, okay. Das machte vielleicht damals Sinn. Vielleicht war ich wirklich voller Dankbarkeit und Schuldgefühle. Es muss ja irgendeinen Grund gegeben haben, warum ich den Scheiß mitgemacht habe. Aber weißt du was: Es ist egal. Weil ich nämlich bald nicht mehr hier wohnen werde. Und auch nicht mehr deine Frau sein werde.“

„Du hast mir das versprochen. Das Geld steht mir zu.“

Er wurde lauter, wirkte verzweifelt. Ja, er glaubte das wirklich. Aber je mehr er insistierte, desto mehr verachtete ich ihn.

„Meine Tante ist noch nicht einmal tot. Dir steht überhaupt nichts zu. Schönen Abend noch!“

Ich ging aus der Küche und holte meine Jacke. Er schoss hinter mir her.

„Trixi, mach das nicht. Trixi!“

Ich ging zur Tür, öffnete sie und warf ihm einen eiskalten Blick zu.

„Sorry, du musst dir einen neuen Idioten suchen.“

10

Ich hatte keine Ahnung, wo ich hingehen sollte. Eigentlich war ich verdammt müde und hungrig, aber ich konnte nicht bei Christian bleiben. Nicht an diesem Abend, aber natürlich auch nicht auf lange Sicht. Dass ich mir nun eine eigene Wohnung suchen würde, hatte ich sofort beschlossen. Innerhalb eines Abends würde ich natürlich keine neue Bleibe finden, also stürmte ich den nächsten Falafelladen, um zumindest mal den Hunger in den Griff zu bekommen.

Ich zog mein Handy heraus. Luna war meine erste Wahl. Trotz allem. Es war sowieso notwendig, dass wir von Angesicht zu Angesicht reden würden, denn ich konnte unmöglich meine beste und einzige Freundin wegen meines Fauxpas' am Nachmittag verlieren. Sie würde mich garantiert verstehen, wenn ich ihr die ganze Geschichte mit Christian und der Erbschaft erzählen würde. Als Erklärung für mein verwirrtes Verhalten würde dies vollkommen reichen, dazu brauchte ich irgendwelche Kreuzschlüssel in Kellern gar nicht in die Waagschale zu werfen.

Als Luna dranging, hörte ich erst einmal nur laute Musik und Stimmengewirr.

„Luna?"

„Ich rede nicht mehr mit dir", lallte sie.

Es war nicht einmal zehn Uhr und sie war bereits ziemlich betrunken.

„Luna, wo steckst du?"

„Das geht dich nichts an."

„Wir müssen reden."

„Quatsch, ficken, das ist alles, was wir müssen!"

„Luna!"

„Doch. Ich habe die Schnauze voll. Ich fick den Nächsten, der mir hier über den Weg läuft."

Ich seufzte. Man hörte irgendeine Stimme im Hintergrund und dann wieder Luna: „Nee, dich nicht, du Arschgesicht. Hau ab!"

„Luna, lass uns doch einfach mal treffen."
„Nee!"
„Ich brauche dich."
„Du bist scharf auf mich?"
Es klang tatsächlich so etwas wie Hoffnung in ihrer Stimme durch.
„Nein, ich habe ein ernsthaftes Problem. Ich habe Christian verlassen."
„Och, das ist ja putzig. Erstens, Süße, warst du nie wirklich mit dem zusammen. Die Überraschung hält sich also in Grenzen. Und zweitens habe ich echt keinen Bock mehr, dir bei irgendeinem „Ich hab mein Auto im Parkhaus meines Lovers vergessen" zu helfen. Ich habe jetzt echt andere Probleme. … Noch mal dasselbe!"
Das letzte schrie sie. Es war garantiert nicht für mich bestimmt. Ich sah vor mir, wie sie ihren kleinen Körper an die Theke irgendeiner fiesen Bar gequetscht hatte und nun endlich den Barkeeper auf sich aufmerksam machen konnte.
„Wo bist du, Luna?"
„Alleine!", sagte sie und legte auf.
Neben dem massiven Bedürfnis, mit jemandem über meinen abwechslungsreichen Tag zu reden, machte sich bei mir Sorge um Luna breit. Okay, sie war keine Frau, die sich nicht zu helfen wusste, aber so betrunken und scharf wie sie gerade war, konnte sonst etwas passieren. Doch sie drückte alle weiteren Anrufe von mir weg und reagierte auch nicht auf eine überlegt formulierte SMS. Schließlich schaltete sie – genau wie ich am Nachmittag – das Handy einfach aus. Sackgasse.
Während ich die viel zu heißen Falafel verschlang, ging ich die Alternativen durch. Aber die Zahl meiner Freunde war nach wie vor begrenzt. Ich dachte sogar über Paula nach – immerhin wäre ich Christian ohne ihre Solidarität nie auf die Schliche gekommen – aber eigentlich hatte ich sie als 16-jährige schon viel zu sehr in den Mist mit hineingezogen. In meiner Verzweiflung versuchte ich tatsächlich, Angela zu erreichen. Aber ihr Handy war aus. Logisch. Sie war auf der Berlinale in einem Film mit Forest Whitaker und Harvey Keitel.

Ich grübelte noch über den weiteren Verlauf des Abends, kühlte mir die verbrannte Zunge mit einer Cola und schwankte in meiner Entscheidung, ob ich mich zu Hause reinschleichen und in meinem Zimmer einschließen oder ein Hotelzimmer mieten sollte. Da kam eine SMS. Von Tom. „Ich vermisse dich."

Er konnte also auch auf die Ferne Gedanken lesen. Denn zwischen allen verzweifelten Plänen und Überlegungen war natürlich jeder zweite Gedanke: Wieso kann nicht Tom bei mir sein? Aber es schien mir nach wie vor unmöglich, mich mit ihm auseinanderzusetzen. Nicht nach dem, was ich seiner Frau angetan hatte. Ich wollte es ihm auf keinen Fall sagen. Aber ich wollte ihn auch auf keinen Fall anlügen. Nachdem ich gerade erst wieder am eigenen Leib gespürt hatte, was eine Beziehung wert ist, wenn sie auf Lügen basiert, schien mir das unmöglich.

„Ich dich auch."

Hatte ich das selbst geschrieben? Ich musste es getan haben, während mein Gewissen vor Müdigkeit kurz weggenickt war. Eine Sekunde später kam schon die Antwort. „Wo bist du?"

Ich befand mich Luftlinie ungefähr fünfhundert Meter von seinem Haus entfernt. Würde ich auf die Straße gehen und mich ein wenig verrenken, könnte ich ihm vielleicht sogar am Fenster seiner Wohnung zuwinken. Aber ich wusste, dass ich da ohne ihn durchmusste. Es wäre fatal gewesen, ihn jetzt zu treffen – besonders in diesem labilen Zustand. Also schrieb ich: „Im Falafelladen auf dem Mehringdamm." Ich schaute fassungslos auf die SMS, die ich soeben abgeschickt hatte. Das war es nicht, was ich hatte schreiben wollen. Wirklich nicht. Ich war nicht einmal mehr Herr meiner eigenen Finger. „Ich bin in fünf Minuten bei dir", kam zurück. Ich ergab mich und setzte mich brav auf einen Plastikstuhl, um auf ihn zu warten. Ich hatte wirklich alles versucht, um die Begegnung zu vermeiden. Aber es gab nun einmal Kräfte, die stärker waren als ich.

11

„Du siehst toll aus“, war erstaunlicherweise das Erste, was Tom zu mir sagte, als er im Falafelladen erschien. Ich war mehr als baff. Ich fühlte mich beschissen, hatte einen absoluten Horrortag hinter mir und saß zudem noch unter dem unmöglichen Neonlicht des Imbiss’. Aber er meinte es ernst.

„Perfekt ausgewählt, gleichzeitig lässig. Wow.“

Gut, ich hatte mich tatsächlich in Schale geworfen für die diversen Termine des Tages. Und wahrscheinlich war mir mittlerweile alles so egal, dass ich es mit der nötigen Lässigkeit trug, die ich sonst eigentlich an Tom bewunderte. Oder stand er einfach darauf, dass ich so verletzlich war? Egal.

„Nimm mich mal in den Arm.“

Er tat es und wurde ernster.

„Es tut mir so leid, dass Vik dich zu sich zitiert hat.“

„Stopp! Stopp! Stopp! Ich will nicht darüber reden.“

Ich wollte über gar nichts von dem reden, was ich in den letzten zwei Tagen erlebt hatte.

„Ich will einfach nur ein bisschen mit dir zusammen sein.“

Er nickte verstehend und gab mir einen Kuss auf den Hals. Es hauchte mir neue Lebensenergie ein. Ich war plötzlich wieder wach.

„Sollen wir in eine Bar gehen?“, fragte Tom.

„Nein, lass uns einfach … Lass uns spazieren gehen.“

Er nahm meine Hand und ging mit mir raus auf die Straße. Wir gingen schweigend einige Meter. Hand in Hand. Die Welt, die sich eben noch in hundertfacher Geschwindigkeit gedreht hatte, beruhigte sich langsam.

„Darf ich denn fragen, warum du dich für eine Portion Falafel so schick gemacht hast? Oder hast du auf meine SMS gewartet?“

Ich lächelte. Ich wartete immer auf seine SMS. Aber das wollte ich nicht sagen. Schließlich war ich es, die ihn früher am Tag hatte abblitzen lassen.

„Ich hatte ein paar Termine heute."

„Ich hoffe, erfolgreiche Termine."

Ich zog erneut Bilanz. Beweise vernichtet, beste Freundin verloren. Job und Millionen-Erbe versprochen bekommen. Ehe beendet. Ich war mir bei einigen Punkten nicht so sicher, ob sie positiv oder negativ zu verrechnen waren. Unterm Strich war es jedoch ein eher erfolgreicher Tag, zumal ich nun Händchen haltend mit der Liebe meines Lebens durch meinen Bergmannkiez spazierte. Zum ersten Mal, denn bisher hatten wir diese Art von Nähe in der Nachbarschaft vermieden. Ich nickte also zu Toms Frage.

Wir gingen eine ganze Weile stumm weiter. Ich spürte seinen fragenden Blick auf mir. Meine Verschlossenheit verunsicherte Tom. Auch ich hatte das Bedürfnis, mit ihm zu reden. Aber egal mit welcher Geschichte ich beginnen würde, irgendwie würde es nach einer Weile auch um uns gehen und dabei bestand immer die Gefahr, dass ich etwas über Viktoria sagen müsste, und dann würde wahrscheinlich der zweite Satz schon eine Lüge sein.

„Es tut mir leid, Tom. Ich kann im Moment nicht reden."

„Okay", sagte er, „dann weiß ich etwas anderes."

Er zog mich in den nächsten Hauseingang, drückte mich gegen die Wand und küsste mich. Voller Kraft, aber auch verspielt, mit Leidenschaft, aber auch mit Zeit. Es war das schönste Gefühl der Welt. Es machte mich glücklich und gleichzeitig unendlich traurig, denn es stand auf dem Spiel, dass ich dieses Gefühl für immer verlieren könnte. Tom stoppte kurz, schaute mich mit einem unverschämten Grinsen an und sagte: „Ich fürchte, wenn wir nicht mehr reden können, werden unsere Treffen nur noch aus Küssen bestehen."

„Furchtbar."

Er küsste mich wieder, schmeckte wundervoll, hielt meine Hände, roch so gut. Es war kaum zu ertragen. Es war das Paradies. Nach einer Weile löste Tom sich und schaute mich besorgt an.

„Was ist?", fragte er.

Ich verstand nicht sofort.

„Du weinst."
Jetzt spürte ich es auch. Eine Träne lief meine Wange hinab. Ich wischte sie weg und schüttelte den Kopf.
„Übermüdung."
Ich wollte es herunterspielen. Verdrängen. Aber die Tränen stoppten nicht. Egal, was ich unternahm. Es wurde immer schlimmer. Ich hatte plötzlich einen Kloß im Hals, so groß wie ein Tennisball. Ich spürte mein Kinn beben, meine Augen brannten. Ich konnte es nicht mehr kontrollieren. Tom war verwirrt. Nicht die Reaktion, die man erwartet, wenn man eine Frau ins Paradies küsst. Er nahm mich in den Arm, drückte mich an sich, streichelte mich. Ich weinte und schluchzte. Mit bebendem Körper.
„Kann ich irgendwas tun, damit es dir besser geht?", flüsterte Tom mir ins Ohr.
Ich schüttelte den Kopf.
„Ich will nicht, dass du leidest", hauchte er.
Ich atmete einmal tief durch, löste mich von ihm.
„Ich muss gehen."
„Nein!"
Er wirkte verzweifelt.
„Lass mich für dich da sein. Egal was los ist. Ich bin für dich da."
„Das ist unmöglich."
„Ist es nicht."
„Doch. Du bist der Letzte, der mir helfen kann."
Ich löste mich von ihm. Ich hatte es gewusst: Es war eine beschissene Idee gewesen, ihn zu treffen. Ich wollte einfach nur noch weg. Aber er hielt mich. An meiner Hand. Mit festem Griff ohne mir wehzutun. Ein Griff, mit dem man jeden Schiffsbrüchigen der Welt vor dem Ertrinken bewahren konnte. Ich hatte nicht die Kraft, mich zu lösen.
„Lass mich los", flüsterte ich.
„Das kann ich nicht."
„Warum?"
„Weil ich dich liebe."
Nein! Nicht jetzt. Dieser Satz. Nicht in diesem Moment. Bitte nicht. Und bitte nicht dabei absolut und vollkommen

überzeugend wirken. Und mich so verletzlich anschauen. Er hatte seine ganze Flanke aufgemacht. Mir sein Herz offengelegt, so dass ich problemlos eine tiefe Klinge hätte hineinstoßen können. Er wusste, dass es in jeglicher Hinsicht gefährlich war, diesen Satz zu sagen. Aber er tat es trotzdem.

„Bist du wahnsinnig?", schnauzte ich ihn an.

„Es ist die Wahrheit."

„Es ist ein Hirngespinst. Es ist nur in deinem Kopf. Etwas, das gut klingt. Aber es ist nicht wahr."

Ich hämmerte mit meinem Finger auf seinen Kopf. Er war irritiert, weil ich plötzlich so aggressiv wurde. Dann aber auch wieder nicht so irritiert, sondern ruhig und verdammt sicher, in dem, was er sagte.

„Du weißt, dass es wahr ist."

„Nein. Es kann nicht wahr sein."

„Warum? Warum bist du so hart?"

„Vergiss es, Tom. Es tut mir leid, dass ich mich mit dir treffen wollte. Es war ein Fehler."

„Vielleicht war es ein Fehler. Vielleicht war es ein Fehler, dass wir uns je getroffen haben. Vielleicht war es falsch, wieder etwas miteinander anzufangen. Aber das ist irrelevant für das, was ich sage, Trixi. Denn Liebe hat nichts mit richtigen Entscheidungen zu tun. Sie ist stärker als alles."

„Scheiße ist sie!"

Ich schrie fast. Seine Selbstsicherheit machte mich wütend.

„Du weißt, dass ich recht habe."

„Darum geht es dir? Recht haben? …"

„Nein!"

Ich ließ ihn nicht dazwischenkommen. Ich war außer mir. Dummerweise.

„Ein Satz von mir, Tom. Ein Satz. Und ich kann deine tolle Liebe zerstören. Hier, gleich und jetzt. Es ist nichts Überirdisches, Dauerhaftes. Stärker als alles. Pah! Ein Satz! Und aus!"

Jetzt war er genervt. Er schaute mich herausfordernd an.

„Dann sag ihn. Sag deinen Satz."

Gab es überhaupt noch einen Weg zurück? War es überhaupt eine wirkliche Entscheidung, die ich in dem Moment fällte, als ich ihn sagte?

„Ich habe versucht, deine Frau umzubringen."

Die Flanke war offen. Der Hieb saß. Seine Selbstsicherheit zerbröselte binnen Sekunden.

„Was?"

„Ich bin allein verantwortlich für den Unfall. Weil ich deine Frau umbringen wollte. Um dich für mich zu haben. Ich bin ein ausgewachsener Psychopath."

„Das verstehe ich nicht."

„Es ist nicht so kompliziert, Tom. Du hast selbst gesagt, ich wurde anhänglich. Ich wollte dich um jeden Preis. Also habe ich beschlossen, Viktoria zu töten. Ich habe die Schrauben an ihren Reifen gelockert. Genug, damit sie abfliegen, wenn sie mit Tempo 100 auf der Autobahn unterwegs ist."

„Sie war mit Tempo 40 auf der Bergmannstraße unterwegs. Und hat dich angefahren. Es macht keinen Sinn, was du da redest."

„Ich wollte sie stoppen. Ich hatte offensichtlich ein schlechtes Gewissen. Aber halt' mir das bloß nicht zugute, Tom. Ich bin so oder so für ihre Schmerzen verantwortlich. Dafür, dass sie nicht mehr richtig gehen kann. Und! Ich wollte sie umbringen. Dafür gibt es Beweise."

Streng genommen nicht mehr, aber ich wollte es nicht zu kompliziert machen.

Tom stand einfach nur da auf dem Bürgersteig. Und war für den Moment sprachlos. Es begann passenderweise zu regnen. Er blieb trotzdem stehen und sagte nichtș.

„So, und wie sieht es jetzt aus mit der großen Liebe? Willst du deine Frau und deine Kinder für eine Psychopathin verlassen?"

Er sagte wieder nichts. In seinem Gesicht arbeitete es, während ihm immer mehr Regentropfen auf die Stirn liefen.

„Also hat Vik sich richtig erinnert. Stopp!"

Er machte die Geste der ausgestreckten Hand, die sie mir gezeigt hatte. Ich nickte. Ich spürte in dem Moment erst, wie aufgebracht ich atmete. Wie wild mein Herz schlug. Ich rang nach Luft. Und kam zu Sinnen, als ich Toms ausdrucksloses Gesicht sah. Er schaute mich nicht mehr an, sondern auf den Gehweg, auf den immer größer werdende Regentropfen platschten. Ich verspürte einen Schmerz. Hatte ich das wirklich getan? Hatte ich wirklich die Wahrheit gesagt? Es tat mir weniger leid, weil ich wusste, dass es das Ende zwischen Tom und mir sein würde. Es tat mir vor allem leid, weil ich ihm wehgetan hatte. Weil ich diesen wunderbaren, selbstsicheren Mann binnen Sekunden in ein Häufchen Elend verwandelt hatte. Und das nur, um etwas zu beweisen.

„Wie kannst du dir so sicher sein?“, fragte er mich unsicher.

Der Regen wurde unangenehmer.

„Lass uns irgendwo reingehen“, sagte ich.

„In ein Restaurant?“

Ich schüttelte den Kopf.

„Wir sind eben an unserem Auto vorbeigegangen. Da hinten. Komm!“

Ich reichte ihm die Hand.

„Der Volvo“, sagte er kopfschüttelnd.

Er gab mir die Hand und ich zog ihn mit durch den Regen den Weg zurück. Es waren nur zweihundert Meter bis zu dem leidgeprüften Wagen, der auf der anderen Straßenseite vor dem Friedhof stand. Beim Überqueren der Straße musste ich auf den Verkehr achten. Tom wäre ansonsten überfahren worden. Er war immer noch mit der Keule beschäftigt, die ich ihm über den Kopf gehauen hatte.

Wenig später saß ich am Steuer unseres Wagens, während Tom in seinem durchnässten Mantel auf dem Beifahrersitz neben mir saß. Das Wasser tropfte ihm aus den Haaren. Auch wenn wir fast im Dunkeln saßen, konnte ich seine funkelnden Augen sehen. Er war wunderschön. Es tat weh. Es tat unfassbar weh.

„Erzähl mir alles!“, forderte er in einem fast herrischen Tonfall.

Ich nickte und begann zu erzählen. Alles, was ich nicht erzählt haben wollte. Alles, was passiert war, seit Viktoria mich angerufen hatte. Jedes Detail. Ich erzählte von der Kammer im Keller, von den vernichteten Beweisen, von Lunas Date, von meinem neuen Job, von meiner Erbschaft, von Christians Betrug. Ich wollte kein Geheimnis vor Tom haben. Ich wollte, dass er alles wusste. Vielleicht würde das die Verletzung mildern, die ich ihm beigebracht hatte. Was war ich für eine Idiotin gewesen! Er sagte mir den wichtigsten Satz in meinem Leben und ich antwortete mit den Schlimmsten, den ich je gesagt hatte. Ich wusste, dass ich das nicht wieder einfangen konnte. Ich wusste, dass dies wahrscheinlich unsere letzte Begegnung war, aber ich wollte, dass wir uns ohne offene Fragen trennten.

12

Es musste nach Mitternacht gewesen sein, als ich alles offenbart hatte. Bis hin zu meinem letzten Telefonat mit Luna und Toms SMS. Er hatte sich alles zumeist wortlos angehört. Hier und da gab es eine kleine Nachfrage, mehr nicht. Er starrte die meiste Zeit durch seine Scheibe nach draußen auf den Friedhof, der im Dunkeln lag. Als ich fertig war, suchte ich seinen Blick. Für einen Moment war nur das Prasseln des Regens auf dem Autodach zu hören. Ich fröstelte. Schließlich trug auch ich einen nassen Mantel und es war eine kalte Winternacht. Ich tat nichts, um es zu ändern. Ich wollte leiden. Endlich schaute er mich an. Es war zu dunkel, um seinen Blick zu deuten. Er sagte: „Du zitterst."

„Egal."

Er nahm plötzlich meine Hand.

„Du bist ja eiskalt."

Er war es nicht. Seine Hand injizierte mir Wärme. Hatte er Fieber? Oder war ich wirklich so ein Eiszapfen?

„Haben die Volvos nicht eine Standheizung?"

Er schaute sich die Armaturen an. Ich war gedanklich noch bei der schlimmsten Beichte meines Lebens und sehnte mich nach einer Reaktion von Tom. Und er redete über Standheizungen? Aber dass er sich um mich sorgte, war ja schon einmal nicht schlecht.

„Ja, hier …"

Der Wagen hatte tatsächlich eine, die ich schon mehrfach freudig genutzt hatte – ich neigte zum Frösteln. Ich kramte den Autoschlüssel aus meiner Hose und startete den Wagen. Und dann auch die Standheizung. Auf unserer Straßenseite war nur der Friedhof und es gingen um die Uhrzeit kaum noch Passanten vorbei. Der laufende Motor konnte also niemanden stören. Tom betastete derweil meinen Mantel.

„Du musst den ausziehen. Der ist ja vollkommen durchnässt."

Er zog an meinem Mantel herum, während wohlig warme Luft aus der Lüftung strömte. Tom machte sich wirklich Sorgen um mich. Während ich mich im Sitzen aus meinem Mantel kämpfte, tat er dasselbe mit seinem. Aber nicht weil dieser auch nass war, sondern um sich dann das noch weitestgehend trockene Jackett auszuziehen, dass er um mich hängen wollte.

„Was machst du?“, fragte ich fast hilflos.

„Sonst wirst du krank.“

„Aber Tom …“

War es nicht offensichtlich, dass hier irgendetwas sehr schräg lief? Musste ich die offensichtliche Frage wirklich stellen?

„Der Pullover ist ja auch nass“, sagte er empört. „Dein Mantel taugt gar nix.“

Er zupfte nun auch an meinem Pullover herum. Plötzlich flogen überall nasse Kleidungsstücke durch die Gegend. Er wirkte immer besorgter.

„Was hast du denn da drunter?“

„Tom! Tom! Warte! … Was machst du? Du … Kannst du nicht erst einmal … Was denkst du?“

Er stoppte das wilde Rumgewusel, sagte aber nichts.

„Du kannst jetzt nicht einfach wieder mein Retter sein, ohne irgendetwas zu sagen.“

„Ich weiß nicht, was ich sagen soll.“

Er klang fast, als ob er sich entschuldigen wollte.

„Willst du mich nicht anschreien? Willst du mich nicht einfach hier sitzen und erfrieren lassen?“

„Nein.“

Das kam sehr selbstverständlich heraus. Wir schauten uns lange stumm an. Es war zwar bis auf einige elektrische Anzeigen nach wie vor dunkel in dem Wagen, aber seine Augen strahlten so hell, dass ich das Gefühl hatte, er könnte den Wagen damit erleuchten.

Plötzlich beugte er sich nach vorne. Zog mich gleichzeitig zu sich. Ich verstand wirklich nicht, was er machen wollte, bis seine Lippen die meinigen berührten. Seine Lippen waren heiß. Es brannte auf meinen. Er zog mich fester an sich heran, küsste mich gierig. Er hielt mein Gesicht mit seinen Händen, dann meinen Hals. Überall, wo er mich berührte, hauchte die Wärme seiner Hände meinem Körper Leben ein. Ich ließ alles geschehen. Es war wie eine Erlösung. Ich wollte diesen Mann so sehr, wie ich noch nie etwas gewollt hatte. Noch nie in meinem ganzen Leben. Das wusste ich mit Gewissheit, auch wenn ich mich an nichts sonst erinnern konnte. Tom zog meinen Pullover hoch. Aber nun nicht mehr, weil er sich sorgte, dass ich frieren würde. Er wollte mich ausziehen. Er wollte mich nackt. So wie er mich kennengelernt hatte. So wie er mich am liebsten hatte. Nach dem Pullover zog er auch meine Bluse darunter aus. Es dauerte keine Sekunde, bis mein BH auf dem Boden des Wagens lag. Mir war nicht mehr kalt. Die Wärme aus meinen Lenden und von seinen Händen heizte mich auf. Er fasste mich überall an, streichelte mich, hielt mich, küsste mich. Als seine heißen Lippen meine Brustwarzen umschlossen, brannte ich lichterloh. Meine Hand erkundete voller Begehren seine Hose, öffnete sie hastig. Mein Rock war längst hochgerutscht, nun riss Tom mir die Strumpfhose und meinen Slip herunter. Es bedurfte einiger Verrenkungen und Quetschungen, aber mir war jeder blaue Fleck egal. Ich spürte keine Schmerzen. Ich spürte nur Toms heißen Hände, seine Lippen und den begierigen Blick seiner Augen. Ich kletterte auf ihn, spürte seine Erregung, seine Hände auf meinem Po und wie er in mich eindrang.

Ich presste mich fest an ihn. Ich wollte, dass er mich nie wieder loslassen würde. Wir rasten. Wir liebten uns, liebkosten uns, wurden schneller, langsamer, vergaßen alles andere. Verschmolzen mit einem Höhepunkt, der so heftig war, dass ich noch minutenlang am ganzen Körper zitterte. In seinen starken Armen. Mit seinem Mantel über uns, den er schnell herbeizog und über mich legte. Der Mantel war auf der Innenseite noch trocken und wunderbar weich.

„Du sollst nie wieder frieren“, flüsterte Tom und strahlte mich an.

„Deswegen hast du das gemacht? Damit ich nicht friere?“

„Ja, so etwas in der Art.“

Wir lächelten uns an. Gaben uns kleine liebevolle Küsse. Hielten uns. Doch lange ging das nicht gut. Die Fragen drängten sich zurück.

„Ich versteh's nicht, Tom. Was hat das zu bedeuten?"

„Ich versteh's auch nicht. Aber ich kann dich nicht hassen. Oder überhaupt irgendwas Schlechtes für dich empfinden wegen etwas, was die alte Trixi tun wollte. Egal wie krank es war oder … wie schlimm für meine Familie."

Beim letzten Halbsatz wurde er deutlich ernster. Dennoch blieb er mir zugewandt.

„Ich glaube, ich habe längst getrennt zwischen vor und nach dem Unfall", erklärte er. „Wenn ich an dich denke, denke ich immer an die Frau, die ich im Krankenhaus kennengelernt habe. Es gibt nur noch diese Frau. Mit der ich gerade zum ersten Mal geschlafen habe."

Er lächelte.

„Das, was du gesagt hast, ändert im Moment nichts daran, wie sehr ich die begehre und … wie sehr ich dich liebe."

Mir schossen wieder Tränen in die Augen. Ich drückte mich an ihn. Und hielt ihn, so fest es ging. Wir saßen endlos so da. Irgendwann gingen sogar Leute draußen vorbei, aber das war mir egal. Selbst wenn ich noch komplett nackt auf Tom gesessen hätte. Sollten es doch alle sehen. Ich war glücklich und wollte den Moment festhalten. Ich wollte nie wieder loslassen oder losgelassen werden.

Beinahe nickte ich schon ein, als sich plötzlich Warnanzeigen des Wagens meldeten und kurze Zeit später die Lüftung stoppte. Der Wagen ging aus.

„Oh", sagte Tom und wirkte so, als ob er auch fast eingeschlafen wäre. „Ich glaube, das war's mit der Batterie."

Ich musste lachen. Der Volvo und ich. Wir hatten eine innige Beziehung. Die nun um ein ganz besonderes Kapitel erweitert worden war. Bei dem der arme Wagen mal wieder der Leidtragende war.

„Sollen wir in ein Hotel gehen?"

„Und was sagst du deiner Frau?"

„Ich werde schon eine Erklärung finden."

„Nein, nein."

Ich begann, meine Sachen zusammenzusuchen.

„Lass uns nichts Unüberlegtes machen. Es war wundervoll, wie es war. Ich gehe nach Hause."

„Zu deinem Mann?“

„Zu meinem baldigen Ex-Mann. Ich habe jetzt einen Panzer, der mich gegen alles schützt.“

Das stimmte. Tom hatte mir Kraft gegeben. Ich glaubte an ihn und an mich. Und ich hatte zum ersten Mal das Gefühl, dass wir eine Zukunft hatten. Ich würde sicher nicht von ihm verlangen, dass er Viktoria verlassen würde, aber ich wusste, dass er es wollte. Dass es passieren würde. Früher oder später. Und da ich mir nach dieser Nacht seiner Liebe so sicher war wie man sich einer Liebe eben sicher sein kann, hatte ich Zeit. Ich schaute einer wundervollen Zukunft entgegen.

Nachdem wir uns quetschend und kraxelnd wieder bekleidet hatten, stiegen wir schließlich aus dem Volvo. Es hatte aufgehört zu regnen.

„Ich bringe dich nach Hause.“

„Nein“, sagte ich. „Gib mir nur einen Kuss und sag, dass du mich morgen anrufst.“

„Ich rufe dich morgen an, Sexy.“

Er küsste mich. Liebevoll. Mit neuer Gewissheit und Selbstverständlichkeit. Ich war seins. Und er war meins.

13

Es überraschte mich nicht, dass Christian noch wach war, als ich nach Hause kam. Er war es sicherlich nicht, weil er noch im Kino gewesen war. Er saß im halbdunklen Wohnzimmer und starrte auf die Glotze, ohne wirklich hinzuschauen. Ich sah dies nur im Vorbeigehen, denn ich hatte mir geschworen, kein Wort mit ihm zu reden. Kurz dachte ich noch darüber nach, ihn über die leere Batterie in seinem geliebten Volvo zu informieren, aber das schien mir dann doch zu gehässig.

„Trixi?", hörte ich ihn rufen, als ich bereits die Tür zu meinem Zimmer hinter mir schloss.

Wenn er jetzt eine Diskussion aufmachen wollte, würde ich mich einschließen und ihn komplett ignorieren. Zur Not wirklich noch in ein Hotel umziehen. Auf keinen Fall wollte ich das wunderbare Ende dieses ungewöhnlichen Tages ruinieren lassen. Doch Christian kam nicht. Oder wenn, dann traute er sich nicht, die Tür zu meinem Zimmer zu öffnen.

Ich zog meine Sachen aus und stellte fest, dass sie ganz schön ramponiert waren. Ich legte sie zum Trocknen auf die Heizung, zog mein Schlaf-T-Shirt an und fuhr noch schnell den Computer herunter, der immer noch lief. Dabei sah ich das Blatt, das auf meinem Schreibtisch lag.

Als ich realisierte, was es war, drehte sich mein Magen um. Das konnte nicht sein. Ich riss es hoch. Es war der Auszug aus dem Autoforum, in dem ich gefragt hatte, wie man einen tödlichen Unfall konstruiert. Aber ich hatte ihn doch in den Sack mit den anderen Beweisen gesteckt. Wie konnte das sein? Als ich genauer hinschaute, stellte ich fest, dass es nicht der Ausdruck selbst war. Es schien vielmehr so, dass jemand das Papier abfotografiert und dann das Foto ausgedruckt hatte. Und das war ganz sicher nicht ich gewesen. Ich schaute wieder auf den Schreibtisch und fand weitere ausgedruckte Fotos. Fotos aus dem Keller unter der Videothek. Von der Wand mit den Bildern von Tom. Von meinem Badeanzug über der Wäscheleine. Von dem Kreuzschlüssel unter Viktorias Foto.

Es klopfte an der Tür. Ich zuckte zusammen.

„Hast du es gefunden?“, fragte Christian durch die geschlossene Tür.

„Was soll das, Christian? Wo hast du das her?“, fragte ich ihn mit einem Zittern in der Stimme.

„Ich habe mir Sorgen um dich gemacht, als du gestern Abend weggelaufen bist. Ich bin dir gefolgt.“

Also hatte ich doch richtig gesehen. Der Schatten. Jemand war in dem Hof gewesen, als ich nachts die Kammer entdeckt hatte. Und natürlich. Ich hatte den Kellerschlüssel der Videothek die ganze Nacht in der Wohnung gehabt. Nachdem ich am späten Abend noch einmal aufgewacht war, hatte ich alle Schlüssel fein säuberlich auf meinen Schreibtisch gelegt. Christian musste sie sich genommen haben, nachdem ich wieder eingeschlafen war. Nur in dieser Nacht konnte er die Fotos gemacht haben.

„Willst du nicht mal rauskommen?“, fragte er.

Er klang ruhig und überlegt. Nicht so, als ob er mich fertigmachen wollte. Trotzdem hatte ich kein Interesse daran, ihm gegenüberzutreten.

„Was willst du?“, fragte ich ihn, ohne die Tür zu öffnen.

Ich hörte ihn seufzen.

„Das ist versuchter Mord, Trixi.“

„Was willst du?“

Ich wurde lauter, aggressiver.

„Die gute Frau Richter wird es sicher nicht lustig finden, dass sie umgebracht werden sollte. Oder dass es sich hätte verhindern lassen, dass sie nun einen Krückstock braucht.“

Ich riss die Tür auf. Christian erschrak. Ich fauchte ihn an: „Willst du mich erpressen? Ernsthaft?“

„Ich will einfach nur das, was mir versprochen wurde. Mehr nicht.“

„Soll heißen?“

„Ich will die Hälfte deines Erbes.“

„Und dann sagst du niemandem etwas?“

Er nickte.

„Okay. Sonst noch etwas?“

Mir war das Geld so etwas von egal. Christian war überrascht, wie schnell ich zustimmte. Wahrscheinlich hat noch nie eine Million Euro so schnell den Besitzer gewechselt. Aber er war noch nicht fertig.

„Du hast das Geld noch nicht.

„Natürlich nicht.“ Du Idiot.

„Deswegen bleibst du so lange bei mir hier wohnen, bis du das Geld hast.“

„Du spinnst.“

„Nein, ich will dich in meiner Nähe haben. Und ich will, dass niemand doofe Fragen stellt. Das sollte auch in deinem Interesse sein. Du kannst tun und lassen, was du willst. Aber wir werden nach außen weiter ein Paar sein. Bis deine Großtante stirbt.“

Ich schaute ihn fassungslos an.

„Gute Nacht, Trixi.“

Er ging davon in sein Schlafzimmer und schloss die Tür hinter sich. Der Tag war nun endgültig zu einem Ende gekommen.

1

„Magst du eigentlich George Clooney?“, fragte mich Tom, als er am Morgen nach dem aufwühlendsten Tag meines Lebens anrief.

„Wer mag George Clooney nicht?“

„Willst du ihn vielleicht heute Abend live und in Farbe sehen?“

„Du hast Tickets?“

„Mh-mh.“

„Und du willst, dass … dass wir zusammen dahin gehen?“

„Mh-mh.“

Es war Berlinale. George Clooney präsentierte an diesem Abend seinen Film „The Monuments Men“, bei dem er nicht nur die Hauptrolle übernommen hatte, sondern gleich auch die Regie. Und er war selbst anwesend, zusammen mit einer Handvoll weiterer Superstars. Eigentlich war es so gut wie unmöglich, für diese Vorstellung ein Ticket zu bekommen. Als ich Christian ein paar Tage zuvor danach gefragt hatte – immerhin arbeitete er in der Filmbranche – konnte er nur verächtlich lachen.

„Die kriegen nur die Sponsoren und so Leute.“

Es klang, als ob „Sponsoren und so Leute“ ganz, ganz schlechte Menschen waren.

Nun stellte sich aber heraus, dass Tom einer dieser Menschen war. Trotzdem war dies nicht das Ungewöhnlichste an seinem Angebot.

„Es ist Samstag“, hakte ich nach.

„Lass das mein Problem sein.“

Wow. Tom hatte also wirklich das heilige Familienwochenende für mich freigeräumt. Was hatte das zu bedeuten?

Hatte er mit Viktoria geredet? Ihr die Wahrheit gesagt? So schnell?

„Freust du dich nicht?“

„Doch, doch. Ich … Das … Wir müssen reden.“

„Können wir. Nach dem Film.“

Ich hörte ihn förmlich grinsen. Er wäre sicher nicht so gut gelaunt gewesen, wenn er Viktoria alles gebeichtet hätte. Es gab keinen Weg, wie diese Bombe ohne fürchterlichen Schaden für uns alle explodieren konnte.

„Alles okay, Trixi?“

Er klang nun doch besorgt. Nein, es war nicht alles okay. Ich hatte in der Nacht kaum geschlafen, weil ich nicht wusste, wie ich mit Christians Erpressung umgehen sollte. Christian schien damit weit weniger Probleme zu haben. Am Morgen hatte er Frühstück für uns gemacht, als ob nichts gewesen wäre. Als ich in die Küche kam, grüßte er mich freundlich und fragte, ob ich Kaffee wollte. Ich zeigte ihm einen Scheibenwischer und verließ die Wohnung, um im Barcomi's zu frühstücken. Dort hatte mich Toms Anruf nun erreicht.

„Hast du vielleicht schon ein bisschen früher Zeit? Jetzt?“, fragte ich Tom vorsichtig.

„Mh, jetzt ist schlecht. Wir fahren gleich in die Biosphäre.“

In die Biosphäre? Ist das eine Luftschicht hinter der Atmosphäre? Was redete Tom da?

„Das ist so eine Indoor-Dschungellandschaft in Potsdam. Aiden liebt das.“

Okay, sie machten einen Familientag. Er hatte definitiv nicht mit Viktoria geredet.

„Gut, wann …“

„Der Film geht um halb sieben los. Vielleicht können wir uns dort treffen. So um halb sechs am Eingang vom Hyatt? Sorry, sonst schaffe ich das nicht.“

„Okay.“

Ich klang nach wie vor nicht begeistert.

„Das wird ein wunderschöner Abend, Trixi!“

„Ja“, hauchte ich lieb, um ihm zumindest etwas von seinem Enthusiasmus zurückzugeben. Meine Güte, ich würde George Clooney sehen. Was wollte ich mehr?

„Ich liebe dich."
„Ich dich auch."
Er hatte es zuerst gesagt. Wie auch am Abend zuvor. Ich hatte kein Problem damit zu antworten. Nein, wirklich nicht. Aber weder Toms Liebeserklärung noch die Aussicht auf Mr. Clooney konnten mich dem schwarzen Loch in meiner ganz persönlichen Biosphäre entreißen. Einmal mehr lag das Glück direkt neben dem Abgrund.

2

Zumindest hatte ich für den Tag ein Thema, das mich ein wenig ablenken konnte. Was sollte ich anziehen? Roter Teppich, die „oberen Zehntausend“ der Stadt wurden erwartet, George Clooney ja sowieso. Das musste gut überlegt sein. Während ich die nicht gerade große Auswahl in meinem Kleiderschrank begutachtete, klopfte es an die Tür. Obwohl ich nicht darauf reagierte, öffnete sie sich wenig später. Christian. Er lächelte mich freundlich an. Ich ignorierte ihn.

„Ich weiß, du bist sauer“, sagte er in einem wahnsinnig einfühlsamen Tonfall.

„‚Sauer‘, Christian? Ernsthaft. Du glaubst, ich bin ‚sauer‘?“

„Du hast mir keine andere Wahl …“

„Fick dich! Raus!“

Noch nie hatte ich „Fick dich“ zu jemandem gesagt. Zumindest nicht in der Zeit, an die ich mich erinnern konnte.

„Trixi, ich habe dir nichts getan.“

„Stimmt. Abgesehen davon, dass du mich zwingst, mit dir zusammenzuwohnen, und dass du eine Million Euro von mir willst, bist du eigentlich ein ganz liebes Kerlchen.“

Bevor er antworten konnte, ging ich zu ihm, schubste ihn mit all meiner Wut in den Flur, wodurch er beinahe stürzte, und knallte die Tür zu. Ich schloss sie ab. Ich zitterte am ganzen Leib. Und das sollte jetzt so weitergehen bis zum Tod meiner Großtante? Es war absurd.

Aber wie ich es auch drehte und wendete. Ich konnte nicht zulassen, dass er Viktoria die Wahrheit sagte. Dass er ihr sagte, dass Tom und ich eine Affäre hatten. Dass er ihr vor allem sagte, dass ich sie hatte umbringen wollen. Gerade in dieser Kombination gab es doch für Viktoria keine andere Möglichkeit, als mich so tief in einen Kerker bringen zu lassen, wie es nur eben ging. Ich sah vor meinem inneren Auge sämtliche Käfige, Verliese und Zellen aus „Game of Thrones“, in denen die Helden und Schurken weggesperrt und misshandelt wurden. Ich war mir sicher, dass mir nicht weniger als eine Kombination aus all dem drohte, wenn Viktoria erfahren würde, dass ich ihr Leben gleich auf mehreren Ebenen zerstört hatte.

Hinzu kam mein akutes Problem: Was sollte ich Tom sagen? Er war mein Retter. Er würde diese Erpressung nicht zulassen. Aber selbst wenn er es auf sich nehmen würde, dass die Wahrheit seine Familie schrottete, würde er auf mich warten, wenn ich ins Gefängnis wanderte? Seit ein paar Wochen schaute ich eine neue amerikanische Fernsehserie namens „Orange is the new black", in der eine junge Frau ins Gefängnis muss, während ihr Verlobter draußen wahnsinnig wird. Auch wenn ich die Serie mochte, war das keine Werbung für ein Leben hinter Gittern. Mit einem Mann draußen.

Das waren die Gedanken, die mich stundenlang immer und immer wieder umkreisten. Ich hatte mir fest vorgenommen, bis zu dem Treffen mit Tom einen Plan zu haben, was ich ihm sagen wollte. Aber als ich dann um Punkt 17:30 Uhr am Eingang des Hyatts stand, während sich gegenüber vor dem Berlinale-Palast eine beachtliche Menschenmenge versammelte, um George Clooneys Lächeln zu sehen, hatte ich immer noch keinen blassen Schimmer, was ich tun oder sagen sollte.

„Hey, Sexy!"

Tom stand plötzlich mit seinem unwiderstehlichen Lächeln vor mir. Damit würde nicht einmal Clooney konkurrieren können. Er legte seine warmen Hände auf meine Wangen und küsste mich. Für einen Moment war das Gefühl des letzten Abends wieder da. Das Gefühl, wie er mich gehalten hatte. Wie wir miteinander eins geworden waren. Das Glück war zurück. Aber das Glück war flüchtig.

„Bereust du, was gestern passiert ist?", fragte Tom.

„Nein. Wieso?"

„Weil du so … Du bist so anders."

„Hast du echt kein Problem damit, was ich deiner Frau angetan habe?"

Ich hatte keine Ahnung, wo das plötzlich herkam. Ich war viele Varianten durchgegangen, was ich zu ihm sagen würde.

Ihn zu provozieren, hatte ich dabei nicht einmal für eine Sekunde überlegt.

„Natürlich habe ich ein Problem damit", sagte Tom ernst. „Aber ich weiß, dass das nicht du warst. Sondern die alte Trixi."

„Die alte Trixi steckt aber in der neuen Trixi mit drin. Ich finde ihren Lebenslauf nicht, aber sie ist definitiv Untermieter hier."

Ich tippte an meinen Kopf. Klang dabei sehr launisch.

„Was willst du mir sagen?"

Ich hatte es geschafft. Binnen Sekunden war der eben noch so gut gelaunte Tom verunsichert. Es tat mir leid.

„Vergiss es. Lass uns reingehen."

Ich ging los, einfach auf die Menge zu. Ohne irgendeine Ahnung, wie wir in den Berlinale-Palast kommen würden. Tom eilte hinter mir her. Er suchte meinen Blick. Als er ihn nicht fand, nahm er meine Hand und zog mich zielsicher durch die Menge zum Einlass.

Als wir wenige Sekunden später auf dem roten Teppich standen, über den man in das große Gebäude kam, rechts und links Scharen von Fotografen und Reportern, überrollte eine Gänsehaut nach der anderen einfach alles. Auch meine unschönen Gefühle. Es tat mir unendlich leid, dass ich Tom so angegangen war. Er hatte wahrscheinlich einiges in Bewegung gesetzt, um diese Tickets zu bekommen und den Abend möglich zu machen. Ich nahm mir fest vor, nicht weiter so eine Negativ-Nelly zu sein, sondern den Abend zu genießen. Alles, was es an furchtbar komplizierten Sachen zu besprechen gab, musste warten. Es sollte ein wundervoller Abend werden, so wie Tom ihn sich vorgestellt hatte. Wir waren ein Paar. Wir waren am coolsten Ort der ganzen Stadt. Das zählte, sonst nichts.

„Ich kann sie nicht verlassen", sagte Tom plötzlich, als wir unsere Plätze in dem großen Saal längst eingenommen hatten und auf die Herren aus Hollywood warteten. Wir saßen ungefähr in der fünften Reihe, fast am rechten Rand, denn das Kino war natürlich ausverkauft und der erfahrene Berlinale-

Gänger stürmte schon frühzeitig auf die guten Plätze. Ich war zufrieden mit meinem Platz, aber nicht zufrieden mit Toms Gesichtsausdruck. Diesen Satz zu sagen, hatte ihn offensichtlich Überwindung gekostet. Es kam mir fast vor, als ob auch er sich den ganzen Tag Gedanken gemacht hatte, wie er es mir sagen sollte. Und eigentlich hatte er – anders als ich – wahrscheinlich einen perfekten Plan gehabt, um mir berauscht vom Berlinale-Erlebnis hinterher wohlüberlegt zu verklickern, was es zu verklickern gab. Aber meine launigen Sprüche vor dem Kino hatten ihn so nachhaltig verunsichert, dass er sich gezwungen sah, mir umgeben von zig Leuten in mehr oder weniger schicker Abendgarderobe diesen Satz hinzuwerfen.

Und was tat ich? Ich hätte an der Stelle einfach sagen müssen: „Okay, ich kann meinen Mann auch nicht verlassen."

Und damit wäre der Abend gerettet gewesen. Wir müssten nicht über quälende Fragen diskutieren. Sondern könnten uns einfach genießen, als ob es die Welt da draußen nicht gäbe. Vielleicht wäre uns das in einigen Wochen um die Ohren geflogen, weil es auf die Dauer natürlich pervers ist, mit Menschen zusammenzuleben, mit denen man eigentlich nicht zusammenleben will. Aber für den Moment, für den einzigartigen Abend und sicher auch noch etwas länger, hätten wir unsere Liebe leben können. Was wir uns nach all dem Mist der letzten Wochen ja auch irgendwie verdient gehabt hätten. Es wäre so einfach gewesen.

„Wieso?", fragte ich Tom und klang dabei irritierter, als ich es eigentlich sollte. „Ich meine, natürlich … Mir ist schon klar … Aber wieso eigentlich? Warum sagst du das?"

Tom seufzte. Wahrscheinlich hatte auch er auf eine Reaktion gehofft, die alles einfacher machte.

„Die Kinder."

„Du würdest sie verlieren?"

Das hatte er schon einmal angedeutet. Er nickte auch jetzt. Sagte nichts. In mir staute sich langsam Wut an, dass er mich nun all diese Fragen stellen ließ.

„Ihr habt doch das gemeinsame Sorgerecht. Wieso sollst du sie ‚verlieren'?"

„Du kennst Vik nicht. Wenn sie etwas will, dann bekommt sie das. Und wenn sie doch mal etwas nicht bekommt, also wenn ich sie verlasse und unsere Familie zerstöre, dann … Das wird hässlich."

„Und wie … was … Wie macht sie das? Dir die Kinder wegnehmen?"

„Ihre Mutter ist Familienanwältin. Eine der härtesten, die es gibt. Die würden alles auffahren, was … Die kennt alle Tricks."

Hatte er wirklich Angst vor „Tricks"?

„Gibt es denn etwas, was sie gegen dich in der Hand haben?"

Es war eine rhetorische Frage, um die Spur auszulegen, dass er möglicherweise übertreibt. Aber er antwortete nicht mit einem selbstverständlichen „Nein", sondern zögerte.

„Gibt es was?", hakte ich überrascht nach.

„Es ist kompliziert."

„Erklär's mir."

„Das geht jetzt nicht, Trixi. Ich kann das nicht alles …"

Er suchte mit gequältem Gesichtsausdruck nach Worten. Ich rang um Fassung.

„Du musst mir das einfach glauben. Es würde nicht gut gehen. Und … ich kann die Kleinen nicht hergeben. Das kann ich nicht."

Das erwartete auch keiner. Was ich allerdings schon erwartete, war, dass er offen mit mir sprach. Nach dem, was ich alles vor ihm ausgebreitet hatte. Wir liebten uns. Wir waren das ganz besondere, auserwählte Paar. Wollte er wirklich weiter Geheimnisse bewahren?

„Du kannst deine Frau nicht verlassen. Und du kannst mir nicht sagen, warum?"

Ich schaute ihn mit großen Augen an. Er wirkte sehr ernst. Dann nickte er.

„Es tut mir leid."

Plötzlich setzte eine Fanfare ein, der Saal wurde dunkel, eine tiefe Männerstimme ertönte aus dem Nichts: „Meine Damen und Herren, Ladies and Gentlemen, heißen Sie das Team von ‚The Monuments Men' willkommen. Please welcome the team of ‚The Monuments Men'!"

Schon ging zehn Meter neben mir eine Seitentür auf. Ein Spotlight erhellte sie. Und wer kam heraus: George Clooney. Mit grauen Haaren, feinem Anzug, oben offenem Hemd. Applaus brandete auf. Handys wurden gezückt, Menschen standen auf. George Clooney kam direkt auf mich zu. Er strahlte. Zunächst in den Saal, dann in meine Richtung. Er schaute mich an. Er schaute wieder weg. Dann schaute er mich noch einmal an. Mit einem so zugewandten Lächeln, das mich noch einmal überdenken ließ, ob es nicht an Toms Lächeln herankommen könnte. Er nickte mir freundlich zu. Ich nickte zurück. Er ging vorbei, die Treppe weiter hoch. Unter dem Applaus der Menge. Gefolgt von Matt Damon. Und Bill Murray. Und John Dujardin. Und zahlreichen weiteren bekannten Gesichtern. Sie alle setzten sich auf die reservierten Plätze mitten in den Saal. Die Menge tobte.

George Clooney hatte mich wahrgenommen. Unter all den Menschen, die diesen absoluten Superstar Tag für Tag anhimmelten, hatte er ausgerechnet mich gesehen. Wirklich gesehen. Und ich wusste genau, warum. Weil ich anders war als die anderen. Ich stand nicht auf, ich klatschte nicht. Ich hatte noch nicht einmal über das ganze Gesicht gestrahlt, als er vor mir auftauchte. Sondern ich war traurig. Er hatte mich genau im Moment der Erkenntnis gesehen. Ich hatte mit Tom ein Haus gebaut. Über Monate. Mit widerspenstigem Baumaterial bei äußerst ungünstiger Witterung. Aber es stand. Seit einem Tag. Und das hatte mich stolz gemacht. Doch nun war ich einmal um das Haus herumgegangen und hatte entdeckt, dass wir auf Sand gebaut hatten.

Ich sagte nichts. Saß einfach nur da. Der Applaus ebbte ab. Der Film wurde angekündigt. Tom suchte erneut meinen Blick. Aber ich konnte ihn nicht anschauen. Wo sollte das alles hinführen? Als es wieder dunkel wurde, der Vorhang aufging und der Berlinale-Trailer auf uns herabschien, sah ich zu Tom, der den Blick nicht von mir genommen hatte.

„Wir werden zusammen sein", flüsterte er. „Es ist nicht so einfach. Und es geht nicht so schnell."

„Das heißt: Wir warten auf irgendwas?"

Er nickte unsicher, während der Vorspann des Films begann.

„Ich kann es nicht genau sagen. Aber gib mir etwas Zeit, okay?“

Natürlich nahm ich ihm vollkommen ab, dass er mit mir zusammen sein wollte. Und auch dass es etwas wahnsinnig Kompliziertes oder Furchtbares oder was-auch-immer gab, das es nun halt unmöglich machte. Aber trotzdem kam ich mir total bescheuert vor.

„Und natürlich sehen wir uns weiter. Wie bisher. Sogar noch mehr.“

Ich sagte nichts.

„Guck, du ziehst doch jetzt aus …“

Ich widersprach nicht. Die Entscheidung, nichts von Christians Erpressung zu sagen, war schnell gefällt. Wir hatten alle unsere Geheimnisse. Es war völlig überflüssig gewesen, mir den ganzen Tag deswegen einen Kopf zu machen.

„… und vielleicht können wir dir zusammen eine schöne Wohnung suchen. Die dann auch irgendwie unsere ist.“

Die Szene auf der Leinwand war hell genug, damit Tom mein Gesicht sehen konnte. Ich muss sehr merkwürdig geguckt haben.

„Okay, klang das jetzt sehr doof?“, fragte er.

„Könnt ihr endlich mal die Klappe halten?“

Das kam von einem freundlichen älteren Herrn zwei Reihen hinter uns. Erst jetzt realisierte ich, dass das halbe Publikum des Films auch unser Publikum war.

Ich bedeutete Tom, dass wir den Film gucken sollten. Was wir dann auch taten. Ich glaube, ich habe selten einen Film gesehen, von dem ich so wenig mitbekommen habe.

Nach dem Film standen wir in der großen Lobby des Berlinale-Palasts. Überall wuselten verzauberte Zuschauer herum. Sie hatten die Aura von Menschen, die etwas Besonderes erlebt hatten. Ich fühlte mich einsam, während ich auf Tom wartete, der unsere Mäntel von der Garderobe holte. Wir hatten beim Verlassen des Kinosaals kein Wort gesprochen. Schon gar nicht über den Film. Die Situation war verkorkst. Er kam zu mir, half mir in den Mantel.

„Ich dachte, wir gehen noch in eine Bar.“

„Wie hast du es eigentlich geschafft, heute Abend freizubekommen?“

Das war schon wieder nicht das, was ich sagen wollte. Wo kamen diese fiesen Sprüche her?

„Ich habe gesagt, dass ich mit einem Freund einen Film auf der Berlinale schaue.“

„Und das glaubt sie?“

„Der Freund hat mich sogar zu Hause abgeholt.“

Ich war überrascht.

„Das heißt, es weiß jemand von mir.“

„Robert. Wir sind zusammen groß geworden. Wir haben zusammen die Firma gegründet. Es gibt niemanden, dem ich mehr vertraue.“

Dieser Robert wusste wahrscheinlich sogar, warum Viktoria Tom die Kinder wegnehmen könnte. Diesem Robert vertraute Tom mehr als mir. Mein Gott, war ich schlecht drauf.

„Vielleicht ist es nicht so gut, wenn wir jetzt noch in eine Bar gehen. Ich … ich will nach Hause.“

„Wirklich?“

Es tat ihm weh. Das sah ich ihm an. Aber ich befürchtete, dass ich nach ein paar Gläsern Sekt nur noch gemeiner werden würde. Also nickte ich.

3

Es folgte einer der beschissensten Sonntage meines Lebens. Nachdem der Vorabend ein Lehrbeispiel dafür gewesen war, wie man sich selbst unglücklich macht, war ich nun so alleine, wie es nur ging. Ich hatte keinen Antrieb. Keine Lust auf irgendetwas. Schaffte es nicht einmal, eine DVD zu starten, um eine Serie zu gucken. Stattdessen hockte ich stumpf vor der Glotze und guckte Eisschnelllaufen der Frauen bei Olympia. Eine Sportart, die mich kaum weniger interessieren konnte.

So gesehen war es dann fast wohltuend, dass Christian einen erneuten Versuch startete, „Normalität" herzustellen. Denn so konnte ich meinen Frust und meine Wut endlich an dem auslassen, der es auch verdient hatte.

Er hatte lange geschlafen, setzte sich nun nach einer freundlichen Begrüßung zu mir vor den Fernseher, wo die Frauen ihre Runden drehten. Ich stand sofort auf und ging wortlos aus dem Zimmer.

„Trixi, wie lange soll das denn jetzt so gehen?"

„Bis Tante Elise stirbt."

„Trixi!"

Ich war eigentlich schon raus aus dem Zimmer. Aber Christians „Menno"-Tonfall, der suggerierte, dass ich mich übertrieben anstellte, trieb mich zurück zu ihm. Mit den Händen in den Hüften baute ich mich vor ihm auf.

„Warum kann ich nicht wenigstens ausziehen? Was soll der Scheiß, Christian?"

„Das habe ich dir doch gesagt: Es ist unauffälliger so und … ich fühle mich sicherer."

„Wenn's um ‚sicherer' geht. Ich geb' dir schriftlich, dass du eine Million Euro von mir bekommst."

Auch so ein Satz, von dem ich nie gedacht hätte, dass ich ihn einmal sagen würde.

„Das wäre nicht justiziabel", antwortete Christian sachlich.

„Justiziabel?"

„Ja, ich könnte es nicht einklagen oder so."

Ich stand mit offenem Mund da.

„Außerdem: Ich wohne gerne mit dir zusammen. Ich möchte nicht alleine sein."

„Du wohnst gerne mit mir zusammen?"

Er nickte. Er meinte wirklich, was er sagte.

„Das ist doch das, was ich die ganze Zeit sage, Trixi. Wir hatten ein gemeinsames Leben. Ein echt kompliziertes, aber ein funktionierendes. Mit Absprachen, Versprechen und ... Mensch, wir haben uns gegenseitig Sicherheit gegeben. Dein Unfall hat das zerstört. Ich mache dir deswegen keinen Vorwurf, das wär' ja albern. Aber ich will, dass sich nichts ändert."

„Du wohnst gerne mit mir zusammen?", fragte ich noch einmal.

„Ja, Trixi", sagte er, als ob er mit einem Idioten reden würde.

Also stand ich auf, nahm seine beschissene Xbox und schleuderte sie mit aller mir zur Verfügung stehenden Kraft gegen den Fernseher, so dass es einen lauten Knall gab. Beide geliebten Objekte waren sofort hinüber. Der alte Fernseher hatte ein Loch in der Mattscheibe, wodurch er implodiert war. Die Xbox war in diverse Einzelteile zerfallen. Christian wirkte überhaupt nicht mehr zugewandt, starrte mich einfach nur fassungslos an. Als ich dann auch noch versuchte, den Fernseher von seinem Tisch zu stoßen, hielt er mich fest.

„Hör auf!"

„Nee, Christian! Das war nur der Anfang."

Ich riss mich von ihm los und ging in mein Zimmer. Knallte die Tür zu. Das hatte gut getan. Und es tat noch besser zu sehen, dass er nichts tun konnte. Er konnte mich nicht bestrafen. Zumindest wusste er nicht wie. Er räumte brav die Überreste meines Wutausbruchs weg und verließ die Wohnung – mit seinem Laptop unter dem Arm. Offensichtlich, um ihn vor mir zu beschützen. Am Abend versuchte er es sogar noch einmal, er wollte, dass wir „wie zwei Erwachsene miteinander reden." Ich ließ ihn eine Weile plappern, sagte aber nichts. Er redete wieder darüber, wie toll doch früher alles funktioniert hatte. Er hörte sich an wie eine Schallplatte mit Sprung. Als ich nicht reagierte, gab er auf. Doch bevor er mein Zimmer verließ, sagte er noch: „Ach, sag mal, weißt du, was mit dem Auto ist? Es springt nicht an. Ich musste eben mit dem Taxi ins Kino fahren."

Ich hatte ein Déjà-vu. Christian, der nicht mit seinem verdammten Auto fahren konnte, sondern ein Taxi nehmen musste. Aber das Thema gefiel mir.

„Die Batterie ist leer."

„Warum?"

„Weil die Standheizung eine Stunde lang lief."

„Och, Trixi, warum das denn? Ich hab' dir doch gesagt, dass das höchstens 'ne halbe Stunde geht."

Er konnte wieder nicht richtig böse sein, war aber doch etwas genervt. Ich lächelte ihn freundlich an und sprach im Plauderton.

„Du, ich hab' im Auto mit Tom gevögelt und dabei vergisst man echt schnell die Zeit. Mit ihm zu vögeln, ist so geil, weißt du? Der kann richtig lange und … ich kann davon nicht genug kriegen."

Ich lächelte immer noch freundlich. Christians Gesichtszüge verhärteten sich extrem.

„Was soll das, Trixi?", fragte Christian böse.

„Ich dachte, du bist jetzt meine beste Freundin", flötete ich.

Er schaute mich noch einen Moment vernichtend an. Ich hielt dem locker stand. Schließlich winkte er verletzt ab und ging aus meinem Zimmer. Diesmal knallte er die Tür. Es freute mich. Gleichzeitig erkannte ich mich selbst nicht wieder. So etwas hatte ich noch nie gesagt. War das die alte Trixi? Es war mir egal, denn es half, den Irrsinn auszuhalten.

In der kommenden Nacht hatte ich wieder diesen Traum, der beängstigend real erschien. Der Traum, in dem ich in einem Raum mit tausend Türen eingesperrt war. Aus dem es aber trotzdem kein Entrinnen gab, denn die Türen führten ins Nichts. Ich kam nicht raus, öffnete panisch eine Tür nach der anderen, stieß aber nur auf Mauern und Abgründe. Bis eine der Türen durch ein Licht erleuchtet wurde, heller als die Sonne. Ich wusste plötzlich, dass sie die richtige war. Ich musste sie nicht selbst öffnen. Sie wurde geöffnet. Von außen. Von einem Mann. Einem mir vollkommen unbekannten Mann, der aber so real und mit klaren Konturen vor meinen Augen erschien, dass ich ihn nicht vergessen konnte, als der Wecker mich aus dem Schlaf riss. Er war jünger als ich, wirkte reif und jugendlich zugleich. Dunkle Haare, dunkle Augen. Wer war dieser Mann? Hatte ich ihn vor meiner Amnesie gekannt? Oder war er die Projektion all meiner Wünsche nach Rettung. Warum war es dann nicht Tom? Oder sollte man generell nicht so viel auf Träume geben?

4

Auch wenn ich nun eine Möglichkeit gefunden hatte, mit meinem Erpresser Christian umzugehen, wurde meine Laune nach dem Wochenende nicht wirklich besser. In der Videothek hatte ich Montag früh eine halbe Schicht gemeinsam mit Luna, die ich seit dem Desaster mit ihrem Internetdate nicht mehr gesehen oder gesprochen hatte. Ich hatte weder Lust, mir noch mehr deswegen anzuhören, noch hatte ich Lust, sie um Vergebung anzubetteln. Mir fehlte einfach die Kraft dafür. Ich schaute sie kaum an, arbeitete stumm neben ihr her. Dabei hatte ich mehr als einmal das Gefühl, dass sie Blickkontakt suchte. Wenn sie mir nachtrug, was passiert war, dann überspielte sie es gut. Als sie ab und zu mit Kunden sprach, hatte ich sogar das Gefühl, dass sie gut drauf war. Ich wollte mich aber nicht weiter damit beschäftigen. Ich konnte nicht. Ich konnte es einfach nicht.

Auch auf Toms Nachrichten reagierte ich verhalten. In seinem Fall hatte ich leider noch nicht den richtigen Weg gefunden, wie ich mit ihm umgehen wollte. Ich vermisste ihn unendlich. Ich sehnte mich nach ihm. Nach seinem Lächeln und auch seinen Händen. Aber ich hatte Angst vor jedem weiteren Gespräch. Als er mir mittags eine SMS schickte, mit der Frage, ob wir uns im Ritz treffen sollten, ging ich trotzdem hin.

Es war wieder Zimmer 911. Und diesmal war unser Begegnung so, wie es sich für eine Affäre gehörte. Er öffnete die Tür, ich ging in das Zimmer, grinste ihn keck an und zog mich aus. Ohne ein Wort zu sagen. Für den Bruchteil einer Sekunde war er überrascht, aber sehr bald tat er dasselbe. Wir standen voreinander und ließen ein Kleidungsstück nach dem anderen fallen. Begierig betrachtete ich seinen Körper. Nachts im Auto hatte ich nicht viel sehen können. Nun sah ich zum ersten Mal alles. Auch das, was mir bei unserer Begegnung im

Hotelpool noch verborgen geblieben war. Und ich sah, dass es gut war. Seine Blicke auf meinem Körper taten ebenso gut wie seine Hände, die die meinigen nahmen. Wir standen voreinander, schauten uns in die Augen. Dann hob er mich mit einem gezielten Griff an meinen Po hoch, spielend leicht, als ob ich nichts wiegen würde. Er spreizte meine Beine und drang im Stehen in mich ein, stieß mich an die Wand des Hotelzimmers. Es funktionierte. Es ließ mich alles vergessen. Es machte mich glücklich. Tom in mir, seine festen Hände an meinem Körper, seine heißen Lippen auf meinen. Das war die einzige Medizin, die mir im Moment helfen konnte.

Wir vögelten. Anders konnte man das nicht bezeichnen. Ich hatte nicht gelogen, als ich Christian von Tom vorgeschwärmt hatten. Er konnte lange, er wollte lange. Wir waren beide unersättlich. Wir nutzten an diesem Nachmittag jede Ecke des Zimmers, um es dort zu treiben. An der Wand, auf einem Sessel, in der Dusche, auf dem Boden, am Ende landeten wir sogar im Bett. Zwischendurch tranken wir Champagner, bestellten uns frisches Obst und Sushi. Und vermieden es, über etwas anderes zu reden als darüber, wie man nun gerne den nächsten Orgasmus hätte. Es war das Paradies.

Irgendwann waren wir auf dem Bett eingenickt. Wir lagen unter der kuscheligen Decke aneinandergeschmiegt, mein Kopf auf seiner Brust, seine warme Hand auf meiner. Ein Moment, der liebend gerne hätte ewig dauern können. Aber das tat er natürlich nicht. Er dauerte nicht einmal eine halbe Stunde. Im Halbschlaf spürte ich, wie Tom irgendwann auf die Uhr schaute und leise seufzte.

„Der Kindergarten macht bald zu?“, fragte ich und öffnete die Augen.

Tom nickte bedrückt. Die Realität hatte uns zurück. Auch ich seufzte. Dann richtete ich mich auf. Alles drehte sich. Ich war erschöpft. Tom begann widerwillig, sich anzuziehen.

„Du kannst noch hierbleiben, wenn du willst. Das Zimmer ist bis morgen bezahlt.“

Ich schüttelte den Kopf und stand mit wackeligen Beinen auf. Dabei wickelte ich ein Bettlaken um mich, mit dem ich ins Bad gehen wollte. Ich sah Toms fragenden Blick.

„Was?“, fragte ich ihn.

„Wir sind seit Stunden nackt in diesem Zimmer zusammen und jetzt wickelst du dich in ein Bettlaken?“

„Macht man das nicht so?“

Ich hatte es instinktiv gemacht. Es machte tatsächlich keinen Sinn.

„In Filmen vielleicht“, sagte Tom grinsend. „Wenn sie nicht ab 18 sind.“

Ich lachte. Ja, es waren wieder einmal die Filmerinnerungen, die mir einen Streich spielten. Hatte ich eben noch einen Porno nachgespielt, war ich nun wieder in einem Familiendrama, und dort durfte die Heldin wegen des Jugendschutzes keine Blöße zeigen. So funktionierte ich nunmal.

Ich wickelte mich aus dem Laken. Tom musterte mich, als ob er mich zum ersten Mal sehen würde.

„Du bist wunderschön.“

Es kam aus tiefem Herzen. Aber es klang auch traurig. So, als ob er im Grunde wusste, dass er mich nicht für immer haben können würde. Ich wusste nicht, was ich dazu sagen sollte. Ich floh ins Bad.

Als ich wenig später ins Zimmer zurückkehrte, war Tom schon angezogen. Er wirkte ernst, hatte sich Gedanken gemacht.

„Bist du eigentlich auf Wohnungssuche?“, fragte er mich. „Brauchst du Hilfe?“

Offensichtlich arbeitete er gedanklich an Möglichkeiten, mich öfter zu sehen.

„Ich ziehe nicht aus.“

„Was?“

Er staunte mich ungläubig an. Wir erhielten schon nach wenigen Sätzen den Beweis dafür, dass es weit besser war, die gemeinsame Zeit mit stummem Sex zu verbringen. Meine schlechte Laune kehrte zurück. Am liebsten hätte ich gar nichts zu dem Thema gesagt, aber dann würde er immer und immer wieder fragen und ich müsste am Ende noch eine Wohnungssuche vortäuschen. Aber für diese ganzen Spielchen war ich viel zu erschöpft. Und das nicht nur durch unsere Akrobatik. Da ich nicht antwortete, kam Tom mit Fragezeichen im Gesicht näher.

„Der Kerl hat dich die ganze Zeit belogen. Er wollte an dein Erbe. Er ist ein Arschloch. Und du bist nichtmal glücklich mit der Wohnung und … Was ist los?“

Tja, wie sollte man das nun erklären, ohne die Erpressung zu erwähnen. Es war unmöglich. Also sagte ich: „Das verstehst du nicht.“

Da war er. Der berühmte Satz. Der Satz, den die alte Trixi Tom gegenüber am laufenden Band verwendet hatte. Entsprechend sprachlos schaute Tom mich an. Ich schwieg. Erklärte nichts.

„Trixi, ich weiß nicht, was ich sagen soll … Du …“

„Musst du nicht los?“, unterbrach ich ihn.

Er musste tatsächlich los. Er hatte die Zeit bereits soweit ausgereizt, wie es ging. Würde er nun noch länger bei mir bleiben, müsste eine Erzieherin über ihren Dienstschluss hinaus bei Aiden und Ava bleiben. Sie wäre dann sauer auf die Kinder, die wie zwei herrenlose Koffer im Flur des Kindergartens auf Abholung warteten. Zumindest stellte ich mir das so vor. So oder so war mir klar, dass Tom seinen Kindern das nicht antun würde. Sie waren schließlich das Wichtigste in seinem Leben. Er nickte.

„Ich rufe dich an“, sagte er reserviert. Dann gab er mir einen Kuss und eilte aus dem Zimmer. Die Tür fiel hinter ihm zu. Ich ließ mich auf das durchwühlte Bett plumpsen. Lag nackt dort, wo ich eben noch dem Paradies nah gewesen war und hatte eine für mich fürchterliche Erkenntnis: Ich war die alte Trixi. Achteinhalb Wochen nach meinem Unfall war ich nun endlich an dem Punkt angelangt, an dem ich diese mir bisher so fremde Frau verstehen konnte. Denn ziemlich genau so, wie es mir nun ging, war es auch ihr gegangen.

Erstens: Ich lebte mit einem Ehemann zusammen, den ich verachtete. Aber ich war an ihn gebunden – damals durch Schuldgefühle und Versprechungen, heute durch eine Erpressung. Aber es ging um dasselbe: Wir warteten auf den Tod meiner Großtante Elise. Was so ziemlich das Beschissenste ist, worauf man warten konnte. Besonders wenn man sie wirklich liebte. Und ich war mir sicher, dass ich das früher getan hatte. Ich wusste aber, dass der Tag kommen würde, an dem der Alptraum ein Ende hatte. Kein Wunder, dass ich die Wohnung nie verschönert hatte. Auch jetzt verspürte ich keinerlei Bedürfnis mehr, an ihr etwas zu verändern, außer vielleicht noch einige Geräte von Christian durch die Gegend zu schmeißen.

Zweitens: Ich hatte keine Freunde, weil meine Situation einfach zu beknackt war. Und unmöglich zu erklären. Es würde zu viel Kraft kosten, immer wieder Gründe zu finden, warum ich mit diesem merkwürdigen und komplett unpassenden Ehemann zusammen war. Letztlich war auch das einer der Gründe gewesen, warum ich eine Versöhnung mit Luna nicht einmal versucht hatte. Und im Moment auch kein Interesse daran hatte, neue Leute kennenzulernen. Weit lieber würde ich mich mit Filmen und Serien zu Hause verbarrikadieren und hoffen, dass so die Zeit schneller verging.

Drittens: Es machte Sinn, dass ich den blöden Hilfsjob in der Videothek angenommen hatte. Ich wusste, dass ich eines Tages Geld haben würde. Ich hatte ja sogar 500 Euro im Monat, die ich nicht einmal vollständig ausgab. Der Job war nicht zum Geldverdienen, sondern um irgendeinen Schein zu wahren. Und vielleicht, um günstig an die neuesten Filme zu kommen.

Und viertens: Ich hatte eine Affäre – damals wie heute. Eine Affäre ohne Zukunft, aber mit tollem Sex, die man am besten genoss, wenn man nicht viel sprach. Und sollten doch einmal Fragen aufkommen, war die beste aller Antworten: „Das verstehst du nicht."

Das ungefähr war das Leben der alten Trixi gewesen, das mich bei meinem Erwachen nach dem Unfall vor so viele Rätsel gestellt hatte. Das ungefähr war heute mein Leben. Diese Erkenntnisse deprimierten mich unendlich. Ich zog die große Bettdecke über mich, die noch warm war und nach Tom roch. Ich kuschelte mich wie ein Embryo in seinen Duft. Ich schloss die Augen und schlief ein.

Der Mann in meinem Traum kehrte zurück. Er öffnete wieder die Tür, nachdem ich an so vielen anderen verzweifelt war. Es war ein guter Mann. Ein lieber. Er war weich, freundlich, wie ein Engel. Er war nicht besonders attraktiv, kein Hingucker, kein offensichtlicher Held. Kein Mann der vielen Worte. Aber er hatte eine wachen Blick. Und er war gut zu mir.

5

„Housekeeping!"

Ich schreckte im Schlaf hoch. Jemand öffnete die Tür des Hotelzimmers von außen. Ich sah eine ältere Frau im typischen Outfit eines Zimmermädchens. Sie sah mich, stieß ein professionelles „Sorry" hervor und verschwand genauso schnell, wie sie gekommen war.

Ich schaute auf den Wecker neben dem Bett. Es war neun Uhr. Morgens. Ich hatte sage und schreibe sechzehn Stunden geschlafen. Am Stück. Gut, in den letzten drei Nächten hatte ich kaum ein Auge zugemacht, aber sechzehn Stunden mussten ein absoluter Rekord für mich sein. Und ich fühlte mich noch nicht einmal erholt. Mein ganzer Körper schmerzte. Die Erkenntnis, dass es Muskelkater war, brachte auch die Erinnerungen an die Stunden mit Tom zurück. Die schönen Erinnerungen.

Langsam kam ich zu mir. Ich fand mein Handy. Tom hatte mehrere SMS gesendet. Eine liebe SMS, eine besorgte SMS, eine leicht verzweifelte SMS. Ihm steckte mein „Das verstehst du nicht" in den Knochen. Ich schrieb eine liebe SMS zurück, zog mich an und checkte aus. Plötzlich stand ich auf dem Potsdamer Platz und wusste nichts mit mir anzufangen. Ich hatte für ein paar Tage keinen Dienst, die restliche Woche wegen der Berlinale freigehalten. Ich hatte nicht das Bedürfnis, mich bei meinem Ehemann zu melden. Vielmehr genoss ich es, dass er nicht wusste, wo ich die Nacht verbracht hatte. Und mein Lover musste heute arbeiten, wie er mir bedauernd mitgeteilt hatte. Also was tun?

„Hallo Trixi!", trällerte Sarah am Empfang des Holmes Place – dem Fitnessstudio der alten Trixi, das damit ja auch irgendwie meins war. Ich war nur kurz zu Hause gewesen, um meinen Badeanzug zu holen und Christians Lieblingsposter zu zerreißen.

„Lange nicht mehr gesehen."
„Ich weiß. Ich muss endlich mal wieder schwimmen."
„Klar, super. Soll ich Flo Bescheid sagen? Vielleicht hat er Zeit für 'ne Stunde."
„Danke, ich würde lieber erst einmal alleine ..."
„Okay."
Sie reichte mir Handtücher.
„Dein Bein ist wieder in Ordnung?"
„Bestens! Danke!"
In einem weiteren Punkt verstand ich die alte Trixi. Das Schwimmen entspannte mich. Ich bekam den Kopf frei. Meine geplagten Muskeln wurden weicher. Ich tauchte ab aus der komplizierten Welt. Und ich hatte lauter nette Menschen um mich, denen ich nichts erklären musste. Die nicht einmal wussten, dass ich zwischenzeitlich alle Erinnerungen verloren hatte. Um dann jetzt doch wieder dort anzulangen, wo ich vor zwei Monaten gewesen war. Es machte für sie keinen Unterschied, ob ich die alte oder die neue Trixi war. Ich war einfach Trixi.

Als ich nach dem Schwimmen in der Sauna saß, musste ich schmunzeln. Hier hatte also alles angefangen mit Tom. Was wäre passiert, wenn nicht? Würde ich dann immer noch voller Schuldgefühle gelangweilt mein altes Leben leben und warten bis Tante Elise stirbt?

Ich dachte viel an meine Großtante. Ich dachte daran, dass sie die eigentliche Retterin in meinem Leben gewesen war. Ein ungeliebtes Kind zu sein, ein Kind, das nur als Druckmittel überhaupt zur Welt gebracht wurde, konnte nur traumatisch gewesen sein. Gut, offensichtlich hatte mein Vater etwas für mich empfunden, aber er war die meiste Zeit meines Lebens abwesend gewesen. Blieb mir eine Mutter, die mich hasste. Die hasste, wofür ich stand. Welch Segen musste Tante Elise gewesen sein. Ich konnte es fast fühlen, wie wichtig sie für mich gewesen war. Ich vermisste sie. Also beschloss ich, sie am nächsten Tag zu besuchen.

Als ich abends nach zwei weiteren Filmen auf der Berlinale nach Hause kam, fand ich Christian im Wohnzimmer. Vor seinem neuen Fernseher. Ein kleiner Flachbildschirm, der sicherlich nicht zu teuer gewesen war. Sehr wahrscheinlich ein Sonderangebot. So ganz traute er der Million noch nicht, die er erwartete. Ich blieb provozierend in der Tür stehen. Instinktiv schob er seinen Körper zwischen mich und den Fernseher. Er hatte Angst. Gut.

„Neuer Fernseher?“, fragte ich mit einem Grinsen.

„Könntest du bitte aufhören, hier alles kaputt zu machen.“

Mir fiel auf, dass sein Schreibtisch mit seinen Sachen nicht mehr im Wohnzimmer stand. Auch alle noch nicht zerstörten Plakate hatte er abgehängt.

„Wo ist denn dein Schreibtisch?“

„Im Schlafzimmer. Das ich ab jetzt abschließen werde.“

„Ach so. … Ist die Tür denn eigentlich feuerfest?“

„Trixi!“

Er schaute mich gequält an. Ich sagte nichts.

„Damit du dich nicht wunderst. Ich muss morgen nach Hamburg. Mit dem Auto. Es sieht so aus, als ob ich für ’ne Hamburger Firma im Mai einen Dreh machen kann.“

„Ach so, wir müssen immer sagen, wo wir sind? Also ich war vögeln. Oder hast du dir das schon gedacht?“

Okay, ich war kein netter Mensch mehr. Aber ich hatte meine Gründe.

6

Am nächsten Morgen stand ich in aller Frühe auf. Auch Christian war schon wach. Ich hörte ihn in der Küche frühstücken. Also zog ich mich schnell an und eilte ohne ein Wort des Grußes an ihm vorbei aus der Wohnung. Er versuchte nicht, mich zu stoppen. Wahrscheinlich war sein Bedürfnis, mit mir „Normalität" herzustellen, vorerst gesättigt.

Ich hatte am Vorabend den Volvo vor dem Haus gesehen. Christian hatte also die Autobatterie ausgetauscht, damit er an diesem Tag zu seinem wichtigen Termin nach Hamburg fahren konnte. Ich stieg in den Wagen. Er war tiptop aufgeräumt und sogar gereinigt. Christian hatte alles getan, um die Spuren von Tom und mir zu beseitigen. Und ja, der Wagen sprang einwandfrei an. Ich gab genüsslich Gas und machte mich auf den Weg zur Autobahn, um in die Lüneburger Heide zu fahren. Zu Tante Elise. Noch bevor ich die Stadt verlassen hatte, klingelte mein Handy. Christian. Aber ich ging nicht dran. Auch nicht bei seinen drei weiteren Versuchen. Seine diversen SMS löschte ich ungelesen. Und ganz ohne Christian schaffte ich es diesmal auch, an der Raststätte Stolpe das Auto mit dem richtigen Sprit zu betanken.

In der Seniorenresidenz „Schöne Aussicht" war es dann leider nicht viel anders als bei meinem letzten Besuch. Zumindest was Tante Elise anging. Sie hielt mich für ihre Jugendfreundin Ruth oder erkannte mich gar nicht. Die Situationen wechselten sich ab. Es war wieder Frau Behring, die sympathische und einfühlsame Pflegerin, die mich begleitete. Wir saßen zu dritt in dem Zimmer meiner Großtante, tranken Tee und aßen Plätzchen. Beziehungsweise die Plätzchen standen vor uns, Elise knabberte daran und ich versuchte in ihrem Gesicht irgendetwas zu finden, das uns verband. Es war zum Verrücktwerden. Zwei Menschen, die einander so nahegestanden hatten, aber sich nicht aneinander erinnern konnten. Ich war mal wieder ausschließlich abhängig davon, was andere mir über uns erzählt hatten.

„Ruth, du musst etwas essen. Du bist so dürr."

Elise schob mir den Teller mit den Keksen hin.

„Komm, komm. Greif zu. Die sind mit Butter!"

Sie betonte „Butter" so, als ob sie etwas ganz Besonderes wäre. Was sie zu Kriegszeiten, in denen Elise sich geistig befand, auch gewesen war. Ich nahm brav einen Keks. Sie beugte sich nach vorne und sprach plötzlich mit einem verschwörerischen Tonfall.

„Hast du eigentlich Christian noch einmal gesehen?"

Ich schaute sie ungläubig an.

„Der junge Mann, der dir den Hof gemacht hat. Aus Adendorf. Er heißt doch Christian, oder nicht?"

Okay, es war nur ein Zufall, dass auch die gute alte Ruth ihre Geschichte mit einem Mann namens Christian hatte. Aber andererseits …

„Ja, ich habe ihn gesehen."

Frau Behring schaute mich mit skeptischem Blick an. Auch sie spielte ab und zu die Situationen mit, in denen meine Großtante sich zu befinden glaubte. Ich war bisher sparsam damit gewesen. Doch ich wollte endlich irgendeine Reaktion von Elise.

„Ach ja?", fragte sie interessiert und zog die Augenbrauen hoch.

„Er ist ein Heiratsschwindler", erklärte ich.

„Nein!"

„Doch, er heiratet Frauen nur für ihr Geld."

Sie staunte mich an. Frau Behring ebenfalls.

„Dann …", setzte Elise zu einer Antwort an. Sie dachte nach. Sie wägte ihr Antwort ab. Ich erwartete eine Weisheit, eine Anweisung, irgendetwas, das mir helfen könnte. Ich schwor mir, dass ich etwas daraus machen würde. Wenn sie sagen würde, dass ich ihn verlassen sollte, dann würde ich es tun, egal welche Konsequenz es hätte. Elise blickte auf die Kekse, dann wieder auf mich.

„Du musst etwas essen, Ruth. Du bist viel zu dürr!"

„Elise, du wolltest gerade etwas zu Christian sagen."
„Zu wem?"
„Christian. Der, der mir den Hof gemacht hat. Aus … Adendorf oder so?"
„Wer sind Sie?", fragte sie mich und an ihrem leeren Blick konnte man eigentlich erkennen, dass wir sie längst wieder verloren hatten.
„Ich bin deine Großnichte! Trixi! Da muss doch irgendwo in dir drin eine Erinnerung … Verdammt nochmal, du hast dich dein Leben lang um mich gesorgt! Ich war wichtig für dich. Du hast mich geliebt. Trixi! Ich bin die Tochter von Renate. Von der räudigen Renate!"
Ich wurde immer lauter. Elise immer unsicherer.
„Frau Kwiatkowski!"
Frau Behring machte eine beruhigende Geste. Ich atmete tief durch.
„Ich weiß nicht, wovon Sie reden", sagte Elise und wirkte dabei so hilflos und verunsichert, dass es mir weh tat.
„Entschuldige! Es tut mir leid. Vergiss das. Guck, ich esse einen Keks."
Ich nahm einen weiteren Keks und aß ihn. Ich spürte die Tränen in meinen Augen. Aber Elise beruhigte sich nun auch wieder.
„Frau Jansen", sagte Frau Behring zu ihr. „Es ist Zeit. Wir müssen zum Bahnhof."
„Aber …"
Ich wollte protestieren, da meine versprochene Zeit mit Elise noch nicht vorbei war. Doch Frau Behring bedeutete mir auf verbindliche Art abzuwarten. Elise stand bereits auf und ging los, um sich ihren feinen Wollmantel anzuziehen.
Als sie fertig war, stand ich bei ihr.
„Auf Wiedersehen, Ruth", sagte sie zu mir.
„Auf Wiedersehen, Elise."
Ich nahm sie spontan in die Arme. Es überraschte sie, machte ihr aber weit weniger Probleme, als ich befürchtet hatte. Sie drückte mich ebenfalls. Es tat gut, sie zu fühlen. Ihren feinen, wahnsinnig leichten Körper, der aber voller Wärme war. Sie flüsterte mir ins Ohr.

„Alles wird gut. Der Krieg wird nicht mehr lange dauern. Und danach seid ihr frei."

Sie löste sich von mir, lächelte noch einmal und ging mit Frau Behring nach draußen.

„Warten Sie hier", sagte diese zu mir.

Wenig später kam Frau Behring zurück.

„Ihre Großtante geht mit einer Kollegin von mir spazieren. ‚Zum Bahnhof' muss man das nennen, sonst würde sie gar nicht rausgehen. Sie hat Angst vor dem Fliegeralarm."

Sie zuckte mit den Schultern.

„Es tut mir leid, dass ich eben …"

„Kein Problem. Ich kann Sie verstehen. Deswegen wollte ich Frau Jansen raushaben. Sie würde uns nie an ihre Fotoalben lassen. Kommen Sie."

Sie ging zu einem Schrank und holte zwei große, alte Fotoalben heraus. Sie legte sie auf den Tisch.

„Vielleicht hilft Ihnen das zumindest ein bisschen."

Es half. Es waren Bilder von früher. Siebziger und achtziger Jahre. Von der Familie Jansen. Zum ersten Mal sah ich sie alle. Meine ganze Familie. Da die Fotos nicht beschriftet waren, musste ich mir einiges zusammenreimen. Aber nicht nur Tante Elise und Angela hatte ich schnell wiedererkannt. Es war auch klar, wer mein Vater war. Endlich einmal bekam ich eine Vorstellung von ihm, wenn es auch nur Bilder aus jungen Jahren waren. Ich hatte zwischenzeitlich versucht ihn über Google und Co in Istanbul zu finden, wo er sich laut Angela befinden sollte. Aber in der Türkei schien es keinen Rolf Jansen zu geben, zumindest keinen, der im Internet präsent war. Auf den Fotos fand ich ihn sympathisch, ein gut aussehender junger Mann mit charmantem Grinsen und einem Sinn für coole Klamotten – und das sogar in den Achtzigern. Überhaupt stammten die Fotos aus einer Bilderbuchumgebung. Sie waren zumeist in einem geschmackvoll eingerichteten Haus aufgenommen worden, das auf Wohlstand hindeutete. Alte Schule, aber mit klassischer Eleganz. Auf manchen Bildern waren auch Felder oder eine Pferdekoppel zu sehen. Das Reich des Jansen-Clans. Als ich eine Seite umblätterte und die deutlich jüngere Elise mit einem Baby auf dem Arm sah, daneben eine Frau, die mir tatsächlich wie ein Zwilling ähnelte, schossen mir die Tränen in die Augen. Das Foto sagte alles. Meine Mutter schaute mit einem gequälten Lächeln in die Kamera, stand da wie bestellt. Aber die wahre Mutter des kleinen Geschöpfs war Elise. Voller Stolz und Liebe schaute sie auf das Kind, nahm überhaupt nicht wahr, dass ein Foto von ihr gemacht wurde. Sie musste damals so Ende Fünfzig gewesen sein. Ich hatte das Gefühl, dass sie in ihren Armen das Kind hielt, das sie selbst nie gehabt hatte.

„Darf ich ein paar Bilder abfotografieren?“, fragte ich Frau Behring mit erstickter Stimme.

„Natürlich.“

Ich tat es und blätterte weiter, fand immer neue Bilder von mir. Fotos, die Elise gemacht haben musste. Mit einem Auge für die richtige Bildkomposition. Es waren tolle Bilder und ich war ein süßes Mädchen. Ich lachte offen in die Kamera, grinste frech oder streckte die Zunge heraus. Ich fühlte mich wohl mit dem Menschen, der die Fotos machte. Aber je älter ich wurde, desto ernster wurde ich. Scheuer. Schüchterner. Die Bilder erzählten eine eindeutige Geschichte.

„Ihre Mutter war vorgestern hier“, sagte Frau Behring, als ich schon fast vergessen hatte, dass sie neben mir stand.

„Was?“

„Zum ersten Mal seit vielen Jahren. Ist irgendetwas vorgefallen?“

„Wieso?“

„Nun, ich hoffe, ich trete Ihnen nicht zu nahe, wenn ich sage, dass Ihre Mutter eine schwierige Person ist.“

„Damit treten Sie bei mir höchsten offene Türen ein.“

„Das hatte ich befürchtet.“

„Was hat sie gewollt?“

„Angeblich wollte sie nur einmal ihre Tante besuchen, aber … sie hat sich mehrfach nach dem Gesundheitszustand von Frau Jansen erkundet, und dann kamen solche Fragen wie ‚Wie alt werden durchschnittlich unsere Patienten?‘. Ich hatte den Eindruck, sie wollte vor allem wissen, wie lange es noch bis zum Ableben von Frau Jansen dauern wird."

Sie sagte dies mit angemessener Abscheu.

„Vorgestern?"

Frau Behring nickte.

„Ich glaube, ich fahre auf dem Nachhauseweg mal bei ihr vorbei."

Und das tat ich dann auch.

7

Meine Mutter hatte keine Ahnung, was mit ihr passierte, als ich plötzlich vor ihr stand. Sie war nicht zu Hause gewesen, als ich in Lüneburg angekommen war, also hatte ich im Auto auf sie gewartet. Ich wollte sie nicht mit einem Anruf vorwarnen. Sie sollte keine Zeit haben, sich irgendwelche Geschichten oder passenden Antworten zurechtzulegen. Ich wollte endlich alles wissen. Die Vermutung, dass sie mit Christian unter einer Decke steckte, war mir schon einige Male durch den Kopf geschossen in der letzen Zeit. Dass sie drei Tage, nachdem ich von der Erbschaft erfahren hatte, bei meiner Tante auftauchte, konnte kein Zufall sein. Nur Christian konnte ihr von der neuen Entwicklung erzählt haben.

Also wartete ich auf sie. Als es langsam dunkel wurde, bekam ich Zweifel an meinem Plan: Was, wenn sie verreist war? Doch gerade als ich mir überlegte, ab wann es zu spät für die Rückfahrt nach Berlin werden würde, hielt ein Auto in der Straße. Meine Mutter stieg aus. Auf der Beifahrerseite. Gefahren wurde der alte Mercedes von einem dicken, älteren Herrn in einem maßgeschneiderten Anzug. Meine Mutter war mit ihrem tief ausgeschnittenen Kleid so knapp gekleidet, wie es das kühle Wetter gerade noch zuließ. Sie lachte und flirtete mit dem Mann. Es war offensichtlich einer ihrer „Bekannten". Als er ihr einen Klaps auf den Po gab und sie lachte wie ein Schulmädchen in einem Fünfziger-Jahre-Film, hatte ich genug gesehen. Ich stieg aus und ging auf sie zu. Sie sah mich erst, als wir beinahe zusammenstießen.

„Du machst mit Christian die ganze Zeit gemeinsame Sache", fuhr ich sie an.

Für einen Moment war sie tatsächlich überrumpelt.

„Hast du ihm geraten, er soll mich erpressen?"

„Trixi!? Was soll denn das?"

„Tue nicht so! Du weißt genau, wovon ich rede."

„Wer ist denn diese attraktive junge Dame, Renate?“, fragte der Dicke beschwingt.

Er war entweder ziemlich betrunken oder debil. Ansonsten hätte er kapieren müssen, dass dies nicht der passende Rahmen für frivole Fragen war.

„Entschuldige, Rüdiger. Das ist meine Tochter. Einen Moment!“

Sie lächelte ihn an, zog mich dann mit einem bösen Blick zur Seite.

„Oh“, raunte Rüdiger. „Frage sie, ob sie mit hochkommen will. Das wär’ doch was. Mutter und Tochter!“

Er lachte. Er war definitiv betrunken. Und ekelig.

„Was willst du?“, zischte meine Mutter mich an.

„Die Wahrheit. Ich will die Wahrheit wissen.“

„Die Wahrheit? Welche Wahrheit?“

„Ach? Gibt’s mehrere?“

„Ja, Trixi. Es gibt mehrere. Du hast dir deine eigene zurechtgelegt. Sonst würdest du Christian nicht so unmenschlich behandeln.“

Sie versuchte also nicht einmal, irgendetwas zu leugnen. Vielmehr schien sie wütend auf mich zu sein.

„Mutter und Tochter hatte ich noch nie“, fuhr Rüdiger dazwischen.

„Rüdiger! Jetzt sei bitte kurz ruhig.“

Sie sprach mit ihm wie mit einem geistig Behinderten. Aber trotz seiner unsäglichen Anzüglichkeiten noch immer freundlicher als mit mir.

„Christian und ich. Wir haben alles für dich getan. Wir haben dich gerettet, junge Frau! Jeder auf seine Weise. Aber auch jeder unter Entbehrungen. Und es war immer abgemacht, dass wir unseren Anteil am Erbe bekommen. Du wolltest das so! Und jetzt machst du uns hier zu gierigen Verschwörern, nur weil du dich nicht erinnerst. Das ist feige.“

„Das ist feige? Und nicht etwa, dass ihr hinter meinem Rücken über mich redet, mich manipuliert und mich erpresst!“

Das letzte schrie ich fast.

„Achte mal auf deinen Ton! Wir machen das, weil es nicht anders geht. Wir werden damit aufhören, sobald deine Erinnerungen zurückkommen. Dann wirst du uns dankbar sein."

„Wie? Das ist der Plan? Ihr wartet darauf, dass meine Erinnerungen zurückkommen? Ihr seid ja noch bescheuerter, als ich eh schon dachte."

Platsch. Plötzlich hatte ich die Hand meiner Mutter im Gesicht. Rüdiger lachte anzüglich. Ich starrte meine Mutter an.

„Achte auf deinen Ton!"

„Viel Spaß mit Rüdiger", sagte ich und ging mit glühender Wange zum Auto.

„Und dass du ihm einfach das Auto wegnimmst, ist unter aller Kanone, Trixi! Er hatte heute einen wichtigen Termin!"

Sie hatten also sogar an diesem Tag telefoniert.

„Wo geht sie hin?", lallte Rüdiger enttäuscht.

„Vergiss sie. Komm!"

Als ich in meinen Wagen stieg, sah ich, wie sie den protestierenden Rüdiger die Stufen zu ihrem Haus hochschob. Sie schaute kein einziges Mal in meine Richtung.

Auf der Rückfahrt nach Berlin hatte ich viel Zeit nachzudenken. Und je mehr ich das tat, desto mehr verrauchte meine Wut. Am Ende bekam ich sogar so etwas wie Mitleid. Mit Christian, aber auch mit meiner Mutter. Ihr Schlag hatte mich wachgerüttelt. Er war die hilfloseste aller Gesten. Und er schmerzte weit weniger als ihr teilnahmsloses Verhalten in den letzten Wochen oder der leere Blick auf den Bildern meiner Kindheit. Ich glaubte mittlerweile voll und ganz, was Christian und sie sagten. Denn zum ersten Mal machte es Sinn: Sie waren beide seit Jahren davon ausgegangen, dass sie eines Tages ein warmer Regen treffen würde. Wie sie mir dieses Versprechen abgerungen hatten, wer was im Einzelnen für mich getan hatte – das lassen wir mal dahingestellt sein. Sie glaubten auf jeden Fall fest an das Geld. Und da beide Menschen waren, die sich über selbiges definierten – jeder auf seine eigenen Weise – musste es verdammt wehtun, dass ihnen diese Möglichkeit nun genommen worden war. Sie konnten gar nicht anders, als alles dafür zu tun, um die Uhren zurückzudrehen. Denn sie hassten ihr Leben. Bei Christian hatte ich dies mehr als einmal miterlebt. Und mir vorzustellen, dass meine Mutter nicht davon träumte, besoffene, reiche Männer mit nach Hause zu nehmen, um weiß Gott was mit ihnen machen zu müssen, fiel mir nicht schwer. Wenn ich daran dachte, dass Rüdiger der „Bekannte“ war, der meine Mutter mit auf die Kreuzfahrt in die Karibik genommen hatte, fragte ich mich, ob der Preis für die „Buchten mit wunderbar klarem Wasser“ nicht sogar für meine Mutter zu hoch war. Im Grunde war sie genau wie Christian ein armes Schwein. Das Problem war allerdings: Diese Angst, alles zu verlieren, machte sie gefährlich.

8

Als ich in Berlin angekommen war, fuhr ich nicht nach Hause. Sondern zu Luna. Der Tag hatte mich aufgeweckt. Elise hatte mich aufgeweckt. Auch die Begegnung mit meiner Mutter. Ich war an einem ähnlichen Punkt wie die alte Trixi, ja. Aber ich war nicht die alte Trixi. Ich war angemessen verzweifelt. Aber ich war nicht so verzweifelt, dass ich Mordpläne schmieden musste. Und hatte nicht auch die alte Trixi nach einem Weg aus der Misere gesucht? Als ich den Kram aus dem geheimen Keller auf das Fließband in der Müllhalle gelegt hatte, war ein Zettel herausgefallen. Er verriet, dass die alte Trixi dabei gewesen war, nach gut bezahlten Jobs zu suchen. Genau den Gedanken hatte ich auch schon gehabt (und wieder verworfen): Viel Geld verdienen. Zumindest etwas Freiheit von Christian erkaufen. Auch wenn das vielleicht nicht der klügste aller Pläne gewesen war, er zeigte, dass ich auch vor dem Unfall dieses Leben nicht hatte weiterleben wollen. Und auch wenn ich noch keinen Weg aus der Misere wusste, so wollte ich zumindest nicht in Depressionen und Selbstmitleid versinken.

Ich klingelte bei Luna, die im Souterrain eines schönen Altbaus wohnte. Sie hatte einen eigenen Eingang und stand direkt vor mir, als sie die Tür öffnete. Ich lächelte sie lieb an. Sie lächelte auch.

„Komm rein“, sagte sie mit warmer Stimme.

Ich hätte sie knutschen können. Es ist eins der schönsten Gefühle der Welt, echte Freunde zu haben.

Durch einen kleinen Flur ging sie vor in das gar nicht so kleine Wohnzimmer. Sie hatte etwas gemacht aus dem Raum mit den kleinen Fenstern, durch die man die Autoreifen der davor geparkten Wagen sehen konnte. Neben einem riesigen Bücheregal fiel vor allem das üppige Sofa ins Auge, das einen erschöpften Menschen wie mich magisch anzog.

„Möchtest du etwas trinken? Ich hab’ einen Rotwein offen.“

„Bitte."
„Setz dich."
Sie verschwand in der Küche, während ich mich auf das wirklich gemütliche Sofa setzte. Mir gefiel, wie Luna eingerichtet war. Alle Holzmöbel schienen handgefertigt. Die Bilder an den Wänden waren sicher von befreundeten Künstlern. Mir gefiel noch mehr, wie entspannt Luna mich anlächelte, als sie mit zwei Gläsern Rotwein zurückkehrte. Sie gab mir eins, prostete mir zu und sagte: „Es tut mir leid."
„Was?"
Das war doch mein Satz.
„Ich war schrecklich zu dir. Ich hab' zu viel von dir verlangt und beknackte Sachen gesagt. Ich hätte mich schon längst entschuldigen müssen."
„Ich hab's mindestens genauso verkackt. Mit Daniel."
„Ach, Daniel. Der ist ein Idiot. Und wer braucht schon einen Mann mit Laktoseintoleranz?"
Ich staunte. Sie grinste. Ich verstand.
„Nein!"
Sie grinste noch breiter.
„Du hast einen Typen?!"
„Ich hab' dir doch gesagt, ich brauche Sex. Und den hab' ich gekriegt! Oh ja!"
Sie strahlte über das ganze Gesicht.
„An dem Abend?", fragte ich.
„An dem Abend … und an dem Abend danach … und an dem Abend danach. Mh. Vorgestern, gestern … Heute muss er leider arbeiten."
„Mensch, Luna. Deswegen glänzt du so. Ich freu' mich für dich."
„Ey, der Typ ist so Hammer. Mir hat noch nie einer so gut die Muschi geleckt."
„Luna!"
Da war es wieder. Mein empörtes „Luna!". Endlich. Wir lachten beiden. Stießen noch einmal mit unserem Rotwein an und tranken.
„Wie heißt er?"
„Vlad."

„Vlad?"

„Ja. Er ist Russe."

„Oh. Okay."

Ich musste unweigerlich an einen meiner Lieblingsfilme mit dem viel zu früh verstorbenen Philip Seymour Hoffmann denken: „Happiness". Darin gibt es auch einen Vlad, der eine junge, verklemmte Frau beglückt, aber leider auch nach Strich und Faden ausnutzt. Doch Luna war so glücklich, dass ich sie nicht mit meinen bösen Filmklischees belasten wollte.

„Und du hast ihn in der Bar kennengelernt?"

„Ja, da haben wir's zum ersten Mal getrieben. Auf dem Männerklo. Ich hab' so laut geschrieen, dass wir Applaus bekommen haben."

„Cool. Und, mh, was macht Vlad beruflich?"

„Ernsthaft? Ich dachte, du fragst, wie er behangen ist, oder so. Ich will den nicht heiraten. Ich … Er ist Student. Nicht Mafiaboss, falls du das meinst."

„Nein, ich … Luna, echt. Ich wünsch' dir ganz tief aus meinem Herzen, dass Vlad es dir richtig gut besorgt. Jeden Abend. Auf dem Klo oder sonstwo. Wirklich!"

„Das will ich hören!"

Wir strahlten uns an. Es tat so gut, sie zu haben. Mein Gesichtsausdruck musste minimal ins Traurige gerutscht sein. Denn Luna wurde auch etwas ernster, atmete einmal tief durch und sagte: „So, Süße, und jetzt erzähl mir deine Geschichte. Ich will alles wissen."

Ich spürte, wie sich Wasser in meinen Augen sammelte. In den letzten Tagen ging das wirklich überraschend schnell. Aber ich lächelte und sagte: „Ich hatte auch Sex. Den besten der Welt."

„Yes! Endlich!"

Luna hob die Hand zu einem High Five. Ich schlug ein. Natürlich wusste sie sofort, dass es um Tom ging. Sie freute sich überschwänglich für mich.

„Das war die gute Nachricht", sagte ich.

Dann erzählte ich ihr den Rest, der im Großen und Ganzen unter „schlechte Nachricht" fiel. Selbst die zu erwartende Erbschaft hatte kaum noch etwas Positives. Weil ich Elise nicht verlieren wollte. Und weil das zu erwartende Geld mich auf schreckliche Weise an Christian band. Als ich ihr mein Herz ausgeschüttet und jede Sünde gebeichtet hatte, war der Rotwein längst leer und Mitternacht vorbei.

„Süße, das ist alles so krank. Komm mal her!“

Luna nahm mich in den Arm. Sie roch nach Kirschen und Rotwein.

„Kann ich irgendwas tun?“

Ich zuckte mit den Schultern. Sie hatte mir bereits geholfen. Alles noch einmal zu erzählen, auszusprechen, meine Gedanken zu ordnen, hatte mir eine Perspektive geschaffen.

„Ich werd’ versuchen, das Beste draus zu machen. Ich werde mein Leben leben und Christian – ich glaube, den bekomme ich in den Griff.“

„Aha.“

„Du weißt nicht zufällig, ob irgendwo im Kiez eine kleine günstige Wohnung frei ist?“

Luna lächelte.

„Du willst es riskieren?“

Ich zuckte mit den Schultern. Ich war noch nicht hundertprozentig entschlossen, aber ich fragte mich allmählich wirklich, ob Christian sofort zu Viktoria rennen würde, wenn ich auszöge. Ehrlich gesagt machte er nicht den Eindruck, als ob er die Situation unter Kontrolle hätte.

„Ich würde gerne in der Gegend wohnen bleiben. Es gefällt mir hier.“

„Eine Wohnung weiß ich nicht, und was Günstiges im Bergmannkiez, das kannste vergessen. Aber … Komm mal mit.“

Sie stand plötzlich auf und bedeutete mir, ihr zu folgen. Als sie die Tür zu ihrem Schlafzimmer öffnete, dachte ich schon, sie würde es mir anbieten wollen.

„Luna, wird das nicht …“

„Da!“

Sie deutet auf die hintere Ecke des Zimmers. Ich sah ein Bett, daneben ein Nachttisch mit einem Körbchen voller Kondome und einer Tube Gleitcreme. Wollte sie mir das zeigen? Ich schaute sie fragend an.

„Da oben!“

Meinte sie den grauen Fleck an Wand und Decke?

„Schimmel“, sagte sie. „Die versuchen schon seit Ewigkeiten, das hier trocken zu bekommen. Aber …“

Sie schüttelte den Kopf.

„Du suchst selbst eine neue Wohnung?“

„Schon seit Monaten. Ich will auch nicht aus dem Kiez raus. Für mich alleine ist alles zu teuer. Aber erst letzte Woche habe ich wieder ‘ne Dreizimmerwohnung gesehen, wenn wir uns bei so einer die Miete teilen, kommt jeder mit fünfhundert Euro hin.“

„Ich liebe dich, Luna.“

„Ich bin leider vergeben, Süße. Wobei Vlad sicher nichts gegen einen Dreier hätte. Und ich ja sowieso nicht …“

„Mal sehen.“

Wir grinsten uns wieder an und fielen uns in die Arme. Die Sache war so gut wie beschlossen. Wir würden zusammen etwas suchen und die coolste WG der Welt werden. Eine Perspektive, die mich elektrisierte.

9

Als ich nach Hause kam, hatte Christian sich in seinem Zimmer eingeschlossen. Er schlief vielleicht schon. Ich schrieb ihm einen Zettel, dass es mir leid tat wegen des Wagens und wo er geparkt war. Danach schminkte ich mich ab und wollte gerade ins Bett gehen, als Christian mit dem Zettel in der Badezimmertür stand. Ich erschrak.

„Ich werde nicht schlau aus dir."

Ich musste mich erst einmal sammeln. Meine innere Kriegerin finden. Ich konnte nicht einschätzen, ob er kurz davor war, mich mit den „Spielsachen" aus seinem Schlafzimmer zu Tode zu foltern. Oder ob er gleich in Tränen ausbrechen würde. Er war extrem angespannt.

„Dafür verstehe ich dich allmählich", sagte ich. „Willst du schlafen oder können wir reden?"

Es war halb zwei, aber er zögerte keine Sekunde.

Als wir uns in der Küche an den Tisch gesetzt hatte, jeder mit einer Flasche Bier in der Hand, war für mich plötzlich alles ganz klar.

„Meine Mutter steckt hinter der ganzen Sache."

„Was?"

Er protestierte nur verhalten.

„Sie hat dich von Anfang an getrieben. Sie hat dir gesagt, du sollst das mit dem Erbe verschweigen. Sie war die ganze Zeit mit dir im Kontakt. Sie wusste alles. Und sie hat dir auch gesagt, du sollst mich erpressen. Nicht wahr?"

Er sagte nichts. Das war auch eine Antwort.

„Was bekommt sie dafür? Die Hälfte von deinem Geld?"

Er sagte wieder nichts. Knibbelte am Aufkleber seiner Bierflasche.

„Christian?"

„Ein Drittel. Ist 'ne Menge. Ursprünglich hätte sie gar nichts bekommen."

Er schaute mich nicht an. Ich nickte. Meine Mutter, die Strippenzieherin. Keine Überraschung.

„Hattet ihr früher schon so ein gutes Verhältnis?"

„Nee, gar nicht. Erst als ich sie wegen deines Unfalls angerufen habe und von der Amnesie erzählt hab', da … Sie fing sofort mit dem Erbe an und dass mir das doch zusteht und … Sie hat dann immer wieder angerufen. Die kann echt krass penetrant sein."

Ich hatte keine Probleme, mir das vorzustellen.

„Aber, du, im Prinzip … Sie hat total recht. Du hast mir das Geld versprochen. Echt! Es steht mir zu!"

Er wirkte wie ein Kindergartenkind, das seine Bauklötze zurückhaben wollte. Es war also eher die Variante, dass er bald in Tränen ausbrechen würde.

„Okay, okay!", sagte ich beschwichtigend.

Er beruhigte sich, trank ein Schluck von seinem Bier.

„Was du über meinen Selbstmordversuch gesagt hast, vor dem du mich bewahrt hast … War das auch gelogen?"

Er schüttelte den Kopf.

„Und du weißt auch wirklich nicht, warum ich das machen wollte?"

„Trixi, alles, was ich gesagt habe, war die Wahrheit. Wirklich. Auch meine Gefühle waren echt. Sind echt. Nur das mit … mit der Erbschaft, das … das …"

Er verstummte.

„Ich will dir das jetzt einfach mal glauben, Christian. Du wirst dein Geld auch bekommen."

Er schaute mich skeptisch an.

„Aber … ich werde ausziehen. Sobald wie möglich."

Er verzog das Gesicht.

„Es geht so nicht. Das musst du doch kapieren. Und ehrlich gesagt: Wenn du mich verrätst. Wenn du zu Toms Frau gehst. Dann hast du gar nichts. Nicht mal die Chance auf das Geld. Sondern allenfalls eine Frau im Knast."

Er seufzte. Widersprach aber nicht. Ich trank einen Schluck. Kam noch etwas?

„Okay", sagte ich schließlich und stand auf. „Lass uns alles andere morgen klären und … ich verspreche, ich lass deine

Sachen in Ruhe. Und, hey, der Fernseher war eh alt. Du hast immer gesagt, die Farben stimmen überhaupt nicht mehr.“

Ich sah ein ganz leichtes Lächeln auf seinen Lippen. Als ich zur Tür rauswollte, sagte er: „Trixi?“

Ich drehte mich um.

„Ich kann dich gehen lassen. Ja, okay. Auch wenn's mir weh tut. Ist vielleicht besser. Aber … deine Mutter. Die ist so krass drauf. Es kann sein, dass sie dich verrät, nur um dich zu bestrafen. Weil du nicht machst, was sie will.“

Das saß. Das machte mir Angst. Aber ich wahrte die Haltung.

„Dann ist es so.“

Ich ging ins Bett.

10

Der Wecker am nächsten Morgen war ein Arschloch. Ich war unfassbar müde. Aber ich wollte aufstehen. Denn ich wollte mein Leben planen. Christian war schon früh weg – nach Hamburg zu seinem Vorstellungsgespräch, das er um einen Tag hatte verschieben müssen. Diesmal ließ ich ihm das Auto. Meine Tagesplanung ging eher Richtung Wohnungssuche.

Nachdem ich mir in der Markthalle am Marheinekeplatz einen Crêpe mit reichlich Nutella gegönnt hatte, setzte ich mich auf den Platz davor und genoss ein wenig die Sonnenstrahlen. Dabei verschaffte ich mir auf meinem Handy einen ersten Überblick über das Wohnungsangebot im Kiez bei Immobilienscout24. Luna wollte sich zwar noch einmal nach der Wohnung erkundigen, von der sie mir erzählt hatte. Aber die Chancen standen schlecht. Das Viertel boomte und wenn man nicht unter der Hand etwas fand, war es verdammt schwer.

Während ich da saß und viel zu teure Wohnungen betrachtete, ging eine kleine Mannschaft von Kindergartenkindern an mir vorbei. Die Zweijährigen hielten süß Händchen, lachten und spaßten. Sie waren auf dem Weg zum Spielplatz. Ich nahm sie nur am Rande wahr, bis ich eine vertraute Stimme rufen hörte.

„Fixi!“

Schon löste sich ein Kind aus der Gruppe der Winzlinge und stürmte auf mich zu. Es war Ava, die sicherlich alle Kindergartenregeln brach, um zu mir zu gelangen. Warum hatte dieses Kind so einen Narren an mir gefressen? Aber natürlich konnte ich nicht böse sein, denn sie war einfach zu süß, wie sie mit wackelnder Bommelmütze auf mich zustürmte und sofort auf meinen Schoß kletterte. Sie plapperte einfach los.

„Avas Jacke! Mutze, Hanschuhe. Weißtu, Fixi? Hanschuhe.“

„Ja, Ava, das sind wirklich sehr schöne Handschuhe."

Die Kleine präsentierte voller Stolz die perfekt aufeinander abgestimmten Designer-„Accessoires", die Viktoria für sie ausgesucht hatte. Längst näherte sich eine junge Erzieherin. Eine sympathische, kompakte Frau mit rot-blonden Haaren und Sommersprossen, die Ava geduldig folgte.

„Ava! Du musst bei uns bleiben, du Krümel!"

„Es tut mir leid", sagte ich, während die Frau Ava auf den Arm nahm.

„Kein Problem."

„Weißtu, Nessa? … Fixi!"

Ava zeigte auf mich. Nessa schaute überrascht zu mir.

„Ach, Sie sind Fixi!?"

Man kannte mich. Fand ich das gut?

„Ava erzählt so oft von Fixi. Sie sind eine Freundin der Eltern?"

„Bekannte. Und ich heiße eigentlich Trixi."

Keine Ahnung, warum ich das unbedingt richtigstellen musste.

„Fixi!"

„Nein, Ava, sie heißt Trixi."

„Trixi?"

„Ja, Trixi!"

Moment, Moment! Wieso konnte das Kind plötzlich „Trixi" sagen? Sogar mit richtigem „R". Sie hatte noch nie ein „R" auf die Reihe bekommen.

„Weißtu, Trixi? … Nakellak!"

Sie hatte sich ihre Handschuhe ausgezogen und zeigte mir nun strahlend den roten Nagellack, den sie an einigen ihrer Minifinger trug.

„Wir müssen jetzt leider weiter. Die anderen Kinder warten. Ava, sollen wir die Mami von der Trixi grüßen?"

„Trixi! Trixi!"

„Moment, mh, Frau …?"

„Riefer, aber Sie können Vanessa zu mir sagen."

„Weißtu, Trixi? … Nessa!"

Ava stellt mir also Vanessa auch noch einmal vor.

„Okay, Vanessa, könnten Sie so nett sein und …"

Ich verstummte. Konnte ich jetzt ernsthaft darum bitten, dass sie Viktoria nichts von Avas Begeisterung für „Trixi" erzählen sollte? Klang das nicht viel zu psycho und machte die ganze Sache noch viel gefährlicher, als wenn nur die Rede davon sein würde, dass man mich zufällig getroffen hätte? Ich war überfordert.

„Vergessen Sie es", sagte ich schließlich.

Vanessa war kurz irritiert. Nickte dann aber.

„Okay. Ava, sag mal ‚Auf Wiedersehen'".

„Af Wiederen, Trixi."

Das Kind konnte nicht einmal „Auf Wiedersehen" vernünftig aussprechen, aber „Trixi"? Es war zum Verzweifeln. Hatte ich nicht schon genügend Probleme?

Während Ava winkend davonzog, bekam ich Panik. Mir wurde bewusst, dass wir uns die ganze Zeit etwas vormachten. Es war doch nur eine Frage der Zeit, bis die Affäre aufflog. Sei es durch meine Mutter oder durch Ava oder weil irgendjemand uns irgendwo Händchen haltend sah, der uns nicht sehen dürfte. Tom provozierte dies doch manchmal selbst. Und ich war mir sicher, dass er – trotz aller Sorgerechtsängste – sich danach sehnte, dass diese ganze Scharade ein Ende haben würde. Auch ich wollte mich nicht länger verstecken. Nicht eine Lüge mit einer anderen kaschieren. Ich wollte, dass das alles aufhörte. Ich wollte endlich mein Happy End!

11

Am nächsten Tag war Valentinstag. Als ich die SMS von Tom bekam, mit der er mich zu einem „romantischen Lunch" einlud, war klar, dass sein Abend Viktoria gehörte. Ich antwortete, dass ich ihn lieber in Zimmer 911 treffen würde. Zurück kam nur ein Smiley. Aber ich wollte nicht mit ihm schlafen. Ich wollte reden. Nicht in irgendeinem coolen Restaurant, sondern an einem Ort, an dem wir alleine waren. Es ging um ernste Themen. Es ging um unsere Zukunft. Dafür hatte ich meine Hausaufgaben gemacht. Jetzt brauchte ich nur noch meinen Retter.

„Wir haben ein Problem", sagte ich, nachdem mich Tom mit einem heißen Kuss in unserem Hotelzimmer empfangen hatte und bereits meine Bluse aufknöpfen wollte. Hinter ihm sah ich einen üppigen Strauß mit roten Rosen. Er stoppte.

„Was meinst du?"

„Eigentlich sogar zwei. Komm …"

Ich zog meine Schuhe aus und zog ihn mit mir aufs Bett. Dort platzierte ich uns gegenüber voneinander und begann einfach zu reden. Es war wie auch eine Woche zuvor: Es tat gut, ihm die Wahrheit sagen zu können. Ich spürte, wie wir wieder enger wurden. Das gelockerte Band sich zuzog. Ich erläuterte ihm die Erpressung, aber auch das, was ich durch meine Fahrt nach Lüneburg herausgefunden hatte und wie Christian eingeknickt war. Ich ließ keinen Zweifel daran, dass meine Mutter das Problem war. Ein ernstes Problem, das nicht verschwinden würde.

„Außerdem …", beendete ich meine Erzählung. „Ich habe gestern Ava getroffen. Sie kann jetzt ‚Trixi' sagen. Sie kann bald bestimmt auch noch mehr sagen. Und dann haben wir ein echtes Problem."

Ich wartete ab, was Tom sagen würde. Er hatte die ganze Zeit stumm zugehört. Aber dabei schon fieberhaft nachgedacht. Das sah ich ihm an.

„Pass auf …“, begann er.

Ich liebte ihn dafür, wie schnell er die Sache im Griff hatte. Er wusste, was zu tun war.

„Also Ava … Vik weiß doch, dass sie dich kennt. Das ist kein Problem. Und wird auch keins. Du siehst Ava einfach nicht mehr. Kleine Kinder vergessen total schnell.“

Was?

„Christian scheint auch nicht das Problem sein. Und deine Mutter … Der geht’s doch nur ums Geld, oder? Sie erhofft sich dreihunderttausend Euro?

Ich nickte. Obwohl dies nicht die Richtung war, in die ich mir meine Rettung vorgestellt hatte.

„Wir müssen mit ihr reden. Wenn es nur das Geld ist, bekommen wir das hin. Ich habe keine Dreihunderttausend, aber wenn sie dich verrät, bekommt sie gar nichts, also … Die wird sich auf etwas einlassen.“

Er merkte, dass ich ihm nicht mehr folgte, sondern enttäuscht auf das Bett starrte.

„Was ist?“, fragte er mich.

„Ehrlich gesagt … Ich hatte gehofft, wir würden Viktoria die Wahrheit sagen.“

„Auf keinen Fall.“

„Tom, ich kann nicht mehr.“

„Du gehst ins Gefängnis, wenn wir ihr die Wahrheit sagen.“

Er wirkte aufrichtig besorgt. Ich verstand. Er hatte vor allem Angst um mich. Aber ihm fehlte eine wichtige Information.

„Das ist sehr unwahrscheinlich.“

„Was?“

„Ich habe mich beraten lassen. Es käme maximal eine Bewährungsstrafe dabei heraus. Ich bin von dem Mordversuch zurückgetreten. So heißt das. Mensch, Tom, kein Gefängnis, was will man mehr?“

Ich hatte eine Anfrage bei Frag-einen-Anwalt gestellt. Konkret mit den Details des Unfalls. Mir waren ganze Gerölle vom Herzen gefallen, als ich die Antwort der Anwältin gelesen hatte. Tom freute sich nicht.

„Das ist doch nicht … Du bist dann immer noch vorbestraft. Und … Hast du nicht gesagt, du willst nicht, dass dein

Fall öffentlich wird? Du willst keine Bild-Schlagzeile werden?"

„Ja, die Vorstellung ist nach wie vor nicht prickelnd. Aber ich gehe das Risiko ein, wenn wir dafür diese ganzen Lügen los sind. Das ist es mir wert."

„Trixi!"

„Doch. Wirklich."

„Aber warum denn jetzt der … Wir können doch deiner Mutter das Geld geben."

„Du meinst, du kannst es ihr geben. Ich will das nicht. Ich will nicht, dass du so viel Geld für mich zahlst."

„Du kannst es mir ja eines Tages zurückgeben."

Wenn meine Tante gestorben war. Jetzt fing Tom auch schon damit an. Was war hier los? Er hatte doch nicht nur Angst um mich.

„Was hat Viktoria gegen dich in der Hand?", fragte ich.

Ich hatte nicht damit gerechnet, dass er eine mögliche Trennung so sehr fürchtete. So sehr, dass er sogar richtig viel Geld zahlen wollte, damit bloß niemand mit ihr reden würde.

„Darum geht's doch gar nicht. Wir können das Problem anders lösen."

„Ich ziehe morgen aus. Ich werde zu Luna gehen. Wir suchen bereits etwas Größeres für uns beide."

„Mach das nicht."

„Du willst, dass ich bei Christian bleibe? Nach allem, was er getan hat?"

„Nur, bis wir sicher sind, dass deine Mutter mitmacht."

Ich schüttelte den Kopf.

„Wieso denn die Eile?", fragte Tom. „Du hast es doch bis jetzt auch dort ausgehalten."

„Was ist los mit dir, Tom? Verstehst du echt nicht, wie's mir geht? Ich will nicht mehr lügen! Und du …"

Ich verstummte. Ich klang aggressiver, als ich es wollte. Seine Reaktion machte mich wütend. Wo war mein Retter? Immerhin konnte er noch Gedanken lesen.

„Es tut mir leid, dass ich nicht der Ritter auf dem weißen Pferd bin, Trixi. Wir haben hier eine komplizierte Situation. Mit echten Menschen."

„Mit echten Menschen? Was soll das denn heißen?“

„Dass das hier nicht ‚Pretty Woman‘ ist. Es gibt eine echte Gefahr, dass du ins Gefängnis musst. Und es gibt eine echte Gefahr, dass ich meine Kinder verliere. Und es gibt … Zwischenlösungen. Wir werden mit deiner Mutter reden. Ich werde schauen, wieviel Geld ich auftreiben kann. Damit sie zumindest für eine Weile ruhig ist und dich gehen lässt. Das willst du doch, oder?“

„Ich hatte recht: Du verstehst es wirklich nicht.“

„Nein, Trixi. Du verstehst es nicht. Du lebst in deiner Filmwelt. Da ist alles schwarz oder weiß. Richtig oder falsch. Aber so funktionieren Menschen nicht.“

Er sagte dies mit erschreckend viel Überzeugung, als ob er mir das schon lange einmal hatte sagen wollen. Es verunsicherte mich. War es wirklich wieder mein Leben als wandelnder Film, das mich nach klaren Lösungen suchen ließ? Nach Rettern? Nach der Liebe, die immer gewinnt?

„Du willst nicht mehr die Geliebte sein?“, fragte Tom mitfühlend.

„Nein, das …“

„Du bist traurig, weil ich den Abend mit Viktoria verbringe? Und nicht mit dir.“

Ich sagte nichts mehr. Vielleicht hatte er recht.

„Mich macht das auch traurig. Und ich komme mir beschissen vor, wenn ich nachher mit ihr auf glückliches Ehepaar mache. Und … wahrscheinlich will sie danach sogar mit mir schlafen.“

Das half nicht.

„Valentinstag und Geburtstag. Das muss dann schon sein. In einer funktionierenden Beziehung.“

Er äffte sie nach, klang sehr bitter.

„Ich will das genauso wenig wie du, Trixi. Aber … Ich will weder riskieren, dass du ins Gefängnis gehst, noch dass ich die Kinder verliere. Hab’ etwas Geduld. Okay?“

Ich nickte stumm. Er küsste mich dankbar auf die Stirn. Es war eine sehr nahe Geste.

„Sollen wir nicht doch lieber irgendwo was essen gehen?“, fragte er mich.

Mir war genauso wenig nach Sex wie ihm. Aber auch nicht nach Essen.

„Ich würde lieber nach Hause gehen. Ich muss dann … Luna absagen wegen morgen und so."

„Okay."

Er nahm mich in den Arm. Doch, er war ein Retter. Nur eben auf seine Art.

Als ich wenig später zu Hause die Kartons wieder auspacken wollte, die ich am Morgen erst gepackt hatte, klingelte das Telefon. Luna.

„Also, Vlad hat einen Wagen besorgt. Wir sind morgen um zehn Uhr bei dir, okay?"

Der Plan war gewesen, nur mit den wichtigsten Sachen umziehen. Von den Möbeln wollte ich lediglich meinen Schreibtisch mitnehmen, sonst nichts. Den Rest wollte ich holen, wenn wir eine Wohnung gefunden hatten und der echte Umzug anstand. Aber das war ja nun hinfällig.

„Und morgen Abend macht Vlad uns eine russische Pizza. Ich hab' keine Ahnung, was das ist. Aber es wird bestimmt lustig. Okay, Trixi?"

Ich hatte immer noch nichts gesagt.

„Trixi?"

„Ja, okay, morgen um zehn."

„Alles klar. Bis dann. Tschö!"

Sie legte auf. Ich stand mit meinem Handy da, schaute es erstaunt an. Hatte ich nicht eigentlich etwas anderes sagen wollen? Ich legte das Handy zur Seite und packte die Kiste vor mir sofort wieder ein. Wir würden ja sehen, ob der Auszug ein Problem sein würde.

12

Als Luna am nächsten Morgen mit Vlad kam, war zunächst einmal der Aufzug bei uns im Haus das Problem. Er war nämlich kaputt. Vlad störte das nicht: „Kein Problem. Ich trage!“

Vlad war anders, als ich ihn mir vorgestellt hatte. Er war jung, höchstens Ende zwanzig, sah mit seiner schwarzen Hornbrille und den schlichten Klamotten ein wenig wie ein Nerd aus. Wobei er durchaus einen sehenswerten Körper hatte. Zumindest was das anging, konnte ich Luna verstehen. Mir war nach seinem eher höflichen und zurückhaltenden Auftreten aber auch klar, dass nicht er sie an besagtem Abend auf die Herrentoilette gezerrt hatte. Sein Deutsch war noch nicht besonders gut, aber er war auch erst seit dem Herbst in Deutschland. Als Austauschstudent für Mathematik. Er war ein echter Gentleman. Er verbot uns strikt, auch nur eine Kiste zu tragen, während er selbst drei auf einmal nahm. Als es an meinen Schreibtisch ging, der eigentlich gar nicht so schwer war, dafür aber sperrig, lehnte er ebenfalls jegliche Hilfe ab. Er marschierte in die Küche, wo Christian die Zeitung las, und sagte: „Bitte, hilfst du?“

Er sagte es mit einer Mischung aus Bestimmtheit und Selbstverständlichkeit, die Christian keine andere Wahl ließ, als mit anzupacken. Dabei war er natürlich auch nicht so begeistert von meinem überhasteten Auszug. Er hatte zwar mehr oder weniger akzeptiert, dass ich mich nach einer neuen Bleibe umsah, aber dass ich nun schon fast fluchtartig die gemeinsame Wohnung verließ, um mich dann bei Luna in das Souterrain zu quetschen, kratzte an ihm.

„Deiner Mutter wird das nicht gefallen“, sagte er, als ich die letzten Sachen genommen hatte und mich bei ihm verabschiedete.

„Dann ist es halt so.“

Ich schaute ihn sehr kritisch an. Er sagte nichts.

„Ich melde mich, wenn wir eine Wohnung haben."
„Kannst dich auch gerne mal so melden."
„Mal sehen."
Er nickte verstehend. Ich wusste nicht, ob er eine Umarmung erwartete oder dass ich ihm die Hand schüttelte. Alles erschien mir unpassend. Also winkte ich ihm und machte, dass ich aus der Wohnung kam. Aus meiner Wohnung, in der ich nie wirklich zu Hause gewesen war.

„Ich verstehe nicht", sagte Vlad am Abend, nachdem wir meine Sachen in Lunas Wohnung untergebracht hatten und während er die versprochene Pizza zubereitete. „Warum diese Mann geheiratet?"
Er schaute mich fragend an.
„Och, das ist eine lange Geschichte."
Ich musterte skeptisch, was er da als Pizzateig herstellte. In meiner Erinnerung kamen da weder Eier noch Backpulver rein und schon gar nicht Mayonnaise. Aber es war ja nun einmal eine „russische" Pizza.
„Erzähl!", sagte er freundlich.
„Vlad, Schätzchen, für die Geschichte fehlen dir echt noch zu viele Vokabeln."
Das war Luna, die mich angrinste. Vlad zuckte mit den Schultern.
„Ich weiß viel Vokabel."
„Sicher. Aber jetzt machst du erst mal eine leckere Pizza. Und wir Mädels trinken einen schönen Wein, ja?"
Vlad zuckte wieder mit den Schultern. War auch okay für ihn. Noch einmal musterte ich das Hackfleisch, das als „Belag" für die Pizza bereitlag, und ging dann mit Luna ins Wohnzimmer, das jetzt doch ein wenig beengt wirkte, weil noch einige Kisten von mir herumstanden. Wir hatten beide unseren Wein in der Hand, stießen damit an.
„Danke, noch einmal."
Luna lächelte nur. Wir tranken. Ich atmete ganz tief durch.
„So richtig glücklich bist du aber noch nicht."
„Na ja … Es schwirrt mir noch so viel im Kopf herum und …"

„Klar, aber ich finde, du kannst dich jetzt erst einmal freuen, dass du das Arschloch los bist."

„Christian ist eigentlich kein Arschloch. Er ist 'ne ganz arme Wurst."

„Gut, dann freu dich, dass du die arme Wurst los bist."

Ich grinste. Und nickte.

„Und was wird jetzt mit der heißen Wurst?", fragte Luna kess.

„Die vermisse ich."

„Lecker, mh?"

In meiner Analogie war zwar Tom die heiße Wurst, aber Luna hatte etwas anderes vor Augen.

„Ich muss mich manchmal wirklich beherrschen, dass ich nicht reinbeiße", sagte sie leise. Sie schaute in Richtung Küche. Vlad konnte uns nicht hören.

„Wobei Vlad … entschuldige, wenn ich schon wieder damit anfange, aber ich hab' niemanden, bei dem ich angeben kann. Meine Mutter wollte das alles nicht hören …"

„Erzähl!", sagte ich lachend.

„Vlad passt total auf. Alles mit Kondom. Sogar wenn ich ihm einen blase. Natürlich richtig so, aber dieser Gummigeschmack. Nicht das Wahre, mh?"

Sie grinste mich verschwörerisch an. So als ob ich selbstverständlich wissen müsste, wovon sie redete. Sie merkte, dass ich das nicht tat.

„Du bläst ohne Gummi?", fragte sie erstaunt.

„Ehrlich gesagt … Wir benutzen überhaupt keine Kondome."

„Und wie verhütet ihr?"

Das fragte ich mich in dem Moment auch. Mir wurde schummrig.

„Ich weiß es nicht."

„Ihr habt nie darüber geredet?"

„Luna, das klingt jetzt vielleicht bescheuert, aber … Ich hab' mir kein einziges Mal Gedanken darüber gemacht. … Bis jetzt."

„Oh, Scheiße, Süße. Das sind die Filme!"

Sie schüttelte fast wütend den Kopf.

„Das kommt davon! Weißt du, wie oft ich mich geärgert habe, dass die in den romantischen Dingern immer sofort drauflos vögeln. Da wird nie über Verhütung geredet. Selbst wenn die sich grad erst kennengelernt haben. Die Kids kriegen doch einen völlig falschen Eindruck. Und die armen Mädels mit Amnesie auch.“

Sie hatte recht. Das war ein Problem. Ich kannte zwar auch Filme, in denen es um Aids oder ungewollte Schwangerschaften ging. Ich wusste natürlich, dass man verhüten sollte. Aber genau wie die Sache mit dem Bettlaken blendete mein Verstand in bestimmten Situationen bestimmtes Wissen einfach aus. Wenn ich mich in einem heißen Liebesfilm befand, dann gab es das Thema Verhütung nicht.

„Aber Tom hätte was sagen müssen“, stellte ich verärgert fest. „Das passt nicht zu ihm.“

„Kann es sein, dass du früher die Pille genommen hast? Ihr hattet doch schon was miteinander. Vielleicht habt ihr euch beide testen lassen. Und da ihr gesund ward, habt ihr euch auf die Pille verlassen. Wollen Vlad und ich auch machen. Test haben wir schon gemacht. Montag bekommen wir das Ergebnis. Ich will seinen Schwanz endlich richtig spüren.“

Mir fiel etwas ein.

„Scheiße.“

„Was?“

„Als ich aus dem Krankenhaus gekommen bin, habe ich so einen Tablettenblister in meinem Zimmer gefunden. Ich habe gedacht, ich brauche den eh nicht und habe ihn weggeschmissen. Da war ich noch halb im Delirium. Das … das hatte ich überhaupt nicht mehr auf dem Schirm.“

„Okay, und … wenn wir mal drüber nachdenken: Warst du fruchtbar, als ihr …?“

Ich dachte darüber nach, fand irgendwo das Wissen über fruchtbare Tage. Ich nickte.

„Letzten Freitag auf jeden Fall.“

Wir guckten uns beide mit sehr ernstem Blick an. Luna zuckte mit den Schultern.

„Muss ja nicht. Klappt ja nicht jedes Mal.“

„Eben. Ich … ich hab’ auch noch nichts gemerkt.“

„Willst du noch einen Schluck Wein?“, fragte sie mich. „Oder ist das schlecht fürs Baby?“

„Haha!“

Luna grinste, legte ihren Arm um mich.

„Komm, jetzt … Warte erst mal ab. Ich kann mir nicht vorstellen, dass ein Mal … Also, das wäre dann aber echt Pech!“

Klar, warum sollte auch ausgerechnet ich Pech haben? Lief doch bis jetzt alles so rund in meinem Leben …

Weiter kamen wir mit dem Thema nicht, denn nun erschien Vlad im Wohnzimmer, um zu verkünden, dass die „Pizza“ im Backofen war. Er setzte sich zu uns, schaut von einer zur anderen und fragte: „Spielen wir Skat?“

„Skat?“, fragte Luna ungläubig.

„Ja, Skat ist mit drei Leuten. Wir sind drei Leute. Ich habe Karten. Warte.“

Er stand wieder auf und ging aus dem Zimmer. Luna und ich schauten uns amüsiert an.

„Stimmt. Bisher haben wir immer gevögelt, wenn wir uns getroffen haben. Ich wüsste gar nicht, was man sonst mit ihm machen kann.“

„Skat spielen.“

Wir lachten beide. Vlad kam zurück.

„Kennt ihr Regeln? Ich erkläre. Ist einfach!“

Na ja, und was soll ich sagen? Es war wirklich ein lustiger Abend. Vlad spielte mit einer Engelsgeduld Skat mit uns, obwohl wir keinen blassen Schimmer hatten, was wir taten. Wir aßen die „russische Pizza“. Was heißt, wir aßen? Wir verschlangen sie. Sie schmeckte absolut genial. Ich konnte nicht genug davon bekommen. Natürlich tranken wir auch viel zu viel Wein. Aber es half, all das zu verdrängen, was an Problemen noch im Orbit war. Lange war ich nicht mehr so zufrieden eingeschlafen wie an diesem Abend auf Lunas Sofa.

13

Nachdem der letzte Sonntag so furchtbar gewesen war, hatte sich nun das Blatt gewendet. Es wurde ein ganzer Tag mit Luna und wunderbaren Beschäftigungen. Erst schauten wir in Pyjamas fünf Folgen der zweiten Staffel von „House of Cards“, die nun endlich, endlich da war. Und es weiß ja jeder, wie schwer das Warten auf zweite Staffeln sein kann. Dann zogen wir uns an und gingen zu Wohnungsbesichtigungen. Die Suche war zwar nicht von Erfolg gekrönt, aber wir merkten, dass wir sehr ähnliche Vorstellungen davon hatten, was zu einer guten Wohnung gehörte und wie man sie einrichten könnte. Abends lud ich dann Luna und Vlad in die Osteria ein, als Dankeschön für ihre Hilfe und überhaupt. Wochenenden zogen sich sonst immer endlos hin, weil ich Tom nicht sehen konnte und auch nur sehr spärlich Nachrichten von ihm erhielt. Dieses Wochenende raste an mir vorbei. Es tat gut. Ich vermisste Tom, besonders als wir zu dritt im Restaurant saßen und Luna ihre Finger nicht von Vlad lassen konnte. Aber es war ein anderes Vermissen. Alles war anders.

Am nächsten Tag hatte ich eine meiner letzten Schichten in der Videothek. Denn schon bald sollten die Dreharbeiten beginnen, bei denen ich nun doch als Standfotografin arbeiten wollte. Ich las mittlerweile das Drehbuch für den Film, bereitete mich vor. Ich nahm mein Leben in die Hand.

Am späten Nachmittag stand plötzlich Christian vor mir am Tresen. Ich war überrascht.

„Ich will dich gar nicht lange stören. Ich wollte nur … Deine Mutter …“

Er suchte nach den richtigen Worten. Sofort beschlich mich Panik, dass da aus Richtung Lüneburg nun doch noch ein Desaster drohte. Ich spürte, dass in meiner Hosentasche mein Handy vibrierte. Eine SMS. Die musste jetzt warten.

„Nun, ich habe mit ihr geredet. Sie weiß, dass du ausgezogen bist. Sie hat dich fürchterlich beschimpft. Undankbarkeit war echt ein großes Thema. …“

Oh je.

„… aber am Ende hat sie mir ‚untersagt‘, irgendetwas gegen dich zu unternehmen. Weil uns sonst das Geld durch die Lappen geht. Dein Auszug ist also offiziell genehmigt.“

Er lächelte. Ich atmete sehr tief durch.

„Danke. Christian, echt. Und auch danke, dass du extra hergekommen bist …“

„Nein, deswegen bin ich nicht gekommen. Zumindest nicht deswegen alleine.“

„Sondern?“

„Kannst du mal kurz mit rauskommen?“

Was sollte das jetzt? Er deutete auf den Parkplatz im Hof. Mir wurde doch wieder schummrig, wobei das auch an den Resten der russsichen Pizza liegen konnte, die Luna und ich kalt zum Frühstück gegessen hatten. Mir war schon den ganzen Morgen über latent schlecht gewesen. Christian ging bereits vor. Ich folgte ihm. Es fühlte sich nicht richtig an. Was hatte er vor? Er hielt mir die Tür auf. Wir gingen hinaus. Draußen deutete er auf den Volvo, den er dort geparkt hatte.

„Dein Auto“, sagte er.

„Wie? Was meinst du?“

Ich verstand nicht. Erst jetzt sah ich, dass er mir beide Autoschlüssel reichte. Meinen und seinen.

„Der Wagen gehört dir.“

„Du schenkst ihn mir?“

Ich war baff. Er liebte dieses Auto. Übertrieb er es jetzt nicht ein bisschen mit den großen Gesten?

„Nein, er gehörte schon immer dir. Du hast ihn mit in die Ehe gebracht.“

„Ernsthaft?“

Christian lachte.

„Du wusstest es echt nicht, mh?“

„Woher denn?“

„Es steht in den Papieren. Die Versicherung läuft auf dich. Und ich war davon ausgegangen … Ich weiß auch nicht. Als ich vorhin deinen Autoschlüssel in der Küche gefunden hab', kam ich überhaupt erst auf die Idee, dass du es vielleicht gar nicht weißt."

„Und ich … ich hab' den einfach so gehabt, damals?"

„Als wir uns kennengelernt haben, hattest du ihn gerade einem Freund abgekauft."

„Einem Freund?"

„Keine Ahnung. Mehr hast du nie dazu gesagt."

Irre. Und ich hatte die ganze Zeit das Gefühl, dass ich Christians Wagen misshandelte, dabei war es mein eigener.

„Die Papiere liegen im Handschuhfach. Ich habe ihn nochmal sauber gemacht. Ein letztes Mal."

„Wow. Danke! … Wirklich, Christian: Danke!"

„Wofür?"

„Für deine Ehrlichkeit."

Dazu sagte er nichts. Wir standen noch einen Moment schweigend herum, dann verabschiedete sich Christian. Ich hatte das Gefühl, dass sich gerade ein Kapitel geschlossen hatte. Natürlich, eines Tages würde die Erbschaft leider wieder ein Thema werden. Aber bis dahin hatte ich Ruhe. Nicht nur vor Christian, sondern auch vor meiner Mutter. Auch wenn noch viele, viele Fragen aus meinem Leben unbeantwortet waren, würde ich sie von alleine sicher nie wieder aufsuchen oder anrufen. Sie war für mich durch.

Ich hatte das dringende Bedürfnis, sofort mit Tom zu reden. Ihn zu sehen. Ihn zu berühren. Ihm die guten Nachrichten zu verkünden. Gerade wollte ich mein Handy aus der Hosentasche ziehen, da fuhr Toms Wagen auf den Parkplatz im Hof. Dieser Mann erstaunte mich immer wieder – jetzt auch mit telepathischen Fähigkeiten. Aber mein kesses Grinsen verging mir sofort wieder, als ich sah, dass neben Tom Viktoria saß und hinten im Wagen die Kinder. Sie unterhielten sich, hatten mich noch nicht gesehen. Deswegen knallte ich sofort die Tür zu und stand kopflos in der Videothek. Die konnten doch nicht einfach herkommen. Ohne Vorwarnung. Mir fiel ein, dass ich eben eine SMS bekommen hatte. Ich kramte mein Handy aus der Tasche. Tatsächlich, es war eine SMS von Tom.

„Arbeitest du? Vik will unbedingt in die Videothek. Kann sie nicht stoppen. Sorry!"

Während ich die Nachricht las, hörte ich draußen die Autotüren zufallen. Schritte und Stimmen kamen näher.

‚Okay, ganz ruhig bleiben. Du arbeitest hier. Du tust nichts Verbotenes. Tom wird einen Plan haben.'

Ich eilte hinter den Tresen, räumte sinnlos DVDs von rechts nach links. Dabei fiel mir ausgerechnet „Eine verhängnisvolle Affäre" in die Hände. Ich starrte das Bild mit Michael Douglas und Glenn Close an wie ein Kaninchen die Schlange. Die Tür zum Hof öffnete sich. Viktoria redete gedämpft, aber durchaus angestrengt.

„Wieso stellst du dich denn so an, Tom?"

„Weil wir alle Filme online zu Hause haben."

„Ich hab dir doch gesagt: Ich weiß nicht mehr, wie der Film heißt. Aber ich weiß, wo er hier steht. Und Aiden wollte ihn nun mal gerne gucken."

„Der mit den kleinen Männchen? Au ja!"

Das war Aiden. Nun stand die ganze Familie vor mir. Eine Musterfamilie. Ava auf dem Arm von Tom. Alle perfekt gekleidet. Lediglich der Stock, auf den sich Viktoria stützte, kratzte ein wenig an der Werbebotschaft.

„Hallo!", sagte ich mit brüchiger Stimme. Ich hatte immer noch die DVD von „Eine verhängnisvolle Affäre" in meiner Hand, die ich nun diskret zur Seite legte.

„Ach, hallo!", sagte Viktoria überrascht. „Das ist ja schön, dass Sie hier sind. Wie geht es Ihnen?"

Ich vermied es, Tom anzusehen.

„Gut. Danke."

„Weißtu, Mami? … Trixi!"

Mist. Es hatte also keine drei Sekunden gedauert, bis eine mal wieder bestens gelaunte Ava uns das Messer in den Rücken gerammt hatte. Viktoria schaute sie erstaunt an. Ich schaute Tom mit große Augen an. Und jetzt?

„Ja, genau", sagte Viktoria. „Das ist Trixi. … Dass sie Ihren Namen weiß. Erstaunlich."

„Ich hab' Ava letzte Woche am Marheinekeplatz mit ihrer Kindergartengruppe …"

Weiter kam ich nicht. Tom hatte eine andere Taktik gewählt als ich. Und gleichzeitig losgeredet. Er sprach mich direkt an. Laut.

„Hören Sie, wir suchen einen Film für Kinder. Mit … mit … kleinen Männchen. Nicht wahr, Aiden? Kleine Männchen? Weißt du sonst noch irgendwas? Ihr wisst doch, wo der steht. Viktoria, sag doch mal, wo war das?“

Viktoria staunte nun nicht nur über ihre Tochter, sondern auch über ihren hyperaktiven Mann.

„Was ist denn los, Tom? Bleib mal ruhig.“

„Weißtu, Trixi? … Mami!“

„Ich weiß, wo der Film steht. Ich guck mal, ja?“

Das war Aiden. Und schon düste er los. Ich hatte das dringende Bedürfnis, mich wie ein Opossum auf den Boden zu werfen und tot zu stellen. Denn das hier lief überhaupt nicht gut.

„Ich will doch nur, dass wir den Film holen“, sagte Tom mürrisch.

„Haben wir es eilig? Wir können doch kurz mit Frau Kwiatkowski plaudern?“

Sie wandte sich wieder an mich.

„Entschuldigen Sie.“

„Kein Problem.“

Hatte sie Avas erstaunlichen Kenntnisse meines Namens vergessen?

„Weißtu, Trixi? … Papa!“

Sie zeigte auf ihren Vater. Danke, Ava.

„Ich helfe Aiden.“

Kurzerhand ging Tom mit Ava davon, bevor sie noch öfter „Trixi“ sagen konnte. Viktoria schaute ihm sehr irritiert hinterher. Dann schaute sie mich wieder an.

„Ava ist wirklich sehr süß. Und sehr … aufgeweckt.“

„Mh, ja.“

Oh, nein. Sie war in Gedanken vertieft. Schaute zu Tom und wieder zu mir. Derweil fand Aiden den Film, den er gesucht hatte. Auch ganz ohne die Hilfe von Tom. Der Junge jubelte und kam gefolgt von Tom und Ava zurück. Viktoria sagte derweil kein Wort. Das war nicht gut. Sie war kein Mensch, der unangenehme Gesprächspausen entstehen ließ. Es sei denn, sie war sehr, sehr abgelenkt.

„Guck, Mami. Der hier!“

Er hielt ihr das Cover von „Ich – Einfach unverbesserlich“ unter die Nase.

„Ja, der war’s …“

Sie sprach leise. Schaute nun weder Tom noch mich an. Aiden reichte mir den Film.

„Den wollen wir!“

„Okay. Moment.“

Er hatte mir die Hülle gebracht. Dabei brauchte ich eigentlich das Kärtchen mit der Nummer. Aber das war jetzt wirklich extrem nebensächlich. Ich wusste mittlerweile eine ganze Reihe von Nummern der Filme auswendig. Schließlich hatte ich ein gutes Gedächtnis. Während ich die passende DVD aus dem Regal hinter mir suchte, schaute ich zu Tom. Er wiederum schaute besorgt zu Viktoria, die nach wie vor niemanden ansah. Sie kaute auf ihrer Lippe. Toms Blick traf meinen. Er wirkte verzweifelt. Es war passiert. Sie wusste es. Und wir wussten, dass sie es wusste. Die ganze Zeit plapperte Ava, und auch Aiden gab zum Besten, wie sehr er sich auf den Film freute. Aber ich könnte beim besten Willen nicht genau wiedergeben, was die Kinder sagten. Sie sprachen wie hinter einer Wand.

„Wie war das?“, fragte Tom mich mechanisch. „Zahlen wir jetzt oder wenn wir ihn zurückbringen.“

„Wir zahlen jetzt“, antwortete ich.

Ja, ich sagte „wir“. Freud ließ grüßen. Zum ersten Mal schaute Viktoria auf. Sie hatte gehört, was ich gesagt hatte. Sie schaute mich direkt an. Mit starrer Miene.

„Drei Euro.“

Tom kramte das Geld heraus. Viktoria schaute nun ihn an. Ich schob die DVD in einer unserer Videothekhüllen über den Tresen. Aiden nahm sie voller Besitzerstolz an sich. Tom gab mir das Geld passend. Unsere Hände berührten sich dabei kurz. Viktoria starrte auf sie.

„Danke“, sagte Tom.

Aiden eilte schon zum Hinterausgang. Tom folgte nach einem kurzen Blick zu mir mit Ava auf dem Arm. Viktoria brauchte noch eine Sekunde, wendete sich dann auch zum Gehen. Ich sah auf das Cover, das Aiden mir gegeben hatte. Es lag vor mir. „Ich – Einfach unverbesserlich."

„Frau Richter?"

Sie schaute mich ausdruckslos an. Auch Tom blieb stehen.

„Ich würde gerne mit Ihnen reden. Ohne die Kinder."

Erst reagierte sie nicht. Tom kam zwei Schritte zurück, schaute mich an, als ob ich einen an der Waffel hätte.

„Was ist denn los?", fragte er vorsichtig.

„Tom, gehst du bitte mal vor mit den beiden", sagte Viktoria.

„Was? Aber wieso …"

„Tom! Bitte!"

Ihr scharfer Tonfall zerschnitt die Luft wie ein Schwert. Tom zögerte noch. Er schaute mich an. Ich nickte. Also ging er. Viktoria hatte es gesehen.

„Er hört auf Sie?", sagte sie mit einem spitzen Unterton, als die drei rausgegangen waren. Okay, wir waren schon mitten im Kampf. Sie hatte sich für sarkastische Speerspitzen als Waffe entschieden. Ich dagegen für schonungslose Offenheit.

„Es tut mir sehr leid."

„Wie lange läuft das schon?"

Noch ein letztes Mal durchatmen. Denn nach dem nächsten Satz würde es sich nicht mehr einfangen lassen.

„Es lief schon einmal vor dem Unfall. Und jetzt wieder seit … seit Kurzem."

Viktoria lachte voller Bitterkeit. Sie schüttelte unaufhörlich den Kopf.

„Vor dem Unfall?"

„Ich kann mich daran nicht erinnern. Aber … ja."

„Das heißt … als der Unfall war … Sie wussten sehr genau, wer ich bin."

Ich nickte, zuckte aber auch ein wenig mit den Schultern, denn ich konnte auch in dieser aufgeladenen Situation nur wiedergeben, was ich selbst mühsam herausgefunden hatte.

„Dann … Sie haben sich mir mit voller Absicht in den Weg gestellt. Sie wollten, dass ich einen Unfall habe."

Viktoria war ungewöhnlich laut geworden, hielt sich so krampfhaft an ihrem Stock fest, dass ihre Knöchel weiß wurden.

„Nein, nein, nein!", sagte ich schnell. „Das … Ich wollte es stoppen."

„Es stoppen? … Was?"

Als ich Viktoria wenige Minuten zuvor gebeten hatte zu bleiben, hatte ich ihr die Affäre gestehen wollen. Ich wollte zu meiner Liebe zu Tom stehen, ihr in die Augen sehen. Selten durchdenkt man so eine Beichte. Denn nun war ich an dem Punkt, an dem es um weit mehr ging als eine Affäre. Mein Herz schlug noch höher, als es das ohnehin schon tat. Krampfhaft überlegte ich, wie ich darum herumkam, etwas über meinen Mordversuch sagen zu müssen. Wie konnte ich meinen letzten Satz wieder einfangen?

„Ich wollte Sie stoppen, ihr Auto, weil …"

Ich stoppte erst einmal meinen Satz. Viktoria schaute mich durchdringend an. Ich richtete mich auf.

„Ich wollte Sie stoppen, weil ich kurz davor die Schrauben an Ihren Autorädern gelockert hatte."

Sie sagte nichts. Schluckte. Bekam sie Angst? Ich wusste es nicht. Ich wusste nur, dass es das Richtige war, endlich alles herauszulassen.

„Ich kann mich nicht daran erinnern. Aber ich war wohl an einem Punkt, an dem ich Ihnen furchtbar schaden wollte. Aber … ich habe es gestoppt! Sie haben selbst gesagt, ich bin vor's Auto gelaufen, um Sie zu anhalten. Stopp!"

Ich machte die Geste, die sie mir vorgemacht hatte.

„Sie wollten mich umbringen?"

Hinter Viktoria war ein junger Mann mit Hipsterbart an den Tresen getreten, um sich „Fight Club" auszuleihen. Als er Viktorias Frage hörte, machte er große Augen und schaute sich verlegen das Angebot an Chips an, das neben mir auf dem Tresen stand.

Ich nickte zu Viktorias Frage. Sie konnte nicht antworten, stand fassungslos vor mir. An dem Ort, von dem ich sie bei unserer letzten Begegnung hier beinahe in den Tod geschickt hätte. Das Schweigen hielt. Der Hipster wusste nicht, was er tun sollte. Er riskierte es.

„Könnte ich kurz mal …"

„Jetzt nicht!"

Er nickte eingeschüchtert und ging wieder davon. Weiter Schweigen. Viktoria verarbeitete, was ich gesagt hatte. Ich wartete auf ihre Reaktion. Es kam keine. Zumindest keine in Worten. Irgendwann straffte sie sich, drehte sie sich um und ging an ihrem Stock nach draußen. Mit so viel Haltung, wie es nur eben ging. Ich hatte keine Angst. Egal, was sie tun würde. Für mich zählte, dass endlich, endlich alles offen lag. Keine Lügen. Keine Geheimnisse. Ich war frei.

14

Das Handy blieb stumm. Den ganzen Abend. Es kam keine Nachricht von Tom. Kein Anruf, keine Mail. Auch in der Nacht nicht. Ich schlief früh ein, mit dem Handy in der Hand. Luna übernachtete bei Vlad. Sie hatten heute die Ergebnisse von ihrem HIV-Test erhalten und wollten entsprechend feiern, ohne mich zu stören. Natürlich hätte ich gerne mit Luna über die Ereignisse des Tages geredet, aber ich wollte ihr nicht den unverhüllten Spaß nehmen. Und vielleicht war das auch wirklich eine Angelegenheit, durch die ich alleine durch musste. Mein Schlaf war traumlos. Am Morgen vermisste ich schon fast den Mann, der mir in den Nächten davor so viele Türen geöffnet hatte. Aber vielleicht brauchte ich ihn nicht mehr. Mein erster Blick ging zu meinem Handy. Niemand hatte versucht, mich zu erreichen. Ich hatte Muskelkater, mein ganz Körper schmerzte. So angespannt war ich am Abend gewesen. Besonders in meinen Brüsten zog es sehr unangenehm. Ich ging schwimmen.

Als ich zurückkam und meinen guten alten Volvo parkte, sah ich, dass Toms Wagen vor dem Haus von Luna stand. Viktoria und er standen daneben. Sie hatten auf mich gewartet. Bei ihren Gesichtsausdrücken wunderte ich mich, dass sie nicht gleich eine Polizeistaffel im Rücken hatten. Es sollte mir an den Kragen gehen. Das war klar. Auf wackeligen Beinen ging ich zu ihnen.

„Hallo!“

Tom nickte mir zu, schaute mich nur ganz kurz an. Viktoria trug eine stylische Sonnenbrille mit extrem großen und völlig undurchsichtigen Gläsern. Es schien keine Sonne. Ich war mir sicher, sie verbarg ihre verheulten Augen.

„Sag es ihr“, sagte sie zu Tom.

„Es tut mir leid, Trixi, aber … wir werden uns nie wiedersehen.“

„Was?“

„Viktoria wird keine Anzeige gegen dich erstatten, unter der Bedingung, dass wir uns nie wiedersehen."

„Nie!", sagte Viktoria, als ob die zweifache Ansage noch nicht deutlich genug gewesen wäre.

„Und ihr seid jetzt weiter das Traumpaar? Tom, das ist nicht dein Ernst!"

Tom sagte nichts.

„Du machst das, weil sie jetzt dich mit irgendetwas erpresst, oder? So ist es doch?"

Ich schaute sie scharf an, aber ihre Sonnenbrille ließ keinen Blick in ihre Augen zu. Sie sagte nichts. Dafür Tom. Er klang dabei ungewöhnlich hart, gerade so, als ob er mich verletzen wollte.

„Ich mache das, weil ich das so will, Trixi."

Er schaute mich an. Mit durchdringendem Blick. Ein Blick, der unendlich schmerzte. Denn Tom war in diesem Moment unfassbar attraktiv und gleichzeitig so weit weg wie noch nie. Ich hatte ihn verloren.

„Mach's gut."

Er ging zum Wagen und öffnete die Beifahrertür. Viktoria schaute mich noch einmal mit aller Härte an, stieg dann mit Hilfe ihres Stocks und eines sehr aufmerksamen Toms in das Auto. Er war ein echter Gentleman. Er schloss die Tür, ging um die Wagen und stieg ebenfalls ein. Die ganze Zeit schaute er mich kein weiteres Mal an. Für ihn war die Sache erledigt. Selbst als sie schon lange davongefahren waren, konnte ich mich nicht bewegen.

Als Luna nach Hause kam, fand sie ein Klischee. Ich saß hinter einem Berg von Taschentüchern, aß Unmengen von Eiscreme mit Chips und guckte „Ich – Einfach unverbesserlich". Luna kapierte sofort, was los war. Sie tauschte umgehend ihre Nachmittagsschicht in der Videothek, setzte sich vor mich und hörte sich an, was in ihrer Abwesenheit passiert war. Als ich fertig war, trötete ich mir die Nase mit einem weiteren Taschentuch frei.

„Süße, wenn ich ehrlich bin: Mir gefiel das die ganze Woche schon nicht. Ich hatte echt Angst, dass das zu so einer

Neverending-Story wird. ‚Wann verlässt er endlich seine Frau?‘ Das kennt man doch. Das ist unwürdig. Das hast du nicht verdient.“

Ich nickte und wischte mir die verheulten Augen ab.

„Hey, er ist die Tränen nicht wert, wenn er nicht zu dir steht. Egal wieviel Angst er um seine Kinder hat und all das.“

„Ich weine nicht wegen ihm.“

„Sondern?“

Luna war überrascht. Gut, die dreihundert Taschentücher vor dem aktuellen hatte ich wegen Tom vollgeheult. Trotzdem weinte ich in diesem Moment wirklich nicht wegen ihm.

„Sondern wegen Gru.“

„Wegen was?“

Ich deutete auf Lunas Fernseher, auf dem mein Film pausiert war. Man konnte den fiesen Schurken Gru sehen, der seine Kinder zu Bett brachte. Luna staunte den Bildschirm an.

„Über eine Comicfigur?“

„Kennst du den Film?

Sie schüttelte den Kopf.

„Gru ist der größte Schurke aller Zeiten. Ein richtig fieser Typ. Und er hat diese Mädchen adoptiert, um mit ihrer Hilfe den Mond zu klauen …“

Luna nahm meine Teetasse und roch dran, um herauszufinden, ob ich Alkohol getrunken hatte.

„Warte!“, sagte ich. „Auf jeden Fall wollte er die Mädchen eigentlich nur benutzen. Aber sie haben sein Herz erobert.“

Mein Kinn bebte.

„Und ihretwegen ist er nun ein guter Mensch geworden. Und jetzt … jetzt bekommt er eine zweite Chance … für ein Leben als … als guter Mensch.“

Ich strahlte Luna an, während mir eine Träne die Wange herunterlief.

„Ist das nicht schön?“

Luna lächelte und nahm mich in die Arme.

„Ach, Süße.“

„Aber es stimmt doch, Luna. Meine Amnesie war ein Glücksfall. Ich war ein krankes Ding. Ich war so voll von negativen Gefühlen und … Hau vor den Kopf. Alles weg. Ich bekomme eine neue Chance. Ein neues Leben. Und … und … Tom gehörte noch zu dem alten Leben. Das war zu belastet. Jetzt … Ich fühle mich wie wiedergeboren, seit alles raus ist. Ich fang' ab heute richtig neu an. Yippie!"

Tom hatte recht gehabt. Er war kein Ritter auf dem weißen Pferd. Das Leben war kein Hollywood-Film. Und es gab keine Garantie auf ein Happy-End. Aber darum ging es doch im echten Leben auch gar nicht. Wer will schon ein Ende? Ich hatte einen Anfang. Ich hatte eine offene Zukunft vor mir. Und eins hatte mir die Amnesie ganz deutlich gezeigt: Es war unfassbar schwer, seiner Vergangenheit zu entkommen. Den Zwängen und Gewohnheiten, die viel zu viel des eigenen Lebens bestimmten. Ich hatte es geschafft.

„Ich hab' Heißhunger auf russische Pizza", sagte ich. „Ich könnte einen ganzen Berg davon verdrücken. Ich will russische Pizza und Vlad soll kommen und wir spielen Skat!"

Wieder so ein Satz, von dem ich nicht gedacht hätte, dass ich ihn jemals sagen würde.

„Aber zuerst gucke ich den Film noch zu Ende."

Luna lachte und gehorchte. Sie ließ mich den Film schauen und organisierte Vlad samt Zutaten für die russische Pizza. Und ja, es funktionierte. Es wurde ein wunderschöner Abend. Mit viel zu essen. Mit viel zu trinken. Mit traurigen Momenten, in denen es mich rüttelte. Aber dafür hatte Luna eine Umarmung parat und Vlad ein paar russische Weisheiten, die wir nicht verstanden. Wir lachten so viel, wie ich in der gesamten Zeit seit meinem Erwachen nicht gelacht hatte. Es tat gut. Es war das erste Mal, dass ich mich normal fühlte. Nicht auf der Suche nach Antworten. Nicht mit dem Gefühl, im falschen Film zu sein. Nicht alleine. Ein paar Freunde, Skat und russische Pizza. Mehr brauchte es nicht, um mich glücklich zu machen.

Natürlich fragte ich mich immer und immer wieder, welche Macht Viktoria über Tom besaß. Es gab keine andere Erklärung für Toms Verhalten, als dass er ganz konkret befürchten musste, seine Kinder zu verlieren. Ich versuchte mir einzureden, dass Tom kein Arschloch war, sondern nach wie vor mein Retter. Er war bestimmt absichtlich so hart zu mir und zu uns gewesen, damit ich leichter loslassen konnte. Die Möglichkeit, dass er mich vielleicht einfach nicht genügend liebte, verdrängte ich. Damit fuhr ich ganz gut.

Ich stürzte mich in mein neues Leben. Ich packte in Lunas Wohnzimmer meine Kisten aus, heftete Papiere ab. Bereitete mich auf meinen Job als Standfotografin vor. Machte Termine für weitere Wohnungsbesichtigungen. Und aß schon wieder Vlads kalte Pizza, von der mir prompt übel wurde. Irgendwann fiel mir auch der Fahrzeugbrief meines Volvos in die Hand. Als ich ihn abheftete, sah ich die Namen der Vorbesitzer. Hatte Christian nicht gesagt, ich hätte den Wagen von „einem Freund" gekauft? Einem Freund aus meinem alten Leben? Ich wurde neugierig. Und tippte den Namen des Vorbesitzers bei Facebook ein. Es gab den Namen nur ein einziges Mal. Als ich das Foto des Mannes sah, wusste ich sofort, dass er der richtige war. Es war der Mann aus meinen Träumen. Alle Härchen in meinem Nacken stellten sich auf. Wow. Das hieß, die Träume waren zumindest teilweise echte Erinnerungen gewesen? Zum allerersten Mal hatte ich mich an etwas Persönliches aus meinem alten Leben erinnert. Selbst wenn ich es nicht einordnen konnte. Nicht wusste, wer dieser Mann war. Es war trotzdem verdammt aufregend. Ich saß eine Weile staunend vor der Facebook-Seite. Doch schließlich klickte ich sie weg. Irgendwann würde ich sicher Zeit und Lust haben, mehr über diesen Typen zu erfahren. Aber nicht an diesem Tag. Ich war genügend in die Vergangenheit gereist. Jetzt ging es erst einmal um die Zukunft. Und vor allem um eine Thema, das ich beim besten Willen nicht mehr länger ausblenden konnte. Denn so gut war ich dann doch wieder nicht im Verdrängen. Oder hat jemand eine Idee, was eine Kombination aus Müdigkeit, Heißhunger, Übelkeit, Stimmungsschwankungen und schmerzenden Brüsten anderes bedeuten könnte, als dass ich schwanger war? Es war nun wirklich an der Zeit, einen Test zu machen …

Zwei Wochen vor dem Unfall …

Als Trixi die Küchentür öffnete, saß Paula am Tisch umgeben von den Resten eines improvisierten Frühstücks. Ihre ganze Aufmerksamkeit war von ihrem Handy absorbiert, auf dem sie flink zwischen Instagram, WhatsApp und Facebook hin- und herwechselte, um bloß nichts zu verpassen. Dabei hatte sie Kopfhörer in den Ohren, mit denen sie Musik vom selben Handy hörte. Paula sah Trixi, nahm einen Hörer aus dem Ohr und schaute sie fragend an.

„Hey, mh … Kannst du mir vielleicht fünfzig Euro leihen?"

Paula war überrascht. Trixi redete normalerweise nicht besonders viel mit ihr. Geld geliehen hatten sie sich noch nie.

„Ernsthaft?"

„Ja, ich habe gerade nichts da und … Du bekommst es so schnell wie möglich wieder."

„Wie kommst du darauf, dass ich einfach mal so fünfzig Euro hab'?"

„Christian hat dir gestern Geld gegeben."

Das stimmte. Ihr Taschengeld gab ihr Vater Paula nach wie vor in bar. Paula zögerte noch einen Moment, aber zog dann ihr Portemonnaie aus dem Schulrucksack, der neben ihr auf dem Boden stand. Trixi lächelte erfreut.

„Kommst du nach der Schule wieder zu uns?", fragte Trixi. „Dann kann ich es dir zurückgeben."

„Nee, ich muss mal wieder nach Hause. Sonst dreht meine Mutter am Rad."

Sie zog fünf Zehner aus ihrem Converse-Portemonnaie.

„Ihr habt euch gestritten?"

„Gestritten? Nee, eigentlich wurde ich nur beschimpft."

„Kenn' ich."

„Ey, du kriegst das Geld. Brauchst nicht auf mitfühlend zu machen. Du hast keinen Schimmer, wie das ist mit so 'ner beknackten Mutter."

Dazu sagte Trixi lieber mal nichts. Sie nahm das gereichte Geld.

„Danke."

Trixi schloss die Küchentür und ging zurück zum Postboten, der ungeduldig im Treppenhaus wartete. Maulfaul überreichte er ihr das Paket, das an Christian adressiert war, und kassierte die 41,95 Euro Nachnahme.

Während Trixi das Paket mit in ihr Zimmer nahm, erschien Paula noch einmal hinter ihr.

„Hast du eigentlich WhatsApp?"

„Nee, wieso?"

„Dann kann ich dir 'ne Nachricht schicken. Damit du das mit dem Geld nicht vergisst.

„Paula, ich vergess' nichts."

Paula seufzte. Sie wollte zurück in die Küche. Aber eine Frage beschäftigte sie noch.

„Du bist auch nicht bei Facebook, ne?"

Trixi schüttelte den Kopf.

„Instagram?"

„Ich bin überhaupt nicht in irgendeinem von den ganzen Dingern."

„Wie alt bist du nochmal?"

Der Spott in Paulas Stimme gefiel Trixi nicht.

„Ich hatte das alles. Aber ich hab's abgeschafft."

„Wieso?"

„Weil man über die Social Media alles über dich erfahren kann."

„Ach, nee, NSA und so, oder was?"

Trixi sagte nichts.

„Was haben die Amis davon, wenn sie wissen, wo ich abends rumhänge oder auf welchen Typen ich stehe? Ist doch albern, sich deswegen in die Hose zu machen."

„Du hast keine Ahnung."

In Trixi braute sich etwas zusammen. Paulas Ignoranz wühlte sie mehr und mehr auf.

„Echt? So gefährlich sind die? Warte, ich mach' mir schnell Alufolie um den Kopf, damit sie meine Gedanken nicht lesen."

Sie rollte mit den Augen und ging zurück in die Küche. Trixi stand alleine im Flur. Da war sie wieder. Diese Wut. Die sie in der letzten Zeit immer öfter einholte. Und unkontrollierbar war. Trixi wollte nicht so sein, aber sie konnte nicht anders. Sie stapfte in die Küche und zischte Paula ansatzlos zu: „Mich hatten sie so weit, dass ich mich umbringen wollte, du verwöhnte Göre!"

Erst nachdem sie den Satz rausgeschleudert hatte, sah sie, dass Paula wieder ihre Ohrhörer im Ohr hatte. Sie zog sie nun ab.

„Hast du was gesagt?"

Trixi stockte. Nein, das war es nicht wert. Sie winkte ab und eilte aus der Küche. Paula zuckte mit den Schultern, steckte die Ohrhörer wieder in die Ohren und gab auf ihrem Handy weiter alles über ihr Leben preis.

Trixi ging derweil in ihr Zimmer. Sie legte das Paket neben sich auf den Schreibtisch und machte am Computer dort weiter, wo sie eben vom Postboten unterbrochen worden war. Sie schrieb große Zettel für den Hausflur und den Aufzug.

„Achtung Diebe! Haustür IMMER geschlossen halten. Nachts abschließen!"

Verbissen haute sie einige weitere Ausrufezeichen in die Tastatur. Waren ihre Nachbarn eigentlich zu faul oder genauso naiv wie Paula, dass sie nachts die Tür nicht abschlossen? Trixi war fest davon überzeugt, dass sie der Rammdösigkeit dieser Menschen nun schon den zweiten Fahrraddiebstahl zu verdanken hatte. Es reichte ihr.

„Man darf sich nicht alles gefallen lassen", murmelte sie, während sie die Zettel ausdruckte.

Nach einer Weile hörte sie aus dem Flur ein kurzes „Tschüss" von Paula. Kurz danach fiel die Wohnungstür ins Schloss.

Trixi atmete tief durch. Sie schaute auf das Paket neben sich. Ja, es war an Christian adressiert. Aber es war für Trixi. Sie hatte gewusst, dass er während der Dreharbeiten tagsüber nie zu Hause sein würde und von der Lieferung nichts mitbekommen konnte. Kurz dachte sie darüber nach, ob per Nachnahme im Internet zu bestellen, wirklich so klug gewesen war. Aber noch viel weniger hatte sie in einen Laden gehen wollen, wo man sie vielleicht mit Fragen nervös gemacht hätte. Sie sprach nicht gerne mit Leuten.

Hastig riss sie das Paket auf. Der Inhalt war mehrfach verpackt. Sie hatte hochwertige Ware bestellt. Sie wollte etwas haben, mit dem sie trotz fehlender Kraft auf keinen Fall scheitern würde. Denn sie würde wenig Zeit haben, wenn es dann so weit sein würde. Auf dem Parkplatz der Videothek. Zufrieden hielt Trixi das schwere Radkreuz in ihren Händen, mit dem sie problemlos die Schrauben an der Radkappe von Viktorias Wagen würde lösen können …

Über „Im falschen Film“

„Im falschen Film“ ist eigentlich eine eBook-Serie, die Mitte Dezember 2013 gestartet wurde. Sie ist ein literarisches Experiment, das die Vorzüge eines Romans mit denen einer Fernsehserie verbindet. Die vergleichsweise kurzen Folgen erscheinen in regelmäßigen Abständen, sollen den Leser packen, neugierig machen und ihn über einen längeren Zeitraum die rätselhafte Trixi begleiten lassen. Was Trixi erlebt, spielt zeitlich rund um den Termin der Veröffentlichung der jeweiligen Folgen. Diese werden kurzfristig ausgearbeitet. So kann aktuelles Zeitgeschehen genauso widergespiegelt werden wie das Feedback der Leserinnen und Leser. Denn ja, man kann Trixis Leben kommentieren – hier bei Facebook.

Die Erzählung von „Im falschen Film“ kann theoretisch endlos laufen. Geplant sind jeweils größere, geschlossene Erzählbögen, die zusammen eine „Staffel“ bilden. Die erste Staffel „Im falschen Film“ bestand aus sechs Folgen, die nun in einem eBook und in diesem Taschenbuch zusammengefasst wurden. Nach einer kleinen Pause werden weitere Abenteuer folgen. Denn es gibt noch viele Rätsel in Trixis Leben zu lösen …

Über den wahren Autor

Michael Meisheit ist seit über fünfzehn Jahren Drehbuchautor bei der Fernsehserie „Lindenstraße“. Nebenher hat er zeitweise auch für die Telenovela „Rote Rosen“ gearbeitet und den Fernsehfilm „Dann kam Lucy“ geschrieben.

2012 hat er seinen ersten Roman „Soap“ veröffentlicht. Ebenfalls von Michael Meisheit stammt die als eBook erschienene Kurztextsammlung „Irgendwas ist immer“. Unter dem Pseudonym Vanessa Mansini hat er erstmals im Sommer 2013 geschrieben. Der heitere Roman „Nicht von dieser Welt“ wurde überraschend zum Bestseller. Er stürmte Platz 1 der Kindle-Charts und verkaufte sich als eBook über 25.000 mal.

In seinem Blog michaelmeisheit.de schreibt Michael Meisheit über seine Arbeit als Drehbuch- und Romanautor. Es lohnt sich, immer wieder einmal reinzuschauen …

Außerdem finden Sie Michael Meisheit hier:

www.facebook.com/MichaelMeisheit
twitter.com/Meisheit

Oder schreiben Sie ihm an michael@michaelmeisheit.de.

Danksagung

Bei der Erstellung von „Im falschen Film“ hatte ich zahlreich Helferinnen und Helfer, denen ich sehr herzlich danken möchte.

Da sind zunächst einmal die Testleserinnen und Testleser, die mir wertvolles Feedback für eine oder mehrere Folgen von „Im falschen Film“ gegeben haben. Dank an Aicha Abbadi, Monika Buchinger, Michael Eggers, Kai Franz, Anja Gerhard, Kerstin Haase, Petra Handwerg, Dirk Haunschild, Oliver von Kobbe, Sabine Kern, Jana Knoblich, Betina Michel, Jessica Nagel, Katja Nagel, Stefan Nagel, Sylvie Rousseau, Britta Sanders, Esther Schade, Sven Sorour, Philipp Steuerwald, Sonja Werner, Yvonne Wolf und vor allem an meine Autorenkollegin Alexandra Amber.

Außerdem geht mein Dank wieder an das Dreamteam: Korrektorin Dorothea Kenneweg und Illustrator Henk Wyniger. Für das wunderschöne Layout des Taschenbuchs danke ich wie immer Corinna Rindlisbacher. Für die Betreuung meiner Website Kay Schütze. Und für die perfekte Marketing-Strategie auch dieses Mal Johannes Zum Winkel.

Mein wichtigster Dank aber gilt der Frau, mit der ich immer im richtigen Film bin: Meiner Frau Yeşim. Danke!

53314623R00237

Made in the USA
Charleston, SC
09 March 2016